REBECCA WINTERS

Mariage en Italie

Traduction française de
CHARLOTTE LUCAS

HARLEQUIN

Titre original :
A MARRIAGE MADE IN ITALY

Ce roman a déjà été publié en 2015

HARPERCOLLINS FRANCE
83-85, boulevard Vincent-Auriol, 75646 PARIS CEDEX 13
Service Lectrices — Tél. : 01 45 82 47 47 - www.harlequin.fr
ISBN 978-2-2804-3364-8

Composé et édité par HarperCollins France. Achevé d'imprimer en juin 2021.
par CPI Black Print - Barcelone - Espagne
Dépôt légal : juillet 2021.

FSC
www.fsc.org
MIXTE
Papier issu de sources responsables
FSC® C159065

Pour limiter l'empreinte environnementale de ses livres, HarperCollins France s'engage à n'utiliser que du papier fabriqué à partir de bois provenant de forêts gérées durablement et de manière responsable.

1

Belle Peterson sortit de la boutique de téléphonie mobile qu'elle dirigeait et prit le bus pour se rendre à l'étude de notaire de maître Earl Hamon dans le centre-ville de Newburgh, près de New York.

Dans la salle de réunion où une assistante la fit entrer, elle se retrouva face à face avec son frère adoptif, Cliff, qu'elle n'avait pas vu depuis l'enterrement de leurs parents, six mois plus tôt. Il lui lança un regard hostile en la voyant entrer.

Agé de trente ans, il était blond et plutôt bel homme, mais cette façade dissimulait une âme torturée. Déjà très amer depuis son récent divorce, il s'était retrouvé complètement seul après la mort de leurs parents dans un accident de voiture. Aujourd'hui, Belle ressentait l'aversion de Cliff plus violemment que d'habitude. Sans dire un mot, elle s'assit à l'autre extrémité de la table ovale qui occupait le centre de la pièce.

Elle avait été adoptée quatorze ans plus tôt, à l'âge de dix ans. A cette époque, elle était aimée des enfants de l'orphelinat de Newburgh et des religieuses qui le géraient. Mais aujourd'hui, devenue adulte, elle se sentait rejetée de tous et travaillait dur pour gagner le respect de ses collègues. Sa plus grande peine était de ne pas avoir connu la mère qui lui avait donné naissance et elle souffrait quotidiennement de cette absence d'identité.

Les religieuses de l'orphelinat lui avaient expliqué que

Mme Peterson ne réussissant pas à avoir de deuxième enfant avait fini par convaincre son mari d'adopter cette fillette brune qui n'avait pas de nom de famille. Pour Belle, c'était l'occasion d'avoir enfin une mère, mais le lien entre elle et sa famille d'adoption ne s'était jamais vraiment créé. Dès le jour où elle était arrivée chez eux, Cliff s'était montré cruel avec elle, lui rendant la vie insupportable à chaque instant.

— Madame, monsieur, bonjour.

Belle était si profondément plongée dans ses pensées qu'elle n'avait pas vu le notaire entrer dans la pièce. Elle se leva pour lui serrer la main.

— Je suis content que vous ayez pu vous libérer tous les deux pour venir ici en même temps. J'ai de bonnes et de mauvaises nouvelles à vous annoncer. Si vous voulez bien, nous allons commencer par les mauvaises.

Cliff se rembrunit.

— Comme vous le savez, vos parents n'avaient pas d'assurance, la maison où vous avez grandi a donc été vendue pour payer les nombreuses dettes. Mais la bonne nouvelle est que vous allez percevoir chacun mille cinq cents dollars sur la vente aux enchères des meubles. J'ai des chèques pour vous.

Cliff bondit.

— C'est tout ?

Belle perçut l'angoisse sous sa colère. Elle savait qu'il comptait sur cet héritage pour payer — entre autres choses — ses retards de pension alimentaire. Elle qui ne s'attendait à rien se réjouit de recevoir ce chèque inespéré.

— Je regrette, monsieur Peterson, mais le fruit de la vente a servi à payer les dettes de votre père et à couvrir les frais des obsèques. Veuillez accepter mes sincères condoléances pour la mort de vos parents et mes vœux très sincères à tous les deux pour la suite.

— Merci, maître, dit Belle tandis que Cliff gardait le silence.

— Si un jour vous avez besoin d'aide, n'hésitez pas à m'appeler.

Le notaire lui sourit et quitta la pièce. A la seconde où il disparut, Cliff explosa.

— Tout ça c'est ta faute ! Si maman n'avait pas harcelé papa pour qu'ils t'adoptent, ils auraient eu plus d'argent et on ne serait pas dans ce pétrin. Pourquoi ne retournes-tu pas en Italie, là d'où tu viens ?

Belle eut l'impression que son cœur allait exploser dans sa poitrine.

— Qu'est-ce que tu as dit ?

— Tu m'as parfaitement entendu. Papa ne voulait pas t'adopter.

— Comme si je ne le savais pas…

Elle se rapprocha de son frère, retenant son souffle.

— Tu veux dire que mes parents étaient italiens ?

Elle avait toujours pensé qu'elle avait des origines françaises et que les sœurs de l'orphelinat lui avaient donné ce prénom en référence à la *Belle et la Bête.*

Toute sa vie, elle avait prié pour pouvoir un jour retrouver ses racines. Pourtant chaque fois qu'elle était retournée à l'orphelinat pour tenter d'obtenir des informations, elle s'était heurtée à un mur. Quant à Nadine, sa mère adoptive, elle ne lui avait jamais révélé la vérité. Mais après ce qui venait d'échapper à Cliff, elle ne comptait pas en rester là.

— Que sais-tu d'autre sur moi ?

Cliff lui adressa un sourire moqueur.

— Maintenant que papa est mort, combien d'argent es-tu prête à me donner pour cette information ?

Elle déglutit péniblement en ouvrant son sac à main et prit le chèque qu'elle venait de glisser à l'intérieur.

— Je te le donne ça si tu peux me révéler quelque chose sur mes origines.

Tandis qu'il l'observait, elle sortit un stylo et mit le chèque à son nom.

Pour la première fois depuis qu'elle le connaissait, Cliff semblait plus intrigué qu'en colère.

— Tu renoncerais à tout cet argent juste pour retrouver des parents qui t'ont rejetée à la naissance ?

— Oui, murmura-t-elle en refoulant ses larmes. Peu importe qu'ils n'aient pas voulu de moi. Je veux seulement savoir qui je suis et d'où je viens. Si tu sais quoi que ce soit, dis-le moi, je t'en supplie.

Dans un geste spontané, elle lui tendit le chèque.

Il le lui prit des mains et la dévisagea un moment.

— Ma pauvre, tu as toujours été pathétique.

— Ainsi, tu ne sais rien et comme d'habitude tu m'as fait marcher par cruauté… Mais tu vois, je ne suis même pas surprise. Vas-y, garde cet argent. Je ne comptais pas dessus de toute façon. Tu peux t'estimer heureux d'avoir connu tes parents, toi. Dommage qu'ils aient disparu et que tu te retrouves seul. Sachant l'effet que ça fait, je te plains sincèrement.

Les larmes aux yeux, Belle ouvrit la porte. Mais alors qu'elle s'apprêtait à partir, Cliff reprit :

— Papa a dit un jour que ton nom de famille était le même que celui du rouquin qu'il détestait au lycée.

Le cœur de Belle se mit à battre à coups redoublés. Elle fit volte-face.

— Qui ça ?

— Frankie Donatello.

— Donatello ?

— Oui. Un jour j'ai entendu les parents se disputer à ton sujet. C'est là que c'est sorti. Il a dit qu'il n'aurait jamais dû adopter la gamine de cette fille italienne. Après son départ, j'ai dit à maman que nous devrions te renvoyer d'où tu venais mais elle a dit que c'était impossible parce que c'était en Italie.

— Quoi ? Où en Italie ? demanda Belle.

— Je ne sais pas. Le nom ressemblait à Rimini.

— Comment l'a-t-il su, lui ? Les religieuses m'ont dit qu'il s'agissait d'une adoption après un accouchement sous X.

— Qu'est-ce que j'en sais moi ?

Peu importait, Belle sentait déjà la joie l'envahir. Comme elle avait eu raison de ne jamais perdre espoir ! Sans réfléchir, elle serra Cliff dans ses bras, si fort qu'elle faillit le faire tomber à la renverse.

— Merci ! Je sais que tu me détestes, mais je te remercie pour ce que tu viens de me révéler et je te pardonne tout ce que tu m'as fait ou dit de méchant. Au revoir et bon vent !

Elle sortit en hâte de l'étude du notaire et prit le bus pour retourner travailler. Après avoir salué les vendeurs, elle regagna son bureau et chercha une carte d'Italie sur son ordinateur. Elle tremblait tellement qu'elle parvenait à peine à appuyer sur les touches du clavier.

Alors qu'elle faisait défiler les noms de villes les uns après les autres, elle découvrit enfin Rimini. Son sang battait à ses tempes. Il s'agissait d'une ville de quarante mille habitants située au bord de l'Adriatique.

Elle consulta vivement le calendrier des vacances des employés. Les siennes commençaient dans dix jours, la troisième semaine de juin. Sans hésiter, elle réserva un vol de New York à Rimini et une voiture de location. Elle choisit le vol le moins cher, avec deux escales, et trouva une chambre dans une pension qui ne coûtait que vingt-huit dollars par jours. Pas de téléphone, pas de télé, une salle de bains à partager dans le couloir. Voilà qui ressemblait à l'orphelinat. Cela ne la dérangeait pas. Elle se contenterait d'un lit.

Comme elle était très économe et vivait en colocation avec deux autres filles, elle avait réussi à mettre un peu d'argent de côté. Depuis plusieurs années, elle gardait ce petit pécule en prévision de quelque chose d'important. Elle n'avait jamais imaginé qu'il pourrait lui servir un jour à rechercher sa mère.

— Belle ?

Elle leva la tête et sourit poliment à son collègue.

— Oui, Mac ?

— Ça te dit d'aller manger une pizza ce soir après la fermeture ?

— Désolée mais j'ai d'autres projets.

— Tu dis toujours ça ! Comment une fille aussi jolie que toi peut-elle me résister ? Allez ! Dis oui !

Mac, son adjoint récemment transféré d'une autre boutique, était certes très séduisant mais son insistance à sortir avec elle avait fini par l'irriter.

— Mac ? Je t'ai déjà demandé de me laisser tranquille.

— Il y a des gars qui t'appellent la reine de glace.

— D'accord. Tu as autre chose à me dire avant de finir l'inventaire ?

Elle l'entendit jurer tout bas puis il claqua la porte. Parfait. Peut-être était-elle une reine de glace, après tout. Et alors ? Elle n'avait jamais été entourée d'amour et elle n'avait pas d'attentes de ce côté-là.

Ses parents biologiques l'avaient abandonnée. Ses parents adoptifs étaient malheureux en ménage. Son frère était déjà divorcé et aigri. Il avait passé sa jeunesse à se défouler sur elle de ses émotions négatives. Belle avait toujours eu l'impression d'être la spectatrice de la vie des autres, jamais d'en faire partie.

Elle songea à ses collègues célibataires qui se donnaient tant de mal pour vivre des aventures sentimentales qui se transformaient le plus souvent en expériences affligeantes. Quant aux quatre hommes qui travaillaient avec elle, deux d'entre eux étaient mariés. L'un trompait sa femme, l'autre était au bord du divorce. Les deux derniers étaient d'incorrigibles séducteurs qui dépensaient toute leur paie en vêtements et voitures.

Les colocataires de Belle n'avaient toujours pas rencontré l'âme sœur et vivaient dans la terreur de finir leur vie seules. Elles ne parlaient que de cela au cours de leur jogging matinal.

Belle quant à elle n'avait pas peur de finir seule. Elle connaissait la solitude depuis le jour de sa naissance. Les quelques rendez-vous qu'elle avait eus ne lui avaient apporté que des déceptions. Elle était sans doute responsable de cet état de fait, parce qu'elle ne se sentait pas capable d'inspirer l'amour et qu'elle manquait de confiance en elle. Le mariage ne faisait pas partie de ses projets.

Elle n'avait jamais eu l'espoir d'une relation durable, jamais rencontré un homme avec qui elle s'entendait suffisamment bien pour s'imaginer au lit avec lui. Elle songea à sa mère qui, faute de soutien dans son entourage, avait dû faire appel en ultime recours à un orphelinat. Belle ne pouvait envisager de se retrouver dans une telle situation.

La seule chose fiable dans sa vie, c'était sa carrière, qui lui avait donné la stabilité dont elle rêvait. Sa boutique avait été numéro un de la région au cours des deux dernières années. Elle espérait être bientôt nommée à un poste de direction au siège de l'entreprise.

Mais avant cela, elle allait prendre ses précieux jours de vacances pour tenter de retrouver sa mère. Si Cliff avait mal compris ou menti, ce voyage serait vain, pourtant Belle voulait rester optimiste. L'Italie romantique, le monde de Michel-Ange, des gondoles et du célèbre ténor Pavarotti, tout cela lui semblait aussi merveilleux et lointain que la lune. Elle avait bien du mal à imaginer que dans dix jours, elle quitterait New York pour l'Italie.

Elle commençait à établir mentalement la liste des choses dont elle aurait besoin quand Rod, l'un des vendeurs, ouvrit brusquement la porte.

— Dites, madame, vous pouvez venir voir ? Un client en colère vient de balancer son téléphone sur Sheila et il exige d'être remboursé. Il dit que l'appareil s'est cassé juste après l'achat.

Elle sourit.

— S'il n'était pas cassé, je suppose qu'il l'est maintenant. Pas de problème. J'arrive tout de suite.

Il était 7 heures du matin quand Leonardo Rovere Di Malatesta, fils aîné du comte Sullisto Di Malatesta de Rimini, réussit enfin à mettre au lit son bébé de neuf mois. Le pédiatre lui avait dit que Camelia avait attrapé un virus et lui avait prescrit un médicament pour faire baisser la fièvre. Heureusement, la température de la fillette était bien redescendue et elle ne vomissait plus.

Après avoir bercé Camelia dans ses bras pendant des heures en faisant les cent pas pour tenter de la réconforter, Leonardo était épuisé. Son chien Rufo, un griffon italien, cadeau du père de sa femme, Benedetta, n'avait pas fermé l'œil de la nuit, lui non plus.

Rufo était très attaché à Benedetta, et il avait reporté son affection sur la petite Camelia lorsque son maître était rentré de la maternité sans son épouse. Depuis ce jour, le chien n'avait jamais perdu le bébé de vue. Touché par cette marque d'affection, Leonardo caressa la tête du chien.

Il songea qu'à moins de prendre quelques heures de repos, il ne serait pas en état de se rendre à la banque ce jour-là. Talia et Rufo prendraient soin de sa fille tandis qu'il dormirait un peu. Talia, la nounou âgée de quarante ans, était à ses côtés depuis que Benedetta était morte en couches, et elle était très attachée à la fillette. Si la température de Camelia remontait, il pouvait compter sur Talia pour le réveiller immédiatement.

Il déposa un baiser sur la tête couverte d'un fin duvet blond de sa fille et la posa sur le dos dans son berceau. Camelia ne restait jamais longtemps dans cette position. Ses paupières étaient fermées sur ses yeux marron, aussi foncés que des cœurs de coquelicot. Elle avait le teint et les traits de Benedetta. Leo aimait cette enfant plus qu'il ne l'aurait cru possible. Depuis la mort de son épouse, sa présence emplissait le douloureux vide de son cœur.

Après être sorti de la chambre sur la pointe des pieds, il dit à Talia qu'il allait se coucher, puis il chercha la gouvernante qui depuis toujours travaillait pour la famille de sa mère. Elle et Talia étaient cousines et il leur accordait toute sa confiance.

— Simona ? J'ai éteint mon portable. Si quelqu'un a besoin de moi, frappez à ma porte.

La femme hocha la tête et Leo se dirigea vers sa chambre. Il était si fatigué qu'il ne sentit même pas sa tête toucher l'oreiller. Le soulagement de savoir que la fièvre du bébé était tombée l'aida à sombrer dans un sommeil profond.

Quand il entendit frapper à sa porte, il jeta brièvement un coup d'œil à sa montre. Il avait dormi sept heures ! C'était déjà le milieu de l'après-midi.

— Simona ? appela-t-il. Est-ce que Camelia va bien ?

— Tout va bien, répondit la gouvernante à travers la porte. Talia est en train de lui donner à manger.

Leo poussa un soupir de soulagement.

— Votre assistant a téléphoné. Il souhaiterait que vous le rappeliez dès que vous le pourrez.

— *Grazie.*

Leo se leva et se dirigea vers la douche, surpris que Berto ait appelé à son domicile. Habituellement, il laissait des messages sur son portable.

Après s'être douché et rasé, il attrapa son téléphone. Il y avait un message de son père l'invitant à dîner pour le soir même. Il songea qu'il déclinerait plus tard son invitation et lut un second message, venant de son ami Vito qui vivait à Rome. Il le rappellerait dans la soirée.

Rien de Berto.

Il alla dans la cuisine où il trouva Talia en train de donner des morceaux de fruits à sa fille, assise sur sa chaise haute.

Rufo agitait la queue joyeusement, observant la scène avec attention.

Le doux visage de Camelia s'éclaira d'un sourire à la seconde où elle vit son père et elle leva les deux bras. Quand elle faisait cela, Leo se sentait heureux d'être en vie. Il tâta le front du bébé, ravi de constater que la fièvre avait disparu.

— Oh ! mais tu vas beaucoup mieux, on dirait, *mio tesoro*. Dès que j'aurai passé quelques coups de téléphone, toi et moi nous sortirons jouer sur la terrasse.

La terrasse surplombait la plage de sable doré. Camelia aimait à s'y tenir debout, pieds nus, accrochée à son père. La veille, il lui avait donné les seaux de toutes les couleurs qu'il venait d'acheter pour qu'elle fasse des pâtés mais elle n'était pas assez en forme pour s'y intéresser. Maintenant qu'elle allait mieux, il avait hâte de la voir jouer avec. Mais avant, il fallait qu'il téléphone à son père.

Quand Leo entendit la déception dans la voix de Sullisto, il lui proposa de remettre le dîner au lendemain soir si Camelia était complètement rétablie. Puis il appela son secrétaire à la banque.

— Berto ? Je vous ai envoyé un SMS expliquant que ma fille était malade. Est-ce qu'il y a un problème urgent ?

— Non, non, je vous en parlerai demain, si la *bambina* va mieux.

Leo passa son doigt sur sa lèvre inférieure.

— Vous n'auriez pas appelé si vous ne pensiez pas que c'était urgent.

— Au début, cela m'a semblé important.

— Et maintenant vous avez changé d'avis ?

Berto était bien mystérieux, cela ne lui ressemblait pas.

— Non. Mais je vous assure que ça peut attendre demain. Ciao, Leo.

Son assistant lui avait carrément raccroché au nez ! Leo

rangea son téléphone et regarda sa fille, qui avait mangé ses prunes et semblait ravie de jouer avec ses doigts.

— Talia, j'ai quelque chose à régler à la banque. Je vais faire vite et je serai de retour dans une heure. Dites à Simona de m'appeler s'il y a le moindre problème.

— Ne vous inquiétez pas, la petite va très bien.

Il déposa un baiser sur la joue de Camelia.

— A tout à l'heure.

Après avoir revêtu un costume, Leo prévint son garde du corps qu'il quittait la villa. Il prit le volant de sa voiture de sport, curieux de savoir ce que Berto lui cachait.

Il se gara à l'arrière du bâtiment richement décoré, datant de la Renaissance et restauré après des bombardements de la Seconde Guerre mondiale. Il emprunta l'entrée réservée à sa famille, grimpa les marches en marbre deux à deux et se rendit à son bureau. Il était directeur de la gestion des actifs de la banque Malatesta, l'une des plus grandes banques d'Italie.

Sous la gouvernance avisée de son père qui était gestionnaire de patrimoine, la banque s'était considérablement développée et comptait désormais vingt-cinq mille employés. Son frère Dante supervisait le département de courtage. Les affaires allaient bien, malgré la crise économique en Italie. Si l'appel de Berto était signe de difficultés à venir, Leo préférait connaître rapidement le fin mot de l'histoire.

Son assistant était au téléphone quand Leo entra dans sa suite de bureaux. Berto sembla surpris de le voir. Il raccrocha vivement et se leva d'un bond.

— Je ne savais pas que vous deviez venir.

Leo mit les mains sur ses hanches.

— Vous avez raccroché bien vite à la fin de notre conversation. Je peux savoir ce qui ne va pas ? Et ne me dites pas que ce n'est rien. Est-ce qu'il y a un portefeuille en difficulté ?

Berto se troubla.

— Cela n'a aucun rapport avec les clients. Une femme s'est présentée aujourd'hui à la banque sur la recommandation des diamants Donatello sur le Corso d'Augusto.

— Et ? demanda Leo, percevant l'hésitation de son assistant.

— En apprenant que c'était une Américaine qui posait des questions sur la famille Donatello, j'ai pensé que c'était peut-être une journaliste en quête de scoop. J'ai donc décidé de ne pas vous déranger.

Leo fronça les sourcils. Quelqu'un venu pour affaire aurait pris rendez-vous avec lui ou avec son père et aurait révélé son identité.

Etait-ce une reporter de la presse à sensation, déguisée en touriste américaine et cherchant à découvrir des histoires sur sa famille ? Les parents de Leo étaient constamment en alerte à cause des médias qui tentaient de déterrer de vieux scandales pour vendre leurs torchons.

Témoin de tout cela, Leo portait sur le monde un regard teinté de cynisme. C'était inévitable quand on portait le nom de Malatesta, une famille détestée par le passé et aujourd'hui objet de jalousie.

— Comme je n'ai réussi à joindre ni vous ni votre père, j'ai essayé d'appeler votre frère, mais il était en voyage. J'ai dit à Marcello, le vigile, que cette personne devait laisser son nom et son adresse. Votre fille étant malade, je n'ai pas considéré que c'était une urgence mais j'ai préféré vous tenir informé.

— Vous avez bien fait. Savez-vous où cette personne habite ?

Berto lui tendit une feuille de papier.

— Voilà le numéro de téléphone et l'adresse de la Pensione Rosa, sur la *via* Vincenza Monti. La femme s'appelle Belle. Marcello a dit qu'elle avait une vingtaine d'années et qu'avec ses longs cheveux bruns et ses yeux bleus elle faisait honneur à son prénom. Quand il l'a vue arriver, il a cru que c'était une vedette de cinéma.

Naturellement. Ne disait-on pas que le diable parfois prenait l'apparence d'une belle femme ? Bien sûr, elle n'avait pas laissé son nom de famille…

— Parfait, Berto. Ne parlez de cela à personne. On se voit demain.

Poussé par la curiosité, Leo quitta la banque et se mit en quête de la maison d'hôtes où résidait l'inconnue. Quelques minutes plus tard, il la découvrit au fond d'une ruelle, à demi cachée par d'autres bâtiments. Il gara sa voiture et entra. Ne voyant personne, il appuya sur la sonnette à la réception. Une femme, plus vieille que Simona, surgit de derrière un rideau.

— Bonjour, *signore*, mon nom est Rosa. Je suis désolée, mais toutes nos chambres sont louées.

Leo lui tendit le papier.

— Avez-vous une cliente du nom de Belle ?

— *Si.*

Apparemment, la femme n'était pas décidée à lui en dire plus.

— Pourriez-vous appeler sa chambre, *per favore* ?

— Il n'y a pas de téléphone dans les chambres.

Il aurait dû s'en douter, étant donné le faible tarif des locations, affiché sur le mur du fond.

— Savez-vous si elle est là ?

— Elle est sortie il y a plusieurs heures, et elle n'est pas rentrée.

Il avisa une chaise près d'une petite table sur laquelle était posée une lampe.

— Dans ce cas, je vais l'attendre.

Rosa l'observa attentivement.

— Laissez-moi votre nom et votre numéro de téléphone, elle vous appellera à son retour.

— Je vais tenter ma chance en espérant qu'elle reviendra bientôt.

Avec un haussement d'épaules, la femme disparut derrière le rideau.

Plutôt que de perdre des heures à attendre, Leo téléphona à l'un de ses vigiles pour qu'il vienne effectuer la surveillance à sa place. Lorsque Ruggio arriva, Leo lui donna la description de l'Américaine et lui dit qu'il voulait être prévenu dès qu'elle se montrerait.

Puis il reprit sa voiture. Il était en chemin pour la villa quand son téléphone sonna. C'était Ruggio.

— Que se passe-t-il ?

— La femme dont vous m'avez donné la description vient d'arriver. Elle conduit une voiture de location de l'aéroport.

— Quelle agence de location ?

Quand Ruggio lui eut donné les informations qu'il demandait, Leo lui dit de l'attendre sur place. Sur le chemin du retour, il appela l'agence de location et demanda à parler au gérant pour une affaire de la plus haute importance. Quand il révéla qu'il s'appelait Di Malatesta et qu'il menait une enquête en lien avec la banque, l'homme lui révéla aussitôt que le nom de la jeune femme était Peterson et qu'elle venait de Newburgh dans l'Etat de New York. Leo se servait rarement de son nom pour obtenir un renseignement mais il avait décidé cette fois de faire une exception.

Il apprit ainsi que l'Américaine avait effectué la réservation deux semaines à l'avance et avait loué la voiture pour sept jours. Elle était à Rimini depuis trois jours.

Leo le remercia pour sa coopération. Ravi d'être ainsi informé avant la confrontation, il effectua une recherche sur son smartphone. Newburgh se trouvait à une centaine de kilomètres au nord de New York. Il ne savait pas encore ce que tout cela signifiait mais il allait bientôt le découvrir.

Il aperçut la voiture de location en arrivant dans l'allée, et il se gara. Ruggio l'attendait à l'entrée de la pension où Rosa était en train de parler avec un routard en short portant un sac à dos.

— Elle n'a pas quitté sa chambre depuis qu'elle est arrivée. Elle est *molta, molta bellissima*, chuchota Reggio. Je pense que je l'ai déjà vue à la télé.

Marcello avait dit la même chose.

— *Grazie*. Je vais prendre le relais, dit Leo d'un ton exaspéré.

Il comptait découvrir par lui-même si la femme travaillait seule ou avec un autre reporter.

Une fois Ruggio parti, il s'assit. Il était 18 h 15. N'ayant pas de télévision dans sa chambre, elle ressortirait sans doute bientôt, ne serait-ce que pour aller dîner. S'il devait attendre trop longtemps, il insisterait pour que Rosa aille frapper à la porte de la signorina Peterson. Pour passer le temps, Leo téléphona à Simona et il fut heureux d'apprendre que sa fille était à peu près remise.

Alors qu'il disait à son intendante qu'il ne savait pas à quelle heure il rentrerait, une femme vêtue d'un tailleur en lin et chaussée de sandales en cuir apparut. Il se sentit soudain envahi par un flot d'adrénaline. Pas seulement parce qu'elle était d'une beauté incroyable, mais parce que quelque chose en elle lui rappelait quelqu'un d'autre.

Elle passa rapidement devant lui et, avant même qu'il n'ait eu le temps de lui adresser la parole, se retrouva dans la rue. Leo se leva d'un bond et, après avoir dit à Simona qu'il la rappellerait, suivit la femme aux courbes gracieuses.

Elle devait mesurer un peu plus d'un mètre soixante-cinq et Leo, en l'observant, ne lui trouva aucun défaut. Une réflexion qui le troubla, car jamais il n'avait regardé une autre femme depuis sa rencontre avec Benedetta.

— Belle Peterson ? appela-t-il.

Elle fit volte-face, ce qui fit bouger gracieusement ses cheveux brillants aux reflets auburn. Ses yeux bleus bordés de cils noirs se posèrent avec surprise sur Leo. Si elle savait déjà qui il était, elle cachait bien son jeu.

Le teint légèrement mat de la jeune femme la dispensait de maquillage. Sa bouche rehaussée d'un rouge à lèvres rose pâle avait une courbe voluptueuse. Elle était l'incarnation même de la beauté féminine et de la sensualité. A la grande surprise de Leo, elle le regarda sans paraître le reconnaître.

— Comment connaissez-vous mon nom ? demanda-t-elle avec un fort accent américain.

Il trouva sa franchise aussi déroutante que son attitude directe. Certains hommes auraient pu la trouver intimidante. Leo observa sa main, plaquée sur son sac. Elle avait les ongles bien manucurés et vernis d'une couleur neutre. Elle ne portait ni bague ni alliance.

Il sortit de la poche de sa veste le papier que lui avait donné Berto et le lui tendit.

Elle jeta un coup d'œil au document avant de le scruter de nouveau.

— Donc vous venez de la banque. Comment avez-vous eu mon nom de famille ?

— J'ai simplement posé la question à l'agence de location de voiture.

Son regard bleu devint glacial.

— Je ne sais pas comment cela se passe dans votre pays mais dans le mien ce genre d'information ne peut être obtenu qu'avec un mandat, dans le cadre d'une enquête criminelle.

— Mon pays a le même genre de lois.

— Ai-je commis un crime en posant quelques questions ?

— Bien sûr que non. Mais j'ai bien peur que notre porte ne soit fermée aux journalistes. C'est pourquoi j'ai décidé de me renseigner sur vous.

— Je ne suis pas journaliste, ni rien d'approchant, déclara-t-elle vivement.

Elle sortit de son sac une carte de visite.

Belle Peterson, manager,
Téléphones mobiles TCCPI,
Newburgh, New York.

— Pourquoi n'avez-vous pas laissé votre carte à l'employé de la sécurité ?

Elle répondit sans hésitation :

— Parce que si quelqu'un appelait mon employeur pour vérifier mon identité, tout le monde saurait alors où je me trouve. Or il s'agit de ma vie privée et je souhaite qu'elle le reste. D'ailleurs, mes vacances sont presque terminées.

— Vous allez rentrer à Newburgh ?

— Oui. J'ai parlé à un grand nombre de personnes portant le nom de Donatello à Rimini. Et jusqu'ici, je n'ai pas trouvé les informations que je cherchais.

— Une personne disparue peut-être ? Un homme ? demanda-t-il malgré lui, comme s'il s'intéressait à sa vie privée.

Elle ne se troubla pas.

— Je suppose que c'est une supposition naturelle, mais la réponse est non. Toutes les femmes ne recherchent pas un homme, que ce soit pour le plaisir ou pour le mariage… une institution surestimée à mon avis.

Voilà qui piquait l'intérêt de Leo.

— Pour entrer dans les détails, reprit-elle, c'est le joaillier des diamants Donatello qui m'a aiguillée vers la banque Malatesta, mais il semble que j'ai fait fausse route encore une fois. Puisque vous préférez ne pas me donner votre nom, laissez-moi au moins vous remercier d'être venu jusqu'à la pension pour m'informer que vous ne pouviez pas m'aider. Je peux rayer de ma liste les diamants Donatello.

Comme si elle concluait un rendez-vous d'affaires, elle tendit sa main à Leo. Il la prit dans la sienne et une vague de chaleur inattendue se propagea le long de son bras. Il sursauta et lui lâcha la main.

— Qu'allez-vous faire maintenant ?

— Je vais continuer mes recherches jusqu'à mon retour aux Etats-Unis. Au revoir.

Elle se retourna et monta dans sa voiture. Il la regarda s'éloigner.

Sa carte de visite lui brûlait les doigts. S'il téléphonait au numéro indiqué, il saurait si elle avait dit la vérité au sujet de son travail. D'autre part, étant lui-même attaché à son intimité, il pouvait comprendre qu'elle ne souhaite pas partager sa vie privée avec son employeur.

De toute façon, cette femme n'était rien pour lui. Si elle était venue à la pêche aux informations, il ne lui avait donné aucune information qu'elle pourrait utiliser contre lui.

Une fois arrivé à la villa, il se consacra de nouveau à sa fille. C'est seulement après le dîner, alors qu'il faisait des longueurs dans la piscine, que des images de la femme américaine lui revinrent à l'esprit. Il y avait quelque chose chez elle qui l'intriguait.

Une petite voix lui suggérait de téléphoner au siège de son entreprise aux Etats-Unis pour savoir si elle avait élaboré un mensonge sophistiqué allant jusqu'à imprimer une fausse carte de visite. S'il ne le faisait pas, il n'arriverait jamais à trouver le sommeil.

2

Le mercredi matin aux aurores, Belle se leva après une nuit agitée. L'inconnu qui l'avait suivie dans la ruelle la veille au soir était de loin l'homme le plus séduisant qu'elle ait jamais rencontré.

Avec ses traits virils, il incarnait bien plus que la beauté masculine traditionnelle. Et le plus incroyable, c'est qu'elle s'était sentie attirée par lui. Très attirée. Cela ne lui était jamais arrivé auparavant.

Dès le moment où il l'avait hélée dans la rue, elle avait senti sa présence charismatique, avant même de poser les yeux sur lui. Ses cheveux noirs et sa peau mate offraient un parfait écrin à ses yeux gris étincelants.

Qu'il soit venu de la banque avec des informations que personne d'autre ne possédait signifiait qu'il était sans doute quelqu'un d'important. Et s'il s'était rendu jusqu'à la pension, c'est que Belle s'était sans doute aventurée sans le vouloir sur un terrain dangereux.

Le simple souvenir de sa rencontre avec cet homme, aussi sombre et mystérieux qu'un prince de la Renaissance, la fit frissonner.

Elle se berçait sans doute d'illusions, mais elle ne pouvait s'en empêcher. Sa voix grave avait éveillé quelque chose en elle. Douze heures après, elle l'entendait encore résonner à ses oreilles. Même si elle ne parvenait pas à oublier cet homme, il fallait pourtant qu'elle cesse d'y penser. La date de son retour approchait à grands pas, ce qui signifiait qu'elle devait redoubler d'efforts dans ses recherches.

Après s'être douchée et avoir enfilé une robe à manches courtes en coton blanc, elle quitta la pension, armée de son plan détaillé et d'un carnet. Elle avait pris des notes sur tous les Donatello rencontrés jusque-là. Le dernier de sa liste possédait un garage automobile.

Après avoir suivi les instructions reçues au téléphone, elle s'était rendue sur place pour discuter avec le gérant. Il lui avait appris que le propriétaire d'origine, M. Donatello, était mort de vieillesse ainsi que sa femme. Ils ne laissaient pas d'héritiers.

Elle avait l'impression d'entendre toujours la même réponse depuis qu'elle avait commencé à parcourir la liste des Donatello dans l'annuaire téléphonique, le dimanche précédent. La plupart des gens acceptaient de répondre à ses questions, allant parfois jusqu'à chercher un interprète pour faciliter la communication.

Ils étaient fiers de leur généalogie. Plusieurs lui avaient proposé de leur rendre visite chez eux. D'autres lui avaient donné des informations par téléphone, mais jusque-là elle n'avait aucune piste sur une femme portant le nom de Donatello, âgée d'une quarantaine d'années, et qui se serait trouvée à New York vingt-six ans plus tôt. Elle avait l'impression de chercher une aiguille dans une botte de foin.

Décidée à ne pas se laisser abattre, Belle remercia le gérant et se dirigea vers la bibliothèque municipale pour y poursuivre ses recherches parmi les habitants des dix-neuf villes de la province de Rimini.

En chemin, elle s'arrêta dans une *trattoria* et y prit un gros petit déjeuner afin de ne pas avoir besoin de faire une pause à midi. Après avoir noté les noms et les adresses qu'elle cherchait, elle s'approcha d'une documentaliste de la section de recherche avec qui elle s'était déjà entretenue.

— J'ai encore une question, si vous le permettez. Pourriez-vous me parler de la banque Malatesta ?

— Il y aurait beaucoup à dire…

C'est bien ce que Belle pensait.

— Hier, le directeur de la joaillerie Donatello m'a aiguillée vers la banque pour y recueillir des informations, mais je n'ai rien appris. Quel est le lien entre ces deux familles ?

— Les Malatesta ont régné sur Rimini entre 1200 et 1500. Je ne peux pas vous résumer toute leur histoire en cinq minutes mais, aujourd'hui, c'est un membre de cette illustre famille qui est à la tête de la banque Malatesta, l'une des deux plus grandes d'Italie. Ils possèdent aussi de nombreuses autres entreprises.

— Les Donatello appartiennent à une autre famille noble, aussi ancienne mais moins importante. Ils se sont enrichis grâce aux diamants, mais après des années de mauvaise gestion, leur fortune a commencé à décliner. Certains disent même qu'ils auraient fait faillite si le comte Di Malatesta, alors veuf, n'avait pas fusionné avec la maison Donatello. Il l'a sauvée de la ruine en épousant la princesse Luciana Donatello, dont le père venait de mourir de causes soi-disant naturelles.

La femme baissa la voix.

— Je dis soi-disant parce que plusieurs personnes ont prétendu que sa femme et lui avaient été assassinés, soit par une autre faction de la famille Donatello, soit par les Malatesta. Mais l'enquête n'a jamais rien prouvé et le comte a épousé Luciana.

Belle frissonna. Le sombre étranger de la banque lui avait semblé assez dangereux pour avoir trempé dans ces sombres machinations.

— La disparition des Donatello avait un parfum de scandale qui a fait de ce mariage un immense événement dans la région et dans le pays.

— Vous êtes un puits de connaissance, je vous dois

beaucoup, dit Belle. Maintenant je dois me rendre dans d'autres villes de la province de Rimini pour chercher d'autres Donatello. Merci infiniment pour votre aide.

La femme lui sourit.

— Je vous souhaite bonne chance.

Belle était heureuse de quitter la ville et de le quitter *lui*. Elle allait régler sa note d'hôtel et rendre sa voiture de location. Puis elle prendrait un taxi jusqu'à sa prochaine destination où elle en louerait une autre. Ainsi, elle ne laisserait pas de trace.

Elle quitta la bibliothèque et traversa le parking. Alors qu'elle ouvrait sa portière, une voix grave familière la fit sursauter.

— Signorina Peterson ?

Elle tourna la tête et découvrit en face d'elle le responsable de sa nuit blanche. Cette fois, il était vêtu d'un polo bleu qui le rendait encore plus magnifique, à supposer que cela soit possible. Ses yeux se posèrent sur elle avec une intensité désarmante.

— Pourquoi me suivez-vous, signor ?

— Parce que j'ai surpris votre conversation avec la documentaliste et que je suis en mesure de vous aider dans votre recherche si vous m'y autorisez.

— Pourquoi feriez-vous cela alors que vous ne voulez même pas me dire votre nom ?

— Parce que vous êtes une étrangère et que vous avez eu peur deux fois en peu de temps. Hier, quand je vous ai interrogée sans ménagement. Et aujourd'hui quand la documentaliste a répondu à vos questions.

Avait-il tout écouté ? Cela voulait dire qu'il l'avait suivie depuis la pension ? Belle s'appuya sur la poignée de la portière.

— Qu'est-ce qui vous fait croire que j'ai peur ?

— Il y a une veine, là sur votre cou, qui bat à un rythme très rapide.

Aucun détail n'échappait donc à son regard d'acier.

— Cela se produit chaque fois que je suis harcelée.

— Belle comme vous êtes, j'imagine que cela vous arrive tout le temps, surtout sur votre lieu de travail.

Alors qu'elle tentait de reprendre son souffle, il poursuivit.

— J'ai fait ma petite enquête sur vous.

— Je le savais, marmonna-t-elle.

Il pencha la tête.

— Ne vous inquiétez pas, personne chez vous ne le saura. J'ai appelé le siège à New York et j'ai expliqué que notre banque se renseignait pour financer l'installation d'une compagnie de téléphone mobile américaine à Rimini.

— C'est un mensonge !

— Pas forcément. Cela fait quelque temps que nous envisageons d'acquérir une société de téléphones mobiles américaine. Quand j'ai demandé quel manager pourrait être à la hauteur de la tâche, votre nom a été cité parmi les cinq meilleurs managers de votre entreprise pour la côte Est.

— Qu'est-ce que vous avez fait ? Vous avez parlé au P.-D.G. en personne ?

— Eh bien, oui.

Bonté divine. Il était aussi machiavélique que séduisant.

— Je trouve aussi intéressant que vous ayez commencé chez eux à l'âge de dix-huit ans et que vous soyez toujours dans cette société. Ce genre de loyauté est rare. On m'a dit que vous alliez être promue au poste de manager de région au cours des prochains mois. Peut-être que cela vous fera venir à Rimini ?

Quoi ?

— Toutes mes félicitations.

Qui était cet homme et comment avait-il tant d'influence ? Belle devait garder la tête froide.

— Je préfère vous prévenir. Je n'ai aucune intention de déménager de ce côté de l'Atlantique. Donc maintenant que vous avez appris que je n'étais pas une paparazzi, j'aimerais que vous vous engagiez à me laisser tranquille, qui que vous soyez.

— Je suis Leonardo Di Malatesta, fils aîné du comte Sullisto Di Malatesta.

Le cœur de Belle se mit à battre un peu plus vite. Voilà qui cadrait avec la première impression qu'elle avait eue de lui, et qui expliquait la chevalière à sa main droite.

— Je comprends que ce nom ait une connotation sinistre, poursuivit-il avec un sourire ambigu. Si vous préférez, appelez-moi Leo.

— Le lion ? Si c'est censé me mettre plus à l'aise…

Un petit rire échappa de ses lèvres.

— Je souhaite m'excuser pour mes méthodes peu orthodoxes pour faire connaissance avec vous, et pour vous avoir fait peur. Sachant que vous avez prévu de rentrer aux Etats-Unis dimanche, peut-être pourrais-je vous aider à accélérer le processus si vous me disiez ce que vous espérez trouver ? J'aimerais vraiment vous apporter mon aide.

— Je doute que votre femme approuverait.

Ses yeux gris s'assombrirent.

— Je suis veuf.

— Pourtant vous portez toujours votre alliance. Vous deviez beaucoup l'aimer. Pardonnez-moi si je me montre méfiante. A vrai dire, je ne voudrais pas abuser du temps d'un homme qui a tant de responsabilités. Tout ce que je voulais obtenir de la joaillerie Donatello, c'était quelques informations sur les femmes de la famille Donatello. Cela ne prendrait que quelques minutes.

— Donc vous recherchez une femme.

— Vous êtes perspicace.

Une lueur malicieuse dansa dans ses yeux.

— Comme je m'adresse à une femme particulièrement belle, vous pourrez certainement me pardonner pour ma première hypothèse.

Ne te laisse pas troubler par son charme ténébreux, Belle, même s'il est toujours en deuil.

— Tout dépend de ce que vous pourrez m'apprendre, rétorqua-t-elle avec un petit sourire ironique.

Après un silence, il déclara :

— Je constate que vous ne l'avez pas encore retrouvée. Pourquoi est-elle si importante pour vous, au point d'avoir fait des milliers de kilomètres ?

Le petit moment de légèreté était passé.

— Parce que la justification même de mon existence est liée à elle. Ma plus grande crainte est qu'elle ne soit plus en vie ou que je ne la retrouve jamais.

Il la scruta attentivement.

— Est-elle une parente ?

On entrait dans le vif du sujet.

— Peut-être.

— Quel âge aurait-elle ?

— Une quarantaine d'années.

C'était encore une supposition. D'après Cliff, son père adoptif avait parlé d'une « fille italienne ». Belle en avait déduit que sa mère était très jeune à l'époque.

— J'ai appris qu'elle venait de Rimini, mais cela peut être aussi bien la ville que la province.

Il fronça les sourcils.

— Ma belle-mère, Luciana, est fille unique, née de Valeria et Massimo Donatello, ici à Rimini. Valeria est morte dans un accident de chasse dans le parc de leur château quand Luciana avait seulement onze ans. Comme la documentaliste vous l'a dit, certaines personnes croient encore qu'il ne s'agissait pas d'un accident.

— Ce qu'elle m'a dit semblait carrément machiavélique.

— Vous avez raison. Cela ne fait que quelques mois que l'affaire a enfin été résolue. Sa mort a été classée comme étant un accident.

— Je vois. C'est tout de même tragique pour un enfant de perdre sa mère.

— Je ne le sais que trop, dit-il d'une voix presque hantée.

Ils se regardèrent un moment en silence.

— Mon père avait quinze ans de plus que Luciana, et il l'a épousée contre l'avis de mon frère et le mien. Elle n'avait que vingt ans à l'époque et elle n'aurait jamais pu remplacer notre mère.

— Quatre ans de moins que Belle aujourd'hui.

— Bien sûr.

Elle imaginait la souffrance de cet homme. Il lui semblait soudain plus humain. Il avait perdu sa propre mère, puis sa femme.

— Elle a quarante-deux ans aujourd'hui, ajouta Leo. Il doit y avoir un certain nombre de femmes de cet âge portant le nom de Donatello dans la région.

— Oui, mais jusqu'ici toutes mes pistes se sont révélées fausses, parce qu'aucune de ces femmes n'a fait de voyage à New York dans sa jeunesse.

Le cœur de Leo s'arrêta de battre.

— New York ? répéta-t-il, haletant.

Belle opina.

Est-ce qu'il avait bien entendu ? « La justification même de mon existence est liée à elle. Ma plus grande crainte est qu'elle ne soit plus en vie ou que je ne la retrouve jamais. »

Alors qu'il dévisageait Belle, la ressemblance le frappa de nouveau. Il comprit pourquoi elle lui avait semblé si familière. Marcello le vigile l'avait-il remarquée, lui aussi ? Ou le bijoutier de Donatello ? Sans doute pas, sinon ils auraient dit quelque chose, mais il ne pouvait en être sûr. Ruggio croyait l'avoir vue à la télévision.

Madonna mia !

— Je vous ai dit que j'allais vous aider, et je vais le faire mais nous ne pouvons pas discuter ici. Laissez votre voiture dans le parking de la bibliothèque et venez avec moi. Vous êtes en sécurité.

— Je n'ai pas besoin de votre aide. Merci quand même.

Elle ouvrit son sac pour y prendre ses clés, mais il posa la main sur son bras.

— Si vous voulez rencontrer votre mère, je peux vous aider. Mais vous allez devoir me faire confiance.

Elle poussa un soupir éloquent. Ses magnifiques yeux bleus s'embuèrent de larmes tandis qu'elle levait les yeux vers lui.

— Dois-je comprendre que… ?

— Nous allons le découvrir. Avez-vous besoin de prendre quelque chose dans votre voiture ?

— Non.

— Dans ce cas nous irons à ma villa, où nous pourrons discuter au calme. J'ai des photos à vous montrer.

Elle avança, tel un automate, tandis qu'il la guidait jusqu'à sa voiture et l'aidait à y monter. A un moment pareil, la forme de ses longues jambes élégantes n'aurait pas dû attirer son attention mais c'était pourtant le cas. Son parfum floral assaillait lui aussi les sens de Leo.

— Est-ce que je lui ressemble ?

— Quand je vous ai vue pour la première fois hier, vous m'avez rappelé quelqu'un, mais je ne savais pas qui. Depuis, cela n'a pas cessé de me troubler. Et, il y a quelques minutes, quand vous avez parlé de New York, j'ai compris.

Il démarra.

— Attachez votre ceinture.

Leo serpenta à travers les petites rues, sans rien voir de ce qui se passait autour de lui, tandis qu'il se remémorait les premières années du mariage de son père avec Luciana. Il se souvint que son père leur avait expliqué, à Dante et lui, qu'elle avait habité un an à New York et qu'elle pourrait les aider à apprendre l'anglais. Que savait son père de cette jeune princesse qu'il avait amenée dans son palazzo, si ce n'est qu'elle était jeune et belle ?

Pourtant, en admettant qu'elle ne lui ait jamais révélé qu'elle avait eu un enfant, son père aurait pu le deviner. Peut-être avait-elle gardé des traces de son accouchement ou des vergetures. Il était toutefois possible qu'il l'ignore complètement. Ce terrible secret expliquait sans doute pourquoi elle avait toujours semblé si lointaine et insaisissable à Leo.

Avant d'arriver chez lui, il téléphona à Simona pour la prévenir qu'il aurait une invitée pour le déjeuner et qu'ils s'installeraient dans le patio.

Perdue dans ses pensées, la femme assise à côté de lui n'avait pas prononcé un mot de tout le trajet. Un jour, il y a bien longtemps, elle avait été un bébé, séparée de sa mère dès la naissance par un océan. Quand Leo songeait à sa précieuse petite fille qui comptait tant pour lui, il ne pouvait imaginer le déchirement enduré par Belle et Luciana. Tant de questions lui venaient aux lèvres qu'il ne savait par où commencer.

Lorsque la villa blanche aux lignes néoclassiques apparut, il appuya sur la télécommande pour ouvrir le portail et alla se garer à l'arrière. Belle poussa une exclamation admirative en découvrant le luxuriant jardin rempli de fleurs.

Leo l'aida à descendre et la conduisit par un escalier jusqu'au vestibule situé à l'arrière de la maison et qui donnait sur le grand salon.

— Au fond du couloir, il y a une chambre d'amis avec une salle de bains si vous souhaitez vous rafraîchir. Quand vous serez prête, venez me rejoindre ici, nous déjeunerons dans le patio, où nous ne serons pas dérangés.

— Merci.

A la seconde où elle eut disparu, il descendit en hâte dans la cuisine, où il trouva Camelia dans son parc avec ses jouets. Elle poussa de petits cris, ravissement en le voyant et lui tendit les bras. Il la souleva et la couvrit de baisers dans le cou, ce qui la fit rire aux éclats. Il songea à son invitée qui, elle, n'avait jamais été embrassée par ses parents.

Talia sourit.

— Elle a déjeuné et elle est prête pour la sieste.

— J'ai de la visite, donc je ne peux pas rester longtemps, mais je serai là quand elle se réveillera.

Il l'embrassa encore une fois puis la remit à Talia. Sa fille n'aimait pas le moment de la séparation et elle versa quelques larmes tandis que la nounou la montait dans sa chambre.

Il aurait voulu la coucher lui-même mais il était conscient qu'une autre personne avait besoin de lui, quelqu'un qui attendait depuis des années d'avoir des renseignements sur sa naissance.

Simona, debout derrière l'îlot central, attendait ses ordres.

— Est-ce que vous voulez que je serve le déjeuner maintenant ?

— Oui, s'il vous plaît.

Il regagna le salon et découvrit Belle qui tenait entre ses mains une photo encadrée. Elle lui tournait le dos mais, même de loin, il vit que ses épaules tremblaient.

— Je ne vais pas faire semblant de comprendre ce que vous ressentez. Je peux seulement imaginer ce que cela doit être pour vous de vous reconnaître dans cette photo de Luciana. Vous n'êtes pas son portrait craché mais vous avez toutes les deux des ressemblances indéniables.

Belle reposa la photo et pivota, le visage baigné de larmes. Elle se servit de ses deux mains pour les essuyer.

— Ma mère est une princesse ? C'est votre belle-mère ? J'ai du mal à..., bégaya-t-elle. Quand j'étais à l'orphelinat, je rêvais d'elle. Il fallait que je croie qu'elle m'avait abandonnée pour une raison vitale. Mais jamais mes rêves ne sont allés jusque-là.

Leo mit les mains sur ses hanches.

— Je suis encore sous le choc à l'idée qu'elle ait eu un bébé et qu'elle n'en ait jamais soufflé mot.

Il entendit son invitée pousser un soupir.

— Quand Cliff m'a dit que ma mère venait d'Italie, je voulais tellement que ce soit vrai. Mais je n'ai jamais pensé que je la retrouverais. Pourquoi êtes-vous venu jusqu'à la pension ? demanda-t-elle d'une voix vibrante d'émotion.

C'était la question que Leo s'était posée mille fois à lui-même. Il se frotta la nuque.

— Je ne peux pas vous donner de raison précise. C'est une intuition qui m'a poussé à aller plus loin.

Elle joignit les mains.

— Si vous n'étiez pas venu, je n'aurais jamais rien su ! Je serais rentrée à New York sans avoir eu ma réponse ! Comment pourrais-je assez vous remercier ?

Un étrange frisson parcourut Leo à cette déclaration. Il avait failli ne pas suivre cette intuition qu'il avait eue en nageant dans la piscine. Mais ensuite celle-ci ne l'avait plus lâché.

Les yeux de Belle cherchèrent les siens.

— Mais maintenant que j'ai sa photo devant moi, je crois que j'ai peur.

Elle n'était pas la seule à éprouver des craintes.

— Parce que vous avez découvert que vous étiez la belle-sœur par alliance de la famille Malatesta, de funeste réputation ?

Leo lui avait posé la question sur le ton de la plaisanterie pour combattre l'attirance que la jeune Américaine exerçait sur lui. Il n'avait pas besoin de complications dans sa vie. Depuis la mort de Benedetta, il préférait ne pas s'engager avec quiconque. Il avait sa fille. Il n'avait besoin de personne d'autre.

Belle posa sur lui un regard douloureux.

— Quand mes parents adoptifs m'ont ramenée chez eux,

ils ont brisé le cœur de leur fils biologique. Il m'a détestée dès le premier jour. Et maintenant j'aurais presque peur de faire souffrir d'autres personnes, votre famille, vous…

Ses paroles touchèrent Leo, qui se sentit encore plus coupable de son comportement envers Luciana. Belle était vraiment effrayée.

— Vous êtes pâle. Vous avez besoin de manger quelque chose. Venez avec moi.

Leo la fit passer par la porte-fenêtre au bout du grand salon. Simona avait mis le couvert sur la table en fer forgé, couverte d'une nappe et décorée d'un bouquet de fleurs fraîches du jardin. Elle avait préparé des bruschettas avec une salade de mozzarella et une assiette de pancetta qu'il aimait particulièrement.

Il proposa à Belle un siège d'où elle pouvait voir l'Adriatique. Le temps étant chaud et clair, il compta une demi-douzaine de voiliers et quelques yachts sur l'eau. Il ne se lassait jamais de cette vue, surtout maintenant, avec le profil séduisant de la jeune femme qui se découpait sur l'horizon.

Après lui avoir servi un verre de thé glacé, il dit :

— Si vous préférez du café ou un jus de fruit, je peux demander à Simona d'en apporter.

Mais Belle avait déjà bu une longue gorgée.

— C'est délicieux et c'est exactement ce dont j'avais besoin. Merci.

Après en avoir bu un verre lui-même, il se mit à manger.

— Je suppose que Cliff est le fils des Peterson à qui vous avez fait allusion ?

Elle hocha la tête.

— Les Peterson m'ont adoptée quand j'avais dix ans. M. Peterson n'avait jamais voulu de moi mais Nadine avait toujours espéré avoir une fille et elle avait réussi à le convaincre de m'adopter. Ils avaient déjà un fils de seize ans qui n'avait aucune envie de voir une fille venue d'un orphelinat envahir ce qu'il considérait comme son territoire.

Leo serra les dents au souvenir de son enfance. Il pouvait se mettre à la place de Cliff. Il avait onze ans quand son père avait installé la jeune Luciana dans le palazzo, un monde qui appartenait à son frère Dante et à lui. A personne d'autre.

Maintenant que les années avaient passé, que Leo avait sa propre maison et qu'il était devenu père lui aussi, il comprenait mieux le besoin qu'avait eu Sullisto de se remarier. A onze ans, il n'était pas capable de voir au-delà de ses propres besoins.

Dès le début, il avait repoussé toutes les attentions de Luciana, mais il devait admettre qu'elle s'était toujours montrée gentille avec Dante et lui. Envers et contre tout. Au fil des ans, il avait appris à être plus aimable avec elle. La maturité l'avait aidé à comprendre que son apparente froideur masquait une sorte d'étrange tristesse, sans doute due au fait qu'elle avait perdu ses deux parents dans des circonstances tragiques.

Dire qu'elle avait eu un bébé et qu'elle avait été forcée de l'abandonner ! C'était déchirant. Il n'aurait jamais pu abandonner Camelia, quelles que soient les circonstances.

— Comment se fait-il que Cliff vous ait parlé de votre mère ?

Après avoir reposé sa fourchette, Belle lui raconta ce qui s'était passé à l'étude du notaire. Leo fut stupéfait par ce qu'il entendit. Que son frère adoptif lui ait pris son argent avant même de lui révéler ce qu'elle avait désespérément attendu de savoir toute sa vie ! Quel être méprisable…

— Parlez-moi un peu de votre vie avec les Peterson. J'aimerais en savoir plus.

Elle le regarda un instant comme pour estimer sa sincérité. Puis elle commença, d'une voix hachée.

— Le jour où je suis arrivée chez eux, Cliff m'a suivie dans la petite pièce qui allait devenir ma chambre. Il m'a prise par les épaules et m'a dit que son père ne voulait pas d'un bébé qui hurlerait dans toute la maison. Et que c'était pour ça qu'ils m'avaient choisie. Mais que je ferais mieux de ne pas les gêner, ni son père ni lui, sans quoi je le regretterais. D'ailleurs son père était si intimidant que j'ai fait de mon mieux pour être obéissante et ne jamais causer le moindre problème.

Leo fit la grimace.

— Ils n'auraient jamais dû avoir l'autorisation de vous adopter.

— Les lois n'étaient pas très strictes à l'époque. L'orphelinat était surpeuplé. Vous savez comment ça se passe.

Leo trouvait cela tout simplement criminel.

— Ben était mécanicien. Il adorait les vieilles voitures et il en avait restauré plusieurs, mais cela absorbait tout leur argent. Il avait été plusieurs fois au chômage... L'argent qu'il mettait dans son hobby dévorait toutes leurs économies. C'était un homme amer qui n'avait jamais un mot gentil. Plus j'essayais de m'attirer ses bonnes grâces, plus il me repoussait.

Et réduisait à néant sa confiance en elle, songea Leo.

— Nadine travaillait dans une boutique de nettoyage à sec. Elle se donnait du mal pour essayer de subvenir aux besoins du foyer. Elle m'emmenait à l'église. C'était l'un des seuls endroits où je trouvais un peu de réconfort. Mais c'était une femme silencieuse, qui ne savait pas montrer son affection. Il était clair qu'elle avait peur de son fils et qu'elle évitait le plus possible de heurter son mari. Je ne me suis jamais attachée à aucun d'eux.

— Comment l'auriez-vous pu, dans de telles circonstances ?

Leo était choqué par ce récit.

— Il m'est arrivé une chose positive. Dès que j'ai été assez âgée, j'ai commencé à faire du baby-sitting dans le quartier pour gagner de l'argent. J'avais l'habitude de m'occuper des petits, je savais comment jouer avec eux et prendre soin des bébés. Je les adore.

Sa voix tremblait. La douceur qui émanait d'elle touchait Leo au plus profond de lui.

— Pour tout vous dire, j'aimais aller chez les autres gens pour échapper à Cliff et son père, qui étaient si malveillants. Cliff me demandait sans cesse de l'argent en prétendant qu'il me rembourserait plus tard, mais il n'en faisait rien. Je me taisais de peur que Ben ne me punisse.

A chaque révélation, Leo serrait les poings un peu plus fort.

— Finalement, Cliff a commencé à travailler dans un garage après l'école et il s'est s'acheté une moto. Du coup j'en étais débarrassée mais il avait sans cesse des problèmes d'amendes et d'accidents. Il était souvent fâché avec ses deux parents à cause de rendez-vous avec des filles qu'ils ne connaissaient pas. Parfois il faisait irruption dans ma chambre pour passer ses nerfs sur moi en me persécutant. Il ne manquait jamais une occasion de me faire savoir que je lui avais gâché la vie, chuchota-t-elle.

— Je ne peux pas imaginer comment vous avez supporté ces années infernales, Belle.

— Avec le recul, je me pose la question. Le jour de mes dix-huit ans, j'ai trouvé un emploi dans une boutique de téléphonie mobile et j'ai trouvé une colocation avec trois autres filles. Cet éloignement m'a sauvé la vie.

— Est-ce que Cliff vous a suivie ?

— Non. Je suis partie pendant qu'il était absent. Il ne savait pas où j'étais allée et il ne pouvait plus me poursuivre pour m'emprunter de l'argent ou me harceler. Les rares fois où j'ai revu Nadine, c'était sur son lieu de travail où je passais sans que Cliff le sache. Elle savait qu'il était imprévisible et elle ne m'a jamais poussée à revenir à la maison, d'autant que j'étais majeure.

Certains détails du récit de Belle rappelèrent à Leo combien il s'était montré méchant avec Luciana quand elle était arrivée au palazzo. Dante avait fait de même, marchant sur les traces de son grand frère.

— Après cela, je n'ai revu Cliff qu'à l'enterrement et chez le notaire, expliqua Belle. Quand il m'a révélé mon nom de famille, je ne savais pas si ce qu'il disait était vrai. Mais j'avais envie que ce le soit, au point que j'ai pris l'avion pour Rimini. J'étais heureuse de penser que je ne le reverrais plus de toute ma vie.

Secoué par ses révélations, Leo se tapota le coin des lèvres avec sa serviette.

— Cliff ne vous a rien appris au sujet de votre père biologique ?

Elle finit son verre de thé.

— Non. J'ai toujours pensé qu'il avait disparu avant que ma mère ne m'ait déposée à l'orphelinat. Quelle autre explication pourrait-il y avoir ? A moins que quelque chose d'affreux ne soit arrivé et qu'elle ait été violée ? Je préfère ne pas y penser.

— Dans ce cas nous n'en parlerons pas.

Si Luciana avait été victime d'un viol et que le père de Leo l'apprenait, quel serait son ressenti face à Belle, la deuxième victime innocente ? Plus Leo y pensait, plus il imaginait une bombe à retardement, avec des ondes de choc dévastatrices.

— Comment s'appelle l'établissement auquel vous avez été confiée ?

— L'orphelinat de l'église de Newburgh. Pourquoi cela ?

Il posa sa fourchette.

— En dépit de sa mauvaise réputation, la famille Malatesta contribue à de nombreuses œuvres de bienfaisance. Votre histoire m'a décidé à envoyer un don anonyme à l'orphelinat où vous avez été élevée. Je vais m'en occuper tout de suite.

Un don si important soit-il ne pourrait pas atténuer la culpabilité qu'il ressentait à cause de son hostilité envers Luciana, mais si Belle était en vie aujourd'hui, c'était grâce à la générosité d'autrui.

— Si vous le faisiez, les sœurs le recevraient comme un don du ciel, mais ne vous y sentez pas obligé.

— Je veux le faire. Elles vous ont offert un départ matériel et spirituel dans la vie. Aucun paiement ne saurait compenser cela.

— Vous avez raison, dit-elle à voix basse. L'une des sœurs nous rappelait que nous avions de la chance d'être là, et de ne manquer de rien.

Leo songea à Luciana, au moment où elle avait dû prendre cette terrible décision. Elle avait au moins eu le courage de veiller à ce que son bébé soit bien pris en charge. Mais pourquoi cet abandon ? Avait-elle eu peur d'un scandale qui ternirait la réputation de la famille Donatello ?

Il était extraordinaire que ce bébé soit devenu cette femme belle et intelligente, en train de déjeuner avec lui.

Prends garde, Malatesta, tu prends un peu trop plaisir à cette situation !

Luciana avait vécu un cauchemar, puis la vie avait continué et elle avait réussi à fonder une famille avec Sullisto et les garçons malgré le rejet de Leo.

— Leur bonté pour vous doit être récompensée, murmura-t-il, tandis qu'il tentait de digérer toutes ces informations.

— Parfois je me sens coupable de vouloir tant connaître mes parents alors que les sœurs ont tout fait pour que nous soyons heureux à l'orphelinat. Quand Cliff m'a demandé pourquoi je voulais retrouver quelqu'un qui ne voulait pas de moi, je lui ai dit que cet abandon n'avait pas d'importance pour moi. J'avais seulement besoin de savoir qui j'étais et d'où je venais. Mais cela ne vous concerne pas et j'ai déjà bien trop abusé de votre temps.

Elle repoussa sa chaise et se leva.

— Maintenant que j'ai les réponses à mes questions, je peux rentrer à New York. Il va sans dire que je vous serai à tout jamais reconnaissante. Merci de m'avoir invitée chez vous, remerciez la cuisinière pour ce délicieux repas. Si vous pouviez me raccompagner à la bibliothèque, ce serait très gentil.

Leo se leva d'un bond.

— Mais nous avons à peine commencé à éclaircir ce mystère. Nous sommes seulement au début de notre recherche.

— Mais non. Vous et moi savons bien que si elle m'a abandonnée, c'était pour une raison impérative. Je ne voudrais pas la faire souffrir en arrivant ici comme une intruse.

— Mais vous n'êtes pas une intruse ! lança Leo avec force.

En parlant ainsi c'était le père de Camelia qui s'insurgeait en lui. Ce père qui idolâtrait sa petite fille et ne pouvait concevoir que Belle n'ait jamais connu l'amour de ses parents.

3

— Vous dites cela avec tant de ferveur que j'aimerais vous croire, Leo, mais nous ne connaissons pas les faits ! Ma mère est revenue en Italie et a épousé votre père et je suis sûre qu'elle n'a jamais essayé de me retrouver…

— Vous n'en savez rien, pas plus que moi. Néanmoins…

— Néanmoins, elle et votre père ont leur vie à présent, interrompit Belle. L'année dernière, je me suis rendue à l'orphelinat une dernière fois pour les supplier de me révéler quelque chose sur mes racines. J'ai parlé avec la sœur responsable.

Le tremblement de la voix de Belle touchait profondément Leo.

— Et que vous a-t-elle dit ?

— Elle m'a dit qu'elle n'était pas en mesure de me révéler quoi que ce soit parce que mon adoption était un dossier fermé. Puis elle m'a fait lire une brochure pour l'enfant adopté, basée sur les recherches d'experts psychiatriques. Cette brochure me décrivait tellement bien que j'en ai été abasourdie.

— Expliquez-moi ce que vous voulez dire.

Elle s'humecta les lèvres.

— J'ai toujours eu des problèmes de confiance en moi. Ne pas savoir qui vous êtes parce que vous avez été abandonnée, c'est être toute sa vie en quête d'identité. J'ai toujours eu envie de savoir si je ressemblais à mes parents biologiques, si je tenais quelque chose d'eux.

Belle s'interrompit quelques instants avant de reprendre d'une voix brisée par l'émotion :

— Je me demandais si j'avais des frères et des sœurs dont j'ignorais tout. Et si je venais d'une grande famille avec des demi-frères et des demi-sœurs que je ne rencontrerais jamais. Toutes ces questions me rendaient folle.

— Au moins vous savez maintenant que vous avez une mère et une belle-famille.

— Oui, murmura-t-elle en regardant la mer sans la voir. Si jamais je la rencontre, je pourrai l'interroger sur mon père biologique. J'aurais tellement aimé avoir un père, j'ai passé tant d'heures à rêver de lui. Mais je suis terrifiée, Leo, parce que j'ai été abandonnée. J'ai l'impression que je n'étais pas assez bien pour être aimée et gardée. C'est quelque chose de très dur à accepter.

Ce qu'elle venait de dire brisa le cœur de Leo.

— Comme vous ne connaissez pas les circonstances de votre abandon, ne croyez-vous pas que l'attitude de votre père et votre frère adoptifs ont beaucoup contribué à ces pensées négatives ?

— Si, bien sûr, dit-elle d'une voix haletante, mais faire la connaissance de ma mère après tout ce temps et apprendre de sa bouche que je n'étais ni aimée ni désirée m'anéantirait. Je ne sais pas si je pourrais le supporter. Je ne veux pas courir ce risque, il est trop grand.

Leo secoua la tête.

— Cela n'arrivera pas. Si vous voyiez la manière dont Luciana traite les gens, vous vous rendriez compte qu'elle a en elle des trésors de tendresse.

Leo en avait toujours été convaincu, même si au début il refusait de le reconnaître. D'ailleurs, n'avait-elle pas toujours été gentille avec Camelia ?

— Peu importe. De toute façon, je risque d'apprendre

que rien de ce que j'imaginais au sujet de mes parents biologiques n'était vrai. Vous me dites qu'elle n'a pas eu d'autre enfant, pourtant c'est une princesse qui a vécu une vie totalement différente de la mienne. Les chances qu'elle veuille revoir l'enfant qu'elle a abandonnée sont infimes.

— Ce n'est pas vrai. Je la connais.

— Je sais que vous avez envie de croire qu'elle sera heureuse de me revoir, mais vous ne savez pas ce qu'il y a au plus profond de son cœur. Et puis il faut penser à votre père. Plus j'en apprends sur elle et sur sa vie, plus je crains que des retrouvailles ne soient impossibles.

— C'est vrai, je ne connais pas ses pensées intimes…

Leo avait le tournis en comparant les univers des deux femmes. Et il ne savait pas comment son père réagirait en apprenant que la fille de Luciana se trouvait à Rimini.

— Même si elle est prête à me rencontrer, comment va-t-elle gérer la situation ? Après m'avoir abandonnée, elle croyait qu'elle ne me reverrait jamais. Et si le fait de me revoir faisait renaître en elle une ancienne souffrance ? Les raisons pour lesquelles elle a dû se séparer de moi n'ont peut-être pas disparu de sa mémoire. Cette rencontre pourrait créer des difficultés entre elle et votre père…

Elle se tourna vers lui, pâle comme un linge. Des larmes brillaient comme des diamants sur ses joues.

— Je ne peux pas supporter l'idée que je puisse être la cause d'un drame dans votre famille.

Torturé par la peur et la souffrance qu'il entendait dans sa voix, Leo lui tendit les bras et la berça comme il le faisait avec Camelia quand elle était bouleversée et effrayée.

— Chut, tout va bien se passer, Belle. Je vous le jure…

Il lui embrassa le front sans y penser.

— Je… je ne veux pas que cela arrive, et vous ne pouvez rien me garantir.

Même si Leo ne voulait pas l'avouer, les craintes qu'elle exprimait avec une sincérité déchirante n'étaient pas sans fondement. Soudain, il se rendit compte que quelque chose venait de naître en lui. Quand il avait attiré Belle contre lui, son seul but avait été de la réconforter. Puis le contact de son corps contre le sien avait envahi tous ses sens, lui envoyant une décharge électrique si puissante qu'il eut soudain besoin de s'écarter d'elle. Aussi doucement que possible, il la lâcha.

Belle fit un pas en arrière puis leva vers lui ses yeux rougis.

— La sœur m'a avertie que je ferais mieux de consacrer mon temps à construire ma propre vie, et à aller de l'avant plutôt que de gaspiller mon temps à essayer de trouver ma mère biologique. D'autant plus qu'elle n'avait manifestement pas envie d'être retrouvée. J'ai donc quitté l'orphelinat ce jour-là avec la ferme intention d'avancer dans ma carrière et de mettre mes rêves de côtés. Il a fallu que Cliff fasse cette maladresse à l'étude du notaire…

— Une maladresse providentielle, à mon avis, marmonna Leo.

Il commençait à croire qu'une puissance invisible avait été à l'œuvre des deux côtés de l'Atlantique.

— Je suis d'accord, Leo. A la seconde où c'est arrivé, j'ai complètement ignoré les paroles de la sœur et les conseils de la brochure. Je suis partie pour l'Italie, bien décidée à découvrir quelque chose. Aujourd'hui, je regrette de l'avoir fait.

Leo n'était pas de cet avis.

— Je ne révélerai pas les secrets de ma mère et il faut absolument que vous gardiez le silence, vous aussi, vous me le promettez ?

Le désespoir dans la voix de Belle mettait Leo au supplice.

— Je vous le promets, à condition que vous fassiez quelque chose pour moi.

— Quoi ? demanda-t-elle d'une voix brisée.

— J'insiste pour que vous restiez chez moi en tant qu'invitée jusqu'à votre départ pour les Etats-Unis. Si vous ne voulez pas de mon aide, acceptez au moins mon hospitalité. Nos parents sont mari et femme, cela crée entre nous un lien que vous ne pouvez pas nier.

— Je ne comptais pas le nier mais maintenant que j'ai obtenu les informations que je cherchais, je pensais rentrer à New York ce soir ou demain matin. Chaque seconde de plus passée ici est une torture. La possibilité que ma mère puisse découvrir que je suis chez vous me terrifie. Elle m'a donné la vie, et quoi qu'il se soit passé après, je préférerais mourir plutôt que de lui faire du mal.

L'admiration de Leo pour Belle ne faisait que croître.

— Je vous crois, murmura-t-il. Si votre décision est prise, alors je vous raccompagne à votre voiture.

Elle hocha la tête et il alla trouver Simona. En chemin, il s'arrêta dans le salon pour y prendre la photographie de Luciana avec son père, le jour de leur mariage. A vingt ans, la ressemblance avec Belle était encore plus frappante.

Quand il arriva dans l'entrée, il trouva Belle en train d'étudier une grande peinture à l'huile représentant toute la famille.

— C'est mon frère, là, appuyé contre ma mère.

— Vous avez l'air d'avoir environ six ans ici. Et Dante ?

— Cinq ans. Nous avons seulement quatorze mois d'écart.

Elle se tourna vers lui.

— Quelle splendide famille. Vous ressemblez à vos deux parents.

— Les gènes ne mentent pas, n'est-ce pas ?

— Non. Votre mère a un sourire merveilleux.

— Tout chez elle était merveilleux.

Belle le regarda.

— Vous avez eu de la chance d'avoir une mère comme elle. Comment s'appelait-elle ?

— Regina Emilia della Rovere, de Pesaro.

— Encore une princesse ?

— Oui.

Il ouvrit la porte afin qu'elle le précède. Après l'avoir aidée à monter en voiture, il lui tendit la photographie.

— Je veux que vous la preniez. Personne ne la mérite autant que vous.

Les yeux de Belle s'embuèrent de larmes.

— Je ne peux pas accepter.

— Mais si, il y en a des dizaines d'autres.

Il claqua la portière et fit le tour de la voiture pour s'installer au volant.

Belle était encore sous le choc de ce qui venait de se passer. Elle serra la photo contre sa poitrine, émerveillée et surprise d'être arrivée au bout de sa quête. Tout cela grâce à Leo Di Malatesta, l'homme le plus remarquable qu'elle ait jamais rencontré. Toutefois ce n'était pas sa générosité qui l'avait fait trembler quand il l'avait prise dans ses bras.

Tandis qu'il la tenait, qu'il l'embrassait comme on réconforte un enfant, des sentiments d'une autre nature avaient surgi en elle. Le besoin de goûter sa bouche et de laisser libre cours à ses sentiments était devenu si intense qu'elle avait compris qu'elle était dans une situation désespérée. Il était son *beau-frère* !

Elle venait de faire l'expérience du désir pour la première fois de sa vie. Elle rougit en pensant à cet instant qu'elle aurait souhaité interminable. Quand il s'était écarté d'elle, elle avait ressenti un manque cruel.

— Tout va bien, Belle ?

— Oui, je me sens seulement bouleversée, marmonna-t-elle.

— C'est compréhensible.

S'il avait pu lire dans ses pensées, il l'aurait immédiatement reconduite à l'aéroport. La veille, quand il avait cru qu'elle était une pseudo-journaliste venue pour déterrer des histoires sordides sur sa famille, il avait semblé prêt à la jeter hors de la ville. Finalement, il était venu à la pension et il l'avait aidée à réaliser son rêve : retrouver sa mère.

Dire qu'elle lui était redevable ne suffisait pas à décrire son immense gratitude. Penser qu'après toutes ces années de souffrance elle avait enfin sa réponse…

Belle regarda de nouveau l'homme extraordinaire assis à côté d'elle et sut qu'elle pouvait compter sur lui pour garder le silence. C'était à elle-même qu'elle ne faisait pas confiance. Une grande part d'elle mourait d'envie de rendre visite à sa mère tant qu'elle se trouvait encore à Rimini.

Plus tôt elle quitterait l'Italie, mieux ce serait. Mais cela signifiait qu'elle ne reverrait jamais Leo. Comment le supporter ?

Il le faut, Belle.

Alors qu'ils arrivaient à la bibliothèque, elle rangea la photographie dans son sac à main et sortit ses clés de voiture. A la seconde où il se gara, elle ouvrit la portière et sortit avant qu'il n'ait pu l'aider. En un instant, elle était dans son propre véhicule, prête à démarrer.

Alors que la silhouette musclée s'approchait d'elle, elle ouvrit sa fenêtre.

— Merci pour tout, Leo. Jamais je n'oublierai votre gentillesse.

— Je penserai toujours à vous, dit-il de sa voix grave. Je vous souhaite bonne chance pour votre nouveau poste. Bon retour chez vous.

Chez elle. Ces mots n'avaient désormais plus le même sens.

— Au revoir.

Elle démarra et s'éloigna en direction de la rue principale. Dès qu'elle serait à la pension, elle s'occuperait de changer son billet d'avion.

Dans le rétroviseur, elle aperçut Leo qui la regardait, debout, tel un prince italien de la Renaissance, ténébreuse silhouette d'une époque révolue.

Alors qu'il disparaissait, une pensée vint la troubler. Il

ne s'était pas opposé à son départ. Elle eut le cœur serré en pensant qu'il avait accepté si facilement leur séparation. S'il l'avait voulu, il aurait pu remuer ciel et terre pour l'empêcher de partir.

Dès que la voiture de Belle se fut éloignée, Leo téléphona à Ruggio pour lui demander de se rendre à la pension et de garder un œil sur elle.

Après avoir appelé Simona pour savoir comment se portait sa fille et prévenir la gouvernante qu'il rentrerait peut-être tard, il se dirigea vers la banque pour parler à son père. Il le trouva dans ses bureaux, en train de téléphoner. D'un geste, Sullisto lui fit signe d'entrer.

En attendant la fin de la conversation, Leo se servit un café et se mit à faire les cent pas dans la pièce, sa tasse à la main. Que son père soit au courant ou non de l'existence de Belle, ce que Leo avait à lui dire allait lui faire un choc.

— Ça fait plaisir de te voir ! s'exclama son père après avoir raccroché. Tu es passé me dire que tu envisages enfin de mettre un terme à ta période de deuil et que tu acceptes de rencontrer la femme à laquelle j'ai pensé pour toi ?

— Non, papa.

En se mariant avec Benedetta, Leo avait contrarié les projets de Sullisto, qui souhaitait le voir épouser une femme de son rang. Leo ne pas voulait pas faire souffrir son père mais il refusait de se plier à ses souhaits en matière de mariage.

Aucun argument n'avait pu le faire changer d'avis.

A cet égard, le père et le fils n'étaient pas si différents, puisque le comte lui-même s'était remarié alors que Leo et Dante le suppliaient de ne pas le faire. Les prières des deux enfants étaient restées lettres mortes, et les rapports entre le père et ses fils s'étaient lentement dégradés.

— Je suis venu pour discuter d'une affaire extrêmement délicate.

Leo ferma la porte à clé pour que personne ne les interrompe.

— Je sais que ton dernier examen de santé était bon, je pense donc que tu vas pouvoir supporter d'entendre ce que j'ai à te dire.

Le comte fronça les sourcils.

— Voilà que j'ai le trac maintenant, Leonardo.

— Pas tant que moi.

Il regarda son père dans les yeux.

— C'est au sujet de Luciana.

— Est-ce que tu crois qu'elle me cache quelque chose au sujet de sa santé ?

Leo perçut l'angoisse dans la voix de son père, prouvant à quel point il tenait à elle.

— Je te crois quand tu me dis qu'elle est en pleine forme, tout comme toi. Je veux te parler d'un secret qu'elle aurait pu te cacher depuis votre mariage.

Leo n'avait jamais été du genre à tourner autour du pot.

Son dernier commentaire fit bondir son père de sa chaise. Leurs regards se croisèrent.

— Tu es au courant ?

Leo faillit lâcher sa tasse de café. Ainsi, depuis toutes ces années, son père connaissait l'existence du bébé de Luciana ! Il posa la tasse sur le buffet.

— Si tu parles de l'enfant qu'elle a eu avant votre mariage, oui.

Les yeux noirs de Sullisto se voilèrent.

— Comment l'as-tu appris ? demanda-t-il d'une voix tremblante.

Leo respira profondément.

— Avant que je te réponde, dis-moi seulement une chose. Est-ce qu'elle a fait le choix de l'abandonner ou est-ce qu'elle y a été contrainte ? J'ai besoin de savoir la vérité avant de dire un mot de plus.

La tristesse se peignit sur le visage de son père.

— Elle a été obligée.

— Est-ce qu'elle avait été violée ?

La question resta suspendue entre eux comme posée sur un fil.

— Non.

— Connais-tu l'identité du père ?

Un nerf se mit à palpiter sous l'œil du comte.

— Oui. Mais ce n'est pas moi, si c'est ce que tu penses.

Sullisto s'éclaircit la gorge.

— Pour répondre à ta première question, Luciana aimait sa petite fille plus que tout au monde. Il ne se passe pas un jour sans qu'elle lui manque, sans qu'elle regrette de ne pas être avec elle. Elle n'en parle pas constamment, pourtant, même après toutes ces années, je vois sa tristesse, je vois ses larmes quand elle pense que je ne la regarde pas.

Ces mots apportèrent un immense soulagement à Leo. Puis il pensa à Belle et laissa libre cours à son indignation.

— Comment a-t-elle pu l'abandonner ?

— Il faut que tu entendes toute l'histoire, *figlio mio*.

— Je t'écoute.

Son père se mit à faire les cent pas dans la pièce.

— Le père de Luciana avait de nombreux ennemis et il était persuadé que son épouse avait été assassinée. Craignant que sa fille ne soit en danger, il l'a envoyée étudier à New York, à l'âge de dix-huit ans, sous un nom d'emprunt. Là-bas, elle est tombée amoureuse d'un étudiant et, bientôt, elle s'est retrouvée enceinte. Elle était désespérée parce qu'elle savait que son père n'accepterait jamais qu'elle se marie avec celui dont elle attendait un enfant.

— Mais elle était enceinte ! Etait-il tyrannique à ce point ?

— C'est un mot très fort. Disons que c'était un personnage rigide. Luciana et ce jeune homme ont décidé de se marier en secret dans la ville où ils faisaient leurs études, à une heure de New York. Mais le jour du mariage, juste avant la cérémonie, le futur marié a été tué par un chauffard que l'on n'a jamais retrouvé.

Leo fit la grimace.

— Luciana a dû vivre un cauchemar.

— C'est peu dire. A cause de ce qui était arrivé à sa mère, elle a pensé qu'on la pourchassait et que son amant avait été assassiné.

Horrifié, Leo demanda :

— Quand t'a-t-elle dit tout cela ?

— Quand je l'ai demandée en mariage. Vois-tu, malgré les rumeurs qui prétendent que je cherchais seulement à mettre la main sur l'empire des diamants Donatello, la vérité, c'est que j'étais très attaché à elle.

— Tu peux le dire, papa. Tu l'aimais.

— Donc, tu l'as deviné.

— Oui.

Son père respira profondément.

— Son chagrin était si grand que j'ai pensé qu'avoir deux beaux-fils à élever apaiserait un peu sa peine. Vous n'aviez que dix et onze ans, vous aviez besoin d'une mère, surtout Dante.

Sa voix se mit à trembler.

— Quant à moi, je voulais partager ma vie avec quelqu'un. Naturellement, mes sentiments pour elle n'étaient pas les mêmes que ceux que j'éprouvais pour votre mère.

Leo n'en croyait pas ses oreilles. Jamais ils n'avaient parlé de sa mère auparavant. Belle avait été le déclencheur d'une discussion qui aurait dû avoir lieu des années plus tôt.

— Le père de Luciana était heureux parce qu'il savait que je prendrais bien soin d'elle. Avant de me donner sa réponse, elle m'a dit qu'elle voulait me confier quelque chose qu'elle n'avait jamais révélé à personne, pas même à son père. Si je voulais encore d'elle après cela, alors elle accepterait ma demande. Je l'ai écoutée me raconter tout cela. Après de nombreuses nuits d'angoisse et d'hésitation, elle était parvenue à la conclusion qu'elle devait faire adopter le bébé afin qu'il ne lui arrive rien.

Sullisto plongea son regard dans celui de Leo avant de poursuivre :

— Quand elle l'a abandonnée, elle a signé un document qui stipulait qu'elle ne pourrait plus jamais revoir son enfant. Luciana a accepté parce qu'à ce moment-là elle n'avait plus goût à la vie et qu'elle était sûre que ses jours étaient comptés. Puis elle est rentrée à Rimini, mais elle n'était plus la jeune fille pleine de vivacité qu'elle avait été autrefois.

Leo était abasourdi par ces révélations.

— Sa franchise n'a fait qu'accroître mon respect pour elle, reprit le comte.

De toute évidence, Belle avait hérité de cette admirable qualité.

— Peu de temps après notre mariage, son père est décédé d'une crise cardiaque. Plus que jamais, elle avait besoin de moi…

Sullisto regarda son fils.

— Tu n'as toujours pas répondu à ma question.

Leo secoua la tête.

— Après ce que tu viens de me dire, je ne suis pas sûr que ce soit sage.

— Tu ne me fais pas confiance ?

— Ce n'est pas cela. Mais je pense à sa fille, qui est venue cette semaine à Rimini à la recherche de la mère qui l'avait abandonnée.

— *Quoi ?*

Leo hocha la tête.

— Assieds-toi, papa. Je vais te raconter l'histoire de Belle Peterson.

Quelques minutes plus tard, son père essuyait les larmes qui couvraient ses joues.

— Je ne peux même pas imaginer la réaction de Luciana quand elle va apprendre cela.

— Sauf que Belle ne veut pas que Luciana le sache.

Il expliqua à Sullisto que Belle craignait de faire souffrir sa mère.

— La faire souffrir ? s'exclama le comte. Mais bien au contraire ! Je sais de quoi je parle. La seule chose qui nous a empêchés d'être vraiment heureux, c'est la tristesse profonde de Luciana. Nous avons essayé d'avoir un bébé mais nous n'avons pas réussi. Elle a toujours été persuadée que c'était une sorte de punition pour avoir abandonné son enfant.

Incredibile.

— Il y a deux mois, nous avons appris que la mort de Valeria était bel et bien un accident. Ce jour-là, j'ai suggéré à Luciana d'appeler l'orphelinat pour découvrir ce qui était arrivé à Belle, et leur demander au moins si elle avait été adoptée. Mais elle n'osait pas, elle était paralysée par l'angoisse de découvrir que sa fille la haïssait. Je lui ai proposé d'engager un détective privé pour retrouver sa trace mais elle était convaincue qu'elle refuserait de lui parler.

— Belle a peur elle aussi que sa mère ne la rejette.

Son père se frotta les mains.

— Quand je pense qu'elle a fait tout ce chemin pour la retrouver, c'est trop beau pour être vrai. Luciana ne va jamais le croire !

— Et toi, cela ne te posera pas de problème si elles sont réunies ?

— Tu es fou ! s'écria-t-il. Je ne rêve que d'une chose, c'est de rendre Luciana heureuse.

C'était tout ce que Leo avait besoin de savoir. Il imaginait déjà la joie de Belle quand toutes deux se rencontreraient enfin.

— J'ai un plan. Amène Luciana à dîner chez moi ce soir. Dis-lui que Camelia va mieux.

Son père hocha la tête.

— Cela fait une éternité qu'elle espère une invitation de ta part.

— Je sais. J'en suis désolé, et j'ai bien l'intention d'y remédier.

Il était regrettable, mais vrai, que Leo ne les avait jamais invités chez lui. Son père passait parfois à la villa mais jamais Luciana. La froideur de Leo envers elle avait perduré au fil des années. Il regrettait de ne pas avoir su plus tôt qu'elle avait abandonné un enfant. Cela n'aurait rien changé à ses sentiments concernant le remariage de son père mais il n'aurait peut-être pas été si prompt à la juger, sur la foi des fausses suppositions et des nombreuses rumeurs qui parvenaient à ses oreilles d'enfant.

— Cela ne fait rien, Leo. Je sais combien ta mère comptait pour toi et pour Dante, et j'ai compris tes réticences. Quant à Luciana, elle adore ta petite Camelia et elle se réjouira de la voir chez vous.

— Venez à 19 heures. Camelia aura dîné.

Son père semblait revigoré quand il sortit de la pièce. Il avait embrassé affectueusement Leo comme il ne l'avait plus fait depuis des années.

Après avoir prévenu Simona qu'il aurait des invités pour le dîner, Leo se dirigea vers la pension. Ruggio était garé derrière Belle, deux voitures plus loin. Il lui dit qu'il pouvait rentrer.

Un frisson d'excitation qu'il n'avait pas connu depuis plus d'un an le parcourut alors qu'il entrait dans la petite pension et appuyait sur la sonnette pour annoncer sa présence.

Rosa apparut.

— Signore ?

— Pardonnez-moi de ne pas m'être présenté plus tôt. Je m'appelle Leonardo Di Malatesta, signora.

La femme écarquilla les yeux.

— Il est d'importance vitale que je voie la signorina Peterson.

Il ne faisait que dire la vérité.

— Je sais qu'elle est ici. Demandez-lui de descendre s'il vous plaît.

Il posa quelques billets sur le comptoir.

Après une légère hésitation, Rosa hocha la tête et passa derrière le rideau. Leo n'eut pas à attendre longtemps pour voir apparaître Belle, le visage rougi et gonflé de larmes. Il ne fut pas surpris de voir à quel point elle souffrait.

— Leo ? dit-elle d'une voix haletante. Que faites-vous ici ? Nous nous sommes déjà dit au revoir.

Il était peut-être fou, mais il aurait juré qu'elle était contente de le revoir.

— C'est vrai, mais il s'est passé quelque chose. Allons dans votre chambre, je vais vous raconter.

Elle hocha la tête. Sa combativité semblait envolée pour l'instant.

Leo remercia Rosa puis suivit Belle jusqu'à sa petite chambre. Elle portait toujours la robe blanche qu'elle avait le matin mais elle semblait froissée.

Il ferma la porte de la petite chambre à clé. En voyant le creux sur son lit, il l'imagina, allongée, en train de sangloter.

Il alla droit au but.

— Je suis allé voir mon père après notre discussion.

— Oh non !

— Avant de vous mettre dans tous vos états, écoutez-moi. J'ai appris qu'il savait déjà tout quand il a épousé votre mère.

Belle écarquilla les yeux.

— Je lui ai demandé si Luciana avait choisi d'abandonner son bébé ou si elle y avait été obligée.

La peur de Belle était palpable.

— Et qu'est-ce qu'il a dit ?

— Il a dit ceci mot pour mot : « Elle aimait sa petite fille plus que tout au monde. Il ne s'écoule pas un jour sans qu'elle lui manque, sans qu'elle regrette de ne pas être avec elle. »

Trop émue de toute évidence pour affronter son regard, Belle lui tourna le dos. Sans réfléchir, il la prit par les épaules et la fit pivoter face à lui. Elle tremblait comme une feuille. Quand il l'avait prise dans ses bras, le matin même, cela lui avait paru bien trop court. Cette fois, il l'attira contre lui et la serra très fort.

Ses cheveux si doux, si brillants lui chatouillaient la joue. Il murmura :

— Si vous avez déjà changé votre billet d'avion, il va falloir recommencer parce qu'il vient dîner chez moi ce soir avec elle afin que vous puissiez vous rencontrer.

Belle laissa échapper un cri. Elle essaya de se dégager mais il la serra plus fort encore.

— Elle ne sait pas que vous serez là. Mon père pense que c'est la meilleure conduite à adopter et moi également. Il n'aurait pas accepté s'il n'était pas persuadé qu'elle sera folle de joie. Si vous avez besoin d'être convaincue, nous pouvons appeler mon père pour qu'il vienne en parler avec vous.

La tête de Belle était appuyée contre le torse de Leo. Il lui caressa le dos pour la réconforter.

— Comment pourriez-vous partir sans la voir ? demanda-t-il. C'est l'occasion que vous avez attendue toute votre vie. Vous avez été tellement forte. Vous avez survécu à une existence qui aurait pu vous détruire. Vous imaginez à quel point votre mère va être fière de vous et de ce que vous avez accompli ?

— Je l'espère de tout mon cœur.

— Est-ce que cela vous aiderait si je vous disais que moi je suis fier de vous ? Le fait que vous ayez survécu à toutes ces années passées dans cette maison m'impressionne beaucoup. La manière méthodique dont vous vous y êtes prise pour retrouver votre mère, seule dans un pays étranger, sans l'aide de personne dépasse l'entendement.

Il l'entendit renifler.

— Merci, c'est gentil.

Belle...

— Je vais attendre pendant que vous faites vos bagages. Pour le reste de votre séjour en Italie, vous êtes mon invitée. Ne vous inquiétez pas pour votre voiture de location. Si vous laissez les clés à la réception, j'enverrai quelqu'un la rapporter à l'agence. Une fois chez moi, vous aurez tout le temps de vous préparer pour le dîner de ce soir.

— Vous êtes trop bon avec moi.

Il posa les lèvres sur sa tempe.

— Et pourquoi ne le serais-je pas ? Le fait que j'aie pu vous aider à retrouver votre mère après toutes ces années me procure une grande joie.

C'est un cadeau que je ne peux pas offrir à ma fille, mais je peux vous l'offrir à vous.

— Vous ne voudriez pas me priver de ce bonheur n'est-ce pas ?

Doucement, elle releva la tête et esquissa un adorable sourire.

— Non, bien sûr que non, mais j'ai tellement peur. Si jamais…

— Ne vous en faites pas, coupa-t-il d'une voix calme en lui caressant les bras. Je vous promets que si elle savait ce qui se prépare ce soir, elle aurait bien plus peur que vous. Papa me dit que pendant toutes ces années, elle a souffert d'avoir effectué une adoption fermée. Même si elle avait pu obtenir une décision judiciaire pour rouvrir le dossier, elle avait peur que vous ne trouviez son acte impardonnable et que vous ne la rejetiez d'emblée.

— Est-ce que c'est vrai ?

La crainte et l'espoir se mêlaient dans la voix de Belle.

— Demandez à mon père. Il n'a aucune raison de me mentir et il est fou de joie à l'idée que vous vous retrouviez toutes les deux. Moi aussi je suis impatient.

— Alors, il n'est pas contrarié ?

— Au contraire. Il est persuadé que ces retrouvailles contribueront à résoudre des problèmes dans leur couple.

— Que voulez-vous dire ?

— La tristesse qu'elle éprouve à l'idée de vous avoir abandonnée et l'impuissance de mon père à la soulager de ce chagrin les empêchent de vivre pleinement heureux.

— Oh, Leo…, dit Belle, les yeux embués de larmes.

Incapable de résister à l'attirance qu'il ressentait, il prit son visage entre ses mains, mais cela ne suffisait pas. Il fallait qu'il la goûte. Il baissa la tête et posa sa bouche sur la sienne. Que ce soit bien ou mal, il en avait envie depuis le début.

Alors qu'il la forçait à entrouvrir les lèvres, il sentit la réaction passionnée de Belle qui l'enflamma encore plus. Ce qui aurait dû n'être qu'un baiser fut suivi d'un autre, puis d'un autre encore. Il aurait dû être capable de s'arrêter mais il se sentait trop excité.

— Belle, gémit-il, affamé.

Soudain, elle s'écarta de lui et recula, dos à la porte. Il se sentit complètement abandonné.

— Pourquoi t'écartes-tu de moi ?

— Il faut bien que quelqu'un arrête cette folie, lança-t-elle, haletante. Je ne te blâme pas, j'aurais pu résister mais je ne l'ai pas fait parce que… j'aimais ça.

Toujours cette franchise.

— Je pourrais dire que je ne sais pas ce qui m'a pris, mais ce serait un mensonge, poursuivit-elle. Le fait est que je n'ai jamais atteint ce degré d'intimité avec un homme et je me suis emballée.

— Tu veux dire que…

— C'est surprenant n'est-ce pas ? A vingt-quatre ans ! Comme je ne t'ai pas arrêté, je … je comprends pourquoi tu as continué à m'embrasser. Tu as eu une vie de couple heureuse et ta femme te manque. Quant à moi, je n'ai pas d'excuse. Disons que c'était un moment d'égarement qui n'aurait pas dû avoir lieu. Promettons-nous que nous ne nous retrouverons plus dans cette situation. Promets-le-moi, Leo. Sinon je ne pourrai pas rester ici, même si cela implique que je ne rencontre jamais ma mère.

Ses yeux brillaient d'un éclat déterminé.

— Je jure que je ne te ferai jamais rien dont tu n'aies pas envie. Est-ce que cela te rassure ?

— Non.

La réponse avait le mérite d'être franche.

— Pendant que tu fais tes bagages, je vais descendre à la réception et m'occuper de régler la chambre.

Elle s'écarta de la porte.

— Tu n'as pas besoin de payer pour moi.

— Je sais. C'est pour ça que j'en ai envie, murmura-t-il.

Il n'y avait donc pas une once de vénalité en elle. Il songea à ce baiser qui avait fait battre son cœur si vite. Lui qui n'avait jamais désiré une autre femme depuis la mort de Benedetta.

Il quitta la chambre, régla la note jusqu'au dimanche, ajoutant un bon pourboire qui fit briller les yeux sombres de Rosa.

Belle le rejoignit plus vite qu'il ne s'y attendait, chargée de sa valise et de son sac. Il supposa que l'impatience de voir sa mère l'avait conduite à se dépêcher même s'il pressentait qu'elle était quelqu'un de ponctuel. Encore un trait de caractère qu'il ne pouvait s'empêcher d'applaudir.

Il prit ses bagages et la précéda jusqu'à sa voiture. Pour la deuxième fois de la journée, il la conduisait chez lui. Tant de choses avaient changé par rapport à la veille, quand il était allé se coucher après avoir veillé toute la nuit auprès de Camelia.

Leo ne se demandait plus pourquoi le coup de téléphone de son assistant l'avait poussé à faire une visite éclair à la banque. Leur rencontre était écrite.

4

Une heure après s'être installée dans la magnifique chambre d'ami qu'elle avait aperçue la veille, Belle entendit frapper à sa porte. Elle éteignit le sèche-cheveux pour aller ouvrir. Le dîner n'était prévu que dans une heure.

— Le *signore* m'envoie pour voir si vous avez besoin que je vous lave du linge ou que je vous repasse quelque chose, dit la femme de chambre qui se tenait devant la porte.

Belle n'avait jamais été chouchoutée ainsi de toute sa vie. Comme elle voulait être impeccable pour la rencontre avec sa mère, elle décida de profiter de l'extraordinaire hospitalité de Leo.

— Un instant, s'il vous plaît.

Elle alla en hâte vers sa valise, posée sur un coffre au pied du lit. Elle en sortit un ensemble vert amande, avec une veste à manches courtes, et un revers blanc brodé de dentelle.

— Est-ce que vous pouvez lui donner un coup de fer, s'il vous plaît ? dit-elle à la femme de chambre.

— Je reviens tout de suite.

— Merci beaucoup.

En attendant, Belle fit son brushing et accrocha des perles à ses oreilles. Attacher le collier assorti présenta quelques problèmes car elle tremblait de tous ses membres. Ce soir, ses rêves allaient se réaliser. Malgré les encouragements de Leo, la peur de décevoir sa mère la tenaillait.

Elle était contente d'avoir apporté ses escarpins blancs. En faisant ses bagages, elle ne pensait pas avoir l'occasion de les porter.

La femme de chambre lui rapporta bientôt son tailleur.

— Le *signore* vous invite à le rejoindre dans le patio dès que vous serez prête, déclara-t-elle.

Le simple fait de penser à lui fit voler en éclats le cœur de Belle. Elle sentait encore le goût de sa bouche et se sentait emplie d'extase à un point qu'elle n'aurait pas cru possible.

Essayant de se reprendre, elle remercia la femme de chambre. Après un dernier coup d'œil au miroir en pied richement décoré, elle se sentit prête à rejoindre son hôte. Que penserait-il de sa tenue ?

Et après ? Son opinion avait-elle tant d'importance ?

Mais bien sûr que oui. Elle avait une immense importance. Les moments d'intimité qu'ils avaient partagés à la pension avaient été une révélation pour elle. La manière dont il l'avait embrassée avait fait vibrer tout son corps. Le fait qu'il soit son beau-frère n'avait aucune importance. Elle était tellement bouleversée par ce qui s'était passé qu'elle avait du mal à reprendre le contrôle d'elle-même.

Elle ne voulait pas faire attendre Leo, aussi jeta-t-elle un dernier regard à la photo qu'elle avait posée sur la commode avant de quitter la pièce et d'emprunter le couloir. Un adorable chien marron bondit pour l'accueillir avant même qu'elle n'atteigne les portes-fenêtres qui ouvraient sur le patio. Elle se pencha pour le caresser, et découvrit alors que Leo n'était pas seul.

Il portait dans ses bras un joli bébé aux cheveux blonds. La fillette, lovée contre sa poitrine, était vêtue d'une robe rose qui offrait un charmant contraste avec la chemise de soie noire de son père, et portait des petites sandales assorties. Elle semblait âgée de neuf mois environ, et avait des traits délicats et un teint aussi clair que de la porcelaine.

Leo la promenait de long en large sur la terrasse. Tout

en lui parlant, il déposait des petits baisers dans son cou. Belle en eut les larmes aux yeux. Pouvait-on vraiment être aimée comme cela…

Le bébé était-il le sien ? Ou celui de son frère Dante ?

Leo dut sentir l'arrivée de Belle car il se retourna et leurs regards se rencontrèrent. Belle sentit qu'il la détaillait de la tête aux pieds. Ses yeux gris brillèrent d'une lueur qui la fit défaillir. C'était ce même regard fébrile qu'elle avait vu dans ses yeux après leur baiser à la pension.

— Je vois que tu as fait la connaissance de Rufo. Maintenant je te présente ma fille, Camelia.

— Ta fille ? s'exclama Belle. Oh ! roucoula-t-elle. Comme elle est mignonne…

Elle caressa la petite main agrippée à la chemise de Leo.

— J'ai vu beaucoup de bébés dans ma vie mais jamais aucun avec des traits aussi délicats. On dirait une poupée de porcelaine.

Elle regarda Leo.

— Elle doit tenir ces yeux de sa mère.

— Camelia a hérité de la beauté de ma femme.

— Elle devait être très belle.

Il posa un baiser sur le front de sa fille.

— Ne m'en veux pas si je n'ai pas mentionné ma fille plus tôt, c'est parce que nous avions d'autres choses en tête. Je pensais te la présenter après que tu aurais accepté de rencontrer Luciana.

— Tu n'as pas à te justifier. Je comprends. Est-il indiscret de te demander comment ta femme est morte ?

— Non. Elle est décédée au cours de l'accouchement.

— Oh non ! Quelle horreur pour elle… pour toi…

Le regard de Belle se posa sur le bébé.

— Aucune petite fille ne devrait grandir sans sa mère. Je… je suis désolée, ma chérie.

Sa voix se brisa.

— Au moins, tu sauras toujours qui elle était parce que ton papa l'aimait beaucoup. Et que tu auras des photos d'elle.

Sans réfléchir, Belle embrassa la petite main avant de relever les yeux vers Leo.

— Que s'est-il passé pendant l'accouchement ?

Il serra sa fille contre lui.

— Peu de temps après notre mariage, on a découvert que Benedetta était atteinte d'un lupus, une maladie auto-immune.

Un gémissement échappa à Belle.

— Une des sœurs de l'orphelinat avait cette maladie.

Il embrassa la tête du bébé.

— Nous étions des amis d'enfance. Son père était le responsable du chenil dans le domaine de mon père. Plus tard, quand je suis revenu de l'université pour travailler à la banque, nous sommes tombés amoureux et nous nous sommes mariés dans la plus stricte intimité. Mais assez vite, sa maladie a empiré. Elle a eu une thrombose de la jambe, qui n'est pas devenue visible tout de suite. Une partie du caillot sanguin s'est retrouvé dans son poumon et elle a fait un arrêt cardiaque.

— Oh, Leo…

— Camelia est arrivée prématurément. Ma grande tristesse c'est que Benedetta n'ait pas eu la joie de tenir son bébé dans ses bras.

Le cœur de Belle se serra à cette pensée.

— Camelia souffre-t-elle de la même maladie ?

— Non. Heureusement, le pédiatre dit qu'elle n'en est pas porteuse.

— Dieu merci, dit Belle. Elle a de la chance d'avoir son père. Toutes les petites filles devraient grandir près de leur père.

Le regard de Leo la transperça.

— Tu penses qu'il est possible de remplir les deux rôles à la fois ? demanda-t-il d'une voix rauque.

Cette question révélait une vulnérabilité qu'elle n'aurait jamais pensé découvrir chez lui. Ainsi, le prince ténébreux qui l'avait embrassée ardemment avait une faiblesse. Son précieux bout de chou, le souvenir de la femme qu'il avait aimée.

— Avec un père qui l'aime plus que tout au monde, elle aura tout l'amour dont elle aura besoin.

Leo serra sa fille contre lui.

— J'espère que tu as raison.

— Je sais que j'ai raison. Tu crois qu'elle serait mécontente si j'essayais de la prendre ?

— Elle ne connaît que les membres de ma famille, Simona et Talia. Si tu essaies de la prendre, c'est à tes risques et périls…

Il ne semblait pas opposé à cette idée, seulement sceptique.

— Je veux bien essayer quand même.

A l'orphelinat, les plus grands s'occupaient toujours des plus petits qu'eux. Belle n'eut aucune hésitation en prenant le bébé dans les bras puissants de Leo.

Camelia se mit à pleurer, mais Belle se mit à tourbillonner en lui chantant une chanson. La fillette fut tellement surprise qu'elle s'arrêta de pleurer et la regarda. Le chien les suivit. C'est à cet instant que la fille de Leo découvrit les perles et les attrapa. Belle se mit à rire doucement.

— Tu aimes bien ça, n'est-ce pas ?

Leo tenta d'intervenir. Elle sentit ses doigts sur sa peau alors qu'il essayait d'enlever la main de Camelia, mais celle-ci tira plus fort. Le collier se rompit soudain et les perles roulèrent sur le carrelage du patio. Rufo se mit à les pourchasser.

— Oh ! oh…

Belle s'esclaffa, tant la mine surprise du bébé était drôle.

— Où sont-elles passées ?

Camelia tourna la tête d'un côté et de l'autre, essayant de localiser les perles.

— Je suis désolé pour ton collier, murmura Leo.

— Ce n'est rien.

— Une fois que nous aurons récupéré toutes les perles, je le ferai remonter pour toi.

— Surtout pas ! dit-elle. Ce sont des bijoux fantaisie, ils n'ont aucune valeur. Cela n'a pas d'importance, n'est-ce pas Camelia ?

Elle embrassa la petite menotte et continua à marcher pour essayer de ne plus penser à Leo, à sa tendresse pour l'enfant qui le rendait si humain, si touchant.

— Allons voir ce bateau avec la voile rouge et blanche, dit-elle en tendant la main.

La fillette la regardait. Elle ne pleurait plus.

— Je parie que tu te demandes qui je suis. Je m'appelle Belle Donatello. Je n'en reviens pas de connaître mon nom de famille. Ton papa me laisse généreusement séjourner ici quelques jours.

A mes risques et périls.

Tout à coup la fillette se mit à geindre et tendit les bras vers Leo.

Belle se rapprocha de lui et la lui tendit. Une fois dans les bras de son père, la fillette se remit à contempler Belle, l'air fascinée.

Leo semblait surpris.

— Si je ne l'avais pas vu de mes yeux, je n'aurais pas cru ce qui vient de se passer.

— Que veux-tu dire ?

— Elle n'a pas fait de crise de nerfs. Loin de là.

Belle sourit.

— Tous les bébés pleurent. C'est normal. Le truc c'est de retenir leur attention avant que cela devienne incontrôlable. Mes perles ont été bien utiles, non ?

Leo eut un rire grave.

— La prochaine fois que tu la porteras, tu ferais mieux de tenir ses mains loin de tes oreilles. Les perles ne sont peut-être pas précieuses, mais le reste de ta personne est irremplaçable.

Une nuance dans sa voix suggérait que lui aussi repensait à ce qui s'était passé entre eux. Ce n'était pas quelque chose de facile à oublier.

— Tu as entendu ça, Camelia ?

Elle chatouilla le ventre de la fillette qui se mit à rire. Posant un doigt sur sa robe, elle dit :

— Le rose est ma couleur préférée, à moi aussi. Je parie que ton papa te l'a achetée parce qu'il ne pouvait pas résister à l'idée de te voir avec ça. Même si tu n'étais pas une vraie princesse, tu en aurais l'air.

Pour la première fois de la soirée, le visage de Leo se durcit.

— Personne ne porte de titre de noblesse sous ce toit et personne n'en portera jamais.

Ainsi il refusait l'idée même d'être un jour comte Di Malatesta ?

— Etant donné ce que vous m'avez raconté concernant l'histoire tragique de la famille Donatello, vous avez sans doute pris la bonne décision pour votre fille.

Il cala Camelia contre son autre épaule.

— Avant l'arrivée de Luciana et de mon père, il faut faire dîner cette petite. Je vais l'emmener dans la cuisine.

— Est-ce que je peux venir et assister à son repas ?

Un rapide sourire rendit Leo encore plus séduisant. Les colocataires de Belle auraient dit qu'il était « trop craquant ». Ce n'était pas faux, mais il était tellement plus que cela ! A vrai dire, Belle ne trouvait pas les mots pour le décrire.

— Si tu veux, mais tu risques de devoir changer de tenue après !

Elle lui sourit, essayant d'effacer l'expression admirative de son visage et de prendre un air amical.

— Pas de problème.

Accompagnés du chien, ils se rendirent tous trois dans

la cuisine. En chemin, Belle remarqua une bibliothèque et une élégante salle à manger. Elle aperçut par une fenêtre une piscine entourée d'arbustes en fleurs. Elle eut une vision de baignade au clair de lune avec Leo.

Dans la cuisine, trois femmes s'affairaient. Leo lui présenta Simona, sa gouvernante, Carla, la femme de chambre qu'elle avait déjà vue, et Talia, la nounou. Si elles savaient que Belle n'était pas une simple invitée, elles n'en montrèrent rien.

Après avoir attaché un bavoir autour du cou de Camelia, Talia l'installa sur une chaise haute près de la table et posa une chaise à côté d'elle. Belle implora Leo du regard.

— Est-ce que je peux lui donner son dîner ?

Il eut l'air surpris.

— Tu veux vraiment ? Je te préviens, ce n'est pas toujours de tout repos.

— Ça ne fait rien. J'adore ça. Cela fait des années que je ne me suis pas occupée d'enfants et ça me manque.

A la grande joie de Belle, il dit quelque chose à Talia en italien. Celle-ci sourit à Belle, puis posa les petits pots sur la table. Belle ouvrit le couvercle de la viande.

— Mmm, ça sent bon.

Elle jeta un coup d'œil au chien.

— Désolée, Rufo, ce n'est pas pour toi.

Le deuxième pot contenait des courgettes.

— Oh ! Camelia, ça a l'air délicieux ! Tiens…

Elle souleva délicatement la cuillère et lui fit faire quelques tourbillons dans les airs. Les yeux de la fillette suivirent la manœuvre avec attention. Puis Belle rapprocha la cuillère du visage du bébé, qui avait déjà ouvert la bouche, attendant sa nourriture. Sa ressemblance avec son père était si évidente en cet instant que le cœur de Belle se mit à battre plus vite.

Leo éclata de rire.

— Tu es une mère née.

Belle se mit à donner la viande à Camelia.

— Je donnais à manger aux bébés à l'orphelinat. C'est la seule chose pour laquelle j'ai des aptitudes naturelles.

— Ce n'est pas ce que m'a dit le P.-D.G. de TCCPI, dit Leo.

Si elle n'y prenait pas garde, elle allait finir par prendre goût à tous ces compliments. *Et par y croire...*

— Quand tu es seule et que tu es obligée de gagner ta vie, tu apprends vite.

Leo eut l'air troublé.

— Tes parents adoptifs ne t'ont plus jamais aidée une fois que tu es partie de la maison ?

Elle secoua sa masse de cheveux noirs et brillants et continua à nourrir le bébé.

— Je dois reconnaître que lui et Nadine m'ont nourrie et vêtue pendant les huit années que j'ai passées sous leur toit. Certaines de mes amies de l'orphelinat n'ont jamais été adoptées et y sont restées jusqu'à leur majorité. J'ai eu de la chance malgré tout.

Camelia tendit alors les bras pour signifier qu'elle n'avait plus faim. Elle était si adorable que le cœur de Belle faillit éclater.

— Je crois que tu en as assez, ma poupée.

Sans réfléchir, elle dénoua le bavoir. Après avoir essuyé la bouche de Camelia, elle le posa sur la table et sortit l'enfant de la chaise haute.

— Oh ! oh, je crois que tu as besoin d'être changée. Où est ta chambre ?

— Là-haut, dit Leo qui les regardait, appuyé contre le mur.

Belle lui jeta un regard.

— Si tu me montres la chambre, je peux aller la changer. A condition, bien sûr, que ça ne te dérange pas.

Il leva un sourcil.

— Puisque tu as parfaitement réussi à la faire manger, j'ai l'intuition qu'elle nous ferait une crise si quelqu'un d'autre essayait de s'occuper d'elle en ce moment…

— Leo…

Cet homme avait un charme fatal qui s'insinuait peu à peu en elle depuis le jour de leur rencontre.

— Suis-moi.

La seule chose à faire était de se concentrer sur le bébé.

— Tu as une maison magnifique, Camelia. J'ai toujours voulu habiter dans une demeure avec un grand escalier comme celui-ci. Je me demande à quel âge tu vas t'amuser à glisser sur la rampe quand ton papa aura le dos tourné.

Elle l'entendit étouffer un rire. Impossible de détourner les yeux de cette silhouette musclée. Elle savait ce que c'était que d'être serrée contre lui, et ce souvenir lui coupa le souffle. Dans son rôle de père, Leo était complètement différent du beau ténébreux du premier jour. Il était irrésistible.

Rufo s'élança devant eux. Ils entrèrent dans la première pièce en haut de l'escalier.

— J'aurais dû me douter que tu habitais dans une véritable chambre de princesse. Ton père t'a gâtée, petite fille.

Belle avait l'impression d'être entrée dans un conte de fée. Tout ce dont un enfant pouvait rêver se trouvait dans cette pièce.

Sur la commode était posée une photographie d'une jolie femme blonde qui devait être la défunte épouse de Leo. Camelia souffrirait toujours de ne pas avoir connu sa mère. Cette pensée serra le cœur de Belle. Elle savait ce que c'était.

Elle posa le bébé sur la table à langer près du mur et lui mit une couche propre. Camelia ne fit pas de difficulté, ce qui lui facilita la tâche.

Leo était debout à côté de Belle. Son parfum la mettait au supplice.

— On dirait que tu as apprivoisé ma fille.

— C'est mon tailleur vert fluo !

Elle prit la fillette et, après lui avoir fait un petit bisou dans le cou, la déposa dans les bras de son père.

— Je porte une couleur à laquelle elle n'est pas habituée.

— Et c'est cela ton arme secrète ?

Quand Belle releva les yeux, les yeux gris de Leo étaient devenus couleur ardoise et sa voix avait pris un côté tranchant qu'elle ne comprit pas. S'il ne voulait pas qu'elle s'occupe de la fillette, il aurait pu le lui dire.

Alors que son moral descendait en flèche, elle entendit une voix d'homme et découvrit le père de Leo sur le seuil de la chambre. Rufo s'était déjà élancé vers lui. Elle le reconnut d'après les photos mais, depuis l'époque où elles avaient été prises, ses cheveux noirs s'étaient striés d'argent.

Sa présence signifiait que sa mère aussi était arrivée ! Elle sentit sa bouche se dessécher.

Leo vit la surprise se peindre sur le visage de son père. D'habitude, il accourait toujours vers Camelia, mais pas cette fois. Le comte observait Belle. Sa beauté arrêtait tous les regards mais lui avait vu tout de suite la ressemblance avec Luciana et en restait interdit.

Il n'était pas le seul. Leo se sentait perdu depuis leur première rencontre. A l'instant, son attitude naturelle avec Camelia qui l'avait tout de suite adoptée, l'avait pris par surprise. Il avait même éprouvé un ridicule pincement de jalousie.

— Papa ? Puis-je te présenter Belle Peterson ? Belle, voici mon père, Sullisto.

Le comte s'avança vers Belle, les yeux étrangement brillants.

— J'ai l'impression de revoir ma chère épouse à votre âge.

Il l'embrassa sur les deux joues.

— Ma femme ne va pas y croire. Je ne suis pas sûr d'y croire moi-même.

— Moi non plus, répondit Belle d'une voix tremblante. C'est comme un rêve. Je suis ravie de vous rencontrer.

Il la dévisagea un long moment.

— Comment voulez-vous lui annoncer la nouvelle, ma chère enfant ?

Leo apprécia le tact de son père et intervint.

— Où est Luciana ?

— Je l'ai laissée en bas, elle joue du piano.

— Si tu restais ici avec Camelia pendant que je descends lui présenter Belle ?

Il embrassa la fillette et la passa à son père.

— Je reviendrai vous chercher dans quelques minutes.

Son père prit le bébé et le serra contre lui avant de dire à Belle :

— Prenez tout votre temps.

— Vous êtes sûr que c'est la meilleure chose à faire, *signore* ?

— Appelle-moi Sullisto, Belle. Tu vas faire de ma femme une nouvelle personne.

Elle posa la main à sa gorge.

— Merci pour votre gentillesse et votre accueil.

Leo avait du mal à imaginer le tourbillon d'émotions qui devaient l'agiter en cet instant.

— Allons-y.

Elle le suivit dans l'escalier et ils se dirigèrent vers le salon d'où s'élevaient les sons du piano. Quand ils furent dans le hall, il se retourna vers elle.

— Tu es prête ?

— J'ai attendu ce moment toute ma vie, mais j'aimerais que tu passes le premier.

Respirant un grand coup, il ouvrit la double porte.

— Bonsoir, Luciana.

Cette dernière s'arrêta et se leva, s'écartant du piano demi-queue. Elle était aussi jolie que d'habitude dans sa robe bleue drapée en jersey. Leo songea que, même si Belle ne portait pas du Versace, elle avait hérité de l'élégance naturelle et du goût de sa mère.

Celle-ci s'avança vers lui.

— Merci de nous avoir invités, Leo. Où est ta charmante petite fille ?

Il remarqua que les deux femmes avaient le même tremblement dans la voix quand elles étaient mal à l'aise. Elles avaient la même taille mais Luciana avait les cheveux courts. Après l'avoir embrassée sur les deux joues, il lui dit :

— Elle est là-haut avec papa. Mais avant qu'il ne descende avec elle, je voudrais te présenter quelqu'un.

— Une amie à toi ?

Il savait ce qu'elle pensait. Son père s'intéressait de très près à la vie amoureuse de Leo et avait certainement discuté de sa liste de candidates avec Luciana.

— Celle-ci est très très spéciale. Il va falloir que tu parles anglais. Viens, appela-t-il en direction de Belle. Entre !

Belle entra dans le salon et l'expression de Luciana passa de l'incrédulité au choc brutal. Elle devint si pâle que Leo dut la soutenir et l'aider à s'asseoir.

— Ta fille est venue de New York pour te retrouver.

Un silence enveloppa d'abord les deux femmes puis Luciana s'écria d'une voix étranglée :

— Arabella ?

Les larmes que Belle avait retenues jusqu'alors inondèrent son visage. Elle aussi avait pâli. De peur qu'elle ne s'évanouisse, Leo l'aida à s'asseoir à côté de sa mère.

— Arabella ? demanda-t-elle, surprise. C'est mon vrai prénom ?

— Oui. Arabella Donatello Sloan. Ton père était anglais. Arabella était le prénom de sa grand-mère. Tu es tellement belle, ma chérie. Je ne sais pas comment tu m'as retrouvée, mais sache, ma petite fille, que tu m'as manqué à chaque minute depuis que je t'ai laissée. Tu as été constamment dans mes prières. Est-ce que je peux te prendre dans mes bras ?

C'était comme si une lumière s'était allumée en elle, ramenant Luciana à la vie, illuminant son apparence.

Comme sa mère, Belle rayonnait. Plus rien d'autre ne semblait exister pour elles.

La vue des deux femmes accrochées l'une à l'autre, tandis qu'elles parlaient et pleuraient, serrait la gorge de Leo.

— Il faut que je te parle de ton père. J'ai des photos de lui au palazzo.

Belle fit un sourire à Leo. Il savait comme c'était important pour elle.

— Arabella était la grand-mère qui l'a élevée. Nous avions parlé de prénoms avant ta naissance et c'est celui que nous préférions. Tu l'aurais adoré. Mais il est mort avant que nous puissions nous marier. J'étais tellement terrifiée à l'idée qu'il ait été assassiné que, quand tu es née, j'ai pris la décision de t'abandonner pour que tu ne sois pas tuée, toi aussi.

Leo s'approcha d'elles.

— Nous savons aujourd'hui que personne n'a été assassiné, et que la mort de Robert était un tragique accident.

— Oui, mais je ne l'ai appris qu'il y a quelques mois. Quand je pense à toutes les années que nous avons perdues…

Luciana s'effondra en sanglotant.

Belle la serra longuement contre elle.

— Qu'est-il arrivé à mon père ?

— Robert et moi étions dans le centre de Newburgh. Nous venions juste de nous quitter. Il commençait à traverser la rue quand une voiture a grillé un stop et est arrivée sur lui à toute allure. Le chauffeur ne s'est pas arrêté, il a laissé Robert par terre, mourant.

Belle poussa un gémissement.

— C'était tellement horrible que je suis entrée en travail prématurément. J'ai dû être amenée à la maternité. Tu es arrivée un mois en avance, Arabella. Tu étais encore dans l'unité de soins intensifs quand j'ai enterré Robert. La police n'a jamais retrouvé l'homme qui l'a tué.

— Cela a dû être terrible pour toi, fit Belle en la serrant encore plus fort.

— Oui, d'autant plus que je ne pouvais pas le dire à mon père. Il n'était pas au courant pour Robert. Je savais que si je te ramenais avec moi, il ne me laisserait pas te garder au palazzo. Pire encore, j'avais peur que tu ne sois en sécurité nulle part avec moi.

Son visage exprima une vive douleur, comme si elle revivait ces terribles souvenirs.

— Quand j'ai pris des dispositions pour que tu ailles à l'orphelinat, tu avais encore besoin de soins. Mais mon père exigeait de moi que je rentre. Il avait de graves problèmes cardiaques et il avait suggéré que je rencontre le comte Di Malatesta, qui avait récemment perdu sa femme. Il voulait faire de lui son gendre avant de mourir.

Belle lui serra la main en signe d'encouragement.

— Nous nous sommes mariés le jour de mon vingtième anniversaire, reprit Luciana. Le fait qu'il veuille encore de moi après que je lui eus tout raconté me prouvait que c'était un homme bien. Quand j'étais encore à New York, je ne pouvais pas imaginer me marier un jour avec quelqu'un d'autre que Robert. Cela a été une torture pour moi, pourtant, j'ai été obligée de faire confiance aux sœurs pour prendre soin de toi. Je leur ai dit que je t'avais appelée Belle. Ainsi personne ne pourrait faire le lien avec Robert ou avec moi. Je leur ai fait promettre que la personne qui t'adopterait t'emmènerait à l'église.

— Nadine m'y a toujours emmenée.

— Tant mieux.

Depuis que Leo connaissait Luciana, il ne l'avait jamais entendue faire un si long discours. Il en avait assez appris sur elle en quelques minutes pour oublier les mensonges et les commérages en tout genre qu'il avait entendus à son sujet pendant des années. Et dire qu'il la considérait comme quelqu'un de superficiel et de futile…

Il quitta le salon et resta dans le hall pendant quelques instants pour reprendre le contrôle de ses émotions avant de gravir les marches deux à deux. Quand il entra dans la chambre, il découvrit Sullisto qui aidait Camelia à empiler des cubes.

Sullisto croisa son regard.

— Je n'ai pas besoin de te demander comment ça s'est passé ! Ton regard est éloquent.

Leo hocha la tête.

— Tu avais raison. Elles étaient destinées à se retrouver. Descends, tu vas le constater par toi-même.

Il attrapa sa fille qui garda un cube à la main et descendit, suivi de Rufo. Quand ils arrivèrent dans le salon, les deux femmes étaient encore assises sur la banquette, plongées dans une conversation entre rires et larmes.

— Pardonnez-nous cette interruption mais Camelia aimerait se joindre à vous.

Luciana tendit les bras pour prendre la fillette. Les deux femmes se mirent à jouer avec la petite fille et à la faire éclater de rire. Elle n'avait jamais reçu autant d'attention de sa vie.

Leo jeta un regard à son père. Nul doute que la vie des deux foyers Malatesta allait être bouleversée par ce moment.

— Le dîner est prêt. Passons à table.

Le repas se déroula dans une ambiance joyeuse, le bébé étant au centre de toutes les attentions.

Leo regarda autour de lui et se rendit compte qu'il n'avait pas éprouvé une telle joie de se retrouver en famille depuis la mort de sa mère. Son père n'avait pas semblé aussi détendu et heureux depuis des années. Quant à Luciana, elle était transfigurée. Les ombres de son visage, sa tristesse, semblaient s'être envolées.

Mais c'était la nouvelle arrivante qui le remplissait

d'émotions nouvelles et contradictoires. Depuis la mort de Benedetta, Camelia avait été son unique joie.

Alors qu'il avançait dans la vie de manière mécanique, sans enthousiasme, Belle avait fait une entrée fracassante dans sa vie. Elle lui rappelait un enfant qui s'était introduit sur sa plage privée un jour et qui avait détruit le château de sable qu'il venait de construire pour sa fille.

Certes, Belle n'avait aucune mauvaise intention, mais tout son univers était bouleversé et ne pourrait plus redevenir comme avant.

Après le café, Belle et Luciana montèrent coucher la fillette.

Sullisto se pencha vers Leo.

— Je suppose qu'elle ne voudra plus être séparée de Belle maintenant qu'elle l'a retrouvée. Tu dis qu'elle rentre à New York dimanche ?

— C'est ce qui est prévu, dit Leo qui ne voulait pas penser à ce moment.

— Eh bien, tant qu'elle est à Rimini, elle va séjourner chez nous au palazzo.

Après une légère hésitation, il ajouta :

— Je ne l'ai pas encore dit à Luciana mais je prévois d'adopter Belle afin qu'elle fasse partie de la famille.

Leo ne fut pas surpris. Il savait combien son père aimait son épouse et souhaitait tout faire pour son bonheur.

Agité par des pensées troublantes, Leo se leva.

— Je vais aller dire bonne nuit à Camelia. Est-ce que tu as parlé de Belle à Dante ?

— Non. Pia est tellement malheureuse de ne pas avoir réussi à avoir d'enfant qu'il l'a emmenée pour quelques jours à Florence. Ils doivent rentrer demain après-midi. C'est parfait, cela permettra à Luciana et Belle de passer un peu de temps ensemble avant de leur annoncer la nouvelle.

Leo aussi avait encore besoin de temps pour assimiler

tout cela. Et, pour des raisons qu'il ne s'expliquait pas, le projet d'adoption de son père lui déplaisait.

Quand les femmes redescendirent, Sullisto s'approcha de Belle et lui prit la main.

— Ta mère et moi aimerions que tu restes au palazzo avec nous tant que tu es à Rimini. Veux-tu venir avec nous dès ce soir ?

Leo sentit que Belle hésitait et il en fut heureux.

— Belle s'est déjà installée ici pour ce soir, papa. Il est tard, elle est épuisée. Je la déposerai demain matin après le petit déjeuner et nous pourrons discuter de la suite des événements.

Luciana embrassa sa fille.

— Bien sûr que tu es fatiguée. Et j'avoue qu'avoir fait la connaissance de ma magnifique fille que je croyais perdue à jamais m'a fatiguée moi aussi. Demain nous passerons la journée ensemble. J'ai hâte d'y être.

— Moi aussi.

— Je t'aime Arabella.

— Je t'aime aussi, murmura Belle.

Elles s'étreignirent longuement avant de se séparer.

Après leur départ, Leo se tourna vers Belle.

— Est-ce que j'ai parlé trop vite ? Il est encore temps si tu préfères partir avec eux.

Elle secoua la tête.

— Non, je te remercie. C'est mieux pour tout le monde. Ainsi ils auront le temps de discuter seuls ce soir. Elle a fait front courageusement mais…

— Ce n'était pas une façade, intervint Leo. Je la connais depuis quatorze ans et je peux te dire que sa joie l'a métamorphosée.

Belle se mordit la lèvre.

— Cela ne change rien au fait qu'elle m'a abandonnée et que personne n'en savait rien. Elle doit s'inquiéter de ce que vont dire les gens quand ils l'apprendront.

— Tu crois vraiment qu'elle se soucie de cela en ce moment ?

— Je ne sais pas. Je ne veux pas causer de souci à ta famille. Peut-être qu'il vaudrait mieux qu'elle vienne ici demain, pour éviter les ragots.

Il se passa la main dans les cheveux.

— Viens sur la terrasse, et nous pourrons discuter.

Sans rien dire, elle le suivit dehors. Ils furent accueillis par l'air de la mer embaumé du parfum des fleurs du jardin. Belle s'appuya sur la balustrade.

— C'est absolument divin ici.

— C'est mon endroit préféré.

— Je comprends pourquoi.

Leo regarda son profil magnifique, à moitié dissimulé par ses cheveux.

— Oublie tout le reste pendant une minute et réponds à une question.

Elle tourna la tête vers lui.

— Tu veux savoir ce que je ressens ?

— Est-ce que tu arrives à mettre des mots sur tes sentiments ?

— Non, répondit-elle vivement. Luciana est merveilleuse. Plus merveilleuse que je n'aurais pu l'espérer. Ton père aussi. Mais durant toutes ces années, mon désir de la retrouver ne prenait en compte que mes besoins à moi. Quand elle m'a raconté l'histoire de sa vie, j'ai compris quel choc terrible je lui infligeais.

Leo vit ses yeux scintiller de larmes.

— Je ne comprends pas.

— Elle ne méritait pas que je débarque ainsi sans prévenir dans son univers, que je réveille toute la souffrance et le malheur qu'elle avait laissés derrière elle. Non…

Belle leva les mains pour empêcher Leo de parler.

— La sœur responsable m'avait avertie que je prenais

de gros risques en partant à la recherche de ma mère. Et ce soir je me dis qu'elle avait raison.

— Je suppose que la partie de toi qui ne se sent pas digne d'être aimée a pris le dessus pour l'instant, suggéra Leo. Tu as peur qu'en passant plus de temps avec toi elle ne découvre tes défauts.

Belle s'agrippa plus fort à la balustrade.

— Je ne lui ressemble en rien. Elle est belle et distinguée. Je n'ai jamais rencontré quelqu'un avec tant de classe. Elle n'est pas du genre à dire ce qu'elle pense vraiment. Elle et ton père ont fait leur vie ensemble. Il n'y a pas de place pour moi entre eux.

— Tu te trompes, Belle.

— C'est dur à expliquer, mais j'ai l'impression de faire intrusion dans leur vie.

— Intrusion… si c'est ce que tu ressens, alors tu peux rejeter la faute sur moi pour avoir organisé cette rencontre.

Les larmes étincelèrent de nouveau dans son regard.

— J'aurais pu décider de ne pas aller jusqu'au bout ce soir. Bien sûr que je ne te tiens pas pour responsable. Tu as été merveilleux. Vous avez tous été merveilleux. C'est moi qui n'ai pas ma place à Rimini.

— Ça, c'est encore ton côté sombre qui s'exprime, la partie de toi qui croit que tu n'es pas digne d'être acceptée et traitée avec gentillesse. Il faut que tu prennes le temps de digérer tout cela, Belle. Tu as été habituée à être rejetée par ton père et ton frère adoptifs. Si tu renonces après une seule entrevue, tu céderas à de vieux démons. Pense aux sentiments de ta mère.

— Je ne pense qu'à elle en ce moment.

— Que crois-tu qu'elle ressentira si tu laisses ta crainte d'être rejetée l'empêcher de vraiment te connaître ? Cela marche dans les deux sens.

Belle secoua la tête.

— Je ne sais pas quoi faire.

— Et tu crois qu'elle le sait ?

Un soupir troublé lui échappa.

— Je ne sais pas. Si elle m'avait suppliée de venir avec elle ce soir…

Ah.

— Peut-être qu'elle ne voulait pas insister, au cas où tu aurais quelques réserves ? C'est moi qui ai parlé de ta fatigue, et elle a accepté cette excuse au cas où tu ne te serais pas sentie à l'aise à la perspective d'aller avec eux.

— Je ne sais pas, bégaya Belle. Je l'aime déjà tellement Leo, mais je suis plus angoissée que jamais.

Il croisa son regard, plein de désespoir et de confusion.

Il ressentait sa souffrance, mais il ne pouvait pas la prendre dans ses bras, puisqu'il s'était juré de garder ses distances.

Sa présence était déjà synonyme de chaos dans son existence bien ordonnée. Pourquoi donc avait-il suggéré qu'elle reste sous son toit ce soir ?

5

Belle détourna les yeux, essayant désespérément de recouvrer ses esprits. Alors qu'elle se targuait de se débrouiller seule dans la vie, pourquoi ne cessait-elle de se laisser aller ainsi ?

Elle aurait dû saisir l'occasion de partir chez sa mère un peu plus tôt, mais Leo avait lu dans ses pensées avec une surprenante acuité. Elle lui avait dit la vérité, elle voulait laisser à sa mère le temps de se retourner. Mais ce n'était pas la seule raison…

Feignant un calme qu'elle était loin de ressentir, elle parvint à esquisser un sourire.

— Merci de m'avoir aidée à gérer mon angoisse. Camelia est la petite fille la plus chanceuse au monde de t'avoir comme papa. Et comme ton père, tu es un rempart de force et de raison, Leo Di Malatesta. Cela va mieux maintenant, je vais aller me coucher, une bonne nuit de sommeil me fera du bien. Bonne nuit.

Sans le regarder, elle quitta la terrasse et se dirigea tout droit vers sa chambre dont elle ferma la porte. Une bonne nuit de sommeil ? Quelle bonne blague.

— *Signorina ?*

Belle sortit de la salle de bains où elle était en train de se maquiller. Un peu plus tôt, Carla lui avait apporté du café.

— Oui, Simona ?

— Le signor Malatesta vous demande de venir le rejoindre dans le hall. Il est prêt à vous conduire au palazzo dès que vous serez prête.

— J'arrive. Merci !

Elle était debout depuis une heure, incapable de rester au lit après sa nuit sans sommeil. Après avoir hésité sur la coiffure à adopter, elle s'était attaché les cheveux sur la nuque. Elle avait mis ses boucles d'oreilles préférées, en topaze rose. Luciana était si élégante que Belle voulait lui faire honneur.

Elle portait un tailleur trois pièces vieux rose à manches courtes. Quand elle le portait pour des réunions de travail, elle avait toujours des compliments.

Quand elle sortit, elle découvrit Leo, vêtu d'un costume de lin clair en train d'attacher sa fille à l'arrière d'une berline bleu foncé. Camelia portait un ensemble bleu et jaune.

— Bonjour, adorable petit être !

Il se releva.

— *Buon giorno*, Arabella, murmura-t-il.

Son regard insistant la fit fondre.

— *Buon giorno*, répondit-elle. Je peux m'asseoir à l'arrière avec elle ?

Au cours de la nuit, Belle était parvenue à la conclusion que la seule manière sans danger d'être avec Leo était de rester collée à sa fille. Cela n'avait rien d'une pénitence. Belle était déjà folle d'elle.

Sans attendre sa réponse, elle fit le tour et grimpa à l'arrière.

— Comment va ma petite puce ? J'adore les coquillages sur ton T-shirt.

Dès qu'elle les toucha, la petite sourit et tendit la main pour lui tirer les cheveux.

Leo les regardait. Existait-il au monde un homme plus beau ?

— Comme je te l'ai dit hier soir, tu fais ça à tes risques et périls.

— Après les perles, que sont quelques cheveux ?

Il s'esclaffa.

— Elle a déjà des vues sur tes boucles d'oreilles. Elles te vont à ravir d'ailleurs.

— Merci !

S'il te plaît, arrête de me faire des compliments.

C'était la première fois que Belle prenait plaisir à découvrir Rimini avec les yeux d'une touriste. Ils empruntèrent le front de mer bordé de luxueux hôtels en longeant l'immense plage de quinze kilomètres de long où étaient alignées des centaines de parasols colorés.

— C'est le paradis des baigneurs ici !

— Si la foule ne te dérange pas.

Certes, avec sa plage privée, il n'avait pas ce problème. Après quelques minutes, ils se mirent à gravir une colline sur laquelle se dressait une magnifique résidence de couleur ocre.

— Oh, Leo…

— Voici le palazzo Malatesta. Notre famille l'a acheté au XIXe siècle. Il est de taille moyenne, mais il a été transformé et rénové au fil des années. Comme beaucoup des élégantes villas situées au bord de l'Adriatique, il allie le confort avec le charme d'autrefois.

Après avoir franchi les grilles, ils passèrent devant des cyprès et un fantastique labyrinthe.

— C'est extraordinaire. Tes amis devaient se croire au paradis lorsqu'ils venaient jouer avec toi quand tu étais petit !

Ses yeux brillèrent d'amusement tandis qu'il la regardait dans le rétroviseur.

— Je ne sais pas, mais Dante et moi on adorait se cacher là pour échapper aux adultes. Il est même arrivé que des invités s'y perdent.

— Ça ne m'étonne pas.

Ils poursuivirent leur route et contournèrent une fontaine située devant l'entrée principale. Ravie de voir sa mère sortir pour les accueillir, Belle bondit hors de la voiture. Elles s'étreignirent longuement.

— A présent, je sais que je n'ai pas rêvé, dit Luciana en lui prenant le menton. Ma chère enfant, est-ce que tu crois que tu pourrais m'appeler maman ? Tu n'es pas obligée mais…

— J'avais envie de t'appeler maman hier soir, avoua Belle.

— Alors, c'est entendu. Viens. Nous prenons le brunch sur la terrasse. J'ai installé la chaise haute de Camelia.

Rufo s'élança à la rencontre de Sullisto, qui les attendait dans l'élégant vestibule. Celui-ci s'avança vers Belle avec un sourire chaleureux. Ses craintes d'être une intruse dans leur vie commencèrent à se dissiper.

Elle sentit le regard encourageant de Leo qui l'invitait à profiter de ce qui s'offrait à elle.

Une fois à l'intérieur, les somptueuses tapisseries et les sols en marbre du palazzo la laissèrent sans voix. Belle aimait particulièrement la colonnade avec ses vitraux colorés. Leo expliqua qu'il s'agissait d'une ancienne chapelle.

Sur la terrasse, un véritable festin les attendait. Mais Belle en put s'empêcher de pousser un cri d'admiration en découvrant le jardin en terrasse au-dessous. Une pelouse entourait un immense échiquier noir et blanc. Des statues de dieux romains étaient placées dans les cases, chacune d'elles représentant l'un des douze mois de l'année.

— Je n'ai jamais rien vu de pareil ! Toute cette propriété est extraordinaire.

Son regard chercha inconsciemment celui de Leo.

— Dire que c'était ton terrain de jeux quand tu étais enfant !

Sa mère lui sourit.

— Viens t'asseoir à côté de moi. Voici des photos de ton père.

Belle s'exécuta. Ses mains tremblaient en étudiant la demi-douzaine de clichés.

— Il est tellement jeune et si beau !

Elle n'arrivait pas à croire qu'elle contemplait son propre père.

— Garde-les. J'en ai d'autres.

Après les avoir bien regardées, Belle les rangea dans son sac à main.

Elle perdit la notion du temps tandis que sa mère lui posait des questions sur son travail, sur le diplôme qu'elle préparait grâce à des cours du soir, et sur sa vie amoureuse.

— Pourquoi n'es-tu pas mariée ? demanda Sullisto. Les Américains sont-ils aveugles ? Qui est le pauvre homme que tu rends fou en ce moment ?

Belle se mit à rire.

— Je suis trop occupée par mon travail et mes études pour m'investir dans une relation sentimentale.

— Ah… je croirais entendre Leonardo, dit Sullisto.

Soudain, Belle entendit des pas et vit arriver sur la terrasse un couple de jeunes gens vêtus de luxueuses tenues de sport.

— Ah, Dante !

Sullisto se leva pour accueillir son fils qui lui ressemblait beaucoup, ainsi qu'à Leo.

— Vous êtes en avance ! Je vous présente notre invitée d'honneur, venue de New York, Belle Peterson. Belle, voici Dante et sa charmante femme, Pia.

Belle les salua, mal à l'aise à l'idée qu'ils aient noté la ressemblance entre elle et Luciana.

— *Cara ?* dit Sullisto, si tu continuais ?

Luciana s'éclaircit la gorge et se leva.

— Après toutes ces années, mon plus grand rêve s'est enfin réalisé, commença-t-elle.

Elle prit la main de Belle comme pour se donner du courage.

— Il y a bien longtemps, mon père m'a envoyé à New

York, parce qu'il pensait que j'étais en danger ici. Vous connaissez l'histoire de la famille, mais il y a certaines choses que personne n'a jamais sues à part Sullisto, qui m'a assez aimée pour m'épouser malgré tout.

Belle vit une expression de stupéfaction se peindre sur le visage de Dante. Son sang commença à battre à ses tempes.

Quand Luciana parvint au cœur de sa révélation, Dante semblait complètement sous le choc. A mesure qu'elle poursuivait, il regardait Belle avec une intensité qui lui rappela le regard menaçant de Cliff la première fois que Nadine les avait présentés l'un à l'autre. Au moment où Luciana parvint à la fin de son histoire, elle eut envie de se recroqueviller sur elle-même.

— Son vrai nom est Arabella Donatello Sloan. Elle est arrivée à Rimini cette semaine pour essayer de me retrouver. Sans Leo, nous n'aurions jamais été réunies.

Dante se tourna vers son frère. Un flot de paroles inintelligibles se déversa de sa bouche.

— Notre invitée ne parle pas italien, lui rappela Leo.

Il croisa le regard de Belle et ils échangèrent une constatation muette. C'était la crise qu'ils avaient espéré éviter.

— C'est un miracle, s'exclama Luciana, un miracle qui m'apporte le plus grand bonheur que l'on puisse imaginer. Sullisto et moi espérons qu'elle décidera de s'installer au palazzo avec nous tous, de façon permanente.

Maman…

Tandis que Belle réfléchissait à cette extraordinaire proposition, Sullisto tapa sur son verre en cristal avec une fourchette.

— Nous voulons prendre soin de toi à partir de maintenant.

Il prit la main de Luciana.

— J'ai l'intention de t'adopter, Arabella.

— M'adopter ? répéta-t-elle. Je… je ne sais pas quoi dire…

Il sourit.

— Tu n'as pas besoin de dire quoi que ce soit.

Belle était tellement submergée d'émotions qu'elle n'avait pas remarqué que Dante s'était levé. Livide, il les balaya tous du regard. La lueur dangereuse de ces sombres pupilles la fit frissonner.

— Eh bien, en voilà une histoire ! Et avec une telle ressemblance, pas besoin de test ADN, je suppose ?

Son regard se posa sur Belle.

— Bienvenue dans la famille Malatesta, Arabella. Tu verras que nous sommes à la hauteur de notre réputation.

— *Basta !* s'exclama son père.

— *Mi dispiace, papà*, répondit-il sur un ton sarcastique. Maintenant, si vous voulez bien m'excuser, Pia et moi avons d'autres choses à faire.

Il sortit à grandes enjambées, suivi par son épouse qui avait gardé un visage fermé pendant toute leur entrevue.

Sullisto eut beau essayer de réconforter Belle et lui assurer que Dante s'en remettrait, Belle était sous le choc. La similitude avec Cliff était terrible.

— Si cela ne vous dérange pas, dit-elle, je préférerais vous laisser passer le reste de la journée avec Dante et sa femme. Puisque Camelia est prête pour sa sieste, je vais rentrer avec Leo.

Elle se pencha pour embrasser sa mère et Sullisto.

— Merci pour cette merveilleuse matinée. Je ne mérite pas toutes ces marques d'affection. Vous n'avez pas idée de ce que cela représente pour moi. Appellez-moi plus tard.

Après avoir confié Camelia à Talia pour sa sieste, Belle et Leo descendirent sur la plage. Leo avait songé qu'un peu d'exercice leur ferait du bien.

Lorsqu'elle s'élança dans l'eau en courant, il n'eut qu'un

aperçu rapide de son petit deux-pièces bleu et blanc mais il sentit pourtant la température de son corps augmenter.

— La mer est délicieusement chaude, s'écria Belle joyeusement.

Pendant une heure, elle dissimula sa peine. Tandis qu'elle plongeait et nageait, il décrivait de grands cercles autour d'elle.

Leo n'aborda le sujet qui les perturbait qu'une fois qu'ils se furent allongés sur leurs serviettes.

— Qu'est-ce qui trotte dans ta jolie petite tête ?

— La flatterie ne te mènera nulle part. Surtout que tu es généralement capable de lire dans mes pensées.

— Pas cette fois.

Elle poussa un profond soupir.

— J'ai beaucoup appris en vivant avec Cliff pendant huit ans. Que cela soit justifié ou non, il avait l'impression d'avoir été trahi par ses parents. Aujourd'hui, Dante m'a tellement rappelé Cliff que cela m'a fait l'effet d'un coup de poing à l'estomac.

— Oui, il a été surpris par la nouvelle.

— C'est plus que cela, Leo. J'ai eu l'impression de revoir un petit garçon, traumatisé d'avoir perdu sa mère. Ton père dit qu'il est adulte, qu'il peut encaisser le choc mais j'ai l'impression que Dante a vu le monde s'effondrer autour de lui.

— Je suppose qu'il éprouve une sorte de jalousie, fit Leo. Lui et moi avons beaucoup souffert quand papa s'est remarié.

— Et aujourd'hui il revit cette souffrance. Rester en Italie plus longtemps est hors de question pour moi. Ce serait injuste pour Dante. Il n'a rien demandé à personne. Ma mère et moi avons tout le reste de notre vie pour nous connaître. Elle pourra peut-être venir me rendre visite. Ma seule option est de repartir immédiatement pour New York.

— Non, tu n'as qu'à rester chez moi ! Tu seras loin de Dante mais proche de ta mère…

Un petit cri échappa à Belle.

— Je… je ne peux pas, et tu sais pourquoi… Si je reste, ce sera à l'hôtel.

Avant qu'il ait pu répondre, elle s'écarta. En un éclair, elle avait ramassé ses affaires et remontait les marches de la villa.

Longtemps après qu'elle eut disparu à l'intérieur, Leo essayait encore de gérer ses émotions. Il était assailli de désirs inhabituels et se rendait compte qu'il avait un gros problème.

Il aurait voulu pouvoir embrasser Belle, encore et encore, jusqu'à tout oublier. L'alchimie entre eux avait été puissante dès le départ.

Etait-ce la raison pour laquelle elle s'était enfuie ?

6

Paniquée par les sentiments nouveaux qu'elle éprouvait, Belle se rendit en courant jusqu'à sa chambre et prit rapidement une douche. Certes, elle avait obtenu ce dont elle rêvait : retrouver sa mère, mais son univers et celui de tous ceux qui l'entouraient s'en était trouvés bouleversés. Rien ne pourrait plus jamais être comme avant et c'était sa faute.

Depuis l'âge de dix-huit ans, elle vivait sa vie en adulte responsable. Aujourd'hui encore, quelle que soit la situation, elle refusait d'être un fardeau pour Leo.

Ses colocataires lui auraient dit qu'elle était folle de fuir une telle situation. Elles auraient tout donné pour avoir la chance de séjourner chez un séduisant veuf dans une magnifique villa italienne.

La culpabilité la tenaillait. Cependant, elle ne pouvait plus résider chez Leo. Par un effet du hasard, il était devenu son beau-frère. Or, elle était bien forcée d'avouer que ses sentiments pour lui n'avaient rien de fraternel.

Sur la plage, le désir qu'elle éprouvait pour lui était devenu si intense qu'elle avait failli fondre quand il l'avait effleurée dans l'eau. Il était inconcevable qu'elle séjourne chez lui sans passer à l'acte.

Elle finit de se sécher les cheveux et enfila le seul jean qu'elle avait apporté, avec une tunique kaki. C'était le moment de jouer les touristes tout en décidant de la conduite à tenir.

Avant de quitter la chambre, elle laissa un mot expliquant qu'elle partait se promener.

Elle repassa par la plage, empruntant le seul chemin qui menait hors de la propriété.

Après avoir pris quelques brochures en anglais dans le hall d'un hôtel, elle prit un taxi qui la déposa près d'un pont datant de l'empereur Tibère. La brochure indiquait que ce pont avait été achevé en l'an 21. Cette imposante structure était composée de cinq arches reposant sur des piliers massifs. Il était incroyable de se trouver face à un tel monument et d'être incapable d'en profiter.

Tourmentée, ne sachant que faire, Belle traversa le pont vers le centre-ville où elle fit un déjeuner tardif. Au milieu de son repas, elle avait déjà perdu tout intérêt pour la nourriture et pour le tourisme. C'était une mauvaise idée. Il y avait trop de monde. Elle décida de rentrer à la villa. Alors qu'elle se levait de table, elle faillit heurter de plein fouet Leo qui promenait Camelia dans sa poussette.

— Leo ! s'exclama Belle, stupéfaite.

La vue de son corps musclé vêtu d'un jean et d'un polo blanc lui coupait le souffle.

— D'où viens-tu ?

Un sourire séducteur se peignit sur ses lèvres.

— Nous t'avons suivie.

Belle aurait dû se douter que les agents de sécurité de Leo l'informeraient de ses déplacements. Malgré le fait d'avoir été observée et suivie, un élan de chaleur l'envahit. Pour masquer son embarras, elle s'accroupit et couvrit la fillette de baisers.

— Alors voilà ce que vous avez fait ! Est-ce que tu as passé un bon moment ?

Camelia ne cessait de lui sourire comme si elle la reconnaissait et qu'elle était heureuse de la voir. Cet adorable petit visage émouvait profondément Belle.

— Quand nous avons trouvé ton message, nous nous sommes dit que nous allions te rejoindre.

— J'allais rentrer.

— Parfait. Ma voiture est juste à côté.

Alors qu'ils naviguaient parmi la foule en direction de la voiture, toutes les femmes qui passaient dévoraient Leo des yeux. Belle ressentait leur envie quand elles la regardaient. Elle devait admettre que si elle avait été elle aussi en train de faire du tourisme et qu'elle l'ait aperçu avec sa fille, elle l'aurait trouvé irrésistible.

— Sur le chemin du retour, nous nous arrêterons au *delfinario.*

— Ah, voilà qui est intrigant.

Les yeux plissés par la lumière du soleil, il l'aida à monter en voiture avec Camelia.

— Je pense que ça te plaira.

— Est-ce un animal, un minéral ou un végétal ?

Leo éclata de rire.

— Tu auras bientôt ta réponse.

Son cœur se dilata, chose qui ne cessait d'arriver depuis qu'elle était en compagnie de Leo.

Il longea la plage jusqu'à ce qu'ils arrivent à une sorte de parc d'attractions.

— Je vais porter Camelia. Viens.

Belle le suivit jusqu'à une large piscine en plein air. Elle repéra des mammifères qui sautaient hors de l'eau.

— Des dauphins ?

— *Si, signorina, delfino.*

Leo paya l'entrée et trouva deux sièges dans l'amphithéâtre bondé où se déroulait le spectacle. Belle comprit quelques mots de ce que disait le narrateur. Les enfants du public étaient fascinés.

— Regarde Camelia ! Tu vois le *delfino* ?

Le bébé fut gagné à son tour par l'excitation et se mit à applaudir comme les enfants autour d'elle. Plus enchantés par sa réaction que par les prouesses des dauphins avec leurs entraîneurs, Leo et Belle se mirent à rire de bon cœur.

Après une acrobatie remarquable, leurs yeux se croisèrent et elle lui lança un grand sourire. Belle ne pouvait pas cacher son plaisir à être là, avec eux, comme s'ils formaient une famille. C'est seulement plus tard, sur le chemin de la maison, qu'elle revint à la réalité, sachant qu'elle avait une grave décision à prendre.

— Je crois que mon petit *tesoro* veut son dîner.

— Est-ce que tu veux bien que je la fasse dîner et que je la couche ?

Etre avec le bébé procurait à Belle un grand réconfort, et elle en avait bien besoin.

— Bien sûr. Je vais dire à Talia qu'elle est libre pour la soirée.

— Hourra, tu as entendu ça, Camelia ?

Elle embrassa la fillette une demi-douzaine de fois.

Leo devina que quelque chose clochait dès qu'il la vit redescendre de la chambre.

— Que s'est-il passé ?

— Je viens d'avoir ma mère au téléphone. Ils n'ont pas vu Dante de la journée.

— Mon père me l'a dit aussi. Cela n'a rien de surprenant. Il est comme ça. Il se cache.

Elle frissonna.

— Tout ce que je sais, c'est que mon arrivée à Rimini lui a fait du mal. Toute cette histoire est tragique. Maman va m'emmener en promenade demain. Sachant qu'elle n'est pas au palazzo, peut-être que Dante sera enclin à discuter avec ton père.

A ce moment, ils entendirent Camelia pousser un petit cri. Entrouvrant la porte, Belle découvrit la fillette assise dans son lit. Elle les aperçut et se mit à crier.

— On dirait qu'elle attendait pour te dire bonne nuit, chuchota Belle.

Leo traversa la pièce et la prit dans ses bras. Son cœur fondit quand la fillette lui caressa la joue.

— Elle t'adore, Leo.

Camelia tourna la tête en entendant le son de sa voix. A sa grande surprise, elle tendit les bras vers Belle, qui l'attrapa.

— Tu veux me souhaiter bonne nuit aussi ? Je t'aime, ma chérie.

Elle se mit à la promener dans la chambre.

— Si seulement elle comprenait ce que je dis.

— Elle n'a pas besoin de parler ta langue pour comprendre ce que tu veux dire, murmura-t-il d'une voix heureuse.

— C'est vrai ? fit Belle en embrassant de nouveau la fillette.

Dans l'intimité de la chambre plongée dans l'obscurité, la petite fille s'accrochait à elle comme si elle était sa mère. Leo sentit grandir en lui une idée qui était née dans son esprit la première fois qu'il avait vu Belle prendre le bébé dans ses bras.

Il avait prévu de lui en parler quand ils seraient redescendus pour prendre un café mais sa fille en avait décidé autrement.

— Puisqu'elle n'est pas encore prête à dormir, je vais te dire quelque chose. J'ai beaucoup réfléchi. Nous n'avons qu'à nous marier rapidement, ainsi mon père ne pourra pas t'adopter.

7

Belle éclata d'un rire sonore. Elle était debout devant Leo, et la tête du bébé était nichée dans son cou.

— Rapidement ? C'est-à-dire ?

— Demain.

— Je ne savais pas que c'était possible, s'étonna-t-elle.

— J'ai des amis haut placés.

— Naturellement. Et donc le mariage est la solution à tous nos problèmes ? C'est étonnant de la part d'un homme qui prétendait ne jamais vouloir se remarier ?

Leo ne put s'empêcher de sourire.

— Et le plus bizarre, c'est que je viens de demander la main d'une femme qui a déclaré que le mariage n'était pas dans ses projets.

Belle caressa le dos de Camelia.

— Très bien. Maintenant que tu as toute mon attention, je t'écoute, qu'avais-tu à me dire ?

— Tu viens de l'entendre.

— Un peu de sérieux, Leo.

— Si tu y réfléchis, tu verras que c'est très sensé. Notre mariage rendra l'adoption caduque, puisque tu seras ma femme, la maîtresse de cette maison et la mère de mon enfant.

A ces mots, Belle étreignit la fillette un peu plus fort.

— Les paupières de Camelia tremblotent, elle est prête à s'endormir.

— Cela prouve à quel point elle est bien dans tes bras. Elle a besoin d'une mère, Belle. J'ai refusé de voir cette réalité pendant un long moment. A l'instant, je t'ai entendu lui dire que tu l'aimais. Cela venait de ton cœur, inutile de le nier.

Belle avait du mal à respirer.

— Je ne le nie pas.

— Si nous nous marions, nous atteindrons deux objectifs. D'abord, notre mariage te permettra d'avoir la relation privilégiée que tu désires avec ta mère sans avoir à t'installer au palazzo. Nous savons tous les deux que c'est le territoire de Dante et que cela doit le demeurer.

Il plongea son regard dans le sien avant de continuer.

— Deuxièmement, cela mettra fin aux machinations de mon père pour me marier à l'une des femmes qu'il a sélectionnées pour moi. Après tout, qui pourrait faire une meilleure épouse que la fille de sa femme ? La beauté de la chose, c'est que c'est moi qui m'occuperai de toi alors, et pas mon père.

Tout doucement, Belle s'approcha du berceau et essaya d'y poser le bébé. Mais Camelia n'était pas d'accord et elle se remit à pleurer. Belle la reprit dans ses bras.

— Il faut que tu dormes, mon petit amour.

Un sourire heureux se dessina sur les lèvres de Leo.

— Elle ne veut pas te quitter. Je suis convaincu que ma fille est plus à l'aise avec toi qu'avec quiconque, à part moi. Tu dois comprendre à quel point c'est important pour moi. Elle est toute ma vie depuis la mort de Benedetta.

— J'en suis parfaitement consciente.

— Quand j'ai dit à mon père que je ne me remarierais jamais, j'étais sincère. Comment aurais-je pu trouver une femme qui serait pour Camelia une aussi bonne mère que la mienne l'avait été pour Dante et moi ? Ton arrivée à Rimini a changé tout cela.

Belle enfouit sa tête dans le cou du bébé pour se protéger de ses paroles.

— Ce soir, j'ai vu ma fille te tendre les bras. J'en ai la preuve, je sais que si tu deviens ma femme, elle aura auprès d'elle une mère qui l'aimera toujours. Je sais combien tu t'es déjà attachée à elle. J'ai vu comment tu réagissais avec elle.

Belle embrassa la tête de la petite fille.

— Puisque nous en sommes aux hypothèses absurdes, il y a une chose que tu n'as pas mentionnée.

— Tu parles d'amour bien sûr. Comme le mariage n'était pas dans nos projets, nous n'avons pas cette attente. Mais nous éprouvons du désir l'un pour l'autre, comme nous l'avons découvert hier. Et le désir est essentiel à tout mariage.

Leo sourit, visiblement satisfait de son raisonnement.

— De plus, nous sommes devenus amis, et nous aimons tous deux notre famille. A nous deux, nous pouvons transformer le négatif en positif, afin que tu sois avec ta mère et que je puisse apaiser les craintes de Dante.

Il se rapprocha de Belle.

— Les choses ne sont pas obligées de changer pour toi. Talia continuera d'être la nounou de Camelia. Si la banque finance une nouvelle boutique TCCPI à Rimini, tu pourras la diriger.

— Je ne serais même pas surprise que tu réussisses à organiser cela, murmura-t-elle.

— Que les choses soient claires. Je ferais n'importe quoi pour offrir à ma fille une vie avec un père et une mère.

La voix de Leo devint rauque.

— Le fait que tu sois venue en Italie à la recherche de ta mère me dit que tu ferais n'importe quoi pour rester près d'elle. Si tu peux poursuivre ta carrière ici, être mère et demeurer près de Luciana, que demander de plus ?

Belle secoua la tête.

— Cette conversation est surréaliste. Mais pour mettre

les points sur les *i*, tu suggères que nous fassions un mariage de convenance.

Il attrapa Camelia et la remit dans le berceau. Cette fois elle ne pleura pas, mais elle s'accrocha à son doigt.

— Oui, mais sans y avoir été forcés par personne. Je me rends compte que ta vie ne sera pas aussi amusante qu'avec tes colocataires mais je ne suis pas de si mauvaise compagnie. Nous nous sommes bien amusés à regarder les dauphins, pas vrai ?

— Cette question n'appelle pas de réponse. Ce que tu suggères est grotesque.

— Maintenant tu imagines ce que mes parents ont dû ressentir quand on les a soumis à un mariage arrangé. Toi et moi, au moins, on est attirés l'un par l'autre. Je ne sais pas combien de temps cela durera. Mais si rien de tout cela ne peut te faire changer d'avis, la seule chose qui te reste à faire est de repartir à New York reprendre le cours de ta vie.

Quelle vie ?

Leo leva la tête pour observer le visage de Belle.

— Pendant que je reste un peu ici avec Camelia, si tu allais dans la cuisine prendre cette tasse de café dont tu avais envie ? Je te rejoindrai un peu plus tard et tu pourras me donner ta réponse.

— Tu crois que c'est aussi simple ?

Il fit la grimace.

— Non. Je sais seulement que nous ne pouvons rien changer à ce qui est arrivé, et il faut bien prendre une décision, dans un sens ou dans l'autre.

— Comme je regrette d'être venue en Italie…

— Il est trop tard pour les regrets, et nous en avons déjà parlé. Tout ce que tu peux faire, c'est avancer. Sache seulement que, quoi que tu décides, rester ici ou rentrer à New York, mon père projette de t'adopter. Il est si impatient de le faire que nous devrons attendre pour mesurer à quel point Dante en sera affecté. Sa relation avec mon père et Luciana a toujours été mouvementée.

— Je ne veux pas qu'il souffre.

— Moi non plus, dit Leo en se rembrunissant. Si tu trouves une meilleure solution que le mariage pour empêcher cette souffrance tout en restant près de ta mère, je t'écoute.

— Je vais aller voir ton père et je vais le supplier de ne rien faire.

— Cela ne servira à rien, Belle. Sur certaines questions, mon père est très entêté. C'est un cadeau qu'il a décidé de faire à ta mère et rien ni personne ne pourra le faire changer d'avis.

— Pas même Dante ?

— J'ai bien peur que non. Tu as entendu mon père. Dante est adulte, il devrait pouvoir le supporter.

Belle ne savait plus que penser.

— Tu veux dire que…

— Pourquoi crois-tu que j'ai épousé Benedetta en pleine nuit ?

Belle sursauta.

— Mais c'est tout bonnement moyenâgeux !

— J'ai combattu ce système toute ma vie.

Belle s'était mise à faire les cent pas. Finalement, elle s'arrêta et se retourna vers lui.

— Que dirons-nous à nos parents ? Nous ne nous connaissons que depuis quelques jours.

— Ils ne pourront rien objecter. Je sais que papa est tombé amoureux de Luciana à la minute où il l'a rencontrée. Il n'avait jamais connu un amour comme celui-là avec ma mère.

Belle se mordit la lèvre.

— C'est triste, l'histoire de tes parents.

— Ils ont fait avec. C'est du passé.

— Tu es vraiment sérieux à propos de tout ça ?

— Suffisamment pour avoir téléphoné au vieux prêtre

qui a marié tout le monde dans notre famille. Il se tient prêt avec une autorisation spéciale pour nous marier dès demain matin. Tu as seulement besoin d'apporter ton passeport. Mes employées seront nos témoins.

Belle regarda dans le vide.

— Je devais passer la journée avec ma mère…

— Appelle-la et dis-lui qu'il y a eu un changement de programme et que tu n'arriveras qu'en fin de matinée. Avec un peu de chance, quand nous arriverons avec Camelia, Dante et Pia seront là et nous pourrons annoncer la nouvelle à toute la famille.

— Mais on ne se marie pas comme ça…

— La plupart du temps, non. Mais notre situation n'est pas banale. C'est la meilleure solution.

Belle s'écarta de lui.

— Tout cela va trop vite.

— La situation exige d'agir vite. Papa croit que tu rentres à New York dimanche. Quand il a annoncé qu'il projetait de t'adopter, je sais qu'il avait déjà contacté son avocat. Il va vouloir que tu signes les papiers avant ton départ. Quand il a pris une décision, il passe à l'acte immédiatement.

— Tu tiens de lui.

Camelia s'était enfin endormie. Leo s'avança vers Belle et sortit de sa poche un anneau en or tout simple.

— Qu'est-ce que tu fais ?

Il lui prit la main gauche.

— C'est ta bague de fiançailles. Demain, ce sera l'alliance de la signora Arabella Donatello Sloan Di Malatesta.

Belle retira la main avant qu'il ait pu lui mettre l'anneau.

— Je n'ai pas donné mon accord.

Il la regarda, les yeux plissés.

— Dans ce cas, tout ce que tu auras à faire c'est me dire demain matin que tu ne veux pas, et nous n'en parlerons plus.

— Leo, tu ne peux pas me faire ça !

— Faire quoi ? Proposer de t'épouser pour pouvoir

t'offrir mon nom et ma protection ? T'aider à rester près de la mère que tu rêves de mieux connaître ? Te donner l'occasion d'être une mère pour ma fille qui t'a déjà accueillie dans sa vie ?

— Tu sais très bien ce que je veux dire ! s'exclama Belle.

— Tu ne vois pas que j'aimerais compenser toutes les années de détresse que tu as vécues ? La cruauté de ton frère adoptif ? lança-t-il. Tu ne comprends pas que ton existence a changé notre destin à tous ?

Ses yeux la brûlaient. Elle aurait tant voulu avoir quelqu'un avec qui discuter de ce dilemme… Ironie du sort, maintenant qu'elle avait retrouvé sa mère, elle ne pouvait pas lui en parler. Elle se sentait prisonnière, comme si elle était prise au piège du labyrinthe du palazzo.

— Et toi, qu'est-ce que tu retires de cela ?

— Je croyais que tu comprenais. La mère la plus remarquable du monde pour ma fille et la possibilité de reconquérir l'affection de mon frère. Quand Benedetta est tombée malade, elle m'a supplié de retrouver un jour le bonheur avec quelqu'un d'autre. Ma vie doit continuer. Avant que tu ne débarques dans mon univers, je ne savais pas comment trouver ce nouveau chemin.

Belle ne pouvait plus en en entendre davantage.

— Je crois que je vais te dire bonne nuit.

Sans hésiter, elle quitta rapidement la chambre d'enfant et dévala l'escalier jusqu'à sa chambre.

Tout le reste de la nuit, elle se retourna dans son lit, incapable de trouver le repos. Pouvait-elle vraiment épouser quelqu'un dont le cœur était mort avec sa première femme ? Elle ne pouvait espérer rivaliser avec son souvenir, mais Leo ne lui demandait pas de l'aimer. Il voulait juste qu'elle soit la mère de Camelia.

C'était sans doute le seul domaine de sa vie où Belle se sentait compétente. Si elle avait la responsabilité de cette petite fille, elle pourrait déverser sur elle tout l'amour qu'elle avait à donner. Belle pourrait être pour Camelia la mère dont elle avait toujours rêvé.

Leo voulait qu'elle soit la mère de sa fille. Cela voulait dire quelque chose n'est-ce pas ? Il lui confiait ce qu'il avait de plus précieux au monde.

Même si elle était vierge et qu'elle n'avait aucune expérience avec les hommes, elle se sentait à l'aise avec la maternité. Peut-être que leur mariage aiderait à guérir la blessure entre Leo et sa famille.

Quant à elle, cela lui assurerait la proximité avec sa mère pour le restant de sa vie.

Mais si Leo rencontrait une autre femme et tombait amoureux ?

Belle connaissait la réponse à cette question. Elle serait anéantie. Mais leur union serait-elle si différente des autres couples dans lesquels l'un des deux était infidèle ? Des millions d'hommes et de femmes mariés avaient des liaisons. Il n'y avait jamais aucune certitude.

Quand vint le matin, elle avait changé d'avis si souvent qu'elle était épuisée, physiquement et émotionnellement. Une seule chose émergeait de sa nuit blanche : la perspective de reprendre sa vie à New York lui apparaissait désormais comme une petite mort…

Il faisait un temps idéal pour un mariage. Belle sortit de la boutique avec le voile et la robe en dentelle blanche de ses rêves. Ils allèrent à sa voiture où son bouquet était posé sur la banquette arrière. Leo avait pensé à tout. Belle entendit les cloches de San Giovanni avant qu'ils n'arrivent.

Depuis l'orphelinat, l'église avait toujours été un lieu de réconfort pour elle. Sauf qu'aujourd'hui, elle allait y épouser son mystérieux prince.

Il avait accroché un gardénia au revers de son costume bleu nuit. Belle sentait ce parfum qu'elle associerait toujours avec le mariage mais elle ne ressentait rien. C'était comme si elle flottait à l'extérieur de son corps.

Carla, Talia et Simona avaient pris une autre voiture. Elles les suivirent dans l'allée centrale jusqu'à l'autel où le vieux prêtre attendait. Talia portait le bébé, qui était très sage, adorable dans sa robe en dentelle blanche avec ses sandales blanches à nœud rose.

Le prêtre prit les mains de Belle et l'accueillit avec un grand sourire.

— Princesse Arabella ?

Elle faillit s'évanouir de s'entendre appeler de cette façon.

— Vous ressemblez à votre mère le jour où je l'ai mariée avec le comte, expliqua-t-il avec un fort accent italien. Vous êtes prêts pour la cérémonie ?

— Oui, répondit Leo d'une voix grave.

— Si les témoins veulent bien s'installer de chaque côté.

Talia et Simona se mirent à la droite de Leo. Il embrassa sa fille qui faisait de petits bruits avec sa bouche.

Carla se tint à la gauche de Belle.

— Arabella et Leonardo, vous êtes venus dans cette église afin que le Seigneur scelle et fortifie votre amour, en présence de son représentant et de cette communauté. Au nom de l'Eglise, je vous demande de déclarer vos intentions. Etes-vous venus librement et avec l'intention de vous donner sans réserve l'un à l'autre dans le mariage ?

Sans réserve ? Belle commençait à paniquer mais elle dit oui, après Leo.

— Faites-vous le serment de vous aimer et de vous honorer l'un l'autre comme mari et femme pour toute votre vie ?

La réponse à cela n'était pas difficile. Belle avait un grand respect pour lui. Et elle aimait tant de choses en lui. Son affection pour sa fille la faisait fondre.

— Accepterez-vous les enfants que Dieu vous donnera et les élèverez-vous selon les enseignements du Christ et de son église ?

Belle ne s'était pas attendue à cela. Mais pouvait-elle répondre non alors qu'elle venait de dire qu'elle consentait librement à ce mariage ? Elle balbutia un léger oui, sans savoir si le prêtre l'avait entendue.

— Prends sa main, *figlio mio.*

La main de Leo était chaude. Il passa son pouce sur sa peau pour réchauffer la main glacée de Belle. Cette fois, elle n'était plus insensible.

— Répète après moi. Moi, Leonardo Rovere Di Malatesta, te prends, Arabella Donatello Sloan pour épouse. Je promets de t'être fidèle pour le meilleur et pour le pire, et de t'aimer et t'honorer jusqu'à ce que la mort nous sépare.

Les instants qui suivirent furent surréalistes pour Belle, qui entendait les paroles du prêtre, leurs réponses, et le babil de Camelia en arrière-fond.

Le sang battait à ses tempes quand il déclara :

— Vous avez échangé vos consentements devant l'Eglise. Puisse le Seigneur dans sa bonté fortifier votre union et vous bénir tous les deux. Ce que Dieu a uni, l'homme ne peut le défaire. Leonardo ? Tu as les alliances ?

Oh non, Belle n'avait pas d'alliance pour lui.

— Oui.

— Seigneur, puissent ces anneaux être un symbole de fidélité, et leur rappeler toujours leur attachement l'un à l'autre. Leonardo ?

Belle le regarda sortir l'anneau de sa poche.

— Reçois cet anneau en signe de mon amour et de ma fidélité…

C'était vraiment en train d'arriver.

Puis Leo lui tendit l'autre anneau.

— Arabella ? Répétez après moi. Reçois cet anneau en signe de mon amour et de ma fidélité.

Après avoir dit les paroles, elle passa maladroitement l'anneau au doigt de Leo. Voyant qu'il avait retiré sa première alliance, elle songea que ça n'avait pas dû être facile pour lui.

Alors qu'elle regardait toujours sa main avec incrédulité, Leo lui prit le menton et lui inclina la tête pour l'embrasser.

— Nous avons réussi, Belle. Tu es ma femme maintenant. Merci de m'avoir offert ce que toi seule pouvais me donner. Merci pour avoir accepté de m'aider à élever Camelia. Je t'en serai toujours reconnaissant.

Quand il l'embrassa, ce ne fut pas ce qu'elle avait imaginé. Plus que le baiser d'un mari, c'était comme une douce, respectueuse bénédiction. Après avoir récupéré de sa surprise, elle lui murmura :

— Nous sommes quittes parce que toi tu m'as offert ma mère et ta précieuse fille.

Celle-ci commençait d'ailleurs à gigoter et à se faire entendre de plus en plus. Belle vit Leo l'attraper et la serrer dans ses bras avec une exclamation triomphante.

Les trois témoins entourèrent Belle pour la féliciter, les yeux humides. Elle fut émue d'être si chaleureusement accueillie en tant que nouvelle femme de Leo.

Puis elle contempla le bébé. Leo surprit son regard et lui passa la fillette, qui lui adressa un sourire radieux.

Belle ferma les yeux en l'attirant contre elle. Cette adorable petite fille était la sienne désormais ! C'était incroyable.

Le prêtre sourit et tapota la tête de Camelia.

— La *bambina* a une belle nouvelle *mamma*.

Il les bénit.

— Merci, mon père.

Après avoir signé le registre d'une main tremblante, Belle se demanda si elle s'habituerait un jour à son nouveau nom. Ils montèrent en voiture. Talia avait installé le bébé à l'arrière.

— Si Malatesta veut dire qu'il y avait de mauvaises personnes à la tête de ta famille, alors c'était il y a longtemps parce que je n'ai reçu que de bonnes choses de toi et de ton père. Je voulais seulement que tu saches que je suis fière de porter ton nom.

Le regard de Leo prit les teintes d'un ciel d'orage sous le coup de l'émotion.

— Merci, je suis très touché.

Il aida Belle à s'installer à l'arrière de la voiture avec Camelia, qui mordillait un jouet en plastique. Avant de se redresser, Leo déposa un rapide baiser sur les lèvres de Belle, puis il claqua la portière. Tandis qu'il raccompagnait les autres jusqu'à leur véhicule, Belle passa un doigt sur ses lèvres.

C'était son mari. Il fallait qu'elle s'y habitue, mais chaque fois qu'il la touchait, tout son corps s'embrasait.

Il fut bientôt de retour. La prochaine destination était le palazzo, et Belle se mit à penser à la famille de Leo, à leurs réactions quand ils apprendraient la nouvelle.

Son cœur se serrait pour Leo. Bien qu'ils souhaitent tous les deux que ce mariage facilite la situation avec Dante, elle savait que son mari souffrait depuis des années de leur mésentente. Il devait être inquiet en cet instant même.

— Leo ? lança-t-elle sous le coup de l'inspiration.

Il était en train de la regarder dans le rétroviseur.

— Qu'y a-t-il, tu as l'air inquiète ?

— J'ai une idée, mais je ne sais pas si elle va te plaire.

— Tu le sauras quand tu me l'auras dite…

Oh ! oh, il était nerveux.

— L'autre jour, Luciana m'a dit que Dante et sa femme avaient leur propre entrée au palazzo.

— C'est exact. Ils vivent dans une aile séparée.

— Que dirais-tu si nous passions les voir à l'improviste ? En temps normal, c'est à Dante que tu aurais envie d'annoncer la nouvelle en premier, non ? Il sera pris au dépourvu et le fait d'être mis au courant avant tes parents lui fera peut-être plaisir. Cela vaut la peine d'essayer. S'ils sont chez eux bien sûr.

Leo ne répondit pas tout de suite.

— Je ne sais pas ce qu'ils font le samedi, marmonna-t-il.

— Eh bien, nous allons le découvrir ! Quel est le pire qu'il puisse faire ? Nous claquer la porte au nez ? J'ai fini par tenir tête à Cliff et regarde où cela m'a menée.

Les yeux de Leo se mirent à lancer des éclairs.

— Tu es une vraie guerrière ! Eh bien, si tu es partante, je trouve que ton idée est formidable.

— *Grazie*, lança-t-elle dans un italien maladroit.

— Ensuite, nous allons nous dépêcher de te trouver un prof d'italien.

Elle éclata de rire. Miracle, il se joignit à elle. Ils en avaient bien besoin. Quand ils entrèrent dans la propriété, il fit le tour jusqu'à l'autre aile, devant laquelle une voiture de sport rouge était garée.

La voiture de Pia n'était pas là. Cela voulait dire que Dante était seul. Pour que le plan de Belle fonctionne, il était préférable que Pia ne soit pas là.

Leo s'arrêta. Le temps qu'il sorte, Belle avait déjà pris la fillette dans ses bras. Il n'y avait aucune hésitation de son côté. Rufo se frotta contre la jambe de Leo tandis qu'ils marchaient vers la porte.

Plutôt que de se servir de la sonnette, Leo frappa à la porte en utilisant le code que son frère et lui avaient quand ils étaient enfants. Ils attendirent.

— Essaie encore, dit Belle.

Au moment où il s'apprêtait à recommencer, la porte s'ouvrit. Dante, ébouriffé et vêtu d'un pantalon de jogging eut l'air ébahi de le voir là, avec Belle et Camelia.

— Désolé de m'imposer comme ça mais je voulais que tu sois le premier à connaître la nouvelle.

Dante le regarda, les yeux plissés, aussi noirs que ceux de leur père.

— De quoi parles-tu ?

— Belle et moi venons de nous marier. Nous arrivons juste de l'église.

— Tu n'es pas sérieux.

— Je ne l'ai jamais été autant de toute ma vie.

Un air de stupéfaction se peignit sur le visage de Dante.

— Je croyais que tu pleurais encore Benedetta.

Leo hocha la tête.

— Je ne l'oublierai jamais, mais il s'est produit quelque chose d'extraordinaire quand j'ai rencontré Belle. Papa va avoir un choc quand je vais le lui dire. Tu sais qu'il avait une liste de candidates toute prête pour moi…

Une minute passa avant que son frère ne reprenne la parole.

— Il va vouloir que tu annules ton mariage.

— Pas lorsqu'il apprendra que nous sommes tombés amoureux à l'instant où nous nous sommes vus et que nous ne nous sommes plus quittés depuis. Je ne pouvais pas laisser Belle repartir pour New York demain.

Dante lui prit des mains le certificat de mariage.

— Tu as épousé la fille de Luciana…

Ses yeux se posèrent sur Belle, qui était en train de distraire le bébé.

— Nous n'en avons jamais parlé avant mais je suis convaincu que la même chose est arrivée à papa quand il a rencontré Luciana.

Dante déglutit.

— Oui, je le pense aussi. Papa n'a jamais été amoureux de maman de cette façon.

— Non, murmura Leo, content que son frère soit parvenu à la même conclusion que lui. C'est bien pour ça que nous avons tellement souffert qu'il se remarie si vite.

Leo s'éclaircit la gorge, puis déclara :

— Il y a quelque chose que je veux te dire depuis longtemps. Quand je suis parti faire mes études à Rome, je t'ai fait souffrir. Je n'aurais pas dû te laisser mais j'étouffais ici et je n'ai pensé qu'à moi. J'espère qu'un jour tu pourras me pardonner.

Dante le regarda avec affection, une expression que Leo ne lui avait pas vue depuis l'adolescence. Belle avait raison, cela valait la peine d'essayer.

Il reprit le certificat de mariage des mains de son frère.

— Nous allons prévenir les parents maintenant. Ce serait bien si tu venais en renfort. Tu sais comment est papa quand il considère que nous laissons nos émotions prévaloir sur notre devoir. S'il n'arrive pas à accepter la situation, alors Belle et moi partirons avec le bébé nous installer à New York.

Dante poussa un cri de surprise.

— Tu irais jusque-là ?

— Pour ma femme et ma fille, oui.

Il posa la main sur l'épaule de son frère.

— Merci d'avoir ouvert la porte. J'ai utilisé notre signal pour que tu aies le choix d'ouvrir ou non. Malgré ce que tu crois, tu as toujours été et tu seras toujours mon meilleur ami.

Il se tourna vers Belle et lui prit le bébé des bras.

— Viens, ma *bellissima*. Nous allons faire le tour du palazzo et profiter de cette magnifique journée.

8

— Un instant, Leo, il faut que je prenne son sac de change.

Une fois hors de portée de voix, Belle le rattrapa.

— Peu importe ce qui se passe maintenant. Tu as dit ce que tu avais à dire et ton frère sait que tu l'aimes. La balle est dans son camp.

Leo lui attrapa la main et la serra très fort.

— C'est bien ce qui m'inquiète. N'oublie pas que c'est un Malatesta.

— As-tu oublié que j'étais fière d'être mariée à un digne représentant de cette famille ? Rappelle-toi autre chose : il ne t'a pas claqué la porte au nez. C'est déjà ça, non ?

Leo avait épousé un ange.

— Es-tu prête à affronter les parents ?

Elle hocha la tête.

— Sois honnête. Tu t'inquiètes un peu de leur réaction, non ?

— Tu te trompes, Belle.

— Alors qu'y a-t-il ?

Son épouse était clairvoyante, mais il ne pouvait pas encore lui dire toute la vérité. Il savait pour quelles raisons elle avait accepté ce mariage mais elle ne connaissait pas toutes les siennes. Quand elle les découvrirait, il aurait vraiment de quoi s'inquiéter.

— Ta vie ne ressemble à celle de personne d'autre. Même le jour de ton mariage ne ressemblait à aucun autre. Je…

— Ah, vous voilà ! lança Luciana qui accourait. J'ai vu votre voiture, mais comme vous n'arriviez pas je suis venue à votre rencontre.

Belle courut vers sa mère et l'embrassa.

— Leo voulait parler à Dante…

— J'ai trouvé le temps tellement long ! Sullisto est à la banque mais il devrait rentrer d'une minute à l'autre.

Elle se pencha vers le bébé.

— Oh, quelle ravissante petite robe ! Où étiez-vous ?

— A l'église, répondit Belle avec sa franchise habituelle. Il faut que je la change et que je lui donne un biberon.

Leo porta Camelia à l'intérieur de la maison, puis il la tendit à Belle qui disparut avec elle et sa mère tandis qu'il restait dans le salon, à observer les photos de famille.

Sur un cliché qu'il aimait particulièrement, sa mère était en train de planter un rosier, agenouillée dans le jardin, coiffée d'un chapeau à large bord. Les fleurs étaient sa passion. Après ses deux garçons.

Elle avait déversé tout son amour sur eux. Elle les avait certes un peu trop gâtés mais Leo ne pouvait pas s'en plaindre. Son enfance avait été merveilleuse. C'est ce qu'il souhaitait pour Camelia. Il savait que Belle la couvrirait d'affection.

Il saisit le cadre.

— Maman… j'aurais voulu que tu sois là aujourd'hui. Tu aurais aimé Belle autant que tu aimais Benedetta.

Quand il entendit des voix, il reposa la photo et releva les yeux vers les trois femmes de sa vie. Elles s'assirent sur le canapé tandis que Belle donnait le biberon au bébé.

— Je sais qu'elle est très sage, mais je suis surprise que vous l'ayez emmenée à la messe, fit Luciana.

Belle lui fit un signal. Il s'installa dans un fauteuil à côté du canapé et le fit pivoter.

— Nous n'étions pas à la messe. Nous avions une audience privée avec le père Luc.

— Pourquoi ?

— Ce matin, ta fille m'a fait l'honneur de devenir ma femme.

Il sortit le certificat de mariage de sa poche et le tendit à Luciana.

— Hier soir, nous nous sommes décidés. Je lui ai demandé de m'épouser, pour éviter qu'elle ne rentre à New York et qu'elle ne rencontre un autre homme. Comme tu le vois, Camelia est déjà conquise.

Les yeux pleins de larmes, Luciana se tourna vers Belle.

— Je veux seulement savoir une chose. Est-ce que tu l'aimes ? Parce que si tu ne l'aimes pas, ma chérie…

Leo comprenait le sens de la question de Luciana. Quand Sullisto avait épousé la mère de Leo, il faisait son devoir, mais c'était un mariage sans amour et le bonheur n'avait pas été au rendez-vous. Luciana ne voulait pas de cela pour Belle.

— Tout va bien, maman, dit-elle avec un petit rire. Quand j'ai rencontré Leo, je le voyais comme le mystérieux prince de Rimini. Il me faisait peur, mais je le trouvais terriblement séduisant.

Il se réjouit de ces demi-mensonges.

— Je comprends, murmura Luciana. Il tient beaucoup de son père.

— J'ai essayé de combattre cette attirance mais à force de le côtoyer, j'ai fini par céder à mes sentiments… Puis j'ai fait la connaissance de Camelia. Nous avons passé un moment tellement merveilleux tous les trois à regarder les dauphins que nous ne voulions pas que cela se termine, n'est-ce pas ?

Elle embrassa la fillette sur le front.

— Nous avons vu beaucoup de papas là-bas mais aucun d'eux n'était aussi merveilleux que le tien.

— C'est un père remarquable, fit Luciana.

Cette remarque rendit Leo encore plus honteux de s'être

si mal comporté envers sa belle-mère pendant toutes ces années.

— Mais je ne m'étais pas rendu compte de la profondeur de mes sentiments jusqu'à ce qu'il me demande de l'épouser, poursuivit Belle. L'idée de refuser et de rentrer à New York était trop affreuse à envisager. Et je souffrais aussi à l'idée de te quitter, alors que je viens à peine de te retrouver.

Luciana bondit du canapé. Elle enlaça Belle et le bébé, puis Leo.

— Cette nouvelle me rend tellement heureuse ! Je ne peux pas contenir ma joie !

Leo regarda son épouse. Si Belle avait des doutes au sujet de cette union, la joie de sa mère devait les balayer.

— Ah, pourquoi ton père n'est-il pas encore rentré ?

Leo supposa que Sullisto avait rendez-vous avec son avocat au sujet de l'adoption. Alors qu'il songeait à cela, un visiteur s'annonça. A sa grande surprise, son frère entra dans la pièce. Vêtu d'un jean et d'un polo, il venait tout juste de se doucher et se raser.

— Je viens de l'avoir au téléphone, dit Dante. Il sera là dans quelques minutes. Ne t'inquiète pas, je n'ai pas gâché ta surprise.

Il s'approcha de Belle et s'inclina devant elle. Le bébé s'était endormi sur son épaule.

— Félicitations tardives. Je vous aurais bien invités à entrer tout à l'heure mais je n'étais pas décent.

— Si tu veux le savoir, quand je suis chez moi à New York, je suis en permanence en jogging.

Dante lui sourit.

— Est-ce que tu cours ?

— Aussi souvent que possible, avant le travail.

Voilà qui était nouveau pour Leo.

— Eh bien, on est faits pour s'entendre ! s'exclama Dante. Comme toi, j'essaie de courir dès que je peux, mais c'est souvent après le travail.

— Est-ce que ta femme court avec toi ?

— Parfois.

— Il faudra qu'on y aille tous ensemble !

— Ah, mon frère, son truc c'est plutôt la natation.

— J'ai cru le remarquer, en effet. Il nage comme un poisson. Peut-être que je pourrais l'entraîner en lui demandant de pousser Camelia dans sa poussette en même temps.

Dante éclata de rire.

— Où est Pia, d'ailleurs ?

— Elle rend visite à sa mère. Elle sera bientôt de retour.

— Est-ce que sa famille vit loin d'ici ?

— Non. Seulement à quelques kilomètres.

— Comme elles ont de la chance.

Belle sourit à Luciana.

— Elles ne s'en rendent sûrement pas compte, ma chérie.

Dante les regarda.

— Je suppose que vous avez été sous le choc quand vous vous êtes vues pour la première fois.

Leo n'avait pas vu son frère sourire comme ça ni parler avec tant d'animation depuis des années. Belle avait un effet rafraîchissant sur tout le monde.

— Quand j'étais à l'orphelinat, je rêvais de ma mère, j'imaginais à quoi elle pouvait ressembler.

Leo se leva pour lui prendre le bébé.

— Tu ne te doutais pas que tu la voyais chaque fois que tu te regardais dans un miroir.

Il embrassa sa fille.

— Je vais aller la poser dans son lit.

Luciana avait installé un berceau chez eux juste après la naissance de Camelia mais Leo ne l'avait pas amenée très souvent.

— Je t'accompagne, dit Belle. Ce ne sera pas long.

— Mais bien sûr…, plaisanta Dante.

Belle suivit Leo jusqu'à la première chambre du couloir.

Il posa l'enfant sur le dos et la recouvrit d'une légère couverture. Belle était à côté de lui près du berceau.

Il lui prit la main, trop ému pour parler.

— Jusqu'ici, tout se passe bien, murmura-t-elle.

— Un miracle s'est produit aujourd'hui. Et tout cela grâce à toi.

— J'ai bien peur que ce ne soit pas terminé. Nous devons encore prévenir ton père.

Elle dégagea sa main.

— Si tu veux bien m'excuser un instant, je vais passer à la salle de bains et je te rejoins dans le salon.

Après un dernier regard à sa fille, paisiblement endormie, Leo quitta la chambre et tomba nez à nez avec son père dans le couloir. Celui-ci tenait à la main le certificat de mariage. Leo avait oublié qu'il l'avait laissé sur la table basse.

— On dirait que tout le monde à part moi dans cette maison sait ce que tu as fait ! s'exclama Sullisto sans préambule. Tes pouvoirs de persuasion sont phénoménaux. Quand je pense que tu as réussi à persuader Belle de t'épouser alors que tu ne l'aimes pas ! Tu as même convaincu Luciana.

Leo se sentit envahi d'une tendresse nouvelle envers sa belle-mère.

— Elle n'est là que depuis trois jours, ajouta son père. Qu'est-ce que tu as fait ? Tu as glissé une pilule dans son verre de vin ?

Leo se hérissa. C'était lamentable, même de la part de son père.

— Non. Les ruses de nos ancêtres ne marcheraient pas sur elle. Et d'ailleurs elle ne boit pas, elle ne fume pas et elle ne se drogue pas.

— Belle n'est pas une femme ordinaire.

— Tu n'as jamais rien dit de plus vrai. Elle est à l'image de sa mère, une femme qui aurait épousé l'élu de son cœur s'il n'avait pas été tué… Une femme que tu as épousée après la mort de maman, parce que tu la voulais à tout prix.

Sullisto s'empourpra.

— Comment oses-tu me parler sur ce ton ?

— Je ne voulais pas t'offenser, papa. Je voulais seulement te faire remarquer que l'amour nous fait parfois agir avec notre cœur, non avec notre tête.

Les yeux de son père scintillèrent d'émotion, mais Leo n'avait pas terminé.

— Maman aimait un autre homme, mais elle a obéi à ses parents et elle t'a épousé. Je suis sûr que, de ton côté, c'est ton tyran de père qui t'a poussé à ce premier mariage.

— *Basta*, Leonardo !

— J'ai presque fini. Je voulais simplement dire qu'il est possible que tu aies aimé quelqu'un d'autre avant d'accomplir ton devoir. Je n'ai aucun moyen de le savoir puisque tu ne t'es jamais confié à moi, ni à Dante. Mais quand tu as eu une deuxième chance, tu as suivi ton cœur. Tous les hommes et toutes les femmes devraient avoir ce privilège. Camelia aura le droit de choisir le moment venu.

Pour une fois dans sa vie, le père de Leo avait l'air complètement déconcerté.

— Est-ce que tu voulais vraiment me condamner à un mariage sans amour avec l'une des héritières que tu m'avais choisies, juste parce que c'est ce que font les Malatesta ?

— Tu es mon premier né !

— Toi aussi, tu étais le fils aîné. Et alors ? Ce système a été mis en place au Moyen Age pour ne pas diviser les héritages. Nous avons tout de même évolué depuis cette époque.

— Leo a raison.

Dante était soudain apparu, comme surgi de nulle part. Sullisto fit volte-face.

— Tu étais au courant, toi aussi ?

— De quoi ?

— Du scandaleux mariage de ton frère.

Il lui lança le certificat de mariage au visage.

— Tu ne m'as rien dit quand je t'ai téléphoné !

— Parce que je ne le savais pas. Je peux te dire ceci : quand il a sonné à ma porte, il avait l'air plus heureux qu'il ne l'a jamais été depuis la mort de maman. Espérons que Luciana ne t'a pas entendu, sans quoi elle risque de penser que tu n'aimes pas sa fille. Or, je suppose que tu l'apprécies, sinon tu ne l'aurais pas invitée à venir habiter avec vous.

— Alors tu es de son côté maintenant ?

— C'est le jour de son mariage, papa !

— Un mariage fait exprès pour contrecarrer mes projets.

— Je doute qu'il ait pensé à toi quand il a demandé à Belle de devenir sa femme, s'exclama Dante. Et pour votre information, Luciana m'a envoyé vous prévenir que le déjeuner était servi sur la terrasse.

— Je n'ai pas faim.

— Luciana sera blessée si tu ne viens pas. D'ailleurs, ce serait terriblement impoli de ta part.

Son père fronça les sourcils.

— Et toi, tu n'as pas été impoli, hier ?

— Hier, je n'étais pas moi-même, fit Dante en jetant à Leo un regard contrit. Je me suis excusé depuis.

— Pourquoi ?

— Parce que je me suis rendu compte à quel point j'aimais mon frère.

Belle, merci, tu es une inspiration.

Leo lui sourit.

— C'est réciproque, Dante. Allez-y tous les deux, je vais voir ce qui retient Belle. Peut-être que Camelia s'est réveillée.

Son père avait encore l'air furieux en s'éloignant.

Dante donna une tape à Leo sur l'épaule.

— Tu vois, ça s'est bien passé ! plaisanta-t-il. A tout à l'heure !

Il roula le certificat de mariage et le lui tendit.

— Merci. Je te revaudrai ça !

Leo mit le document dans sa poche et le regarda s'éloigner avant de rentrer dans la chambre. A sa grande surprise, il découvrit Belle debout près de la porte.

— J'ai tout entendu, dit-elle. Je suis heureuse que ton frère et toi soyez réconciliés. A vous deux, je suis sûre que vous allez réussir à amadouer votre père. Votre plan a bien fonctionné, signor Malatesta. Viens, le déjeuner attend.

Elle s'éclipsa, laissant derrière elle un parfum de gardénias, mais sans lui jeter un regard.

Son couple était en danger.

Leo connaissait les traumatismes de Belle qui remontaient à son enfance. Il n'avait plus qu'à espérer qu'il était aussi persuasif que son père le pensait. Sans quoi, il risquait de souffrir comme jamais il n'avait souffert.

— Leo, quand penses-tu pouvoir décider TCCPI à ouvrir une boutique de téléphones ici ?

Camelia s'était réveillée et Belle l'avait amenée sur la terrasse pour jouer avec elle.

Il était debout près de la balustrade. Elle craignait qu'il ne broie du noir à cause de son père.

— Au début je ne pensais pas que tu étais sérieux mais maintenant que j'ai découvert que tu ne plaisantes jamais, j'aimerais saisir cette chance. Ce serait intéressant de voir si j'arrivais à faire marcher cette boutique.

— Comment ça, si ?

Leo lui faisait toujours des compliments. C'était sans doute dans sa nature, même si elle ne les méritait pas.

— Quand Mac va apprendre que je ne rentre pas, il va être fou de joie. Depuis le temps qu'il veut prendre ma place…

— C'est sans doute la raison pour laquelle il ne l'aura pas.

Elle s'esclaffa.

— On voit que tu connais la vie en entreprise.

— Je pensais à cela et à d'autres choses. Il faut que nous fassions venir tes affaires de ton appartement.

— A part mes livres et quelques autres vêtements, j'ai apporté tout ce qui était important avec moi. C'est une de mes qualités. Je ne m'encombre pas de choses inutiles.

Il ne sourit pas. Elle n'arrivait pas à le faire sortir de son humeur sombre.

Ils venaient de rentrer du palazzo. Belle s'était forcée à goûter au merveilleux déjeuner que Luciana leur avait servi. Pour faire plaisir à sa mère, elle s'était comportée en jeune mariée, et avait embrassé Leo plusieurs fois pour les photos de famille, tandis que Sullisto, taciturne, faisait seulement un commentaire par-ci par-là.

Pia était arrivée au milieu des festivités. Ce que lui avait dit Dante avait dû être efficace car elle se montra très aimable avec Belle. L'atmosphère festive se poursuivit quand Camelia se réveilla de sa sieste et devint le centre de l'attention.

Après avoir annoncé qu'ils partaient se préparer pour un bref voyage de noces, Leo alla chercher la voiture. Belle embrassa sa mère, puis monta en voiture avec Camelia. Une fois à la villa, elle enfila un jean et un T-shirt en coton.

Elle était chez elle désormais, avec en prime la fillette la plus adorable de la planète et un mari beau à pleurer. Seule ombre au tableau : les paroles de Sullisto résonnaient encore à ses oreilles.

« Tes pouvoirs de persuasion sont phénoménaux. Quand je pense que tu as réussi à convaincre Belle de t'épouser alors que tu ne l'aimes pas !

» Elle n'est là que depuis trois jours. »

Non, Leo n'avait pas eu à la droguer. Belle était tombée amoureuse de lui instantanément. Il était celui qu'elle aurait voulu épouser même s'il avait fallu attendre une éternité pour cela. Certes, il n'était pas amoureux d'elle, mais il avait raison au sujet de leur attirance physique.

A chaque baiser échangé au cours des derniers jours, elle avait senti le désir de Leo grandir. Après avoir été heureux avec Benedetta, il était naturel qu'il veuille retrouver cette entente physique. Certaines personnes étaient capables de dissocier leurs besoins de leurs émotions.

Belle en était incapable.

Elle l'aimait de toutes les façons imaginables. Aujourd'hui elle s'était engagée à devenir sa femme. Et elle remplirait cet engagement. Hormis son amour, il lui avait tout donné, y compris un bébé. Chacun avait consenti à des compromis.

Belle pourrait toujours demeurer près de sa mère désormais. Leo et Dante s'étaient réconciliés. Sullisto était en guerre avec lui-même mais il n'avait pas désavoué Leo.

— Où allons-nous pour notre voyage de noces ? demanda-t-elle.

Cette fois, Leo se retourna, l'air déconcerté.

— Ma mère a proposé de garder Camelia, poursuivit-elle.

Leo se gratta la nuque. Elle avait remarqué qu'il faisait cela quand il pesait soigneusement ses mots.

— Où veux-tu aller ?

— N'importe où au bord de la mer. Et toi ? A moins que tu n'aies déjà fait cela avec Benedetta… ?

— Non. Nous avons fait notre voyage de noces en Suisse, mais je n'ai pas envie de parler d'elle.

— Je suis désolée. Est-ce que tu préférerais que nous remettions cela à plus tard ? Crois-moi, je comprendrais.

— Comprendre quoi ? explosa-t-il. Mon père t'a fait du mal aujourd'hui. Tu crois que je vais l'oublier comme ça ?

— Je ne l'ai pas pris personnellement, surtout après son accueil chaleureux. Il a besoin de temps. Tu essaies de changer quelqu'un qui a été élevé avec des règles différentes.

Leo plissa les yeux.

— Tu l'as bien cerné.

— J'ai passé beaucoup de temps à observer les gens. On apprend beaucoup de cette façon.

Elle inclina la tête.

— Est-ce que ta famille possède un bateau ?

— Oui. Cela te ferait plaisir de faire la traversée jusqu'en Croatie ? Les vieilles villes de Dubrovnik et Split sont magnifiques.

— Cela a l'air passionnant mais c'est ton voyage de noces aussi. Comme toi tu as déjà fait tout cela, qu'est-ce que toi tu aimerais faire ?

Il esquissa un sourire coquin.

— Je vois que tu aimes vivre dangereusement.

— J'attends ta réponse.

— Trouver une île déserte et faire ce qu'il nous plaira.

Son cœur se mit à battre.

— Une île ? Je suis ravie que tu aies dit ça. Je vais appeler maman et lui demander si elle veut bien venir s'installer ici en notre absence. Camelia sera plus heureuse dans son environnement, avec le personnel qu'elle connaît et le chien.

Belle prit dans ses bras la fillette qui s'ennuyait avec ses seaux.

— Est-ce que nous pouvons partir bientôt ? Cela nous laissera plus de temps pour trouver l'île idéale.

Il sembla galvanisé à cette idée.

— Je vois à ton regard que tu en as déjà une en tête.

Il eut un grand sourire qui la fit fondre.

— On ne peut rien te cacher.

Oh que si. Il lui cachait bien des choses. Il semblait avoir des pouvoirs mystérieux qui le rendaient indéchiffrable par moments. Comme lorsqu'il feignait d'être amoureux d'elle.

— Je vais appeler ma mère.

— Pendant ce temps, je vais préparer le bateau.

Ils quittèrent le ponton en fin d'après-midi, chargés de tout ce que Leo avait pu imaginer pour rendre ce voyage inoubliable. Belle s'était montrée très conciliante. Il se demandait si elle ressentait autre chose pour lui qu'une simple gratitude pour l'avoir rapprochée de Luciana. Il espérait seulement que la passion dont elle faisait preuve quand ils s'embrassaient n'était pas feinte.

Ils longèrent la côte vers le sud. Il n'y avait pas d'îles d'origine volcanique près de Rimini mais il y avait un banc de sable. Ceux qui connaissaient les environs savaient l'éviter. D'autres y arrivaient trop vite et endommageaient parfois gravement leur coque. Des années plus tôt, Leo était tombé dessus par hasard et il avait fait la plus belle pêche de sa vie. S'il avait eu Belle avec lui à ce moment-là…

A l'aide de ses jumelles, Leo retrouva l'emplacement exact. Il coupa le moteur et laissa le bateau s'échouer doucement. Quand le sable les arrêta, Belle le regarda avec surprise.

— Je croyais que nous allions sur une île ?

— J'ai menti. Il n'y a pas d'île par ici. Mais comme la mer est très calme, il y a assez de sable à découvert pour que nous puissions prendre un bain de soleil jusqu'à ce soir, puis rester au clair de lune sous les étoiles. Il n'y a personne à des kilomètres à la ronde.

Il adorait la manière dont elle avait attaché ses cheveux en chignon haut.

— Si nous avions pris le yacht, nous aurions eu l'équipage avec nous. Depuis le temps que je voulais être seul avec toi…

Elle sourit.

— Tu as réussi.

Elle se leva et regarda autour d'eux.

— C'est merveilleux ! On dirait que nous sommes naufragés.

— Sauf que nous avons tout le confort de la maison et que nous pourrons repartir dès que nous le souhaiterons.

— Je ne veux pas entendre parler de départ. Nous venons juste d'arriver. Je pense que c'est l'endroit le plus romantique qui soit pour une lune de miel. Unique au monde.

La lumière du regard de Belle éblouissait Leo.

— « Un peu de nourriture, mon adoré et du vin », dit-elle citant un vers d'Omar Khayyâm. Le poète ne devait pas connaître cet endroit…

Leo éclata d'un rire grave et sonore tout en la soulevant pour la poser sur le sable. Elle se mit à courir tout en se débarrassant de ses vêtements. Il fit de même. Tous deux portaient leur maillot de bain sous leurs vêtements.

Belle…

Quand il eut retrouvé sa voix, il l'appela.

— Viens…

Ils entrèrent dans l'eau puis nagèrent un peu. Il adorait l'entendre pousser des cris d'excitation dès qu'elle voyait un poisson.

Ils se baignèrent plusieurs fois, entrecoupant leurs baignades de bains de soleil. Belle mit de la crème solaire et alla ramasser des coquillages. Leo sortit sa canne à pêche et attrapa deux maquereaux. Ils les firent cuire sur son réchaud de camping et les dégustèrent avec de la salade et des fruits qu'il avait apportés. Ils s'accordèrent pour déclarer que c'était le repas le plus délicieux de toute leur vie.

Après le coucher du soleil, ils se rhabillèrent et s'installèrent dans des chaises longues sur le bateau. Il tourna la tête pour pouvoir la regarder.

— Quand tu m'as dit que j'avais sans doute déjà tout fait par ici, tu te trompais. Je ne suis jamais venu sur ce banc de sable avec personne.

— Je suis contente que tu te fasses de nouveaux souvenirs. Contente que ce soit avec moi. Cette journée de mariage a été merveilleuse. Entourée de ta famille, de ma propre mère. Je ne sais pas comment te remercier.

La voix de Belle s'étrangla.

— C'est un bonheur d'être avec toi, Belle. Jamais je n'ai autant aimé la compagnie de quelqu'un.

— Je ressens la même chose avec toi.

Elle se redressa brusquement.

— Tu sais que j'ai failli ne pas aller à la banque ? Le bijoutier m'avait certainement donné cette piste pour une bonne raison mais j'étais tellement contrariée que j'étais prête à renoncer.

Leo préférait ne pas imaginer cette éventualité.

— Qu'est-ce qui t'a décidée finalement ?

— Je savais que si je rentrais chez moi sans avoir retrouvé ma mère, je regretterais de ne pas avoir exploré la moindre piste. Demain, cela fera une semaine que je suis partie de l'aéroport JFK. J'étais célibataire, sans famille, avec une mission quasi impossible à accomplir. Ce soir je suis allongée sous les étoiles au bord de l'Adriatique avec mon mari italien, sachant que ma mère est chez nous en train de garder ta fille.

— Notre fille maintenant.

Belle hocha la tête.

— Je sais que je ne rêve pas, mais tu dois admettre que les chances que cela se produise étaient infimes. Tu as été tellement bon avec moi, Leo, que même si je passe ma vie à te remercier, cela ne suffira pas. Je te promets d'être la meilleure épouse du monde… Je vais descendre prendre une douche, j'ai du sable partout.

— Pendant ce temps, je vais préparer le bateau pour la nuit.

Belle prit ses affaires et descendit au niveau inférieur. Le bateau était magnifiquement équipé. Leo lui avait dit qu'il aimait bien ce petit bateau qu'il pouvait manœuvrer lui-même et utiliser pour visiter des criques.

Derrière la cuisine se trouvait une cabine avec un lit double. Son cœur se mit à battre la chamade. Elle prit une douche rapide et se lava les cheveux.

Leo ne lui avait pas demandé de se presser mais, maintenant qu'elle était prête, Belle se sentait fébrile. De toutes les filles qu'elle connaissait, elle était la seule à être encore vierge. A présent, son heure était venue.

Elle s'apprêtait à entrer dans un monde nouveau. Les quelques baisers qu'ils avaient déjà échangés lui avaient déjà fait tant d'effet qu'elle mourait d'envie de découvrir ce que serait une nuit entière passée avec lui.

Ils n'avaient pas parlé de ce qui pourrait arriver lorsqu'ils dormiraient ensemble mais elle avait fait le vœu d'accepter des enfants avec amour. Leo souhaiterait-il un autre enfant ou Camelia suffisait-elle à son bonheur ?

Ce mariage était arrivé si vite que Belle était pleine d'interrogations. Pourquoi ne venait-il pas la rejoindre ? Il fallait qu'ils discutent de certaines choses.

Après un moment d'attente, elle alla au pied de l'escalier et l'appela.

— J'arrive tout de suite, répondit-il.

Quand il la rejoignit dans la chambre, cinq minutes plus tard, il s'était douché et avait enfilé un T-shirt et un pantalon de jogging. Il était irrésistible avec ses cheveux noirs mouillés tout emmêlés. Elle regarda son corps bien musclé qu'elle avait brûlé de toucher toute la journée. Il n'était qu'à quelques pas d'elle. Elle n'avait qu'à tendre la main. Le mariage lui en donnait le droit, mais elle attendait son signal.

— Est-ce que tu as besoin de quelque chose avant que je remonte sur le pont pour la nuit ?

Cette question, posée d'une voix grave, lui donna l'impression de tomber en chute libre dans un puits sans fond. La souffrance était si intense qu'elle ne put se contenir.

— Je… je croyais que c'était notre nuit de noces…

L'expression soudain sévère de Leo la glaça, lui rappelant la facette sombre de sa personnalité.

— Oui, dans des circonstances normales, ce serait notre nuit de noces.

Elle secoua la tête, faisant onduler ses cheveux.

— Et elles ne sont pas normales ? Je ne comprends pas.

Pendant un instant, elle crut déceler une lueur douloureuse dans son regard mais cela devait être une illusion.

— Tu n'as plus à jouer la comédie, Belle. Je n'attends pas de toi que tu couches avec moi pour me manifester ta gratitude.

Elle eut le souffle coupé.

— Pardonne-moi si j'ai mal compris. Je croyais que ce matin nous avions échangé nos consentements en tant que mari et femme. Tu sais, le genre qui couchent ensemble.

Maintenant qu'elle avait laissé la colère s'échapper, elle ne pouvait plus s'arrêter.

— Tu crois que tu es différent de ton père, mais tu n'es qu'une autre version du mâle macho. Il avait raison. Tu ne m'aimes pas. Ça, je peux l'accepter. Tu m'as appris que le coup de foudre était une absurdité après tout. J'en apprends tous les jours.

Elle se força à retenir ses larmes.

— Tout le monde sait que la construction d'un amour véritable peut prendre des années. Mais ce qui me fait le plus mal, c'est de savoir que tu as feint d'éprouver du désir pour moi. Tu as fait semblant jusqu'à ce que je te fasse confiance, puis, au moment crucial, tu m'as rejetée comme j'ai été rejetée toute ma vie.

— Belle…

Il avait pâli sous ses accusations.

— Je n'ai pas fini, reprit-elle, la voix nouée par la souffrance. Est-ce que tu imagines à quel point cette rebuffade me fait du mal ? Comme je me sens humiliée après m'être livrée entièrement à toi ?

Les larmes trop longtemps retenues se mirent à couler sur ses joues.

— Cliff avait raison. Je suis pathétique. Merci d'avoir mis en lumière ce que j'ai toujours craint à propos de moi-même. Jusqu'à maintenant, je n'avais qu'une envie : être avec toi. Et je rêvais de passer cette nuit dans tes bras. Je croyais que mon père adoptif m'avait blessée quand il m'avait dit de sortir de son garage et de ne plus y remettre les pieds. Mais toi, tu es maître dans l'art de retourner le couteau dans la plaie. Alors maintenant, je te prie de quitter ma chambre. Nous ne parlerons plus jamais de cela.

D'une voix hachée par les sanglots, elle poursuivit :

— Demain matin, je veux rentrer à la villa. Ne crains rien, je continuerai à être ton épouse et à être une mère pour Camelia. Je serai toujours là pour ta famille. Si tu veux dormir dans le même lit que moi pour éviter que le personnel ne jase à notre sujet, je le ferai. Je serai à tes côtés dans ton travail, à la maison, jusqu'à la mort. Je te dois bien ça. J'ai fait une promesse.

Elle respira douloureusement.

— Mais ne t'avise jamais de me toucher lorsque nous serons côte à côte, pas même par accident.

Leo n'avait pas été malade comme ça depuis des années. Mais à 2 heures du matin, il dut s'éclipser du bateau et trouver un coin tranquille pour soulager son estomac. Il tremblait comme une feuille. Si Belle ne l'écoutait pas, il ne passerait pas la nuit.

Il songea qu'il valait mieux qu'il signale sa présence en descendant dans sa cabine pour ne pas l'effrayer. Une fois dans la salle de bains, il se brossa les dents et but un peu d'eau. Puis il frappa à la porte fermée.

— Belle ?

— Qu'y a-t-il ?

— Nous ne pouvons pas continuer comme ça. Il faut que je te parle. Tu me laisses entrer ou tu veux parler à travers la porte ?

— Nous sommes sur ton bateau.

A son de sa voix, il comprit qu'elle était bien réveillée. Il ouvrit la porte et un mince rai de lumière du couloir tomba sur le lit, éclairant ses cheveux noirs déployés sur l'oreiller. C'était une charmante vision. Il se demanda comment il allait s'y prendre pour réparer les dégâts.

Il s'assit au pied du lit.

— Quand je suis descendu tout à l'heure pour te dire bonsoir, je n'avais aucune envie de remonter passer la nuit tout seul. Mais à cause de la rapidité de notre mariage, je ne voulais pas que tu croies que je t'avais « achetée » et que je venais réclamer mon dû. Je voulais te donner le temps de t'habituer à moi.

Il voulut tendre la main vers elle mais se retint.

— Cette journée a été un pur enchantement pour moi. J'aurais voulu qu'elle ne finisse jamais. J'étais terrifié à l'idée que tu devines que je comptais les minutes avant que nous puissions aller au lit ensemble. Je ne voulais pas te faire peur. Alors j'ai battu en retraite. Malheureusement, j'ai pris la mauvaise décision. Et maintenant j'ai peur d'avoir détruit notre couple.

Il se tut quelques instants et baissa la voix avant de reprendre :

— Tu n'imagines pas comme j'ai été mal en me rendant compte que tu avais surpris ma conversation avec mon père. Pendant tout le déjeuner, je savais que les paroles que tu avais entendues t'avaient affectée. Je ne pouvais rien y faire tant que nous n'étions pas seuls tous les deux. Et quand je suis descendu tout à l'heure pour te rejoindre après ta douche, j'ai eu l'impression que tu étais comme un agneau prêt pour le sacrifice.

Il lui lança un regard suppliant.

— J'ai songé au courage dont tu avais fait preuve quand tu as quitté l'orphelinat pour partir chez des inconnus et t'adapter à leur mode de vie. Tu as eu la force de le supporter. Ce soir j'ai vu ta force dans la manière dont tu m'as fait face, malgré ce que tu ressentais. Ta confiance en moi était si émouvante que j'ai eu peur de prendre la mauvaise décision. Il faut que tu comprennes que jamais je ne te ferais du mal délibérément. Comment le pourrais-je ?

Il redressa la tête et affronta son regard.

— Il y a une chose importante que tu dois savoir, Belle.

— Quoi ?

— C'est au sujet de ma mère. Elle m'a dit quelque chose avant de mourir. Je n'oublierai jamais ses paroles.

Belle se mit en appui sur un coude.

— Qu'est-ce qu'elle t'a dit ?

— Elle a dit : « Tu me ressembles beaucoup Leo. Si tu veux être vraiment heureux, alors tu dois suivre ton cœur. » Son conseil m'a profondément marqué et il m'a aidé à me libérer de certaines contraintes, sachant que j'avais sa bénédiction. Quand le moment est venu de demander la main de Benedetta, je n'ai pas hésité.

Silencieuse, Belle attendait qu'il poursuive.

— L'autre jour, je t'ai demandé de m'épouser pour la même raison, murmura-t-il. L'unique raison. Je t'aime, Belle. Je suis fou amoureux de toi. Tu es la plus belle chose qui me soit arrivée. Quand nous avons échangé nos consentements ce matin, je ne cessais de remercier le ciel de t'avoir fait croiser mon chemin. Je ne peux pas expliquer pourquoi je suis tombé amoureux comme ça. J'ai eu un vrai coup de foudre. J'ai cherché un prétexte pour te garder ici. Et s'il n'y avait pas eu toutes ces bonnes raisons, le bébé, Dante, ta mère, je t'aurais suivie à New York jusqu'à ce que tu finisses par tomber amoureuse de moi.

Leo se dirigea vers la porte, terrifié à l'idée de n'avoir pas su la convaincre.

— Je t'aime, Belle. C'est ce que je suis venu te dire.

Il s'avança dans le couloir et s'apprêtait à refermer la porte quand il entendit le froissement des draps.

— Ne me laisse pas…

Craignant d'avoir mal entendu, il se retourna et vit Belle qui venait vers lui.

— Ne me laisse plus jamais.

En une seconde, il sentit ses bras autour de son cou.

— Je suis follement amoureuse de toi, Leo. Je t'aime tellement que cela me fait mal. C'est pour ça que je t'ai dit des choses aussi cruelles.

Il crut défaillir de joie.

— Je le sais maintenant.

Il la prit dans ses bras et la porta sur le lit. A la seconde où leurs bouches s'effleurèrent, ils se mirent à se dévorer l'un l'autre.

Le lendemain matin, Belle se réveilla avant son mari. Elle avait la tête posée sur son torse et leurs jambes étaient entremêlées. Elle le regarda dormir. Le plus bel homme qu'elle ait jamais vu…

Elle aimait ses jambes musclées qui la retenaient contre lui, même quand il dormait. Le drap de dessus reposait sur le sol, avec le peignoir de Belle et leurs vêtements. Elle n'avait jamais imaginé qu'il puisse exister un plaisir aussi enivrant.

Incapable de se retenir, elle embrassa ses paupières, puis son nez et la fossette de son menton ; elle était gênée de sentir qu'elle avait encore envie de lui.

— Chéri, souffla-t-elle près de sa bouche, tu es réveillé ?

En réponse, il lui caressa le dos.

Ravie, elle lui embrassa la gorge, puis remonta vers l'oreille. Elle glissa les doigts dans ses cheveux bruns, brûlant de désir pour lui.

— Je t'aime, murmura-t-elle, en proie à une faim que lui seul pouvait combler.

Son prince italien était certainement le meilleur amant au monde.

Il ouvrit enfin les yeux.

— *Buon giorno, sposa mia.*

Elle sourit.

— Le jour sera encore meilleur quand tu m'auras fait l'amour une nouvelle fois.

Il la fit basculer au-dessus de lui pour pouvoir la regarder.

— Serais-tu aussi insatiable que belle ? Suis-je le plus chanceux des hommes ?

— Cette nuit était-elle aussi merveilleuse pour toi que pour moi ? demanda-t-elle.

Il poussa un profond soupir.

— Tu ne t'en es pas rendu compte ? Pourtant, je t'ai mangée toute crue.

Elle sourit.

— Je suis toujours vivante, dit-elle d'une voix rauque.

— Je sais, viens par ici.

Ils ne refirent surface que plusieurs heures plus tard. Leo avait posé une main possessive sur ses hanches tandis qu'ils se regardaient dans les yeux.

— Où veux-tu aller aujourd'hui ?

— Je voudrais rester ici. Ça ne te dérange pas ?

Il éclata de rire.

— Si tu crois que ça me dérange, tu connais mal les hommes ; mais je dois avouer que ça me plaît d'être ton premier et ton seul amant.

Belle traça le contour de sa bouche avec son doigt. Elle pouvait être tour à tour voluptueuse ou dure. Pour l'instant, elle était sensuelle.

— Je pourrais te regarder pendant des heures. Tu trouves que je suis ridicule ?

Il se mit à rire.

— Du moment que tu me laisses faire la même chose.

La chaleur lui monta aux joues.

— Ça me plaît d'être mariée. Après avoir passé ces moments avec toi, je me rends compte que j'ai souffert de la solitude toute ma vie. Je crains d'être devenue un peu trop collante.

Il lui lissa les cheveux sur ses tempes.

— Tu es parfaite comme tu es.

— C'est parce que nous sommes en lune de miel. Mais quand tu devras aller à la banque, je ne crois pas être capable de te laisser partir. Camelia et moi nous serons comme des âmes en peine en attendant que tu rentres. Est-ce que je pourrai venir déjeuner avec toi de temps en temps ?

— A ton avis ?

— Je prends ça pour un oui.

Après un autre éclat de rire, il l'embrassa passionnément.

— Leo ? dit-elle quand il la laissa enfin reprendre son souffle. J'ai réfléchi à cette idée de boutique de téléphone mobile. En fait, je préférerais m'occuper de Camelia à plein temps pour l'instant. Et je ne peux pas diriger une boutique en même temps.

Il l'embrassa encore.

— Surtout si nous décidions d'avoir un autre bébé.

— Tu en as envie ?

— Je veux un enfant avec toi. Camelia a besoin d'un frère ou d'une sœur. Ma vie a été enrichie par la présence de Dante.

— Tu avais de la chance d'avoir ton frère. Quand aimerais-tu essayer d'avoir un bébé ?

Les épaules de Leo furent secouées par son rire.

— Quand tu te sentiras prête.

— Si nous essayons bientôt et si nous y arrivons tout de suite, les enfants auront un an et demi d'écart. Ce serait parfait.

— Comme tu voudras…

— Tu te moques de moi.

Leo redevint sérieux.

— Non, je ris parce que je suis heureux. La période sombre que j'ai vécue m'a marqué. Jamais je ne pensais retrouver un bonheur pareil. Tu as ramené le soleil dans ma vie.

— Et toi, il faut que je te fasse la liste de tout ce que tu m'as apporté. Mais d'abord, je vais te nourrir. Attends-moi là bien sagement, je vais aller préparer le petit déjeuner.

Elle essaya de se lever mais il la retint.

— Ne t'en va pas.

Elle l'embrassa.

— Je serai à moins de dix mètres.

— C'est trop loin.

— Maintenant tu sais pourquoi je redoute le moment où tu vas retourner travailler. Finalement c'est effrayant d'être marié.

Il prit son visage entre ses mains.

— Je vous adore, signora Malatesta.

9

Trois mois plus tard

Comme elle disposait de sa propre clé, Belle entra avec Camelia dans le palazzo.

— Maman ? Nous sommes là !

Pas de réponse. Bizarre. Après le départ de Sullisto à la banque, Luciana l'avait appelée pour lui demander de venir. Elle avait besoin d'aide pour apporter les dernières touches à la fête d'anniversaire qu'elle organisait en l'honneur de son mari.

— Maman ? Où es-tu ?

Elle traversa la maison avec Camelia assise dans sa poussette.

— Hum, peut-être qu'elle est dans le jardin, en train de cueillir des fleurs. Allons voir.

Bella mourait d'envie de parler à sa mère et elle était ravie d'avoir l'occasion de venir avant les autres invités. Elle croisa la gouvernante dans le couloir.

— *Buon giorno*, Belle. Votre *mamma* est toujours au lit.

Oh ! Voilà qui ne ressemblait pas à sa mère.

— *Grazie*, Violeta.

Belle poussa la poussette dans la maison jusqu'à la grande chambre. Elle ouvrit la porte.

— Maman ?

— Entre, ma chérie.

Intriguée, Belle pénétra dans la pièce et découvrit sa mère, toute pâle, allongée dans son lit.

— Tu es malade ?

— Je ne suis pas contagieuse pour Camelia. C'est une bonne maladie.

— Une bonne maladie ? Comment cela ?

Et soudain Belle comprit. Elle baissa les yeux sur sa mère.

— Tu es enceinte ?

— Oui.

Belle s'assit auprès d'elle sur le lit.

— Est-ce que Sullisto est au courant ?

— Non. Il croit que j'ai attrapé un virus.

— Ha, ha !

Toutes deux éclatèrent de rire et Belle, folle de joie, enlaça tendrement sa mère. Elles se regardèrent.

— Après tout ce temps… Tu entends ça, Camelia ? Dans environ sept mois, tu vas avoir un oncle ou une tante.

Les yeux de Luciana s'emplirent de larmes.

— C'est le fait de t'avoir retrouvée, ma chérie. C'est ce que le médecin a dit. Tu ne sais pas combien je souhaitais avoir un bébé avec Sullisto, même si j'ai quarante-deux ans.

— Depuis combien de temps as-tu des nausées matinales ?

— Ça fait quelques jours déjà. Sullisto a failli ne pas partir au travail ce matin en me voyant souffrante. J'ai dû le supplier d'y aller. Et j'ai fait jurer le secret à Violeta.

Belle songea que Leo était pareil. Mais ce n'était pas le moment de se confier à Luciana.

— Jusqu'à ce soir ?

— Oui. Le médecin m'a prescrit des antinauséeux qui commencent à faire effet.

— Sullisto va sauter de joie.

— Je crois.

— J'en suis sûre. Il t'aime profondément, mais comme tout Malatesta qui se respecte, il veut que tout soit parfait.

Son beau-père s'était calmé depuis leur retour de voyage de noces. Mais avait-il pardonné son fils de lui avoir désobéi une seconde fois, personne ne le savait.

— Ah, tu l'as découvert, maintenant que tu es mariée à Leo. Allons, ma chérie, dis-moi ce qui te cause du souci. Et ne prétends pas qu'il n'y a rien.

Belle se mordit la lèvre.

— En venant ici ce matin, je voulais te confier quelque chose, mais maintenant j'hésite…

— Tu veux dire que tu es enceinte, toi aussi ?

— Oui, je crois, mais je n'ai pas encore fait de test. C'est de cela que je voulais te parler.

— Je m'en suis doutée depuis notre pique-nique en famille l'autre jour, quand tu n'avais pas d'appétit.

— Je ne pensais pas que tu l'avais remarqué. Si je porte l'enfant de Leo…

— Alors il ne se doute de rien pour le moment ?

— Non, j'ai eu quelques nausées, rien de bien méchant, mais je me sens très fatiguée.

Le rire communicatif de sa mère retentit dans la pièce.

— Il faut que tu fasses un test tout de suite. Il y a un kit dans mon dressing, caché derrière les chaussures.

— Tu plaisantes ?

— Non. J'en ai acheté deux à tout hasard. Mais le premier a marché.

— Je reviens tout de suite.

— Pendant ce temps, je vais distraire ma petite-fille. Viens ici, Camelia, fais un gros bisou à ta grand-mère.

Belle trouva le kit et se rendit à la salle de bains. Quelques minutes plus tard, elle poussait un cri de joie. Même sans lire l'italien, elle comprenait ce que signifiait la couleur. Elle s'élança dans la chambre pour le montrer à sa mère.

— Félicitations, ma chérie ! Maintenant que c'est officiel, nous ferons notre annonce ce soir.

— Pas devant Pia, maman. Cela lui ferait trop de peine.

— Non. Je sais quelque chose que tu ignores.

Belle cilla, perplexe.

— Tu me fais marcher.

— Non. Elle me l'a dit hier.

Hier … Belle était abasourdie.

— Est-ce qu'elle est au courant pour toi ?

— Oui, mais nos maris ne le savent pas encore.

Sa mère lui fit un grand sourire.

— Nous avons décidé de faire une véritable fête surprise ce soir. Et dire que tu es enceinte, toi aussi ! Trois dans la même famille en même temps, nous tenons peut-être le record du monde !

— Je suis d'accord. Comment veux-tu procéder ?

— Je pense que nous devrions leur faire une vraie surprise. Tu sais combien ils aiment tout contrôler. C'est un trait de caractère de la famille Malatesta. Tu ne crois pas qu'il serait amusant pour une fois de les déstabiliser ?

Belle n'avait jamais remarqué cette facette malicieuse de son caractère.

— Rien ne me plairait davantage, dit-elle.

Apercevant le labyrinthe de verdure par la fenêtre, elle eut soudain une idée.

— Je sais ! Il va nous falloir du carton et des mètres de rubans de trois couleurs différentes.

— Mais qu'as-tu en tête, ma chérie ?

— Un jeu. On adore les jeux, n'est-ce pas, Camelia ?

Elle embrassa sa fille.

— Celui-là va être pour chaque homme de la famille. Et ce jeu est un peu spécial parce que chacun va remporter le prix dont il a toujours rêvé.

Après un rendez-vous professionnel fructueux, Leo se précipita pour rentrer chez lui de bonne heure. La fête n'était qu'une heure et demie plus tard, il espérait avoir un peu de temps avec sa femme.

La déception le submergea quand Simona l'informa qu'elles étaient parties depuis des heures. Il ressentit presque un choc physique. Il avait terriblement envie de s'allonger auprès de Belle et d'oublier le monde pour quelques instants. Auprès d'elle, il se sentait immortel.

Il monta les marches deux à deux jusqu'à sa chambre et se rendit compte à quel point la villa lui paraissait vide sans elles. L'absence de Belle, son adorable femme, lui était insupportable.

Leo n'avait plus qu'à se doucher et se raser. Dante apporterait leur cadeau commun, une nouvelle montre portant leurs noms gravés, pour remplacer celle que Sullisto avait égarée.

Pour l'occasion, Leonardo avait acheté un nouveau costume gris clair. Belle lui avait souvent dit qu'elle l'aimait en gris, la couleur de ses yeux. Il s'habilla en hâte, pressé de quitter la maison silencieuse, et conduisit jusqu'au palazzo en faisant des excès de vitesse. Il n'allait jamais si vite avec Belle et Camelia, mais il avait trop hâte de les voir.

Quand il se gara devant, il découvrit son père et son frère qui l'attendaient dans la cour.

— *Buon compleanno, papà !*

Il l'embrassa sur les deux joues.

— Que se passe-t-il ? Pourquoi êtes-vous ici ?

— On nous a donné des instructions, dit Sullisto, qui n'avait pas l'air ravi.

Dante fronça les sourcils.

— Nous avons reçu la consigne de rester ici, et une fois que tu serais là, d'avancer jusqu'à l'entrée du labyrinthe …

Leo s'esclaffa. Il lui semblait que sa malicieuse femme avait dû tremper là-dedans.

— Où est ma famille ?

— Elles sont toutes à l'intérieur, marmonna son père. Finissons-en avec cette idiotie.

— Papa, c'est ton anniversaire !

— Il va falloir être beau joueur, même si tu es fâché d'avoir un an de plus, déclara Dante.

Ils se dirigèrent vers l'entrée du labyrinthe, couverte d'une treille de vigne.

— J'ai prévenu Luciana que je ne voulais rien d'extravagant, grogna Sullisto.

A l'entrée, ils découvrirent un panneau.

« Suivez votre ruban.
Rouge pour Sullisto, jaune pour Dante, et bleu pour Leo.
Quand vous aurez trouvé vos cadeaux, apportez-les sans les ouvrir sur la terrasse, pour la suite des festivités. »

Hum… Un cadeau. Qu'est-ce que Belle lui réservait ? Pour la première fois depuis des années, Leo se sentait excité comme un gamin. Il posa sa main sur l'épaule de son père.

— Allez, papa, à toi l'honneur.

— Pour l'amour du ciel ! grommela Sullisto.

Avec un grand sourire, Dante le suivit.

Leo fermait la marche. Les rubans suivaient des chemins si tortueux qu'il se mit à rire. Dante s'esclaffa aussi. Leur père avait déjà disparu. Il voulait en finir avec ce jeu.

— Nous n'avons jamais joué à cela, fit son frère.

— Non.

Une nouveauté de plus apportée par Belle dans sa vie.

— Ah, je te laisse, mon ruban part dans une autre direction.

— Appelle-moi si tu te perds !

— Compte là-dessus, petit frère !

Leo poursuivit son chemin jusqu'à ce qu'il arrive à un petit paquet posé sur le sol, attaché à l'extrémité du ruban. Il le ramassa, puis regagna l'entrée du labyrinthe. Son père arriva tenant un paquet identique.

— Je crois que Dante s'est perdu.

— Je t'ai entendu ! s'exclama son frère en apparaissant lui aussi avec son paquet.

Sullisto marmonna :

— J'espère que c'est la fin des jeux. Je ne sais pas si vous êtes comme moi, mais je meurs de faim.

Tous trois se dirigèrent vers la terrasse, traînant leurs rubans derrière eux.

— Attention de ne pas vous prendre les pieds dedans ! lança Luciana, radieuse dans sa robe bleue.

— Bon anniversaire, mon cher mari !

Pia était assise à côté d'elle dans une ravissante tenue rose.

Leo chercha des yeux sa femme, qui portait une magnifique robe violette à fines bretelles. Elle était si belle qu'il faillit lâcher son paquet.

Luciana leur sourit à tous.

— Dès que vous aurez ouvert vos cadeaux, nous passerons à table.

Elle arborait un sourire malicieux. Il se tramait quelque chose…

Leo ouvrit le sien. La boîte contenait une petite boîte oblongue qui contenait un test de grossesse. Son cœur se mit à tambouriner dans sa poitrine avant même de l'avoir ouvert. Les yeux bleu cobalt de Belle plongèrent dans les siens, lumineux, lui révélant tout ce qu'il y avait dans son cœur.

Il se rendit compte que plus personne ne disait mot. Il leva les yeux et vit que son père et son frère tenaient la même boîte que lui et semblaient abasourdis.

Sullisto leva la tête et regarda Luciana.

— Nous attendons un bébé ? murmura-t-il, stupéfait.

— Oui, mon chéri. C'est enfin arrivé.

Leo n'oublierait pas de sitôt l'expression de son père.

L'air radieux de Pia était éloquent lui aussi. Elle coula un regard aimant à Dante.

— Le week-end à Florence ! lui rappela-t-elle.

Soudain ce fut le chaos.

Leo lâcha sa boîte et se jeta sur sa femme pour la prendre dans ses bras.

— Camelia ne sera pas fille unique, lui chuchota-t-elle. J'espère que tu es heureux, Leo.

— Heureux ? s'exclama-t-il. *Ti amo, amore mio. Ti amo !*

Il l'embrassa longuement et ardemment.

C'est dans cet état d'euphorie qu'il entendit son père taper sur son verre en cristal devant lui avec sa fourchette pour réclamer leur attention. Tout le monde se rassit tandis que Sullisto restait debout. Il leva son verre en direction de Belle et se racla la gorge plusieurs fois.

— A la première née de ma femme qui est arrivée comme un ange de par-delà les océans pour apporter le bonheur dans les maisons Malatesta et Donatello et nous unir à jamais.

— Santé ! lança Dante, en levant son verre.

Leo posa une main sur la cuisse de Belle sous la table et leva son verre de l'autre.

— A mon amour ! A Belle !

JESSICA HART

Rencontre au soleil

Traduction française de
STAN B. TRAVERSE

HARLEQUIN

Titre original :
HONEYMOON WITH THE BOSS

Ce roman a déjà été publié en 2015

1

— Où irais-tu en voyage de noces ?

Imogen s'immobilisa, prise de court par la question pour le moins inattendue de son patron.

— En voyage de noces ? répéta-t-elle d'une voix étouffée, voulant s'assurer qu'elle avait bien entendu.

Tom Maddison ne se permettait jamais la moindre allusion à sa vie privée. Et quand il lui arrivait, une fois par mois, de demander à sa collaboratrice si elle avait passé un bon week-end, il n'écoutait jamais la réponse. Aussi Imogen avait-elle pris l'habitude de répondre simplement « très bon, merci », même si, comme c'était le plus souvent le cas, elle venait de passer deux jours horribles.

— Oui, en voyage de noces, reprit-il avec une pointe d'agacement. Tu sais, ce que font les gens qui viennent de se marier.

— Mais je… je ne sais pas, je n'ai pas l'intention de me marier. Pas dans l'immédiat.

Ce n'était pourtant pas l'envie qui lui manquait. Toutes ses amies semblaient avoir trouvé l'âme sœur. Mais elle était manifestement condamnée à rester seule.

— Ce n'est pas la question. Je voudrais juste que tu te mettes dans la peau d'une future mariée, poursuivit Tom tout en signant les lettres qu'elle était venue lui apporter.

Soudain il s'arrêta, reboucha son stylo et la regarda. La

clarté aveuglante de ses yeux évoquait toujours à Imogen la dureté, la froideur de l'acier inoxydable.

— Tu es une femme, dit-il, comme si c'était la première fois qu'il s'en rendait compte.

Machinalement, Imogen acquiesça tout en sachant que, pour Tom, elle n'était guère qu'un équipement de bureau parmi d'autres.

— Je crois ne pas me tromper en affirmant que la plupart des femmes commencent à planifier leur mariage dès l'âge de six ans. Donc, je présume que tu as déjà réfléchi à cette perspective.

— Vous avez raison, sauf que, à six ans, ce qui nous intéresse surtout, c'est la robe. Pour les petites filles, le marié et le voyage de noces sont secondaires.

Tom fronça les sourcils, n'ayant manifestement pas apprécié la précision, et ouvrit un nouveau courrier.

— Mais, depuis ton enfance, tu n'y as pas repensé ?

— Je n'irais pas jusque-là, ce serait malhonnête. Pour vous dire la vérité, mes rêveries à ce sujet n'ont jamais été au-delà du mariage lui-même. Et c'est triste à dire, mais je ne me suis jamais retrouvée en position d'avoir à envisager un voyage de noces.

— Eh bien alors, ce sera une première pour toi, dit froidement Tom, sans lever les yeux de son courrier.

— Pardon ?

— Je te demande de préparer un voyage de noces.

— Mais… pour qui ?

— Pour moi, répondit-il tranquillement, comme s'il s'agissait d'une évidence.

— Pour *vous* ?

Abasourdie, Imogen le fixa d'un regard incrédule. Il n'y avait pourtant pas de quoi s'étonner. Tom Maddison avait 36 ans, il était célibataire, hétérosexuel et riche, très riche.

En outre, il ne manquait pas de charme. Le qualifier de bel homme serait excessif, mais il était grand, bien bâti et dégageait une sorte de sensualité diffuse. Son nez fier et ses yeux tellement clairs surmontés de sourcils fournis donnaient du caractère à un visage carré… Non, il n'était pas beau au sens classique du terme, mais il y avait quelque chose…

Sa bouche avait une forme et une texture qui ne la laissaient pas indifférente. Ses mains aussi, à la fois puissantes et agiles, avaient figuré dans certains de ses fantasmes. Et elle ne pouvait empêcher un frisson de désir de parcourir son corps chaque fois qu'elle laissait ses yeux parcourir son profil.

Evidemment, Imogen s'était bien gardée de laisser paraître la moindre émotion. Cela faisait maintenant six mois qu'elle avait été embauchée par intérim pour travailler sous les ordres de Tom Maddison et, à ce jour, il n'avait jamais montré le moindre intérêt pour elle. Comme il ne parlait jamais de lui elle s'était renseignée auprès de Sue, son amie des ressources humaines, qui lui avait assuré qu'il vivait seul. D'où le choc de l'annonce de son mariage.

Car Tom n'était pas du genre à se laisser emporter par ses émotions. Avant de devenir son assistante, elle était déjà très au fait de sa réputation professionnelle. Dans la City, le nom de Maddison faisait trembler. Il était perçu comme une sorte d'animal à sang froid, appliquant méthodiquement, voire impitoyablement, les missions qui lui étaient assignées. Son patron était payé des ponts d'or pour remettre de l'ordre dans les entreprises dont on lui confiait la gestion. Il avait d'abord exercé ses talents à New York pendant plusieurs années, et grâce à lui plusieurs sociétés, dont certaines des valeurs phares du Dow Jones, étaient redevenues des machines à générer des bénéfices. Mais il n'avait pu résister à l'appel de Londres. C'est ainsi qu'il avait été recruté, salaire mirobolant à la clé, au poste de directeur général de Collocom, une entreprise en difficulté dans le secteur toujours plus compétitif de la communication.

Imogen n'avait jamais rencontré quelqu'un d'aussi obnubilé par le travail. Tom Maddison ne semblait vivre que pour les objectifs ambitieux qu'il s'était fixés. Il ne laissait rien au hasard et surveillait dans les moindres détails le fonctionnement du groupe. Parfois, elle avait l'impression d'être au service d'un robot sans âme et sans émotions.

Mais c'était noircir le tableau. Tom était trop impatient et trop intuitif pour être une machine. Il était dur en affaires, il ne faisait jamais de concession à la table des négociations, mais il avait une rigueur et une honnêteté intellectuelle qui étaient tout à son honneur. Il n'était pas un intrigant et on savait toujours à quoi s'en tenir lorsque l'on se trouvait en face de lui. C'était une qualité rare pour un homme dans sa position. Imogen l'admirait pour cela. Et il était forcément humain malgré tout, puisqu'il éprouvait le besoin d'unir sa destinée à celle de quelqu'un d'autre.

— Comme ça, vous allez vous marier ? demanda-t-elle.

Imogen n'en revenait toujours pas. Elle avait beau essayer, elle était incapable d'imaginer Tom parler d'autre chose que de son travail. Lui, avoir des gestes tendres, sourire… C'était tout simplement incroyable !

— Mais oui, ne te l'avais-je pas dit ?

— Non, répondit-elle d'un air déconcerté.

Elle n'était certes son assistante personnelle que par intérim, mais elle se sentait vexée de n'avoir pas été mise au courant. Elle profita de ce qu'il était de nouveau absorbé dans la lecture d'un courrier pour étudier, une nouvelle fois, les traits qui allaient désormais appartenir à quelqu'un. A cette femme dont elle venait d'apprendre l'existence. Et qui devait sûrement être mince, belle et sophistiquée. Car les hommes qui brassent des millions ne daignent jamais poser le regard sur de pauvres créatures avec quelques kilos en trop.

— Il ne me reste plus qu'à vous féliciter. Si je peux me permettre, quand le mariage s'est-il décidé ?

— Au réveillon du nouvel an, répondit-il d'un air gêné,

n'appréciant sans doute que très moyennement le tour personnel que prenait la conversation.

— Lorsque vous étiez à New York ! s'exclama Imogen.

Dans son souvenir, elle n'avait pourtant réservé qu'un seul billet d'avion. Etait-ce un coup de foudre ? Impossible. Tom n'était pas programmé pour cela.

— Je connais Julia depuis près d'un an, poursuivit-il, comme s'il avait anticipé son besoin d'informations complémentaires. Mais cela ne fait que quatre mois que nous nous fréquentons en tant que couple.

— Comment se fait-il que vous n'en ayez pas parlé jusqu'ici ?

— Cela ne me paraissait pas nécessaire. Nous avions convenu d'attendre l'année prochaine pour nous marier. Julia est une analyste financière réputée et, dans l'hypothèse où elle viendrait habiter à Londres, elle doit prendre un certain nombre de dispositions. C'est pour cela que j'étais persuadé que nous avions du temps devant nous.

— Et vous n'en avez plus ? Pourquoi dites-vous cela ? Quand est prévu le mariage ?

— Dans six semaines.

— Six semaines ! C'est très rapide !

— Je sais.

Il s'aperçut qu'il avait presque répondu en soupirant. Il aurait pourtant dû être ravi. N'était-ce pas lui qui avait eu l'idée du mariage ?

Avant de se déclarer, cette perspective lui semblait l'aboutissement naturel de leur relation. Julia, comme lui, était entrée dans le gotha du monde des affaires. Elle était belle, intelligente et volait de succès en succès. Et, surtout, c'était une indépendante. Pour Tom, Julia était la perfection faite femme. Ils avaient trouvé un équilibre exceptionnel, personne n'exigeant de comptes de l'autre.

Mais tout cela, c'était avant qu'il ne lui demande sa main. Depuis Julia avait été comme saisie de la fièvre du mariage. L'analyste financière compétente et pondérée dont il avait demandé la main s'était transformée en une fiancée hystérique qui ne parlait plus que de robes, de fleurs et de listes d'invités. Il n'avait plus qu'un seul espoir, c'était qu'elle retrouve un semblant de normalité une fois la cérémonie terminée.

— Julia s'est mise en tête de se marier au château Stavely. Nous nous étions imaginé qu'il fallait réserver au moins un an à l'avance, mais une date s'est libérée pour cause d'annulation et Julia a sauté sur l'occasion.

Cette décision impulsive de sa future femme avait bouleversé tous ses plans. Tom était un homme de calcul, de prévisions à long terme. Et le fait d'avancer de plusieurs mois la date du mariage n'avait pas du tout été à son goût. Après mûres réflexions, il avait fini par accepter de se plier au caprice de Julia. Résultat, il se retrouvait face à une furie qui multipliait les idées les plus extravagantes pour le jour de la cérémonie. Tom était désarmé, pour ne pas dire agacé, par cette débauche d'énergie consacrée à ce qui, au bout du compte, n'était qu'un contrat passé entre deux personnes raisonnables.

— En tout cas, tout ceci est très excitant, conclut Imogen.

— Si on veut, dit-il d'une voix sans timbre. Julia arrive la semaine prochaine pour les préparatifs du mariage. Elle va partager son temps entre Londres et New York et elle aura sûrement besoin de ton aide.

— Je serai à son entière disposition.

— Est-ce que tu peux commencer par t'occuper du voyage de noces ? Julia m'a dit que c'était de mon ressort.

— La tradition veut en effet que le futur époux fasse tous les arrangements dans ce domaine.

— C'est idiot, je ne m'y connais absolument pas en voyages de noces, grommela Tom.

— Il ne faut pas en faire toute une histoire. Après tout, ce ne sont que des vacances. Qui ont la particularité d'avoir lieu juste après un mariage. L'idée est de profiter d'un moment de détente en tête à tête dans un endroit romantique.

— Et qu'est-ce que tu appelles un endroit romantique ?

— Cela dépend de chacun. Par exemple, si je vous dis escapade amoureuse, qu'est-ce que cela vous inspire ?

— Rien. Je n'ai pas le temps pour ce genre de choses.

— Alors, nous allons nous concentrer sur le côté détente de ce voyage.

— Inutile de vous dire que l'endroit doit être très spécial. Ces vacances devront sortir de l'ordinaire. Je sais que Julia attend de moi que j'organise quelque chose d'incroyable.

Tout en donnant ses ordres à Imogen, Tom observa son assistante, se rappelant que, au départ, elle ne devait rester que quelques semaines, le temps qu'il recrute la personne de son choix. Au début, elle ne lui avait pas vraiment fait bonne impression. Beaucoup plus jeune que n'importe laquelle des secrétaires auxquelles il avait eu affaire jusque-là, il s'était vite rendu compte qu'elle n'avait jamais travaillé auprès de la direction d'une entreprise. A l'époque, il s'était dit qu'elle était arrivée là plus par hasard que par ambition. Il avait même pensé que l'entreprise qu'il était venu sauver devait décidément être dans un bien piètre état si Imogen était le meilleur élément que l'entreprise était capable de lui fournir.

Avec ses épais cheveux bruns lâchés sur ses épaules et les libertés qu'elle s'octroyait vis-à-vis du code vestimentaire, Imogen avait dans un premier temps paru brouillonne aux yeux de Tom. Son bureau était un vrai capharnaüm et, pendant les premiers jours, il lui avait semblé qu'elle passait plus de temps à discuter avec ses collègues qu'à exécuter les tâches qu'il lui avait assignées.

Si Tom n'avait pas été aussi occupé à revoir de fond en comble l'organisation de Collocom, dont l'action chutait à l'époque, il aurait certainement exigé une assistante personnelle plus qualifiée.

Il s'était alors promis de remplacer Imogen au premier signe de redressement de l'entreprise. Mais, avec le temps, celle dont il n'avait pas voulu au départ s'était révélée très compétente. Certes, il aurait voulu qu'elle soigne davantage son apparence. Et il y avait certaines choses qu'elle devait encore apprendre. Mais, à bien y réfléchir, il n'avait rien à lui reprocher. Et n'avait donc aucune raison de se passer de ses services.

— Imogen, je te fais entièrement confiance. Tu es une femme raisonnable et pragmatique, en te renseignant un peu tu trouveras sûrement exactement ce qui plaira à Julia. Maintenant, s'il n'y a pas d'autre courrier, je retourne à mes dossiers.

Raisonnable et pragmatique ? C'était là l'opinion qu'il avait d'elle ? Pourquoi pas mystérieuse, sexy, sensuelle ? Tom Maddison dégageait peut-être une virilité à laquelle il était difficile de résister, mais il ne maîtrisait définitivement pas l'art du compliment. Et son absence totale d'implication dans le choix du voyage de noces ne donnait pas du tout envie de passer du temps avec lui à l'écart du monde.

En réalité, certains hommes faisaient meilleure figure dans les rêves. Combien de fois, dans ses nuits agitées, n'avait-elle vu Tom défaire un à un les boutons de son chemisier pour embrasser langoureusement son cou. Ensuite il lui avouait à l'oreille qu'il n'avait jamais rencontré de femme aussi belle qu'elle et la jetait sur un lit.

Mais jamais, dans les rêves érotiques d'Imogen, Tom ne lui avait dit qu'elle était raisonnable et pragmatique.

Elle pourrait se venger en lui réservant un « bed & breakfast » dans la banlieue d'une grande ville industrielle. Mais ce ne serait pas gentil envers la pauvre Julia, qui avait l'air de mettre tout son cœur dans cette union.

— Attendez, il me semble avoir lu l'autre jour un article sur un endroit incroyable. Mais je crois me souvenir que c'est horriblement cher.

Amanda, son amie et sa colocataire, avait même failli s'évanouir quand elle lui avait montré le prix. D'un geste de la main, Tom signifia clairement que le coût de toute l'opération n'était qu'un détail. Et Imogen se rappela qu'il était immensément riche. Et qu'il ne semblait jamais rien dépenser. Il travaillait tout le temps et elle ne lui avait jamais réservé de restaurant de luxe, ni de tickets de théâtre aux premières loges ou de places dans un jet privé.

De temps en temps, il se rendait à New York. Toujours en classe affaires, pas en première. Jusqu'à aujourd'hui, Imogen s'était imaginé qu'il n'y allait que pour le travail. Mais maintenant qu'elle avait appris l'existence de Julia, il fallait peut-être réviser son jugement. Tom la couvrait peut-être de bijoux et de cadeaux à chacune de leurs retrouvailles. Difficile à imaginer certes, mais son patron était plein de surprises, comme il venait de le lui prouver.

— Dans ce cas, si l'argent ne constitue pas un obstacle, il paraît que Coconut Island est le meilleur endroit au monde pour passer des vacances romantiques dans l'intimité. C'est tout petit, il n'y a qu'une seule maison qui est absolument incroyable. On peut louer l'île entière et être pris en charge par un hôtel de luxe situé sur une île voisine. Il est possible de faire appel à un cuisinier, mais l'article précisait que la plupart du temps les jeunes mariés exigeaient que personne n'interrompe leur tête-à-tête. Je vous assure, Tom, cette île est un petit coin de paradis : lagon turquoise, plage de sable blanc, hamac sous les cocotiers. J'aimerais tant aller dans un endroit comme cela où il n'y a rien d'autre à faire que de se reposer, manger, se baigner, lire… et…

Imogen avait failli dire « faire l'amour ». Elle s'était retenue au dernier moment, se rappelant juste à temps qu'elle n'avait jamais évoqué le moindre sujet personnel devant Tom. Passer tout à coup du néant à des considérations sur ses envies sexuelles aurait certainement été perçu comme incongru.

— Enfin… je… vous savez quoi, finit-elle par dire, rouge comme une pivoine.

— Je crois, oui, répondit-il d'une voix sèche.

Evidemment, dès qu'on sortait du cadre professionnel, Tom manifestait sa désapprobation. Imogen leva les yeux vers lui et constata, chose incroyable, une lueur d'amusement dans son regard bleu acier. C'était la première fois que ce visage habituellement fermé s'animait d'un trait de fantaisie. Ce qui le rendait soudain irrésistible.

— En tout cas, reprit Tom avec un air redevenu tout à fait sérieux, je te félicite pour cette trouvaille. Tu peux réserver l'île.

Imogen eut un instant d'hésitation. Après tout, il s'agissait de son voyage de noces, pas d'un quelconque déplacement d'affaires.

— Vous ne préférez pas le faire vous-même ?

— Non, j'aimerais surtout me mettre au travail.

— Mais, il s'agit de votre voyage de noces, c'est tellement personnel, je…

— Je ne vois pas le problème. N'es-tu pas justement mon assistante personnelle ? Bon, la date du mariage a été fixée le…

A la stupéfaction d'Imogen, il dut consulter sur son ordinateur de poche la date d'un événement qui aurait dû pourtant être déjà gravée dans son cœur.

— Ah oui, le 27 février. Bon, tu t'occupes de toutes les réservations, cérémonie, hôtel, voyage de noces. Je ne veux pas être dérangé par des considérations matérielles, tu factures tout à mon compte personnel. Ce n'est pas la peine de me redemander mon avis. Je suis certain que tu feras les bons choix.

— Très bien, à vos ordres.

— Et maintenant, je veux qu'on me laisse travailler en paix. Il me reste un important contrat à négocier avant le mariage, nous n'avons pas une seconde à perdre.

— Et pour finir, voici les réservations pour le voyage de noces, indiqua Imogen en lui tendant une liasse de documents.

Tom avait passé la journée en dehors du bureau, il avait enchaîné les réunions. Il n'avait aucune envie de se pencher sur les détails pratiques de ce satané voyage.

— Parfait, parfait, répondit-il, parcourant rapidement les messages que lui avait transmis sa secrétaire.

Il n'avait toujours pas enlevé son imperméable et des gouttes de pluie, éclairées par la lumière du plafonnier, brillaient sur ses épaules.

— Vous ne voulez pas en savoir plus ?

— Pas vraiment, pour être honnête. Mais je suis bien obligé de m'y intéresser un minimum, au cas où Julia me poserait des questions sur le voyage de noces. Tu peux me mettre tout cela par écrit ?

— C'est déjà fait, tout est dans ce dossier. Je suis sûre que vous vous y plairez. On ne peut pas rêver d'endroit plus magique. En plus vous serez au soleil alors qu'ici nous sommes bien partis pour rester sous la pluie jusqu'au printemps.

En guise de réponse, Tom émit une sorte de grognement puis ouvrit la chemise que lui avait remise Imogen. Il fronça les sourcils lorsqu'il vit le prix, un chiffre suivi de quatre zéros, mais ne fit aucun commentaire.

— Bon, départ le 27 et… quoi ? Retour le 19 mars !

— C'est vous qui m'avez dit de faire ce qui me semblait le mieux pour vous.

— Mais comment as-tu pu imaginer une seule seconde que ce serait une bonne chose pour moi que de partir *trois semaines* ?

— Enfin, c'est de votre voyage de noces qu'il s'agit. C'est un moment exceptionnel. Les premiers jours de votre union. Il faut prendre le temps de lui donner le meilleur démarrage possible.

— Tu sais très bien que je ne peux pas me permettre de m'absenter pendant 21 jours.

— N'exagérez pas, je sais bien que vous êtes un patron formidable et que grâce à vous Collocom va déjà mieux. Mais la société peut très bien tourner sans vous pendant quelques semaines. A vous de savoir ce qui est le plus important. Votre entreprise ou votre mariage ?

Que répondre à cela ? Tom fixa son assistante d'un regard presque agressif. Lui qui avait toujours été guidé par la raison et le sang-froid, voilà qu'on lui demandait sans cesse de montrer qu'il était capable de sentiments. Cette intrusion des émotions dans sa vie commençait petit à petit à lui être insupportable. Il regrettait déjà le temps où Julia et lui menaient leur relation à distance, chacun s'occupant de sa carrière et respectant l'espace de l'autre.

S'il avait pu imaginer tous les bouleversements que sa demande en mariage allait entraîner, l'aurait-il prononcée ? Tom soupira en se disant qu'il valait mieux ne pas chercher à répondre à cette question. Il était trop tard, les dés étaient jetés.

Puis il se rassura en se disant que Julia était formidable et qu'il avait beaucoup de chance de l'avoir rencontrée. De plus, en tant que femme d'affaires, elle allait évidemment être d'accord avec lui sur le fait qu'un voyage de noces ne pouvait excéder quelques jours, une semaine tout au plus.

— Je vais en parler à Julia, dit-il en refermant d'un coup sec le dossier. Et, à mon avis, elle souhaitera également modifier les dates de vols.

Mais Julia se montra ravie de partir trois longues semaines et le remercia pour son choix de Coconut Island.

— Mon chéri, je te félicite d'avoir réservé un endroit aussi romantique. Trois semaines à deux ! C'est incroyable ! On aura enfin le temps d'apprendre à se connaître.

Qu'est-ce qu'elle voulait dire ? Tom était persuadé qu'ils se connaissaient déjà. Sinon, pourquoi l'aurait-il demandée en mariage ? On n'épouse pas une inconnue !

Décidément, Julia lui devenait, au contraire, de plus en plus étrangère. Il pensait qu'un de leurs principaux points communs était une envie de réussir plus forte que tout. Et voilà qu'elle préférait se prélasser plus de vingt jours sur une île perdue plutôt que de faire avancer sa carrière.

C'était la faute d'Imogen. Si elle n'avait pas réservé un séjour aussi long, Julia aurait trouvé parfaitement normal de revenir au bout d'une semaine. Alors quand sa secrétaire, la bouche en cœur, revint vers lui pour lui demander s'il fallait changer les vols, il eut une fugace envie de l'assassiner sur-le-champ. Mais il fallait bien s'avouer vaincu.

— Non, ne change rien… Julia est de ton côté.

— Très bien, répondit Imogen, d'une voix presque effrayée, comme si elle avait senti à quel point il bouillonnait intérieurement.

Les jours suivants, l'humeur de Tom ne s'arrangea pas. Il était tellement irritable qu'Imogen en était venue à se demander si Julia n'avait pas annulé le mariage. Ceci étant dit, si Tom se comportait comme cela au quotidien avec elle, Imogen ne pourrait certainement pas lui donner tort.

Malgré sa curiosité, elle se gardait bien de lui demander ce qu'il en était. Car quand Tom était dans cet état, poser la moindre question d'ordre personnel revenait à mettre son poste en péril. Il fallait plier l'échine et laisser passer l'orage. Et elle se félicitait de n'être là qu'à titre provisoire. C'était le salaire qui la faisait tenir. Comme elle était bien payée, elle avait pu faire joliment grossir son petit pactole destiné à voyager. De quoi aller à la découverte du monde quand elle serait remerciée. Et, d'avance, elle souhaitait bonne chance à sa remplaçante.

Sans poser la moindre question, elle finit par apprendre, grâce à un coup de fil, que la cérémonie devait bien avoir lieu à la date prévue. Imogen était en train d'essayer de relire des notes qu'elle avait prises en sténographie lorsque le téléphone sonna.

— Bureau du directeur général, j'écoute.

— Bonjour. Vous êtes bien Imogen ? demanda une chaleureuse voix à l'accent américain. Je suis Julia, la fiancée de Tom. Je présume que vous avez déjà entendu parler de moi. Tom m'a conseillé d'entrer en contact avec vous pour arranger quelques petits détails pratiques à propos de notre mariage.

En tout, Julia lui transmit trois pages de « petits détails pratiques ». Imogen leva les yeux au ciel lorsqu'elle vérifia l'ensemble de la liste avec elle. Fort heureusement, la future Mme Maddison était très aimable. Et infiniment plus enthousiaste que Tom à l'idée de se marier.

— Ma robe, je la fais faire à New York. Elle est absolument splendide. Il faut dire que je savais exactement ce que je voulais. Si vous le souhaitez, je vous enverrai le dessin de la robe par e-mail. Mais ne le montrez surtout pas à Tom.

Imogen ne put s'empêcher de sourire. Comment Julia pouvait-elle imaginer une seule seconde qu'elle était suffisamment proche de son patron pour parler chiffons ?

— Ne vous en faites pas, je garderai le secret.

— Vous êtes tellement gentille de m'aider dans les préparatifs. Je ne sais comment vous remercier. Bon, poursuivons. J'ai réservé le Stavely Castle pour le mariage et la réception. Je l'avais visité lors de mon dernier séjour en Angleterre. J'avais trouvé cet endroit tellement magique que je me souviens m'être dit à l'époque : c'est là que je dois unir ma destinée à celle d'un homme.

Méthodiquement, Julia passa en revue toutes les entrées de la liste. Elle demanda à Imogen de lui trouver un quatuor à cordes pour la cérémonie, de dénicher le meilleur fournisseur de pétales de rose fraîchement cueillies, de lui transmettre les coordonnées du plus grand pâtissier de Londres, de sélectionner une série d'hôtels et ainsi de suite.

— Encore une fois, Imogen, mille mercis pour votre collaboration. Je ne m'étais pas imaginé qu'il fallait arranger autant de détails. Grâce à vous, je pourrai venir à Londres l'esprit tranquille, sachant que tout a été pris en main.

— Je vous promets de faire de mon mieux dans les délais impartis, répondit Imogen, effarée par tout ce que Julia venait de lui demander.

Et ces tâches se rajoutaient au travail quotidien que lui donnait Tom ! Elle allait devoir faire non seulement des heures, mais des jours supplémentaires.

— J'avoue que les choses se sont précipitées. Mais quand le Stavely Castle m'a appelée pour dire qu'une date s'était libérée, j'ai interprété cela comme un signe du destin. Et puis, comme je l'ai maintes fois répété à Tom, quand on sait qu'on a rencontré l'âme sœur, pourquoi attendre ?

Imogen, ne sachant que répondre, prononça un murmure d'acquiescement. Elle ne put toutefois s'empêcher de constater le contraste entre le côté spontané du mariage revendiqué par Julia et sa volonté d'organiser une cérémonie en grande pompe, avec quatuor à cordes et pétales de rose. Imogen garda évidemment cette réflexion pour elle. Il ne s'agissait pas de son mariage, et Tom et Julia étaient suffisamment riches pour se payer n'importe quelle folie.

— Comment va Tom ? demanda Julia.

— Bien… enfin, comme d'habitude, dévoué corps et âme à son travail.

Imogen se pinça les lèvres. Aurait-elle dû mentir et assurer à son interlocutrice que Tom était surexcité à l'idée de se marier ? Elle commençait à trouver sa position légèrement inconfortable, partagée entre la fidélité à son patron et l'empathie vis-à-vis de Julia.

— Il ne changera jamais, mais il me plaît comme cela, dit-elle, au grand soulagement d'Imogen.

Julia devait vraiment être très amoureuse pour se réjouir de la perspective d'épouser un bloc de glace qui ne pense qu'à des chiffres. Mais peut-être Tom était-il un homme complètement différent dans la sphère privée.

— Est-ce que Tom est là ? demanda Julia.

— Oui, je vous le passe.

Mettant Julia en attente, Imogen appela Tom.

— J'ai Julia en ligne pour vous.

— Julia ? répéta-t-il d'une voix agacée.

— Votre future femme.

— Qu'est-ce qu'elle veut ?

— Je ne sais pas, je présume qu'elle souhaite simplement vous parler.

— Je n'ai pas le temps. Dites-lui que je suis en réunion.

— Je suis désolée, je lui ai déjà dit que vous étiez disponible pour la prendre au téléphone.

— Bon, puisque je n'ai pas le choix, passez-la moi, dit-il en soupirant.

Pauvre Julia. Tom était d'une humeur massacrante et certainement pas disposé à entendre la litanie des détails de la cérémonie qu'elle ne manquerait pas de lui égrener. Imogen souffrait d'avance pour elle. D'un côté, il y avait une future épouse pleine d'enthousiasme, qui voulait à la fois tout contrôler et être rassurée sur ses choix. De l'autre, il y avait un futur époux rétif, excédé par l'ampleur que prenaient les préparatifs. Le choc allait être rude.

Cinq minutes plus tard, Tom fit claquer la porte de son bureau et en sortit l'air furieux. Cela s'était apparemment passé encore plus mal que ce qu'elle avait imaginé.

— Ce mariage commence à prendre des proportions démesurées, dit-il d'une voix étranglée par la colère. Je n'ai pas le temps de discuter pendant des heures de cartons d'invitation, des vœux à prononcer ou des dîners préparatoires. Quant à toi, laisse-moi te dire que toutes ces bêtises t'accaparent beaucoup trop.

— Ne vous en faites pas pour moi. Il n'y en a pas pour longtemps, et dès que Julia sera là, elle prendra le relais.

— Je l'espère. Car j'ai besoin de toi, moi aussi.

— Si je peux me permettre une remarque d'ordre personnel…

— Vas-y.

— Prenez de la distance par rapport à la frénésie des préparatifs, dit Imogen en ayant subitement l'impression d'être une sorte de conseillère conjugale. N'oubliez pas qu'elle quitte New York, sa famille et ses amis pour venir vous rejoindre. L'émotion liée à cet exil — si vous me passez l'expression — vient se rajouter à celle de l'imminence du mariage. Une fois que la cérémonie sera passée, vous vous rendrez compte que vous avez fait le bon choix. Je suis même sûre que, avec le recul, vous remercierez Julia pour la façon dont elle a organisé votre union.

Tom fit les cent pas en écoutant Imogen. Les paroles de sa collaboratrice eurent un effet apaisant. Elle avait raison : une fois passée la folie du mariage, tout redeviendrait comme avant. Chaque soir, il retrouverait, dans une magnifique maison, une Julia de nouveau calme et raisonnable. Sa femme serait pour lui un soutien dans sa carrière, mais aussi dans sa vie de tous les jours.

Il avait mis tellement de temps à trouver l'épouse qui lui convenait qu'il serait dommage de tout remettre en cause. Julia ne pouvait attendre de lui qu'il devienne soudainement tout amour car ils s'étaient, dès le départ, mis d'accord sur ce qu'ils attendaient de leur union, en termes d'épanouissement personnel et professionnel. Si ça ne marchait pas avec elle, cela ne marcherait avec personne.

Julia était parfaite, il fallait juste attendre que l'orage du mariage passe. Et pour éviter l'accumulation des tensions, il fallait prendre sur lui et faire l'effort, comme le suggérait

Imogen, de s'impliquer davantage dans l'organisation de la cérémonie.

Satisfait de cette résolution, il fixa sa collaboratrice, qui n'avait cessé de le regarder avec des yeux interrogateurs.

— Tu as raison, j'ai fait le bon choix et je vais tâcher de me montrer plus enthousiaste.

2

Imogen fit un signe de la main aux hôtesses de la réception et appela l'ascenseur. C'était le dernier jour de travail de Tom avant son mariage et le personnel avait préparé une petite réception au champagne en son honneur.

Elle espérait que son patron allait apprécier ce modeste événement et offrir à ses salariés un visage plus souriant que d'ordinaire. Tom leur inspirait à tous une certaine crainte, tant ses manières étaient parfois brusques. Mais il était respecté car, derrière sa franchise pour le moins abrupte, c'était un homme juste. Et il ne faisait de doute pour personne qu'en six mois à la tête de l'entreprise, il avait déjà commencé à redresser Collocom. Cette fête allait ainsi permettre à tous de lever un verre à un avenir moins incertain.

Ces dernières semaines avaient été intenses. Imogen avait passé le plus clair de son temps à dénicher des quatuors à cordes, des fleuristes et des photographes. Elle pouvait désormais se targuer d'être une experte en plan de table et en décoration de salle. Elle connaissait tous les employés du Stavely Castle par leur prénom tant les conversations téléphoniques avaient été nombreuses pour tout fignoler dans les moindres détails. Si jamais elle était virée de son travail d'assistante personnelle, elle pourrait toujours monter une agence d'organisation de festivités.

Chose étrange, cela faisait quelques jours qu'Imogen

n'avait pas eu de nouvelles de Julia. Au cours du mois écoulé, la future mariée avait multiplié les allers-retours entre New York et Londres et, il y a dix jours, elle avait annoncé qu'elle quittait les Etats-Unis pour de bon. Imogen lui avait alors trouvé un somptueux appartement à Chelsea. Mais le fait de s'être rapprochée géographiquement du lieu de son mariage ne l'avait pas empêchée d'appeler Imogen plusieurs fois par jour. D'où l'incongruité de ce long silence.

Comme il fallait s'y attendre, l'élue du cœur de Tom était mince, belle et élégante. Lors de la première entrevue avec Julia, Imogen s'était sentie quelconque et débraillée au contact de cette femme si bien mise. Elles avaient toutes les deux le même âge, mais Julia semblait tellement plus sophistiquée. Son monde, fait de voyages en première classe et de robes dessinées par de grands couturiers, était à mille lieues de l'appartement en pagaille qu'Imogen partageait avec Amanda dans le sud de Londres.

Malgré leurs différences flagrantes, Julia avait eu la bonté de traiter Imogen d'égale à égale. Elle s'était d'emblée montrée amicale et chaleureuse et ce à tel point qu'Imogen en avait parfois été gênée. Mais derrière sa gentillesse pointait une tension extrême, évidemment liée à l'organisation du mariage. Imogen en était venue à se demander si Julia allait pouvoir suffisamment se détendre pour apprécier la cérémonie.

Julia lui avait apporté de New York une étole en guise de remerciement pour tout le travail de préparation accompli.

— J'espère sincèrement que vous viendrez à notre mariage Imogen, avait été la première phrase de Julia lors de leur rencontre. Cela nous ferait très plaisir, n'est-ce pas Tom ?

Au vu de son expression, il était évident que l'idée d'inviter son assistante ne lui avait pas traversé l'esprit, mais il acquiesça.

— Evidemment. Je suis bien placé pour savoir tout le

temps qu'Imogen a consacré à faire de notre mariage une réussite.

Imogen perçut la pointe d'hypocrisie dans la voix de son patron. Combien de fois n'avait-il pas été exaspéré par l'ampleur qu'avait pris l'organisation de l'événement ? Et surtout par le fait que son assistante n'avait guère été disponible pour lui pendant toute cette période. Depuis l'arrivée de Julia, il avait toutefois réussi à ne (presque) rien montrer de son exaspération. Imogen s'était d'ailleurs demandé si Julia avait remarqué les efforts faits par son futur époux.

Un jour, lors de l'un de leurs nombreux échanges téléphoniques, Julia avait confié à Imogen qu'elle avait eu des doutes sur la détermination de Tom à vouloir à se marier.

— Mais, ces derniers temps, il a été tellement attentionné que mes craintes me paraissent maintenant ridicules. Il m'appelle deux fois par jour et m'envoie une rose rouge tous les matins, avait-elle ajouté.

Mal à l'aise, Imogen avait souri jaune. C'était elle qui avait eu l'idée de cette fleur quotidienne. Elle s'était démenée pour rapprocher les deux futurs époux. Et tout ça pour quoi ? Pour leur reconnaissance éternelle ? Tant mieux. Mais elle ne pourrait jamais ressembler à une femme comme Julia et aucun Tom ne viendrait la chercher.

Peut-être que si elle était capable de se tenir à un régime et de cesser de manger une plaquette de chocolat par jour, elle rencontrerait des hommes plus intéressants. Cela la changerait des balourds qui lui racontaient par le menu le fonctionnement de leur téléphone mobile ou les batailles intergalactiques des épisodes de la *Guerre des étoiles*.

— Arrête de te dévaloriser, ne cessait de lui répéter Amanda. Ton apparence physique ne pose aucun souci, au contraire, tu es très belle. Le problème c'est que tu attends toujours un prince charmant qui n'arrivera pas. Sois un peu moins exigeante dans tes exigences, accepte de faire quelques compromis et tu trouveras celui qui te convient.

— Je ne veux pas faire de compromis, répétait alors inlassablement Imogen. Je veux au moins ce que j'ai connu avec Andrew.

— Une fois pour toutes, Imogen, oublie-le, disait Amanda en soupirant, respectant au mot près un dialogue désormais bien rodé.

— Je ne suis plus amoureuse de lui, Amanda. Je sais qu'il est heureux avec Sara et qu'il ne reviendra pas. Mais quand on a goûté à la perfection, c'est difficile de se satisfaire de moins.

— Tu refais l'histoire, ma chérie. Si cette relation avait été aussi parfaite que tu sembles le dire, elle ne se serait jamais terminée, concluait invariablement Amanda.

Elle avait évidemment raison, Imogen ne le savait que trop bien. Elle devait être plus patiente, laisser aux hommes le temps de lui montrer toutes les facettes de leur personnalité. L'attente pouvait être récompensée par une agréable surprise. Il n'y avait qu'à voir Tom, qui, en une semaine, s'était imposé une métamorphose impressionnante pour plaire à Julia. L'amour serait donc vraiment capable de provoquer des miracles !

Poussée par Amanda, Imogen ne refusait plus aucune proposition de rendez-vous. Ainsi, la veille, elle avait accepté de passer une soirée en compagnie d'un ami du fiancé de sa colocataire. Elle était venue au rendez-vous dans les meilleures dispositions du monde pour tomber sur un ingénieur qui avait passé la soirée à faire la liste de ses allergies.

Elle s'était couchée avec le moral à zéro. Et ce matin le réveil avait été difficile. Elle s'était levée avec l'envie de ne rien faire. Si cela n'avait pas été le dernier jour de Tom avant son mariage, elle aurait été tentée de rester dans son lit.

Quand elle sortit de l'ascenseur, elle vit que les deux bureaux étaient allumés, ce qui voulait dire que Tom était déjà arrivé. Ce n'était guère une surprise, il était toujours là avant 7 heures. Décidément, ce n'était pas le genre d'homme à changer ses habitudes de travail pour la simple raison qu'il allait se marier.

— Bonjour, dit-elle d'un ton allègre, désireuse de masquer son humeur maussade. Que puis-je faire pour vous en cette veille de grand jour ?

Tom releva la tête de ses dossiers. Imogen eut un mouvement de recul en voyant l'expression de tristesse figée sur le visage de son patron. Comment pouvait-il avoir l'air aussi lugubre en ces circonstances ?

— Annuler le mariage. C'est ce qu'il y a de plus urgent à faire.

Silence de mort.

— L'annuler ? demanda-t-elle d'une voix tremblante, souhaitant de tout son cœur avoir mal compris la requête de Tom.

Mais ce dernier se contenta de confirmer d'un mouvement de la tête.

— Appelle tout le monde, invités et fournisseurs, pour dire qu'il n'y aura pas de cérémonie.

— Mais… que s'est-il passé ? Où est Julia ?

— En route pour New York, répondit-il en regardant sa montre. Elle doit d'ailleurs être en train de décoller en ce moment même.

— Je n'arrive pas à le croire. Elle a sûrement eu un accès de panique. Elle va revenir !

— Elle ne veut plus se marier, expliqua Tom d'une voix éteinte. Non, ce n'est pas exact. Elle veut toujours se marier, mais plus avec moi.

Sans dire un mot, Imogen, qui était restée pétrifiée jusqu'ici, ferma la porte du bureau de Tom et s'assit en face de lui.

— Je ne veux pas me mêler de ce qui ne me regarde pas, mais il y a sûrement une erreur. Il ne peut s'agir que d'un malentendu. Vous êtes censés vous marier demain !

Tom éclata de rire. Un rire jaune.

— Quelle blague ! Alors que je m'en voulais de ne pas mettre assez de cœur dans ce mariage, c'est elle qui est partie.

Tom était content d'avoir Imogen en face de lui. Elle s'était suffisamment impliquée dans sa vie personnelle pour qu'il puisse lui parler et ainsi évacuer une partie de sa frustration. Mais, s'étant toujours considéré comme un battant, né pour gagner, il ne supportait pas d'être pris en pitié. Alors, pour éviter de supporter la compassion qu'il lisait dans les yeux d'Imogen, il tourna la tête vers la fenêtre. Il faisait gris et humide en cette matinée de février. Une météo en parfait accord avec son état d'esprit.

— Hier soir, Julia avait prévu de dîner avec sa famille et ses amis, qui ont tous fait le déplacement pour le mariage. J'avais donc fait une croix sur la possibilité de la voir. Mais vers 10 heures, elle est venue chez moi en me disant qu'on devait parler. Je te passe les détails d'une scène peu reluisante, mais, en substance, Julia m'a annoncé qu'elle était désolée et qu'elle ne pouvait pas se marier avec moi parce qu'elle voulait épouser Patrick.

— Patrick ? demanda Imogen, effarée par la tournure des événements. Qui est Patrick ?

— Celui qu'elle m'a toujours présenté comme son meilleur ami. Ils se connaissent depuis l'université. Je l'ai rencontré plusieurs fois lors de mes périples à New York et je savais qu'ils passaient beaucoup de temps ensemble. Dès le début de notre relation, Julia m'avait assuré que son amitié avec Patrick lui était tellement chère qu'il était hors de question qu'elle couche avec lui. Pour reprendre ses termes, ses rapports avec Patrick étaient « purement platoniques ». Quand j'y repense, je comprends mieux pourquoi elle se satisfaisait de notre relation à distance. Cela lui laissait tout le loisir de passer du temps avec son « ami ».

Tom marqua une pause, mais n'osait toujours pas regarder Imogen. De quoi avait-il l'air devant elle ? Il attendit une réaction de sa collaboratrice, mais comme elle gardait le silence, il poursuivit son récit.

— En réalité, Julia a toujours été amoureuse de Patrick, mais comme elle ne voulait pas le perdre comme ami, elle a longtemps nié ses sentiments. Puis, le temps passant et le besoin de fonder une famille se faisant plus pressant, elle s'est dit qu'il fallait qu'elle s'engage avec quelqu'un d'autre pour rompre définitivement avec l'homme de ses rêves. Voilà où j'interviens.

Qu'il était difficile de se mettre à nu de la sorte. D'avouer à quelqu'un qu'on se sent humilié, trompé. Tom était également en colère. Contre lui-même pour n'avoir rien vu venir. Contre Julia pour l'avoir induit en erreur. Elle avait invité la terre entière à leur mariage. Elle avait fait appel aux meilleurs fournisseurs pour en faire une fête somptueuse.

Et voilà qu'il était devenu le dindon de la farce aux yeux de tous ces gens, lui qui n'avait jamais connu le moindre échec et qui avait toujours tout planifié soigneusement, sa vie comme sa carrière. Il sentait que, malgré lui, ses mâchoires étaient crispées. Il avait envie de laisser libre cours à sa rage, de fracasser son bureau à coups de poing, de jeter sa chaise contre le mur. Mais en présence d'Imogen il devait se contrôler.

— Quand je l'ai demandée en mariage, elle a sauté sur l'occasion pour s'éloigner de Patrick, pour repartir de zéro. Elle m'avait tout de suite dit qu'elle m'aimait bien et que nous avions une bonne entente sexuelle. Elle trouvait que nous avions beaucoup de points communs et que nous devrions donc former une belle équipe. C'est ce que je croyais aussi, jusqu'à hier soir. Quand je pense à tout le mal qu'elle s'est donné pour organiser ce mariage. En réalité, elle se fuyait elle-même. Moi je ne suis que la victime collatérale de son incapacité à affronter ses propres sentiments.

— Ce que je ne comprends pas, c'est que dès le jour où elle a accepté de vous épouser, elle savait qu'elle faisait une croix sur Patrick. Qu'est-ce qui a changé au cours de ces dernières vingt-quatre heures ?

— C'est lui qui a tout déclenché. Il s'est rendu compte que Julia allait être perdue pour lui si elle devenait ma femme. Il a soudainement pris conscience que, lui non plus, il n'avait cessé de l'aimer sous les dehors de l'amitié. Touchante histoire, n'est-ce pas ?

— Arrêtez de faire de l'ironie, vous vous faites du mal.

— Comme il était invité au mariage, Patrick est venu à Londres. Dès qu'il a vu Julia, il lui a avoué ses sentiments. Ceci a naturellement conduit ma désormais ex-future épouse à tout remettre en cause. Elle m'a dit « je suis désolée » et a tout annulé.

— Je ne sais pas quoi dire, je suis tellement triste pour vous.

— Ne t'inquiète pas pour moi, répondit-il, faussement léger. C'est déjà un soulagement que Julia ait pris conscience qu'elle faisait fausse route avant le mariage. Cela m'économise les affres — et le coût — d'un divorce.

Tom prit son stylo, comme pour se remettre au travail. Mais au bout de plusieurs longues minutes de silence, il n'avait toujours rien écrit. Le regard perdu, il fixait encore la fenêtre. Imogen sentit une boule se serrer dans sa gorge. Il avait fait tellement d'efforts pour plaire à Julia, pour la suivre dans la folie des préparatifs du mariage. Il devait être blessé au plus profond de son âme. Et sa belle fierté en avait sûrement pris un sacré coup, lui qui était habitué à ce que rien ni personne ne lui résistent.

— Qu'est-ce que je peux faire pour vous ?

— Je te serais très reconnaissante de prévenir tout le monde du tour inattendu pris par les événements.

— Bien sûr.

— Voici la clé de l'appartement de Julia. Elle me l'a laissée en partant.

Imogen prit la clé entre ses mains. Et songea au fait que

ce logement avait surtout servi à cacher la robe de mariée aux yeux de Tom. En réalité, elle aurait dû se douter que le désir de Julia d'avoir un lieu pour elle était suspect. Si elle avait vraiment été amoureuse de Tom, elle n'aurait eu de cesse d'être au plus près de lui. D'autant plus que le triplex de Tom comptait suffisamment de pièces pour protéger un bout d'étoffe des regards indiscrets.

— L'appartement de Julia regorge de cadeaux de mariage. Il faudra les renvoyer. Je présume que tu disposes de la liste des invités.

— Je vais les prévenir tout de suite de l'annulation du mariage.

— A mon avis, la première chose à faire est de mettre Stavely Castle au courant.

— Tout de suite.

Imogen avait envie de prendre Tom dans ses bras, de le consoler. Mais son patron n'était pas du genre à rechercher le contact humain. Et il supportait encore moins d'être un objet de pitié. Elle savait qu'il avait surtout besoin qu'on le déleste de toutes les tracasseries pratiques liées à l'annulation du mariage. Mais elle ne put se résoudre à l'abandonner là, tout seul, dans son bureau.

— Vous êtes sûr que ça va aller ?

— Bien sûr, rétorqua-t-il d'une voix sèche. J'ai du travail jusque par-dessus la tête.

— Vous êtes certain d'être en état de travailler ?

— Que veux-tu que je fasse d'autre ?

Une heure plus tard, Imogen refit son apparition dans le bureau de son patron, les bras chargés d'un plateau portant du café et des gâteaux.

— Je ne mange jamais de gâteaux, dit Tom au moment où elle posait la collation à côté de lui.

— Il faut que vous mangiez quelque chose.

— Cesse de me traiter comme un malade, Imogen.

— Vous avez subi un choc, vous avez besoin de sucre.

— Je n'ai besoin de *rien*, cria-t-il, manifestement furieux. Je vais bien. Je ne vais ni m'évanouir ni fondre en larmes. Cela ne m'est jamais arrivé et ce n'est pas aujourd'hui que je vais commencer.

— Je m'en fiche, mangez ces gâteaux.

Imogen avait décidé, au vu des circonstances, qu'il fallait, pour une fois, affronter le caractère difficile de Tom Maddison. Sans surprise, après sa confession son patron s'était réfugié derrière le masque du directeur général impitoyable en affaires. Il était prévisible que, pour compenser son désarroi intérieur, il allait se montrer encore plus intraitable que d'habitude. Mais à quoi bon prétendre n'avoir aucun sentiment ? Elle connaissait bien la souffrance que provoque l'amour lorsqu'il n'est pas payé de retour. Tom avait besoin de l'aide de quelqu'un en ce moment, même s'il se refusait à l'admettre. Et Imogen, qui avait suivi de près toutes les péripéties de l'union avortée avec Julia, était prête à lui offrir ce nécessaire soutien. D'autant plus que, même si elle connaissait très mal la sphère privée de Tom, il lui semblait qu'il n'avait pas un ami — comme Amanda l'était pour elle — auprès de qui s'épancher.

En attendant de faire tomber les barricades derrière lesquelles s'était réfugié Tom, Imogen résolut de maintenir le contact en s'en tenant au compte rendu des tâches qu'il lui avait demandé d'exécuter.

— J'ai appelé Stavely Castle et annulé toutes les réservations. Je suis au regret de vous dire que, en raison de la brièveté des délais, il ne peut être question de remboursement.

— Quel gaspillage, tout ça pour ça, soupira Tom.

— Il y a aussi le voyage de noces…

Imogen avait hésité avant d'évoquer ces vacances. Mais, elles aussi, avaient été réservées et payées. Et le coût de la location de Coconut Island était tellement exorbitant que, même pour un homme riche comme Tom Maddison, la facture ne passerait pas inaperçue. Il fallait donc le mettre en situation de prendre une décision.

— J'y avais déjà réfléchi, dit Tom en mangeant machinalement un gâteau. Ne m'as-tu pas dit que tu rêvais d'aller à l'endroit que tu as réservé ?

— Je suis désolée d'avoir sélectionné l'endroit le plus cher du monde. Je vais voir si je peux essayer de récupérer les sommes que vous avez versées.

Julia devait vraiment être amoureuse de Patrick pour avoir renoncé à une île de rêve comme Coconut Island. Et à un parti tel que Tom, prêt à vous payer sans sourciller un mariage digne d'un conte de fées.

— Non, ne fais rien, je ne veux pas que tu annules Coconut Island, dit Tom avec un sourire malicieux.

Imogen le regarda, les yeux écarquillés. Etait-il devenu fou ? Qu'allait-il pouvoir faire d'autre sur cette île que de ressasser sans cesse l'humiliation que lui avait infligée Julia.

— Je ne pense pas qu'y aller seul soit une bonne idée, dit-elle d'une voix prudente.

— Ce n'est nullement mon intention puisque tu vas m'accompagner.

— Pardon ?

— Ce satané mariage m'a déjà coûté suffisamment cher. Coconut Island représente une fortune. Ne pas y aller serait un gâchis supplémentaire. Tu m'as dit que tu rêvais d'y aller. Je t'offre cette possibilité, n'est-ce pas formidable ?

— Mais… il s'agit d'une réservation pour un voyage de noces. Tout le monde va croire que nous sommes mariés. Nous serons sûrement accueillis comme de jeunes tourtereaux éperdument amoureux.

— Et alors ? Nous serons complètement seuls. Ce n'est pas comme si nous étions coincés dans un hôtel miteux où nous n'aurions pas d'autre choix que de partager le même lit. Vu le prix que je paie, je présume que notre lieu de villégiature sera assez vaste pour que nous puissions jouir d'appartements privatifs. Bon, je l'admets, nous devrons jouer la comédie du couple amoureux à notre arrivée, mais ensuite nous aurons l'île pour nous tout seuls et personne ne saura que nous ne sommes pas venus pour faire l'amour toute la journée.

Imogen sentit tout à coup que ses joues étaient brûlantes et que son cœur battait plus fort. Elle n'était pas farouche pourtant. Mais en entendant Tom parler de sexe, elle avait vu défiler des images d'une intimité physique torride entre eux deux. Elle s'efforça d'effacer ces visions de son esprit.

— Je suis très touchée de votre proposition, mais, étant donné, comment dire, le caractère intime de ces vacances, ne préféreriez-vous partir avec quelqu'un d'autre ? Après tout, nous ne nous connaissons guère.

— Moi, je suis ravi de partir avec toi. Mais je crois comprendre ce que tu veux dire. Tu as peur de la réaction de ton fiancé, c'est ça ?

— Pas du tout, répondit Imogen. Pour la bonne et simple raison que je n'ai personne en ce moment.

— Tout va bien, alors. Nous pouvons partir en vacances sans craindre de susciter des sentiments de jalousie.

— Peut-être, mais tout le monde se demandera pourquoi nous partons ensemble.

— Mais qui donc ? Cela n'intéresse personne.

— Détrompez-vous. Tout Collocom parlera de notre voyage.

— Ce que nous faisons ne les regarde pas.

— Peut-être, mais vous savez bien que la vie d'une société est aussi faite de ragots. Et quel plus beau sujet de ragot qu'un directeur général qui emmène son assistante personnelle avec lui sur une île paradisiaque ?

— Il faut leur faire croire qu'il s'agit d'un déplacement d'affaires.

— A Coconut Island ? Ils ne sont pas bêtes, vous savez.

— Tu as sûrement raison, mais, à dire vrai, je me contrefiche de ce qu'ils peuvent penser, dit-il d'un ton autoritaire. D'autant plus que nous irons aussi là-bas pour travailler. Nous prendrons nos ordinateurs portables avec nous et, partant du principe qu'il y a la possibilité de se connecter à internet, nous assumerons nos tâches quotidiennes.

— Vous croyez vraiment qu'il y aura un accès internet ?

— Vu le prix que je paye, il y a intérêt.

— Vous oubliez que c'est un endroit qui a été conçu pour accueillir des personnes en quête de romantisme. A mon avis, les promoteurs de l'île n'ont pas imaginé qu'on puisse la louer une fortune simplement pour travailler. D'où mes doutes quant à la possibilité de pouvoir consulter ses e-mails.

— Tu veux bien te renseigner à ce sujet ? Car je n'ai aucune intention de couper complètement les ponts avec le travail pendant ces trois semaines. Au contraire, je m'étais dit que j'allais profiter du calme de cette île déserte pour faire avancer des dossiers de fond.

Imogen, toujours partagée entre l'effroi et la joie à l'idée de partir avec Tom, regarda son patron d'un air circonspect. Elle voulait être sûre qu'il n'était pas devenu complètement fou et qu'il y avait un semblant de raison à son projet de tête-à-tête avec sa secrétaire.

— Vous êtes certain de vouloir partir avec moi ?

— Mais oui, pourquoi reposes-tu cette question ?

— Avez-vous réfléchi au choc que cela va vous faire de vous retrouver sur cette île avec moi alors que vous deviez y être avec Julia ?

— Bien sûr, cela sera bizarre. En même temps, je suis content de pouvoir disparaître pendant quelques semaines. Cela m'évitera d'avoir à affronter les réactions de commisération de ceux qui auront appris mes mésaventures. Mais je n'ai pas envie d'y aller seul. Et puis, tu as consacré tellement d'énergie à l'organisation de ce mariage que tu mérites bien des vacances. Imogen, je ne veux pas te supplier, mais tu me ferais très plaisir en m'accompagnant.

Elle ne put s'empêcher de se dire que cela ne se faisait pas de prendre la place d'une autre dans un voyage de noces. Que s'engager sur un terrain aussi glissant comportait une part de risque importante. Surtout qu'elle aurait en face d'elle non seulement son patron, mais aussi un homme blessé dans son orgueil de mâle.

D'un autre côté, Imogen savait qu'il avait besoin d'elle et elle n'avait pas le cœur de le laisser tomber. Tom profiterait pleinement de ses vacances et ils n'étaient pas obligés de passer chaque instant ensemble. Et puis il n'était pas courant de se voir offrir trois semaines dans les Maldives en plein mois de février !

— C'est d'accord, dit-elle en poussant un soupir sonore tempéré d'un sourire. Si vous tenez vraiment à ce que je vienne, j'accepte. En vous remerciant du cadeau que vous me faites.

— Très bien, dit-il avec soulagement, comme s'il avait vraiment eu peur de se retrouver seul là-bas et d'être confronté à son échec. Fais changer le billet de Julia à ton nom. Et si on te pose des questions, dis que nous partons en voyage d'affaires.

3

— Soyez les bienvenus, monsieur et madame Maddison et permettez-moi de vous adresser toutes mes félicitations.

Le directeur du lieu de villégiature s'était déplacé en personne pour venir saluer Tom et Imogen au moment où ils mettaient le pied sur le ponton. Après les longues heures passées dans des espaces confinés et climatisés, ils furent tous les deux saisis par la chaleur et l'intensité de la lumière. De l'aéroport de Malé, ils avaient pris un hydravion pour venir jusqu'au camp de base des îles privées. Leurs bagages étaient déjà en train d'être transférés vers un luxueux bateau à moteur, prêt à partir pour Coconut Island.

Imogen eut honte de son vieux sac à roulettes usé par le temps. Il faisait parfaitement l'affaire pour des voyages organisés en Grèce ou en Espagne, mais ici, au milieu de bagages tous plus élégants les uns que les autres, sa laideur était une insulte pour les yeux.

Prise subitement d'une attaque de peur panique, elle se dit que sa personne tout entière devait être aussi mal assortie à cet environnement raffiné que son pauvre sac. Pantalon chiffonné, petit haut flasque, elle eut l'impression d'avoir touché le fond en matière vestimentaire. A sa décharge, il avait été impossible, en plein mois de février, de trouver le moindre habit d'été dans les magasins de Londres, et elle avait dû se rabattre sur sa garde-robe grecque de l'an dernier. Il s'agissait essentiellement de robes courtes, légères et bon marché, tout le contraire de ce que portaient les autres femmes descendues de l'hydravion pour profiter d'un vrai voyage de noces en compagnie d'un vrai mari.

Il était évident qu'elle n'avait ni la prestance ni la grâce pour être crédible en tant que madame Maddison. Elle allait être démasquée et tournée en ridicule par toutes ces personnes plus belles les unes que les autres, qui allaient chacune vers leur île privée !

Imogen se rassura quelque peu en se tournant vers Tom qui, à sa manière, se distinguait également des autres hommes. Alors que tous ceux qu'elle voyait s'affairer pour régler les dernières formalités portaient déjà des tenues détendues — pantalons en lin clairs impeccablement coupés, chemise ou polo ouvert — Tom n'avait toujours pas enlevé la veste de son costume sombre ni dénoué sa cravate.

Outre l'aspect très strict de sa tenue, le visage crispé de Tom cadrait difficilement, pour un regard extérieur, avec son statut présumé de jeune marié. C'était lui pourtant qui avait décidé qu'il fallait donner le change, mais il n'était pas très crédible dans son rôle. Toutefois, comme c'était Tom qui avait allongé le plus gros chèque, ils avaient droit à un accueil privilégié.

— Si vous voulez bien me suivre… Quelques petites formalités avant de vous remettre les clés du bonheur, dit le directeur, faisant des courbettes devant Tom, tout en regardant Imogen d'un air qu'elle jugea soupçonneux.

Il les fit passer devant tout le monde, traversant à toute vitesse le somptueux hall de réception orné de sculptures de bois et de plantes tropicales. Chaque détail était soigné, comme s'il fallait faire écho à l'immense fortune personnelle de chacun des visiteurs de ces lieux. Imogen n'avait jamais assisté à un tel déploiement de richesses, mais elle s'efforça de ne rien laisser paraître de son étonnement pourtant constamment renouvelé. Une madame Maddison était censée être habituée au quotidien d'un luxe des plus raffinés.

— Dès que nous en aurons terminé, vous serez emmenés directement à Coconut Island, où, nous vous le garantissons, vous jouirez de la plus absolue intimité. La seule personne qui viendra vous déranger c'est Ali — que voici. Une fois par jour, il accostera sur votre île pour s'assurer que vous ne manquez de rien.

Tom se contenta de hocher la tête. Imogen se dit qu'il fallait quand même se montrer un peu plus enthousiaste.

— Merci beaucoup, répondit-elle avec un large sourire. Je suis sûre que tout sera parfait.

Ayant compris que Tom ne desserrerait pas les dents, le directeur était heureux d'avoir trouvé une interlocutrice en Imogen et passa aussitôt à la question suivante.

— Je présume que le jour de votre mariage a été le plus beau de votre vie.

Imogen sentit sa gorge se nouer. Dans l'avion, ils s'étaient mis d'accord pour ne pas entrer dans les détails de la prétendue cérémonie de leur union. Terrorisée par cette question anodine, Imogen eut l'impression d'être prise la main dans le sac. Il était tellement invraisemblable qu'elle soit la femme de Tom Maddison et qu'elle puisse se trouver dans cet endroit de rêve ! Elle se sentit rougir et regarda désespérément Tom pour qu'il vole à son secours.

— Tout s'est très bien passé, merci, bafouilla-t-elle avec un sourire mal assuré, tout en passant sa main gauche derrière son dos pour cacher le fait qu'elle ne portait pas d'alliance.

A sa grande surprise, Tom leva la tête des formulaires d'inscription et, comme s'il avait compris la situation en un clin d'œil, se rapprocha d'elle, la prit par la taille et la serra contre lui.

— Ma femme est très fatiguée, dit-il comme pour expliquer la gêne d'Imogen. Elle a déployé une énergie phénoménale pour l'organisation de notre mariage. Sans compter que le vol a été très long.

— Je comprends, répondit le directeur en les regardant tour à tour. Heureusement, vous êtes ici pour vous reposer pendant trois semaines. J'espère que vous allez en profiter.

S'il savait, ce pauvre gérant. Ce n'était pas la fatigue qui la laissait sans voix mais l'intense tension sexuelle qui avait pris possession d'elle depuis que Tom l'avait attirée contre lui. Bien sûr, lors de l'entretien d'embauche, elle avait serré la main de Tom, mais depuis, il n'y avait eu aucun contact physique entre eux. Et voilà qu'il la tenait fermement dans ses bras et qu'elle sentait contre son corps la chaleur du sien. Qui était encore plus musclé que dans ses rêves érotiques.

Le cœur d'Imogen battit à tout rompre. Elle sentit le sang affluer vers la hanche qui était pressée contre celle de Tom. Ses genoux se mirent à flageoler et elle fut prise d'une irrésistible envie de se coller tout entière contre lui. De se fondre en lui. Le désir qu'elle éprouvait était tellement fort, tellement soudain, que sa bouche se dessécha. Comment se détendre dans ces conditions ?

— J'ai hâte de commencer ces belles vacances, dit-elle en guise de réponse au directeur.

— S'il vous manque quoi que ce soit, s'il y a quelque chose que nous pouvons faire pour améliorer votre confort, n'hésitez pas à nous le faire savoir.

Imogen fut tentée de demander au gérant s'il était possible d'avoir un autre compagnon de séjour que Tom. Car résister à lui sauter au cou pendant trois longues semaines allait être une épreuve terrible. Puis, se pinçant discrètement la cuisse, elle s'efforça de se ressaisir. Il s'agissait de Tom ! Son patron ! Si elle était à ce point sensible à son charme bourru, c'était le fait de la fatigue et du décalage horaire. Demain, il n'y paraîtrait plus et elle réussirait de nouveau à enfermer à double tour ses phantasmes dans un coin de sa tête.

D'autant que, outre le fait d'être son supérieur hiérarchique, Tom était également un homme au cœur brisé. N'y avait-il pas là deux bonnes raisons de maintenir une distance entre elle et lui ? Comme envahie par un sentiment de culpabilité, Imogen pensa brusquement à Julia. Depuis le début du voyage elle avait pourtant complètement oublié l'ex-future femme de Tom. Il faut dire qu'il lui avait été donné de voir un spectacle absolument renversant du hublot des différents avions qu'ils avaient pris : d'innombrables îles bordées de longues plages de sable blanc, une mer d'un bleu tellement intense qu'il lui avait paru presque irréel, des lagons émeraude et de petits bateaux blancs circulant dans ce décor de rêve. Pas étonnant qu'elle n'ait guère songé à Julia.

Mais Tom ? C'était avec elle qu'il devait venir ici. Ce drame avait sûrement dû le hanter pendant les longues heures de vol. Au lieu de profiter de cette île paradisiaque avec une femme belle, svelte et élégante, il se retrouvait affublé d'une assistante personnelle tout à fait ordinaire, de surcroît pourvue de quelques kilos en trop.

Une fois les formalités d'inscription terminées — Tom l'avait fort heureusement relâchée pour remplir les différents papiers — le directeur sonna l'heure du départ pour Coconut Island. Ali les invita à le suivre dans un bateau prêt à partir. Pour éviter qu'elle ne perde l'équilibre en montant dans l'embarcation, Tom posa délicatement sa main dans son dos. Deuxième contact, deuxième frisson.

Les joues encore rouges d'émotion, Imogen s'assit sur un siège délicieusement moelleux. Avec une souplesse athlétique, Tom sauta dans le bateau et prit place à côté d'elle. Elle pria pour qu'il ne lui entoura pas les épaules de son bras puissant. Sinon elle risquait l'évanouissement.

Trois semaines seule avec lui. Mais pourquoi avait-elle accepté ? Lorsqu'elle avait fini par dire oui à Tom, il lui avait semblé que c'était pour venir en aide à un homme à la fierté blessée. Elle s'était dit qu'il s'agissait d'une sorte de mission professionnelle plutôt agréable. Jusqu'à ce qu'elle en parle à Amanda.

— Une mission ? Sur une île tropicale ? s'était-elle exclamée.

— Ce ne sera pas différent du quotidien au bureau. On aura juste un peu plus de soleil.

— Tu te fiches de moi, Imogen.

— Mais non ! Tom m'a demandé de prendre mon ordinateur. Nous allons travailler là-bas !

— Et qu'allez-vous faire une fois que vous aurez terminé vos tâches professionnelles ? Seuls dans un endroit de rêve ? Tu m'as déjà dit que ce Tom Maddison était plutôt bel homme. Comment vas-tu faire pour te retenir de lui sauter dessus ? Et ne me dis pas que tu n'y as pas pensé !

— Absolument pas. Ecoute, Amanda, il vient de se faire quitter par une femme qu'il était sur le point de conduire à l'autel. Il est meurtri. Ce serait très indélicat de ma part de faire le moindre geste déplacé. Et c'est tout de même mon patron.

— Et alors ?

— Et alors, cela veut dire qu'il ne sera pas question d'aventures amoureuses. Tom est encore secoué par l'épisode Julia et moi je sais qu'il y a des limites à ne pas franchir. Oui, c'est vrai, je reconnais avoir dit qu'il était plutôt pas mal, mais nous ne jouons pas dans la même catégorie. Je ne suis pas assez sophistiquée pour lui. Et puis je pense que ce serait une très mauvaise idée d'entamer une relation avec quelqu'un qui vient de subir un choc émotionnel. Par ailleurs, je n'ai pas envie de perdre mon boulot. Il est bien payé et si je peux encore m'accrocher pendant deux ou trois mois, j'aurai économisé suffisamment d'argent pour prendre une année sabbatique. Donc, ne t'en fais pas, il n'y a aucune chance pour que je me lance dans je ne sais quel flirt tropical !

Comme elles paraissaient vides de sens ces paroles depuis qu'il avait établi un contact physique avec elle à plusieurs reprises !

Pourtant, jusque-là, Tom n'avait pas été un compagnon de voyage très plaisant. Elle voyait encore l'air pincé avec lequel il l'avait accueillie dans sa limousine au bas de chez elle. Sur le chemin de l'aéroport, leur conversation avait été limitée à des considérations bassement pratiques allant de la validité des passeports à l'heure de l'embarquement. Elle n'avait guère eu l'occasion de gloser sur les offres proposées par les boutiques duty free de Heathrow comme elle aurait aimé le faire et la salle d'attente de la première classe, malgré tout son confort, s'était avérée particulièrement ennuyeuse. Dès qu'ils furent assis, Tom avait ouvert son portable et, hormis les moments du décollage et de l'atterrissage, il n'avait cessé de travailler. Elle avait alors eu le sentiment très net de n'être qu'une potiche à la place de Julia, un être uniquement là pour que Tom ne perde pas la face aux yeux du monde.

Pendant toute la durée du vol, elle n'avait toutefois pas pu s'empêcher — malgré des magazines sur lesquels elle s'efforçait de concentrer son attention — de regarder du côté de Tom et d'admirer ce profil si viril, qui était comme rivé à l'écran d'ordinateur. Examinant chaque détail de la physionomie de son patron et bien qu'il n'ait cessé d'afficher une totale froideur, Imogen avait ressenti des sortes de poussées successives de désir, en dépit des promesses faites à Amanda.

La descente de l'avion avait été un vrai soulagement pour elle. Mais le répit n'avait été que de courte durée. Car sur ce bateau en route vers Coconut Island, en compagnie d'un homme qui ne la laissait pas indifférente mais qui ne souriait jamais, elle redoutait d'être sur le point de vivre les trois semaines les plus éprouvantes de son existence.

Pourtant, les rayons du soleil scintillaient sur une eau

d'une pureté fabuleuse. Ses cheveux volaient, emportés par la vitesse du bateau. Comment ne pas se sentir exaltée dans un cadre aussi magnifique ? Sans réfléchir, elle se tourna vers Tom et lui adressa un large sourire. D'abord décontenancé par la spontanéité d'Imogen, il finit, chose incroyable, par sourire en retour.

— Ça va ? cria-t-il pour couvrir le bruit du moteur.

— Je suis aux anges !

Quelques minutes plus tard, Ali arrêta le bateau. Ils étaient arrivés à Coconut Island. C'était comme s'ils étaient entrés dans un autre monde, où le silence et la quiétude le disputaient à la beauté à la fois sauvage et raffinée du lieu.

— Bienvenue chez vous, dit Ali, en les invitant à descendre.

Posant le pied sur un étroit embarcadère, Imogen jeta un coup d'œil autour d'elle. Elle aperçut une large bande de plage de sable d'un blanc éclatant et l'ombre des palmiers projetée par le soleil. Un lagon à la couleur menthe, avec une eau absolument limpide, était entouré par une barrière de corail. Et, au large, s'étalant à l'infini, l'océan Indien reflétait les rares nuages suspendus dans le ciel bleu azur.

Suivant leur guide, Imogen et Tom s'approchèrent de la maison, un peu en retrait par rapport à la plage et partiellement camouflée par des rangées de plantes tropicales. Vue de l'extérieur, il s'agissait d'une simple bâtisse de bois, surmontée d'un toit en paille. Mais à l'intérieur, ce n'était qu'un déploiement de luxe, qu'il s'agisse des meubles, de l'équipement ou de la décoration.

Attentive à tout ce qu'expliquait Ali, Imogen était impressionnée par le soin apporté au moindre détail. Derrière la maison, s'insérant parfaitement dans le jardin grâce aux matériaux et aux coloris utilisés, il y avait une piscine, un Jacuzzi et une salle de bains en plein air, avec une douche et une baignoire largement assez vastes pour accueillir deux adultes.

Imogen admira encore les sols de bois impeccablement polis, les énormes ventilateurs suspendus au plafond des différentes pièces ou encore l'élégance épurée des canapés du salon. Ils arrivèrent enfin à la chambre nuptiale. Et à son énorme lit. Avec ses deux mètres de large, l'aspect soyeux de ses draps, il constituait une irrésistible invitation à l'amour.

Imogen, qui n'avait cessé de s'exclamer bruyamment à la vue de chaque aménagement que lui montrait Ali, ne sut plus que dire. Du coin de l'œil, elle regarda Tom. Il arborait, comme d'habitude, une expression impénétrable. Mais il ne fallait pas être devin pour savoir ce qu'il pensait. S'il avait été ici avec Julia, il aurait expédié Ali au plus vite, pour pouvoir se jeter sur sa toute nouvelle femme et lui faire l'amour sans arrêt.

Ne prêtant aucune attention au silence soudain qui s'était fait autour de lui, Ali poursuivit son tour de la maison. Dans le réfrigérateur, il leur montra les menus qui avaient été préparés pour la journée, parla de ceux du lendemain, leur indiqua où était le compteur d'électricité puis il partit avec son bateau, laissant Tom et Imogen seuls.

Pendant quelques minutes, comme tétanisés par l'étrangeté de la situation, ils ne bougèrent pas, ne parlèrent pas. Tous deux avaient les yeux rivés sur le petit navire d'Ali qui s'éloignait à grande vitesse. Ce ne fut que quand le bruit du moteur eut définitivement disparu qu'Imogen se tourna vers Tom.

— Nous y voilà, dit-elle d'une voix gauche.

— Comme tu dis, répondit-il d'un ton presque sec.

Se mordant les lèvres, ne sachant pas comment faire rebondir la conversation, Imogen fixa l'horizon pour se donner une contenance. Un coup de vent faisait légèrement onduler l'eau du lagon. Quelques instants plus tard, il avait retrouvé son immobilité cristalline.

— Crois-tu vraiment que nous serons capables de passer trois semaines ici ? demanda Tom.

— Bien sûr. Nous sommes au paradis. Comment ne pas se réjouir de la parenthèse enchantée que nous allons vivre ? Enfin, je dis cela pour moi, je sais que pour vous…

— Pour moi quoi ?

— Vous n'êtes pas dans les mêmes dispositions d'esprit que moi. Vous auriez évidemment voulu être ici avec Julia plutôt qu'avec votre secrétaire. Si vous saviez comme je suis triste des mésaventures qui vous sont arrivées.

— Ne t'inquiète pas pour moi. En réalité, ce que je redoute, c'est l'ennui.

— L'ennui ? Ici ? Impossible !

— Je crois ne pas me tromper en disant que tu es une femme plutôt sociable. Je te vois discuter avec tous les employés de bureau et tu parles également avec tes amis au téléphone.

Imogen était abasourdie par les considérations de son patron. Non parce qu'elles étaient infondées, mais parce qu'elles suggéraient qu'il l'observait. Elle qui avait toujours pensé être complètement transparente aux yeux de Tom.

— Tu es une personne plutôt chaleureuse, poursuivit-il. Je suis sûr que tu aimes t'amuser et rire avec tes proches. J'ai bien peur de ne pas être une compagnie très agréable pour toi.

— A vous entendre, on dirait que je sors en boîte tous les soirs et que je me couche à l'aube. La réalité est beaucoup plus banale. Je passe l'essentiel de mes soirées à regarder la télévision ou à me plaindre auprès de ma colocataire qu'il ne se passe jamais rien dans ma vie. C'est pour cela que je suis tellement excitée de me retrouver ici, sur cette île paradisiaque. Pouvoir jouir de cette vue splendide pendant trois semaines suffit largement à mon bonheur. Mais rassurez-vous, je suis également ici pour travailler, comme nous en avons convenu.

— Aujourd'hui, tu as quartier libre, dit-il en souriant. Et tu as raison, il faut voir le côté positif des choses.

— Voilà une attitude qui me plaît !

— As-tu une idée de ce que tu voudrais faire ? Tu es fatiguée ?

— Un peu. Mais avant de me reposer, je veux me baigner. J'en rêve depuis que je suis descendue du bateau. Cette eau est tellement belle, il faut absolument que j'y plonge.

Ali avait mis leurs bagages dans la chambre à coucher. Son vieux sac élimé et la valise élégante de Tom formaient une sorte de couple improbable dans ce décor de rêve.

Imogen farfouilla pour trouver son Bikini et alla se changer dans la salle de bains. Après avoir ajusté les bretelles, elle s'observa dans la glace avec un regard circonspect. Avec effarement, elle constata que son maillot cachait encore moins de chair que l'an dernier.

Pourquoi n'avait-elle pas réussi à respecter le régime qu'elle avait défini au début du mois de janvier ? Evidemment, si elle avait su qu'elle se retrouverait sous le soleil des tropiques en février, elle n'aurait pas mangé toutes ces boîtes de gâteaux. En même temps, ils avaient été de bons compagnons pendant les soirées d'hiver trop longues. Et de toute façon, il n'y avait rien à faire.

Tom s'était déjà installé devant son ordinateur. Absorbé par son travail, il ne la verrait certainement pas passer dans cette tenue légère. Cependant, pour éviter de devoir rentrer le ventre en passant devant lui, elle s'enroula le corps d'un paréo et se mit en route vers la plage.

— Vous ne venez pas vous baigner ? demanda-t-elle avant de quitter la maison.

Comme il avait daigné lever les yeux vers elle, Imogen prit brutalement conscience de la minceur de l'étoffe qui la recouvrait. Quelle situation absurde ! Elle était là, à moitié nue, à proposer à son patron d'aller piquer une tête avec elle.

— Pas tout de suite, répondit Tom, je dois d'abord jeter un coup d'œil aux marchés financiers.

— Comme vous voulez… en tout cas, si vous avez besoin de moi, je suis sur la plage. Vous n'aurez pas de mal à me trouver, je serai la seule.

Une fois Imogen partie, Tom poussa un profond soupir de soulagement et s'affaissa sur les coussins moelleux du canapé. La vue de son assistante vêtue d'un paréo plus que transparent et se promenant pieds nus l'avait complètement bouleversé. Bien sûr, il avait reconnu les épais cheveux bruns d'Imogen, tombant sur ses épaules, ses grands yeux bleus. Mais ce corps ! Cette peau qui avait l'air si douce ! Ces formes si généreuses !

Pendant les quelques secondes qu'avait duré leur bref échange, il avait eu l'impression d'avoir posé les yeux sur un magnifique tableau représentant la féminité épanouie. Avec effroi, Tom se dit qu'il n'allait plus jamais pouvoir regarder normalement Imogen.

Il jura et se redressa brusquement, furieux contre lui-même. Comment pouvait-il se laisser aller à de telles divagations érotiques sur sa secrétaire ? Surtout après le camouflet que venait de lui infliger Julia. Il était hors de question de se demander si la peau d'Imogen était aussi chaude et douce qu'elle en avait l'air. Il était également exclu d'imaginer lui arracher son paréo et explorer ce corps voluptueux à l'aide de ses mains, de sa bouche.

Serrant les dents, Tom se replongea dans les chiffres affichés sur l'écran de son portable, se disant qu'il subissait le contrecoup des émotions vécues ces derniers jours. Sinon, comment expliquer cette brutale montée de désir après un simple coup d'œil lancé à Imogen. Elle ne correspondait pas du tout à son type. Tom avait toujours préféré des femmes sveltes et sophistiquées, au tempérament calme et pondéré. Comme Julia.

Julia ! Le fait de penser à elle fut comme un choc. Etait-il possible que, il y a trois jours à peine, il ait été sur le point de se marier avec elle ? Cela lui parut presque irréel. Et cela rendait cette irrépressible envie de posséder Imogen indécente. Il devait à tout prix se maîtriser. Surtout qu'il y avait trois longues semaines à passer avec cette créature tout à coup devenue splendide.

Tom se rassura, persuadé qu'il y arriverait. Il réussissait toujours à tenir les objectifs qu'il se fixait. Il avait bâti toute sa carrière sur son volontarisme et sa détermination, sans jamais se détourner de ses buts. Il avait déjà dû affronter de plus grandes tentations qu'Imogen. Tout allait bien se passer.

Il travaillerait toute la journée, pour éviter au maximum de devoir être aux côtés de son assistante. Fort de cette résolution, Tom ouvrit l'un de ses nombreux fichiers informatiques en attente de traitement et s'attaqua à l'analyse d'un dossier. Mais, au bout d'une demi-heure, sous le coup de la chaleur et de la fatigue du voyage, il ne parvint plus à se concentrer. Un petit bain lui ferait du bien. Il songea évidemment au lagon qui s'étendait juste devant la porte d'entrée. Mais il rejeta cette idée. Imogen y était déjà.

Irrité par la lutte intérieure qu'il livrait pour ne pas faire défiler dans son esprit des images lascives de sa secrétaire, Tom se leva, sortit dans le jardin, se défit rapidement de ses vêtements et plongea dans la piscine. Là était la solution ! Elle là-bas et lui ici. Mais en apercevant un bout du lagon à travers la verdure, Tom se dit qu'il était ridicule d'en venir à de telles extrémités. Il ne réussirait jamais à éviter Imogen pendant trois semaines. Et puis, après tout, n'étaient-ils pas tous les deux adultes ? Capables de maîtriser des sensations aussi involontaires que de soudaines vagues de désir ? Il n'y avait aucune raison pour qu'ils soient contraints de modifier les rapports professionnels sereins qui avaient toujours été les leurs.

S'extirpant de la piscine, Tom se sécha et ouvrit la porte de la cuisine. Il avait décidé d'apporter un verre à Imogen, comme le ferait n'importe quel patron bien élevé par temps chaud.

Il la trouva étendue sur une chaise longue, à l'ombre d'un palmier. Le paréo avait disparu et son corps n'offrait pour tout vêtement qu'un Bikini d'un rose éclatant. Tom sentit que sa main tremblait lorsqu'il lui tendit un verre de limonade au citron vert.

— Merci beaucoup, dit-elle en se relevant.

Tom constata que, malgré la chaleur de sa voix, Imogen avait un sourire crispé. Evidemment ! Elle devait être aussi mal à l'aise que lui.

Il s'assit sur l'autre chaise longue et commença à siroter son verre tout en faisant de grands efforts pour ne pas regarder en direction d'Imogen.

— Comment est l'eau ? demanda-t-il.

— Délicieuse. J'allais justement y retourner. Vous m'accompagnez ?

Mieux valait faire quelque chose plutôt que de risquer un torticolis à force de s'empêcher de tourner la tête.

— Volontiers, dit-il en se relevant brusquement.

Côte à côte, ils traversèrent la zone de sable brûlant et entrèrent dans une eau tellement claire qu'ils pouvaient distinguer jusqu'au moindre détail de leurs orteils.

— L'eau est incroyablement douce, on dirait qu'on a la peau plongée dans de la soie, vous ne trouvez pas ?

Sentant qu'il allait craquer, surtout si Imogen lui parlait de sensation soyeuse sur la peau, Tom plongea dès que la profondeur le lui permit. D'un crawl rapide, il se dirigea vers la barrière de corail. Cela faisait du bien de faire un peu d'exercice physique. De s'éloigner de cette femme qui affolait ses sens. Et qui se laissait flotter, les bras en croix, parfaitement abandonnée, à une distance respectable de lui.

Enveloppé par le silence, charmé par la magie du lieu,

Tom réussit un bref instant à ne penser à rien, à se détendre complètement. Il tenta de se souvenir de la dernière fois où il s'était senti aussi bien, loin de toute contrainte, puis y renonça. Il fallait en profiter le plus longtemps possible.

4

Tom prit son temps pour revenir au rivage, nageant au ralenti. Plus il s'approchait d'Imogen, qui se prélassait dans quelques centimètres d'eau, plus il se demandait comment il allait réagir. Appuyée sur les coudes, elle avait la tête renversée en arrière, comme si elle s'offrait à la chaleur du soleil. Elle ouvrit les yeux dès qu'elle l'entendit près d'elle.

— Quel bonheur ! N'est-ce pas merveilleux d'être ici ?

Sa voix était naturelle, mais Tom perçut une gêne dans l'expression, une sorte de retenue suggérant qu'elle aussi était gênée. Evidemment. Un patron et son assistante en maillots de bain sur une plage déserte, n'était-ce pas complètement insensé ? Sans compter qu'ils ne se connaissaient pas du tout. Tom avait beau se creuser la tête, il ne put se rappeler une seule conversation n'ayant pas trait au travail. Avec cette magnifique lumière se reflétant à l'infini dans le lagon, cette légère brise qui secouait délicatement les palmiers, le lieu ne se prêtait pas aux discussions techniques concernant les comptes de l'entreprise ou le planning des réunions. Mais alors ? De quoi allaient-ils parler ?

La situation était beaucoup plus étrange qu'il ne l'avait anticipée. Dans sa volonté de fuir le plus loin possible l'humiliation subie par l'annulation du mariage, il n'avait pas pris la peine de réfléchir à ce que pouvait impliquer un tête-à-tête de trois semaines avec Imogen. Et il n'avait certainement pas anticipé l'effet dévastateur qu'elle exerçait inexplicablement sur lui. Il s'était imaginé que Coconut Island offrait suffisamment d'espace pour qu'ils puissent chacun vivre leur vie, ce qui s'était vérifié, mais ne serait-il pas un goujat de la pire espèce d'ignorer sa secrétaire ?

Après un moment d'hésitation, Tom s'assit à côté d'elle dans les eaux peu profondes de leur plage privée. Il fallait trouver un sujet de conversation ! Détendre cette atmosphère qui devenait plus lourde à mesure que le silence se prolongeait. Surtout, surtout, ne pas regarder du côté de sa collaboratrice. Trop tard. Il fut saisi d'une violente émotion à la vue du Bikini mouillé d'Imogen, qui collait à ses seins sculpturaux. A celle des gouttelettes d'eau répandues sur son corps et sur ses lèvres si sensuelles. Il y avait encore ses longs cils soyeux, qui se baissaient et se relevaient avec une lenteur gracieuse.

Tom se racla la gorge et détourna les yeux.

— L'eau est en effet très bonne, dit-il d'une voix hésitante.

Pourquoi fallait-il que Tom montre aussi peu d'enthousiasme ? N'était-ce pas le paradis ici ? Plongeant ses orteils dans le sable mouillé, Imogen fut envahie par une sensation de bien-être physique absolu. Elle se trouvait dans un monde merveilleux de couleurs et d'odeurs, où régnait un silence seulement rompu par le bruit de l'océan. Le métro londonien, où elle devait se battre tous les jours pour quelques centimètres d'espace, était loin, tellement loin.

La seule fausse note, c'était Tom. Il était manifestement plus à l'aise dans la grisaille hivernale de la capitale britannique que sous les palmiers. Il semblait perdu de ne pas travailler à son rythme insensé. Il était évident que cet homme ne savait pas comment se détendre. Même dans la position qu'il avait adoptée à côté d'elle — bras repliés sur ses genoux relevés, regard fixé sur l'horizon — il y avait comme une espèce de raideur.

Imogen continua de fixer son patron, dont les traits, pourtant familiers, lui apparaissaient sous un jour nouveau.

Le profil viril et volontaire, les traits de son visage si bien dessinés, les cheveux coupés court, elle connaissait ces caractéristiques par cœur. Mais sur fond de ciel bleu azur ils prenaient un relief particulier.

Et puis, surtout, il y avait ce torse nu. Imaginé, fantasmé, mais jamais aperçu. Epaules carrées, abdominaux musclés juste comme il faut, c'était du bel ouvrage. Ses jambes aussi étaient un petit chef-d'œuvre de plastique masculine. Longues et musclées, elles achevaient de faire du corps de Tom un objet presque parfait.

Qu'il allait être difficile de résister à la tentation de se jeter sur lui… et ce pendant trois semaines ! Surtout s'ils persévéraient dans leur mutisme actuel. Imogen passa en revue tous les sujets possibles de conversation, mais, troublée par le charme de l'homme qui se tenait à quelques centimètres d'elle, elle n'en trouva aucun. Heureusement, la nature lui vint en aide. Intriguée par des jeux de lumière irréguliers au-dessus de l'eau, elle se releva et vit une kyrielle de petits poissons glisser sur le sable.

— Regardez ! Comme ils sont jolis !

— Il doit sûrement y avoir plein d'espèces de poissons autour de l'île. Avec la clarté de l'eau et la richesse du milieu naturel, cela vaut le coup de faire de la plongée. D'ailleurs, je crois que c'est un sport très répandu par ici.

— J'aimerais bien essayer, répondit Imogen, sincèrement intéressée mais également désireuse de ne pas laisser retomber la discussion.

— Rien de plus facile à mon avis, j'ai vu un bateau. Je peux t'emmener dès demain pour une première leçon.

— Avec plaisir. Mais, j'y pense, vous qui ne semblez vivre que pour vos affaires, où avez-vous appris à faire de la plongée ?

— Dans les Caraïbes. J'y étais allé avec mon amie de l'époque. Je me souviens qu'elle avait insisté des mois et des mois pour que l'on parte en vacances tous les deux.

J'ai finalement accepté pour cesser d'avoir à supporter ses jérémiades. Et ce qui devait arriver arriva. Alors qu'on s'entendait très bien à Londres, on s'est très vite rendu compte que l'on n'avait pas grand-chose à se dire dans un autre contexte. Alors elle a passé ses journées à la plage, et moi à plonger. Après notre retour à Londres, nous ne nous sommes plus jamais revus.

— On dit toujours que les vacances sont une bonne mise à l'épreuve des relations.

— Ce fut effectivement le cas pour Helena et moi. A ses yeux, c'était entièrement ma faute. Elle me reprochait de ne pas savoir me détendre. Ce qui n'est pas totalement faux car je ne sais jamais quoi faire quand j'ai du temps libre. En fait je n'ai pas appris à être en vacances. Je n'en ai jamais eu, même pas dans mon enfance.

— Comment est-ce possible ?

— Je veux dire que je ne suis jamais parti. J'avais évidemment, comme tout le monde, des vacances scolaires. Mais comme j'ai perdu ma mère très jeune et que mon père était incapable de s'arrêter de travailler, j'étais pour ainsi dire livré à moi-même.

— Pauvre petit bonhomme.

— Pas du tout, j'étais très content de mon sort. Dès l'âge de dix ans, j'avais l'esprit d'entreprise. J'ai commencé par proposer aux voisins de laver leur voiture pour une livre et, en très peu de temps, avec mes premiers bénéfices, j'ai monté une équipe de nettoyage autour de moi.

Imogen éclata de rire, ravie que la glace entre eux soit enfin brisée. Miracle ! Ils parlaient ! Ils apprenaient à se connaître !

— Je vois, vous étiez fait pour être entrepreneur.

— J'ai appris très tôt que pour atteindre un objectif on ne peut compter que sur soi-même. J'ai compris la loi de l'offre et de la demande. Et que pour arriver à gagner de l'argent, il suffit d'identifier les besoins des autres et de leur fournir le service correspondant.

— Exprimé comme cela, tout paraît si simple.

— Mais ça l'est.

— De savoir ce que veulent les autres ? Moi, je n'y suis jamais arrivée.

— L'essentiel est de savoir ce que l'on veut pour soi. Une fois que l'on a un objectif clairement défini, il suffit de trouver le moyen de l'atteindre. Elaborer une bonne stratégie et s'y tenir.

— Ces principes sont peut-être opératoires dans le monde des affaires. Mais je ne suis pas sûre que la mise au point d'une stratégie suffise dans tous les domaines. Pour être heureux en amour, par exemple…

— Tu as tout à fait raison. C'est pour cela que je me cantonne le plus possible au monde des affaires. Dès que je fais une incursion dans l'univers des sentiments, c'est une catastrophe. L'épisode Julia en est la preuve la plus éclatante.

— Non, non, je suis désolée de vous avoir fait penser à Julia. En réalité, ce n'est pas à votre cas que je pensais, mais au mien.

— Ah bon ?

— J'ai toujours su ce que je voulais, mais cela ne m'a pas servi à grand-chose.

— Et que voulais-tu ?

Imogen soupira et entoura ses genoux de ses bras.

— Je voulais que mon petit copain retombe amoureux de moi. Dans ce but, j'avais même élaboré une stratégie, pour reprendre votre expression. Résultat, il n'est jamais revenu et en a épousé une autre.

— On est capable de réussir que si l'objectif est à notre portée, dit Tom. Dans l'exemple que tu décris, tu n'avais aucune prise.

— Mais là est tout le problème. Que faire si on n'a

aucun contrôle sur l'objet de son désir ? répondit Imogen, relevant la tête et fixant son patron.

Les yeux d'Imogen avaient-ils toujours été aussi bleus ? Tom fut terriblement troublé par leur clarté et par leur profondeur. Comment était-il possible qu'il ne les ait jamais remarqués avant ? Il se dit que cela devait être un effet de la couleur de l'eau ou du ciel et de l'intensité de la lumière.

— Dans ces cas-là, l'échec est garanti, répondit-il.

— Faut-il toujours réussir ?

— C'est mon credo.

Fort heureusement, Imogen détourna le regard. Une seconde de plus et il n'aurait pas pu s'empêcher de l'embrasser avec fougue.

— Je me souviens de ma dernière année de lycée où une ancienne élève est venue nous parler de son expérience, poursuivit-elle. Je m'attendais à une intervention très ennuyeuse. On nous l'avait présentée comme une avocate de haut vol, habituée à fréquenter les grands de l'establishment, bref une femme du monde. Je m'étais dit que nous allions avoir une énième personne nous vantant les mérites du travail. Que ce n'était que par le labeur acharné qu'on pouvait arriver à quelque chose. Eh bien pas du tout. Le résumé de son discours peut se résumer à ceci : que l'essentiel était d'apprendre à échouer. Qu'il ne s'agissait pas de gagner de l'argent ou d'avoir un statut social, mais de faire face à l'échec. C'est dans ces moments qu'on voit si l'on a du caractère ou non, expliquait-elle.

Tom fronça les sourcils. Le mot « échec » ne faisait pas partie de son vocabulaire.

— Et tu as trouvé ces propos pertinents ?

— Je les ai trouvés encourageants. Parce que nous ne venions pas forcément d'un milieu à qui la réussite sourit tous les jours. Mais, depuis, j'ai connu suffisamment d'échecs pour être en droit de connaître enfin le succès.

Perplexe, Tom ne savait que penser de cette façon de

raisonner. Certes, l'épisode Julia avait été un fiasco, mais il n'avait cependant pas ébranlé sa manière pragmatique d'envisager les choses : la maîtrise de soi et une vision claire des objectifs à atteindre étaient suffisantes pour toucher au but.

— Et quels enseignements as-tu tiré des réflexions de cette avocate ?

— Que je ne suis pas prête aux compromis dans le domaine sentimental. J'ai accepté le fait qu'Andrew ne m'aimait plus, mais je n'ai pas renoncé à vivre quelque chose d'intense. Depuis notre séparation, mes amis n'ont cessé de m'encourager à aller à la rencontre d'autres hommes. J'ai suivi leurs conseils, mais, à ce jour, j'ai toujours été déçue. Alors j'ai décidé de faire une pause dans mes recherches.

— Tu as renoncé à la compagnie des hommes ?

— Non, mais j'ai cessé d'essayer de me convaincre que je pouvais me contenter d'un pis-aller en amour.

L'expression fit sursauter Tom. N'était-ce pas ce qu'il avait été pour Julia ? Cette pensée le rendit amer. En même temps, il ne pouvait pas en vouloir à son ex-future femme. Au bout du compte, n'avait-elle pas fait en sorte de réaliser ses objectifs personnels ? Tout ce qu'il pouvait lui reprocher, c'était qu'il avait été la victime collatérale de son retard à les identifier.

Mais Julia disparut aussi vite de ses pensées qu'elle y était arrivée. Il y a quelques jours les expériences et le cheminement personnels de son assistante l'auraient laissé parfaitement indifférent. Mais désormais toute son attention était tendue vers Imogen. Au contraire de Julia, on ne pouvait dire d'Imogen qu'elle était une beauté classique. Mais elle dégageait quelque chose d'éminemment sensuel qui, s'il n'y prenait garde, allait finir par l'obséder. Etait-ce sa peau, qui avait l'air si douce ? Ses formes généreuses et gracieuses à la fois ? La langueur de ses lèvres ? La clarté éblouissante de ses yeux ?

Tout à coup, sa délicieuse secrétaire tourna la tête vers lui, le surprenant dans la contemplation de son corps. Tom, toujours si maître de lui, se sentit soudainement embarrassé d'avoir été pris la main dans le sac. Qu'allait-elle penser de lui ? Qu'il n'était qu'un patron concupiscent désireux d'oublier l'humiliation qu'il venait de subir en se payant du bon temps avec le personnel ?

— Le soleil est en train de te brûler la peau, dit-il en se risquant à poser un doigt sur son épaule.

— Vous avez raison, je ferais mieux de me mettre à l'ombre.

Sous le choc de ce nouveau contact physique, Imogen se leva d'un bond. Elle fit semblant de ne pas voir Tom, debout lui aussi, avec sa poitrine musclée, ses larges épaules, ses jambes d'athlète, bref, son corps de rêve.

— Je crois que je vais aller faire une sieste, dit-elle. Le décalage horaire vient réclamer son dû.

— Pourquoi ne pas te reposer dans la chambre ?

Pas question. Elle n'arriverait jamais à trouver le sommeil dans ce nid d'amour, où elle rêverait de voir son patron venir la rejoindre.

— Je préfère me reposer au grand air.

— Comme tu veux, à tout à l'heure.

Envahie de désir pour Tom, Imogen était persuadée que jamais elle ne pourrait se laisser tomber dans les bras de Morphée. Mais dès qu'elle fut allongée sur sa chaise longue sous les cocotiers, elle ferma les yeux… pour les rouvrir deux heures plus tard.

Encore à moitié endormie, elle se leva et regagna la maison. Le soleil était déjà très bas à l'horizon. Au bruit que faisaient les insectes, il était manifeste qu'ils s'apprêtaient à risquer une sortie après avoir été écrasés par la chaleur assommante.

Une fois à l'intérieur, Imogen aperçut Tom, comme hypnotisé par son écran d'ordinateur. Combien de fois l'avait-elle vu dans cette posture ? L'esprit et le corps tendus vers la bonne santé de la société dont il avait la charge. Si cette image était si familière, comment était-ce possible qu'elle lui fasse un tel effet ? Pourquoi la vue de son patron lui procurait-elle désormais des frissons et une vive chaleur dans tout le corps ?

Tom releva la tête à son arrivée.

— Sacrée sieste !

— Je n'avais pas prévu de dormir aussi longtemps. Je me sens d'ailleurs un peu déboussolée. Je vais prendre une douche pour me remettre les idées au clair.

— Parfait, dit-il d'une voix sèche.

Imogen eut soudainement l'impression de retrouver le Tom du bureau, celui qui ne vivait que pour Collocom et qui, en matière de rapports humains, s'en tenait au minimum syndical. Même si elle était déçue de la disparition du ton décontracté de la conversation sur la plage, elle fut soulagée de ce retour à la normalité. Car, enfin, elle ne pouvait passer son temps sur cette île à désirer son supérieur hiérarchique !

Elle n'allait pas s'emballer parce qu'elle s'était rendu compte que, sous ses dehors d'homme d'affaires austère, Tom était doté d'une constitution physique plus qu'avenante ? Un bon jet d'eau froide lui permettrait de retrouver ses esprits.

La nuit commençait déjà à tomber lorsqu'elle traversa le jardin pour se rendre vers la salle de bains extérieure. Dans la lumière du jour finissant, les parois courbées et le carrelage raffiné donnaient un aspect presque féerique à cet espace intime bien qu'en plein air. Il n'y avait pas de porte, mais Imogen se rassura en se disant que Tom n'était pas du genre à venir l'importuner. Et il n'y avait personne d'autre sur l'île.

Elle ouvrit le robinet de la douche et une eau claire s'écoula en cascade du pommeau. Se réjouissant à l'avance de la fraîcheur qui allait soulager sa peau restée trop longtemps au soleil, Imogen enleva son Bikini.

Elle fit un pas en avant pour offrir son visage au jet d'eau bienfaisant mais recula instantanément en sentant quelque chose sous la plante de son pied. Maudissant l'éclairage diffus qu'elle trouvait si romantique quelques instants auparavant, elle observa le sol… pour apercevoir une deuxième forme noire qui commençait à explorer ses doigts de pied.

Ce fut plus fort qu'elle. Elle cria de toutes ses forces et bondit hors de la douche, sans prendre le temps de couvrir sa nudité d'une serviette.

En entendant le hurlement d'Imogen, le sang de Tom ne fit qu'un tour. Il courut à toute vitesse vers le jardin.

— Qu'est-ce qui se…

Il s'arrêta net. Imogen était entièrement nue. Immobile, comme pétrifiée, elle le fixait avec de grands yeux de biche effarouchée. Elle avait une main sur la bouche, l'autre posée sur son cou et ses seins se soulevaient et retombaient à toute vitesse, au rythme de sa respiration haletante.

Le Bikini rose lui avait déjà permis d'apprécier l'essentiel de l'anatomie avantageuse d'Imogen. Mais l'absence de ces deux bouts de tissu fut un choc. Pouvait-on imaginer femme plus plantureuse, plus sensuelle ? Commençant à éprouver des difficultés à respirer tant il était tenaillé par le désir, Tom s'efforça de garder ses yeux rivés sur ceux d'Imogen. Mission évidemment impossible devant tant de beauté féminine.

Imogen sentit le regard de son patron parcourir son corps et elle se raidit. L'effroi fit place à l'humiliation sur son visage.

— Je suis désolé, dit Tom pendant qu'elle réussissait tant bien que mal à attraper une serviette. Je t'ai entendue crier. J'ai cru qu'il t'était arrivé quelque chose.

— J'ai mis le pied sur quelque chose de répugnant en entrant dans la douche. On ne voit rien dans cette fichue pénombre.

— Qu'est-ce que c'était ? demanda Tom, qui avait réussi à reprendre ses esprits.

— Je ne sais pas, je n'ai pensé qu'à fuir. En tout cas, c'était dégoûtant.

Tom alla couper la douche et examina le sol.

— Je parie que c'était un cafard. Tiens le voilà ! s'exclama-t-il en pointant le doigt vers un coin où l'on distinguait de petites antennes noires en mouvement.

— C'est horrible !

— C'est probablement ce qu'il a dû penser de toi quand tu l'as à moitié écrasé. Veux-tu que je t'en débarrasse ?

— Ce serait très courageux de votre part.

Tom avança d'un pas décidé vers la bête, mais celle-ci était beaucoup plus rapide. Elle s'enfuit vers le coin opposé à la vitesse de l'éclair, faisant de nouveau crier et sursauter Imogen, qui faillit lâcher sa serviette.

Son patron, bien décidé à venir à bout de l'horrible créature, tapait du pied pour essayer de l'écraser, laissant échapper plusieurs jurons. Mais plus il s'acharnait, plus le cafard lui échappait.

Tom avait l'air tellement ridicule, faisant de grands gestes désordonnés dans cet espace carrelé, la situation lui parut tout à coup si incongrue, qu'elle ne put réprimer un fou rire qui s'annonçait comme inextinguible.

— Je ne savais pas que vous saviez danser le flamenco.

Interloqué, Tom s'arrêta un instant de piétiner.

— Quoi ?

Il n'avait pas l'air d'être d'humeur à plaisanter. Mais son visage courroucé ne fit que décupler son hilarité.

— Homme d'affaires impitoyable doublé d'un danseur chevronné, poursuivit Imogen. Cocktail explosif.

Sans desserrer les dents, il la regarda d'un air ébahi. Il ne devait certainement pas avoir l'habitude d'être l'objet de moqueries. Toutefois, comme si elle avait réussi à lui communiquer sa gaieté soudaine, il se mit lentement à sourire. Son corps se détendit. Puis, prenant tout à coup la pose d'un fier espagnol en pleine danse, il fit claquer ses talons.

— Olé !

Ce fut au tour d'Imogen d'être ébahie. Qui eut cru que son patron, si sérieux d'habitude, était capable de se laisser aller à ce petit jeu gentiment absurde. Leurs regards se rencontrèrent et ils éclatèrent de rire.

Leur hilarité dura un bon moment, et se termina en fous rires, comme pour évacuer toutes les tensions accumulées au cours de cette première journée sur Coconut Island.

— Cela fait du bien de rire, finit par dire Imogen, en essuyant ses larmes avec le bord de sa serviette. Je crois que j'en avais bien besoin.

— Zut ! Le cafard, en a profité pour fuir, le fourbe, répondit Tom en souriant.

Il ressentait un sentiment d'étrangeté. Depuis combien de temps n'avait-il pas ri comme cela ? En s'abandonnant totalement à la gaieté de l'instant ? Tom se sentait dépassé par la subite spontanéité dont il avait fait preuve devant Imogen. C'était elle la cause de cette perte de contrôle. Son visage, illuminé par la joie qu'ils venaient de partager. Son corps, frétillant sous cette serviette qui menaçait à chaque instant de tomber.

— La voie est libre, tu peux prendre ta douche. A moins que tu ne préfères utiliser la salle de bains de la maison.

— Hors de question ! Vous allez croire que j'ai peur des cafards. De toute façon, grâce à vous, je sais comment les faire fuir.

— Comme tu veux. En tout cas, n'hésite pas à crier s'il y a le moindre problème.

De toute façon, ce n'était pas les insectes qu'elle craignait, mais l'effet dévastateur que Tom produisait sur elle depuis qu'il avait abandonné ses manières brusques de patron irritable. Son sourire, son corps musclé qui, débarrassé des austères costumes rayés, apparaissait dans toute sa splendeur, son visage qui avait perdu son expression de sévérité au fil des dernières heures, tout cela la faisait littéralement craquer.

Le petit numéro de danse de Tom dans la douche avait été le bouquet. Il était donc également capable d'humour, alors qu'il ne s'était jamais laissé aller à la moindre facétie pendant tous ces mois à ses côtés à Londres.

Et puis ils avaient ri ensemble. Grâce à cela, le malaise qui s'était installé entre eux depuis le décollage d'Heathrow s'était envolé comme par enchantement. Bien sûr, cela s'était fait au prix de l'humiliation suprême pour Imogen : apparaître complètement nue devant son supérieur hiérarchique.

Mais c'était un sacrifice qui valait le coup, se dit-elle, en actionnant le jet d'eau.

5

En s'habillant, Imogen prit conscience qu'elle se sentait bien dans sa peau. Certes, cette petite robe d'été bleu ciel sans prétention était à mille lieues de la tenue à la fois sexy et sophistiquée qu'aurait mise Julia. Mais elle ferait parfaitement l'affaire. Et puis, il n'y avait aucune illusion à se faire, sa garde-robe tout entière jurait avec le luxe de cette île. Elle achetait ses vêtements dans les mêmes chaînes de magasins que tout le monde, de préférence au moment des soldes. Elle n'avait pas ses habitudes chez les grands couturiers, comme Julia, voire comme Tom. Ce qui d'ailleurs était normal, puisque lui était un grand patron et elle une simple secrétaire intérimaire comme il y en avait des milliers.

Alors, plutôt que de se plaindre de son sort ou de jalouser ceux et celles qui vivaient dans l'opulence, elle était résolue à profiter au maximum de ces trois semaines de paradis que lui offrait Tom. Et maintenant que la glace était brisée entre eux, définitivement elle l'espérait, ils allaient peut-être pouvoir dépasser la lourdeur hiérarchique de leur relation pour devenir amis. Elle ne pouvait guère espérer mieux. Car jamais elle ne pourrait rivaliser avec la si élégante, la si mince Julia. Pour que tout se passe bien, il fallait simplement cesser de penser sans arrêt au corps et au visage de Tom. Refréner cette envie toujours plus pressante de se jeter sur lui.

Imogen alla retrouver Tom, qui l'attendait sous la véranda, une bière à la main.

— Tu te sens mieux ?

— Merveilleusement bien, merci.

— Tu veux boire quelque chose ?

Il lui prépara un délicieux gin tonic, qu'Imogen but en regardant le large, appuyée contre la balustrade. La nuit était tombée pour de bon et, à l'image de ce satané cafard, tous les insectes sortaient de leur torpeur comme en témoignait l'intense bourdonnement qui émanait de la végétation tropicale s'étalant devant elle. Tout à coup, quelque chose passa juste devant ses yeux. Effrayée, elle se tourna vers Tom.

— Qu'est-ce que c'était ? Un oiseau ?

— Je dirais plutôt une chauve-souris.

— Des cafards, des chauves-souris. Ce n'est pas exactement comme cela que je me représentais le paradis.

— Ne me dis pas que tu as également peur des chauves-souris ?

— Comment ça « également ». Je ne crains absolument pas les cafards. Si j'ai crié tout à l'heure, c'est parce que je ne m'y attendais pas. C'est tout.

Tom sourit d'un air moqueur. Apparemment, il n'était pas dupe.

— A ce propos, je suis vraiment désolé de t'avoir surprise en tenue d'Eve. J'aurais dû te prévenir de mon arrivée. Ce qui m'amène à mes réflexions de tout à l'heure, pendant que tu étais sous la douche. Tu as pu constater comme moi que cet endroit, comment dire, favorise l'intimité d'un couple.

— Ce qui n'est guère étonnant, intervint Imogen. Puisque Coconut Island se vend comme une destination de rêve spécialement adaptée pour les voyages de noces.

— Je sais, dit-il avec une pointe d'agacement. Disons que je n'avais pas complètement pris en compte cet aspect des choses lorsque je t'ai proposé de m'accompagner.

— Vous étiez en état de choc. Et puis je comprends que vous n'ayez pas voulu être seul.

— Toujours est-il que nous sommes ici tous les deux pour trois semaines. Nous allons devoir vivre côte à côte pendant cette période, au risque de voir se multiplier les situations embarrassantes comme celle qui vient de se produire. Il faut donc trouver les modalités qui nous permettront de traverser cette période sans encombre.

— C'est exactement ce que je me suis dit sous la douche.

— Reste à définir les dites modalités.

— Soyons amis, tout simplement. Au moins le temps des vacances.

— Comment cela ?

— Si nous devenions réellement amis, il serait quasiment impossible de renouer avec nos habitudes de travail, vous le patron moi l'assistante personnelle, n'est-ce pas ?

— Certes.

— Ce qui n'est pas un problème puisque je compte bientôt quitter l'entreprise.

— Ah bon ? Pourquoi ?

— Pour voyager. Je n'ai jamais quitté l'Europe. Je vais faire un grand périple qui ira de l'Inde à l'Australie en passant par l'Asie du Sud-Est. Avec le secret espoir que ce voyage m'apportera des éclaircissements sur ce que je veux dans la vie.

— Je n'étais pas au courant de tes intentions.

— Je suis employée à titre *temporaire*, l'auriez-vous oublié ? Je reste jusqu'à ce que vous trouviez une collaboratrice permanente.

— Quand est-ce que tu prévois de quitter Collocom ?

— Je viens de vous le dire, dès que vous aurez embauché quelqu'un en C.D.I. Cela fait un an que j'économise pour le billet, je l'achèterai dès que vous aurez trouvé la bonne personne. Si vous commencez les entretiens d'embauche en avril, je pourrais passer le relais en mai et être partie en juin.

— *Juin !* Mais cela ne fait que trois mois !

Tom fixa pensivement la nuit noire en s'efforçant d'imaginer les bureaux sans Imogen. Il avait vu passer bon nombre d'assistantes personnelles au cours de sa carrière. Jusqu'à présent, leur départ l'avait toujours laissé indifférent. Force lui était de constater qu'Imogen avait, à ce jour, été l'une des collaboratrices les plus efficaces. Et, surtout, il venait de découvrir que, derrière ses lunettes et son chignon, Imogen était une femme absolument magnifique. Mais il fallait surtout ne rien laisser paraître de son émoi.

— Très bien, dit-il. Tout devrait s'arranger pour le mieux alors. Et tu as raison, il sera extrêmement difficile de faire comme si de rien n'était après ces vacances.

— Marché conclu ? Tant que nous sommes ici, il n'y a plus de patron ni de secrétaire, mais simplement deux amis.

— D'accord. Pour officialiser la chose, je propose d'ailleurs que tu me tutoies.

— Formidable ! Maintenant que tout est réglé, allons voir ce que nous pouvons nous préparer à dîner. Je meurs de faim.

Tout en mettant la table, Imogen lui fit la conversation avec une aisance qui le laissa pantois. Elle n'éprouvait apparemment aucune difficulté à passer du mode hiérarchique au mode amical. Tom se rendit également compte qu'il ne connaissait rien de la vie de son assistante. Comme libérée du cadre formel dans lequel leur relation s'était inscrite jusqu'à présent, Imogen donna la pleine mesure de ce qu'elle était dans sa vie privée : une femme intelligente, drôle et spirituelle, qui maîtrisait tellement bien l'art du récit qu'il était captivé par la narration de sa vie au quotidien avec Amanda.

Soudain, Imogen se tut, fronçant les sourcils.

— Tout ceci doit te sembler tellement ennuyeux.

— Pas du tout, au contraire, répondit-il, en lui resservant

un verre d'un délicieux vin blanc qu'ils avaient trouvé à parfaite température dans le réfrigérateur.

— Pourtant, je suis sûre que ta vie doit être autrement plus intéressante que la mienne : grands restaurants, expositions, réceptions, bals…

— Détrompe-toi. Mon appartement est peut-être plus grand que le tien et situé dans une partie plus chic de la ville mais, quand j'y suis, je n'y fais pas grand-chose. Je travaille.

— Comment passiez-vous votre temps avec Julia ?

— Effectivement nous dînions souvent à l'extérieur. Et il nous est arrivé de nous rendre à des mondanités. Mais je t'assure que ces événements n'ont rien de bien extraordinaire.

Qu'avait-il fait en compagnie de Julia ? La question d'Imogen le plongea dans quelques instants d'introspection. Julia aimait beaucoup l'art et passait des après-midi entiers dans des galeries. Tom ne partageait absolument pas cette passion et avait souvent prétexté des réunions de la plus haute importance pour ne pas devoir l'accompagner. Résultat des courses, elle avait sûrement dû y aller avec Patrick.

Après l'annulation du mariage, il était évidemment facile de se dire que, finalement, ils n'avaient guère de points communs. Mais avant que Julia ne change d'avis, il avait été persuadé qu'il avait trouvé en elle une femme partageant son goût pour une vie tranquille et le travail bien fait. Comment avait-il pu être aveugle à ce point ? Fixant de nouveau Imogen, nouveau soleil dans sa vie, il se dit qu'elle avait un mode de vie très différent du sien.

— Tu as beau dire qu'il ne t'arrive jamais rien, tu as l'air de bien t'amuser. Tu as beaucoup d'amis, tu sors souvent. En plus de cela, tu as un boulot. Je me demande pourquoi tu ressens le besoin de partir.

— Pour moi, il s'agit d'une nécessité absolue, répondit-elle avec un air grave. Pendant cinq ans je me suis accrochée à une chimère. A vouloir quelque chose que je ne pouvais pas obtenir. Il m'a fallu tout ce temps pour enfin accepter mon sort. Mais avant de pouvoir aller de l'avant, il faut que je m'échappe pendant un an. Pour repartir de zéro.

— Cinq ans à désirer quelque chose, c'est long. Ou était-ce quelqu'un ? Andrew ?

— Andrew, confirma Imogen. Nous nous sommes connus à l'université. Dès le premier jour de mes études, je suis tombée éperdument amoureuse de lui. Pendant trois années, nous avons été inséparables. Je n'avais jamais été aussi heureuse et, à mes yeux, il ne faisait pas l'ombre d'un doute que nous allions nous marier aussitôt nos diplômes en poche.

— Que s'est-il passé ?

— Rien de très spectaculaire. Andrew a simplement choisi une autre voie. Il est vrai que nous étions très jeunes à l'époque. Quand on me demandait ce que je voulais choisir comme orientation professionnelle, je répondais que tout ce qui m'importait, c'était de rester avec lui. Andrew avait d'autres ambitions. Il voulait être journaliste. Il l'est d'ailleurs devenu : il est spécialiste des questions d'éducation dans un grand quotidien national.

— Et il n'y avait pas de place pour toi dans la carrière qu'il s'était choisie ?

— Pas vraiment. Il s'est rendu compte qu'on n'avait pas les mêmes désirs. Alors il m'a dit que nous avions besoin de prendre un peu de distance l'un par rapport à l'autre. Après trois ans de vie commune. Il m'a expliqué qu'il était important qu'on découvre d'autres choses, d'autres personnes avant de s'engager définitivement.

— Comment as-tu réagi ?

— Très mal, évidemment. En plus d'être mon amoureux, Andrew était également mon meilleur ami. Je ne pouvais envisager de vivre sans lui. Mais au bout du compte, de peur de le perdre, j'ai accepté sa proposition. Nous sommes tous les deux venus habiter à Londres, lui dans son appartement, moi avec Amanda. J'ai suivi une formation de secrétariat, j'ai trouvé du travail et j'ai attendu, persuadée qu'il allait finir par revenir.

— Mais il n'est jamais revenu.

— Non. Nous nous entendions bien — d'ailleurs nous sommes restés amis — mais j'ai réalisé à ce moment-là qu'il n'avait plus autant besoin de moi que moi j'avais besoin de lui. Puis, il a rencontré Sara et il a trouvé le bonheur. Ils se sont mariés il y a deux ans et leur premier bébé devrait naître cet été.

Tom vit que, malgré les années écoulées, Imogen était toujours très affectée par cette séparation. Elle avait les traits tirés et les yeux humides. Pourvu qu'elle ne se mette pas à pleurer… Mais elle se ressaisit, jeta la tête en arrière avec un grand sourire.

— Le pire, c'est que Sara est vraiment gentille et chaleureuse, poursuivit-elle. Comment puis-je en vouloir à Andrew d'avoir choisi une femme lui convenant manifestement parfaitement ? Pourtant, même après leur mariage je me suis accrochée à ce fol espoir qu'il reviendrait un jour. Combien d'années ai-je perdu avant de me rendre compte qu'il était vraiment passé à autre chose ? Maintenant, ça y est, j'y suis. J'ai enfin fait le deuil de mon amour de jeunesse et je suis prête à évoluer. Je ne suis plus cette étudiante qui se complaisait dans ses rêveries amoureuses. Je suis une femme plus mûre, qui a besoin de rattraper le temps. Dans ce voyage que je planifie, je cherche le dépaysement, l'exotisme, l'inconnu. Mais, au fond de moi, je sais que ce que j'attends surtout de cette aventure, c'est de parachever ce travail sur moi-même, qui me permettra enfin de passer à l'âge adulte.

Tout en discutant, Imogen avait allumé les bougies de la table. Dans cette lumière vacillante, ses belles lèvres pulpeuses et ses pommettes étaient encore plus sensuelles qu'à l'ordinaire. Tom se surprit à se dire qu'il ne fallait quand même pas qu'elle change trop.

— Tu connais toute l'histoire maintenant. Tu sais pourquoi je n'ai jamais été en position de planifier un mariage. Mais je sais ce que c'est que de se retrouver en face d'une personne qui, sans crier gare, ne vous aime soudainement plus.

Tom réfléchit à tout ce qu'Imogen venait de lui confier. Il n'aurait jamais imaginé que, derrière son sourire toujours avenant, elle masquait une si grande tristesse.

— Nos situations ne sont pas comparables. Je n'ai jamais aimé Julia comme tu as aimé Andrew.

— Tu étais sur le point de l'épouser. Tu devais être amoureux d'elle. D'ailleurs tu l'es sûrement toujours.

— Je ne crois pas. Oui, je voulais être avec elle, mais il ne s'agissait pas d'une question de vie ou de mort. Je l'admirais. J'appréciais son intelligence et ses compétences, le fait qu'elle ne soit jamais prise en défaut. J'étais estomaqué par son parcours, le travail qu'elle avait accompli pour parvenir à la réussite. Mais, en réalité, je ne pense pas l'avoir aimée.

Imogen avait un air effaré, comme s'il venait de lui annoncer qu'il avait commis un meurtre.

— Et Julia… elle était au courant de ta… vision des choses ?

— Bien sûr. Nous avons toujours joué franc jeu… enfin, jusqu'à l'annulation du mariage. Lorsque je lui ai proposé de m'épouser, je lui ai exposé mes motivations et il m'avait semblé à l'époque qu'elle partageait les mêmes vues que moi.

— C'est absurde ! Pourquoi se marier s'il n'y a pas d'amour ?

— Tu ne crois pas qu'il soit possible de construire une relation durable basée sur le respect et l'admiration mutuels ainsi que sur une bonne entente physique ?

— Je ne sais pas, mais l'idée me paraît terriblement

déprimante. Autant rester de simples amants dans ces cas-là, sans union formelle. Pour ma part, je ne me marierai que si je rencontre quelqu'un qui me transporte d'amour, qui remplit tous les vides de mon existence, bref qui voit le mariage non pas comme un arrangement pratique, mais comme la glorification d'une passion partagée.

— C'est tout ce qui me repousse. Je ne veux pas avoir *besoin* de quelqu'un.

— Tu refuses de tomber amoureux ?

— Oui. Comme tu viens de le dire toi-même, tu as gâché cinq années de ta vie à attendre Andrew. Imagine-toi tout ce que tu aurais pu faire pendant cette période plutôt que de t'accrocher à un rêve impossible. Et pourtant, à t'entendre, tu sembles prête à recommencer. Je ne veux pas entrer dans ce genre de spirale infernale. Je préfère largement une relation moins passionnée, comme celle que j'ai eue avec Julia. Je le reconnais, tout a très mal tourné et je ressens encore vivement l'humiliation qu'elle m'a infligée. Ceci dit, c'est ma fierté qui a été blessée, pas mon cœur. A mes yeux, quand on répond à l'appel de l'amour, c'est comme si on renonçait au contrôle qu'on peut exercer sur sa propre vie.

— Je reconnais que l'on a parfois un sentiment d'impuissance. On ne peut forcer personne à nous aimer. Mais l'amour peut également donner des ailes, instiller une force tellement puissante qu'on a l'impression que l'on peut conquérir le monde. Cela vaut le coup de prendre des risques pour pouvoir ressentir cela.

— Moi, je ne rentre pas dans ce jeu-là.

— Alors, nous ne sommes pas d'accord. Mais je suis contente de voir que tu vas mieux que je ne croyais. Je pensais que tu étais désespéré.

— Mon ego a été atteint, mais je me porte bien. Je ne crois pas avoir besoin de rester allongé pendant des semaines à regarder le plafond pour m'en remettre.

— A propos de couchages, je m'étais dit que je pouvais m'installer sur un des canapés. Je te laisse le lit nuptial.

— Hors de question, répondit Tom. Le lit est pour toi.

— Mais tu es beaucoup plus grand. Tu dormiras mieux sur ce grand matelas.

— Hors de question. Je passerai au contraire une très mauvaise nuit à l'idée de savoir que tu n'es pas confortablement installée. C'est réglé, on n'en parle plus.

— Tu es sûr ?

— Certain.

— Dans ce cas, je crois que je vais aller me coucher.

— Je vais faire de même, la journée a été longue.

Imogen se leva, mais ne sut que faire. Comment dire bonsoir ? Si Tom avait été un ami ordinaire, elle l'aurait pris dans ses bras pour lui souhaiter une bonne nuit. Mais, malgré l'accord qu'ils avaient conclu quelques heures plus tôt, elle savait que ce n'était pas le cas. Elle avait devant elle son patron et, surtout, l'homme qui était au centre de ses pensées érotiques depuis leur arrivée à Coconut Island. Le moindre contact avec lui enflammerait tout son corps d'un désir ardent.

Puis elle se raisonna. Après tout, les mots avaient un sens. Ils avaient très clairement défini les modalités de leur vie commune temporaire. Ils venaient de passer une soirée détendue à parler de leur passé, à partager leurs réflexions sur l'amour. C'était la discussion sur le couchage qui avait ramené au premier plan l'ambiguïté de la situation. Car, pour sa part, elle se serait volontiers endormie entre ses bras. Mais il fallait mettre de côté tout ce qui pouvait nuire à l'entente amicale sur laquelle ils s'étaient mis d'accord. Affichant son plus beau sourire, elle fit le tour de la table pour se rapprocher de lui.

— Bonne nuit, Tom, dit-elle, en ouvrant les bras.

Elle sentit le corps de son supérieur hiérarchique se raidir lorsqu'elle posa un baiser léger sur sa joue et qu'elle le serra contre elle. Il mit quelques secondes à réagir. Manifestement Tom avait été pris de court par son geste affectueux. Mais elle fit comme si de rien n'était.

— On se voit demain, fais de beaux rêves, dit-elle.

— Bonsoir, répondit-il d'une voix sèche.

Comment bien dormir après cela ? Tom sentait encore l'intensité du contact des lèvres d'Imogen avec la peau de son visage. Et ses mains demeuraient toutes tremblantes d'avoir serré sa sensuelle assistante contre lui. L'amitié prenait chez Imogen des formes décidément très tendres.

Il ne cessa de se retourner dans son lit de fortune, tant l'image de sa secrétaire l'obsédait. C'était pourtant à Julia qu'il aurait dû penser puisque c'était avec elle qu'il était censé se retrouver sur cette île. Il s'efforça de se rappeler la sensation d'humiliation et de colère qu'il avait éprouvée juste après que Julia eut annulé le mariage. Le lendemain, en demandant à Imogen de prévenir tout le monde que les festivités n'auraient pas lieu, il s'était dit qu'il allait mettre des mois à se remettre de cet écart de trajectoire. Pourtant quelques jours plus tard, écoutant le bruit strident des insectes et le son lointain du roulement des vagues, il se dit que le ridicule ne tuait pas.

Il est vrai qu'il avait une compagne de voyage qui ne le divertissait pas seulement, mais l'obsédait. La vision d'Imogen nue lui revenait sans cesse à l'esprit, exerçant un effet presque hypnotique.

Comment était-ce possible ? Pendant des mois, il l'avait côtoyée chaque jour avec une parfaite indifférence, prenant simplement acte de son efficacité. Et voilà que depuis vingt-quatre heures, il ne se passait pas une minute sans qu'il n'ait besoin de contenir une envie frénétique de se jeter sur elle, de lui arracher ses vêtements et de lui faire sauvagement l'amour.

Cela devait cesser. Ils avaient scellé un pacte d'amitié. Il fallait le respecter ou alors, il allait devenir fou. Tom mit du temps à trouver le sommeil. Et, évidemment, il s'endormit en pensant à Imogen.

Par chance, sa secrétaire se leva tard le lendemain. Il avait eu le temps de prendre une douche froide, de consulter son courrier électronique, de travailler ses dossiers, bref, de s'adonner à sa petite routine matinale, qui espérait-il, allait lui donner la force nécessaire pour résister à la tentation.

Il était près de 10 heures lorsqu'il l'entendit entrer dans la cuisine. Occupé à moudre le café, il était déterminé à ne pas lâcher une seule seconde le moulin pour ne pas encourager Imogen à commencer la journée par des embrassades, mais heureusement, elle ne fit pas la moindre tentative. Elle avait l'air trop endormie pour penser à quoi que ce soit. Mais qu'elle était belle !

6

— As-tu bien dormi ?

— Comme un loir, merci. Et toi ? J'imagine que le canapé a dû être très inconfortable.

— Ma nuit a été parfaite.

— Tant mieux, car j'avoue que je me suis endormie avec un sentiment de culpabilité de te savoir moins bien loti que moi.

Imogen avait surtout ressenti un manque. Elle aurait voulu avoir Tom à côté d'elle. Elle avait veillé pendant de longues heures dans le fol espoir qu'il vienne la rejoindre dans ce lit fait pour l'amour. C'était impossible. Ils avaient dit qu'ils allaient être amis, un point c'est tout.

— Du café ? demanda Tom après un long moment de silence.

— Volontiers, répondit-elle, en réajustant son paréo. Ça fait longtemps que tu es réveillé ?

— Depuis quelques heures. Mais cela veut dire que je me suis quand même réveillé tard car, d'habitude, je me lève à 5 heures du matin.

— Je comprends mieux pourquoi tu arrives toujours avant moi à Collocom. Tu as travaillé ?

— Je ne peux pas me permettre de ne pas me tenir au courant de ce qui se passe, dit-il de sa voix de patron autoritaire. Le monde ne s'est pas arrêté parce que nous prenons quelques semaines de vacances. Il y a des dossiers urgents à traiter et je…

Il s'interrompit, interloqué par la façon dont elle le regardait.

— Qu'est-ce qu'il y a ? demanda-t-il.

— Tu t'adresses à une amie ou à ton assistante ?

— A l'amie, dit-il, après un moment d'hésitation.

— Bien. Tom, tu es complètement cinglé. Il faut que tu fasses une pause. A ta place, je prendrais mon portable et je le lancerais aussi loin que possible dans l'océan.

— Pardon ?

— Tu es en *vacances* ! Tu ne devrais même pas penser au travail. Tu devrais prendre du bon temps, te détendre, te laisser vivre.

— Et pour faire quoi ?

— M'apprendre à plonger par exemple. Tu me l'as proposé toi-même.

— Et que m'aurais-tu répondu si je m'étais adressé à ma secrétaire ?

— Bien sûr, monsieur Maddison, à votre service. Par quoi voulez-vous commencer ?

— Tu m'as toujours parlé comme cela au bureau ? Avec ce ton posé et neutre ?

— Bien sûr, discrétion et efficacité, telle est ma devise. D'ailleurs, je suis l'assistante personnelle idéale.

— Te voilà bien prétentieuse.

— Ne suis-je pas totalement fiable ? Extrêmement rapide dans l'exécution de mes tâches ? Tout en étant très effacée pour ne pas encombrer le patron de ma présence ? Un jour sur deux, tu ne savais même pas que j'étais là.

— J'admets que tu as d'indéniables qualités, grommela Tom, qui semblait se renfrogner.

Etait-ce le fait d'admettre qu'elle était une employée de qualité qui lui avait soudainement fait perdre sa bonne humeur ? Ou Tom était-il, comme elle, ennuyé par l'évocation de la vie du bureau ? Peut-être s'en voulait-il d'avoir été si peu amène avec elle pendant tous ces mois. En tout cas, il avait l'air perturbé.

— Ça ne va pas ? finit par demander Imogen.

— Oui, oui, j'étais juste perdu dans mes pensées.

— Alors, de qui vas-tu suivre les conseils ? De l'amie ou de la secrétaire ?

— Des deux. Ce matin, je te donne ta première leçon de plongée. Et cet après-midi, nous travaillons. Cela te convient ?

— Affaire conclue ! s'exclama Imogen en bondissant de son tabouret. Je vais me préparer.

— Tu devrais te couvrir les épaules sinon elles seront brûlées. Veux-tu que je te prête un T-shirt ?

— J'ai tout ce qu'il me faut. A tout de suite.

Tom alla vérifier que l'équipement de plongée était au complet, tout en se demandant comment il s'était retrouvé dans une telle situation. Il avait décidé de venir à Coconut Island pour mettre un peu de baume sur son orgueil blessé par Julia. Et surtout pour échapper aux regards apitoyés des autres. Proposer à Imogen de venir avec lui était apparu comme une évidence. Elle était son assistante et il avait la ferme intention d'abattre une quantité de travail considérable pendant son séjour sous les tropiques.

Mais en vingt-quatre heures, tout s'était déréglé. Et tout cela parce que, soudainement, il avait réalisé qu'Imogen était d'une beauté renversante. Ce n'était pourtant pas la première fois qu'il était confronté à la tentation. Mais il n'avait encore jamais ressenti un tel état d'agitation intérieure. Dès qu'elle s'approchait, il perdait tous ses moyens, comme s'il était magnétisé par les promesses de libertinage qu'il lisait sur la peau tellement sensuelle d'Imogen.

Tom devait sans cesse se raisonner, se dire qu'il ne s'agissait que de son assistante, que sa perception d'elle était faussée à la fois par l'extraordinaire luminosité qui régnait sur cette île et par une inhabituelle vulnérabilité intérieure, vraisemblablement provoquée par l'annulation de son mariage.

Et puis, dans un instant, Imogen allait apparaître en vieux T-shirt délavé, une tenue débraillée qui allait calmer ses ardeurs. Lui qui aimait les femmes toujours impeccablement mises, à l'élégance irréprochable, il n'allait quand même pas se laisser séduire par une femme qui lui avait jusqu'ici paru tout à fait ordinaire ?

Mais ce fut tout le contraire qui se produisit. Le T-shirt était certes fait d'une étoffe de qualité douteuse mais il tombait de telle façon que la gracieuse générosité des seins, la courbe des hanches étaient somptueusement accentuées. Pour la centième fois depuis le début du séjour, il eut envie de faire l'amour avec elle.

Il dut faire appel à toutes les forces de sa volonté, qui d'habitude lui obéissait au doigt et à l'œil, pour détourner le regard de cette splendide créature. Il se concentra sur la préparation du matériel en se persuadant, une nouvelle fois, qu'il était parfaitement capable de rester maître de ses émotions.

— Allons-y, dit-il d'une voix un peu rude. Nous ferons d'abord quelques exercices dans le lagon et ensuite nous irons jusqu'à la barrière de corail.

Il lui montra comment bien mouiller le masque, chausser les palmes et respirer à travers le tuba, puis, une fois qu'il fut satisfait de son élève, ils embarquèrent dans le petit bateau à moteur.

Tom s'efforça de fixer le paysage, constatant que plus ils allaient vers le large plus leur maison disparaissait derrière la végétation tropicale. Il admira la clarté de l'eau, la pureté du ciel. Mais le plus beau spectacle qui lui était donné à voir était celui d'Imogen. Son T-shirt était mouillé, évidemment, après les exercices qu'il lui avait fait faire. Il adhérait à la peau de sa secrétaire, qui, la tête rejetée en arrière, était comme une offrande divine qu'il aurait voulu consommer tout de suite.

Tom lui avait appris à respirer par le tuba, mais c'était lui qui manquait d'air. C'était insupportable. Son corps avait apparemment pris le pas sur sa raison. Comme s'il n'était plus dominé que par ses pulsions, lui qui avait érigé le contrôle de soi en principe sacré. Et dire que, pour sa première plongée, il allait devoir aider Imogen. Il n'aurait pas d'autre choix que d'entrer en contact avec cette peau qui l'obsédait désormais en permanence.

— Ici, ça me paraît un bon endroit, dit-il en coupant le moteur.

Assise sur le bord du bateau, Imogen se donna du courage pour plonger. Elle était saisie d'une subite fébrilité. Allait-elle réussir à respirer ? Et, surtout, à résister à l'envie de se cramponner à Tom ?

Avec une légèreté tout athlétique, son patron plongea sans faire la moindre éclaboussure. Puis il remonta à la surface, retira le tuba de sa bouche et revint vers elle. Sa tête était presque entre ses jambes. Il lui suffisait de se baisser pour l'embrasser.

— Ça va ? Tu es prête ?

Malgré l'écran de son masque, Imogen était comme aveuglée par le bleu de ses yeux. Hypnotisée par la beauté de son visage, où la noirceur des cils et sourcils, le dessin des mâchoires viriles étaient une sorte de concentré de charme masculin. Elle était tellement emplie de désir pour lui qu'elle faillit cesser de respirer. Dans un mouvement de panique, elle arracha le tuba de sa bouche et inspira profondément. Il fallait absolument qu'elle réussisse à se calmer. A se dire qu'elle était ici pour découvrir le monde sous-marin. Pas pour explorer le corps de Tom.

— Parée, dit-elle.

Elle remit le tuba dans sa bouche et plongea, agitant

frénétiquement les palmes pour s'éloigner le plus possible de lui. Tom la rejoignit aussitôt.

— Reste près de moi, ordonna-t-il, prenant manifestement très à cœur son rôle de moniteur. Et ne touche à rien, il faut juste regarder.

Imogen hocha docilement de la tête, ajusta une dernière fois son masque puis, guidée par Tom, se laissa flotter le long de la barrière de corail.

Ce fut comme un enchantement. Des milliers de poissons apparurent tout à coup devant ses yeux éberlués. Ils offraient une palette de couleurs à faire pâlir d'envie Christian Lacroix. Déclinaisons de bleus, de verts, de jaunes, d'orange et de rouge. Et sur le corps de chacun des animaux marins, il y avait des motifs d'une extraordinaire inventivité.

Le corail en lui-même fut également une révélation. Imogen s'était toujours dit qu'il devait s'agir de quelque chose de blanc et d'osseux. Il présentait au contraire des combinaisons surprenantes de couleurs, et des formes de plus en plus sophistiquées à mesure que l'on s'enfonçait dans l'eau.

De temps à autre, Tom lui touchait le bras pour lui indiquer quelque nouvelle merveille de la nature. Imogen flottait, comme suspendue, saisie d'une sensation d'infinie légèreté. Certains poissons manifestaient de la curiosité lorsqu'ils s'approchaient mais la plupart semblaient les ignorer royalement. Imogen aurait passé des heures à observer chacun d'entre eux. Aussi ressentit-elle une pointe de déception lorsque Tom lui signifia qu'il fallait remonter.

— C'était incroyable ! s'exclama-t-elle en se hissant maladroitement dans le bateau. Quelle débauche de couleurs !

Surexcitée par cet univers qu'elle venait de découvrir, Imogen ne s'arrêta pas une seconde de parler, tout en essorant tant bien que mal son T-shirt et en secouant la tête de droite à gauche pour libérer l'eau de ses oreilles.

— Si tu veux nous pourrons revenir demain. Mais ça

suffit pour aujourd'hui. Une seconde de plus et c'était le coup de soleil assuré.

— Tu as raison, je sens que mes cuisses et mes mollets sont brûlants.

— De toute façon, nous avons un programme de travail chargé.

— Bien patron, répondit-elle, forçant sa voix de secrétaire dévouée.

Ali était passé pendant leur absence. La maison était d'une propreté absolue, le lit avait été fait et le réfrigérateur de nouveau rempli d'appétissantes victuailles.

— Quel bonheur ces vacances ! C'est comme si on vivait dans un château magique où les choses se font toutes seules, dit Imogen, en croquant à pleines dents dans un fruit. J'aimerais bien avoir un Ali à la maison.

— Et pourquoi pas quelqu'un qui vérifie l'état des marchés financiers et suive l'avancement des dossiers ? Allez, au boulot.

— Puis-je d'abord prendre une douche, monsieur le directeur général ?

— Bien sûr, dit Tom, sans relever l'ironie.

Comme cela, il serait enfin débarrassé de la vue de ce T-shirt collé sur le corps plantureux d'Imogen. Il prit également une douche et, quelques minutes plus tard, s'installa derrière son écran d'ordinateur, résolu à ne penser qu'au travail pendant le restant de la journée. Il aurait dû prendre un de ses costumes, cela l'aurait aidé à retrouver son rôle de directeur général. Mais il avait donné à nettoyer celui qu'il avait porté pendant le voyage et il n'avait donc sous la main que des bermudas et des chemises à manches courtes. Il ne lui restait plus qu'à espérer qu'Imogen n'apparaisse pas dans une tenue trop affriolante. Quoique, depuis vingt-quatre heures, elle pouvait mettre quoi que ce soit, elle exerçait toujours un effet aussi dévastateur sur lui. Et dire qu'il n'avait jamais été sensible à ses charmes dans les bureaux de Collocom !

Il fut rassuré en la voyant s'asseoir en face de lui vêtue d'un pantalon en lin flottant et d'un haut à bretelles. Elle avait fait des efforts pour être sobre. Aussi n'était-ce pas la faute de sa secrétaire s'il était incapable de détacher ses yeux de son décolleté et de ses longs cheveux encore humides qui se lovaient contre son cou soyeux.

Tom réussit cependant à oublier un instant la plastique d'Imogen et à ouvrir sa boîte aux lettres électronique. Mais cinq minutes plus tard, il se surprit de nouveau à lorgner du côté de son assistante. Comment était-ce possible ? Pour lui, le travail avait toujours été comme une seconde nature. Il était réputé pour sa capacité à analyser et synthétiser à la vitesse de l'éclair. Tous les analystes financiers le présentaient comme un modèle d'efficacité. Alors pourquoi avait-il l'impression que le contenu du dossier qu'il venait d'ouvrir n'avait aucun sens ? Imogen fronçait-elle toujours les sourcils lorsqu'elle était concentrée ? Avait-elle toujours eu cette manière de ramener ses cheveux derrière son oreille d'un geste gracieux ? Comme si elle avait senti qu'il ne cessait de l'observer, elle releva la tête.

— Que puis-je faire ? demanda-t-elle.

— J'aimerais que nous passions en revue la nouvelle stratégie d'acquisition.

— Très bien.

Imogen répondit d'une voix tellement vague qu'il se rendit compte qu'elle aussi avait beaucoup de mal à se plonger dans les dossiers. Il ne fallait pas renoncer pourtant. Il voulait s'accrocher à la gestion de Collocom comme à une bouée de secours. Il commença à parler d'un nouveau vice-président qui ne lui donnait pas entière satisfaction. Puis il s'arrêta, effrayé par le sentiment que ses propos n'avaient aucun intérêt. De guerre lasse, il referma rageusement son ordinateur. Cela ne servait à rien de s'acharner.

— Il fait trop chaud pour travailler, allons nous baigner.

— Je ne peux que te donner raison, dit Imogen une demi-heure plus tard, lorsqu'ils furent confortablement installés sur la plage. A Londres, quand le soleil se mettait finalement à briller, combien de fois n'ai-je pas eu envie d'éteindre mon ordinateur et de claquer la porte du bureau ?

— Je vois que tu te donnes corps et âme à ton travail, dit Tom en fronçant les sourcils.

— Je te rappelle que je ne suis là qu'à titre temporaire. Je suis tenue d'exécuter les tâches que l'on me confie, pas de faire vivre l'entreprise. Je ne suis pas aux commandes, comme toi. Evidemment, dans ta position, tu ne peux pas échapper à tes responsabilités. Tout le personnel de Collocom dépend de tes décisions. Tu dois être soumis à une pression incroyable. A ta place, je serais incapable d'y résister. C'est bien pour cela que je ne me fais guère d'illusions sur ma carrière.

— Tu n'as pas d'ambition ?

— Si, mais je ne suis pas sûre qu'elle entre dans tes catégories. Ce que je veux se résume en deux mots : être heureuse. Partir à la découverte du monde, oublier définitivement Andrew et rencontrer quelqu'un qui a envie de passer le reste de ses jours avec moi.

Imogen enfonça ses doigts de pied dans le sable puis, avec un sourire lumineux, tourna la tête vers Tom.

— Et toi ? Comment décrirais-tu ton ambition ?

— Etre le meilleur.

— Le meilleur en quoi ?

— Dans mon domaine. Il ne s'agit pas simplement de diriger une entreprise, mais d'en faire un acteur de premier plan dans son secteur. De remporter les plus beaux contrats et de dégager le plus de bénéfices possible.

— Et si cela ne marche pas ?

— Je recommence. Jusqu'à ce que j'obtienne la réussite que je poursuis. Quel que soit le terrain de jeu, je veux gagner la partie. Car je sais que c'est seulement dans ce cas que l'on peut dicter sa loi sans devoir subir l'influence des autres.

Imogen soupira avec un air dépité.

— Je comprends mieux pourquoi tu ne crois pas en l'amour. Pour toi, tout est blanc ou noir. Soit tu rencontres le succès soit tu échoues. Alors qu'il y a tellement de nuances entre ces deux extrémités.

— Etre le numéro deux ne m'intéresse pas, dit-il d'un ton péremptoire. C'est pour cela que je ne pense jamais à m'échapper du bureau.

— Depuis notre arrivée, j'ai presque oublié son existence. Pendant que nous sommes là, à nous prélasser au soleil, les filles de la réception doivent grelotter de froid derrière leur comptoir. Neville a sûrement encore le nez plongé dans les comptes de Collocom. Des réunions sont organisées, des décisions prises en notre absence. Tout cela paraît presque irréel.

— Quand nous serons de retour à Londres, c'est Coconut Island qui sera comme un rêve dans notre mémoire.

— En attendant, je veux en profiter au maximum, dit Imogen, en se levant pour mettre sa chaise longue au soleil. Cet après-midi, je vais travailler à mon bronzage.

Tom observa Imogen s'installer confortablement avec un mélange de désapprobation et d'envie. Il était fasciné par l'aptitude de sa collaboratrice à jouir de l'instant. Il n'avait jamais réussi à se laisser porter par les événements, ayant toujours l'esprit préoccupé par les impératifs professionnels.

— Tu devrais protéger ta peau.

— Oui, maman, répondit Imogen, en commençant à enduire sa peau de crème solaire.

Sans surprise, il lui était impossible de l'étaler sur son dos. Un ami ordinaire aurait sans hésitation offert ses services. Mais Tom redoutait tant de toucher cette peau qu'il hésita longtemps. Puis, se persuadant une nouvelle fois qu'il était capable de se contrôler, il s'approcha d'Imogen.

— Tu veux que je m'occupe de ton dos ?

— Avec plaisir, répondit-elle en s'allongeant sur le ventre.

Elle défit son Bikini et posa son visage dans ses mains jointes. Il pressa le tube de crème pour en extraire une bonne dose. A peine eut-il touché l'épaule d'Imogen qu'elle fut parcourue d'un grand frisson.

— C'est trop froid ?

— Non, non, c'est parfait, dit-elle d'une voix étouffée.

Tom s'accroupit à côté d'elle et commença par les épaules. Il rejoignit ensuite ses mains autour du cou d'Imogen puis redescendit lentement vers le bas du dos. Il retenait sa respiration pour ne pas montrer à sa secrétaire combien le contact de son corps le faisait haleter. Puis il s'attaqua aux jambes. Les cuisses si douces, les genoux si délicats, les mollets si longs. Et, comme s'il était incapable de s'arrêter, il remonta doucement vers le cou, massant la peau d'Imogen avec des gestes à la fois fermes et doux. Il avait l'impression que ses mains se fondaient dans cette matière si sensuelle qu'il ne se lassait pas de caresser. Mais il fallait bien mettre un terme à la séance, sinon, elle finirait par se douter de quelque chose.

— Te voilà protégée des coups de soleil.

— Merci, dit-elle d'une petite voix.

Imogen se redressa, tourna la tête vers lui et lui adressa un sourire bouleversant. Tellement radieux qu'il n'y tint plus. Il fallait qu'il s'éloigne de cette femme, sinon il ne répondrait plus de ses actes.

— Cette fois, je vais aller travailler, dit-il. Ne bouge pas, je n'ai pas besoin de toi.

— Tu es sûr ?

— Absolument, on se voit tout à l'heure.

Il devait se ressaisir. Cesser d'être obsédé par Imogen. Mais aussitôt installé devant son ordinateur, ses pensées l'entraînèrent vers sa secrétaire, allongée dans toute sa splendeur au soleil. Il avait posé ses doigts sur le clavier, mais ils refusaient de taper, comme si le seul contact qu'ils acceptaient désormais était la peau d'Imogen.

Tom se passa la tête sous l'eau froide, fit quelques exercices d'assouplissement et passa de nouvelles longues minutes à essayer de se raisonner. L'après-midi était déjà bien avancé lorsqu'il réussit enfin à se mettre au travail. Satisfait d'avoir repris le contrôle de ses émotions, il se dit que, désormais, tout allait bien se passer.

7

Lorsque Imogen fit son apparition, une heure plus tard, il réussit à rester calme. Il était parvenu à répondre aux courriers électroniques les plus urgents et avait rédigé quelques rapports. Certes, il avait consacré beaucoup de temps à s'efforcer de ne pas penser à sa secrétaire. Tout n'était pas encore parfait, mais il avait repris le dessus. Il maîtrisait de nouveau la situation.

— Tu en as marre du soleil ? demanda-t-il.

— Pas du tout, je suis juste rentrée boire un peu d'eau. Et je me suis dit que je ferais bien une promenade autour de l'île. Tu as envie de m'accompagner ?

Tom souleva ses bras au-dessus de la tête et s'étira.

— Bonne idée, me dégourdir les jambes me fera le plus grand bien.

— Formidable, je vais chercher mon chapeau.

Attention, danger. Il retombait dans ses vieux travers. Pourquoi avoir accepté de lui tenir compagnie alors qu'il pourrait partir en balade de son côté ? Il se rassura en se disant qu'il était trop galant pour la laisser seule. Tout en sachant que n'importe quelle excuse était bonne pour se rapprocher de sa secrétaire.

Quand ils se mirent en route, le jour commençait tout doucement à décliner. La chaleur restait pourtant toujours aussi torride, malgré une légère brise qui faisait bruisser les palmiers au-dessus de leurs têtes. Imogen avait noué un autre de ses paréos autour de la taille. Même si son cœur battait au rythme du balancement de ses hanches, Tom s'efforçait de regarder droit devant lui.

Marchant en silence, ils arrivèrent bientôt à l'extrémité opposée de l'île. Comme la végétation poussait même au bord du lagon, il n'y avait guère de plage. Alors ils poursuivirent leur chemin dans l'eau, suivant les sinuosités du littoral. Soudain Tom s'arrêta et pointa du doigt vers le large.

— Regarde !

— Qu'est-ce que c'est ? Oh ! Des dauphins !

Retombant dans leur mutisme, ils observèrent avec ravissement les cabrioles d'une colonie entière de dauphins. Cette scène, avec l'intensité du bleu de la mer, le crépuscule naissant et la lumière rasante du soleil couchant, était absolument féerique.

— Beau spectacle, non ? dit Tom, d'une voix rêveuse.

Imogen se contenta de hocher la tête, apparemment toute aussi captivée que lui par ce tableau naturel. Au bout d'un moment, les dauphins finirent par disparaître de leur champ de vision. Ils restèrent encore immobiles pendant de longues minutes, animés par l'espoir de voir les animaux revenir. Puis ils se remirent en route.

— Je suis désolée pour toi que Julia ne soit pas à tes côtés, mais je suis folle de joie d'être ici. Je n'oublierai jamais ces dauphins, ni le corail de ce matin.

Tom tourna la tête vers elle, mais l'ombre de son chapeau l'empêcha de bien voir son visage.

— Je suis très content que tu sois venue.

Il entendit Imogen prendre une profonde inspiration.

— Comment te sens-tu ? demanda-t-elle. Vraiment !

— A propos de Julia ? Ça va. *Vraiment.* J'en arrive à me dire que je devrais penser à elle plus souvent. Après tout, j'ai failli me marier avec elle. Elle devrait me manquer atrocement, mais en réalité ce n'est pas le cas. C'est peut-être parce que nous n'avons jamais habité ensemble. Je ne ressens pas son absence.

Tom se tut pour songer un instant à celle qu'il avait choisie pour être son épouse. Qui aurait dû être là, à ses côtés, à explorer avec lui Coconut Island. Comment se seraient passées les vacances sur cette île avec Julia ? Tom était tellement ébloui par Imogen qu'il n'arrivait même pas à fixer une image de son ex-future femme dans son esprit. Il avait les yeux rivés sur la peau étincelante de sa secrétaire, sur le sel de la mer qui séchait sur ses épaules.

Comme le bas de son paréo était trempé à cause de leur balade au bord de l'eau, il ne cessait de s'enrouler autour de ses chevilles. Tous les dix mètres, Imogen devait s'arrêter pour se défaire de l'étau provoqué par le tissu. Alors elle se penchait. Il voyait ses cheveux danser… et ses fesses tellement appétissantes.

— A bien y réfléchir, c'est davantage ce que représente Julia que Julia elle-même qui me manque. Elle correspondait tellement à l'épouse dont j'avais rêvé : belle, très intelligente, élégante, une carrière brillante… Enfin bref, tu l'as rencontrée, tu vois ce que je veux dire.

— A peu près, répondit Imogen d'une petite voix, comme si elle avait été affectée par ce qu'il venait de dire.

— J'ai connu tellement de femmes qui me réclamaient constamment des preuves d'amour que Julia a été comme une libération. Elle comprenait que je pouvais retourner au bureau pour une urgence, que je pouvais annuler en dernière minute une sortie au restaurant ou un week-end à deux pour cause de réunion imprévue. Julia n'avait pas besoin d'être rassurée en permanence. Elle ne se laissait pas guider par ses seules émotions. J'avais vraiment l'impression que nous nous comprenions parfaitement bien.

— Puis vint Patrick, intervint Imogen.

— Mais au début, Patrick n'était pas un problème. Elle me l'avait présenté comme un ami, je l'ai considéré comme tel et n'ai jamais pensé à mal jusqu'à la veille du mariage. Pour résumer, on pourrait dire que je ne désirais pas tant Julia que le modèle auquel elle correspondait, le genre de femme que j'aurais été heureux de retrouver le soir en rentrant à la maison.

— A t'entendre, tu avais davantage besoin d'une gouvernante que d'une épouse. Pourquoi ne pas avoir engagé quelqu'un pour s'en occuper ?

— Parce que je n'ai pas l'habitude de coucher avec mes employées.

— Etant l'une d'entre elles, j'en prends bonne note, dit Imogen, en rougissant jusqu'aux oreilles.

— Et puis, il ne s'agit pas que de sexe. Je voulais une partenaire, quelqu'un sur qui me reposer. Avec qui je pouvais me sentir d'égal à égal sans que la sincérité de mes sentiments ne fasse constamment l'objet d'une enquête. Au bout du compte, il s'agit, me semble-t-il, d'un accord tout à fait acceptable.

— Cela dépend. Que proposais-tu en retour ?

— Sécurité, confort matériel, respect, honnêteté, fidélité. Quand je prends des engagements, j'ai pour principe absolu de m'y tenir.

Ce n'était pas si mal, songea Imogen. Elle connaissait des gens qui, par crainte de la solitude, se contentaient de moins que cela. Il avait offert à Julia tout ce dont une femme peut rêver sauf l'essentiel : l'amour. Pas étonnant qu'elle n'ait pas pu aller jusqu'au bout. Tom avait beau penser que les sentiments n'avaient aucune importance, c'était tout le contraire qui était vrai.

— Pour moi, ce ne serait pas suffisant, dit Imogen qui avait décidé de jouer la carte de la franchise.

— Que te faut-il de plus ? Ah oui, l'amour.

— Evidemment, l'amour. Etre respectée, admirée, cela ne pèse pas grand-chose par rapport au fait d'être aimée. Seul l'amour peut donner un sentiment de plénitude, où on a l'impression d'être libre tout en se donnant corps et âme à quelqu'un d'autre. Tant que je ne ressentirai pas cela, je ne me marierai pas.

— Tu demandes la lune, dit Tom. Tu veux que tout soit parfait, mais rien ne peut jamais l'être. Il y a toujours un défaut. Regarde Coconut Island : endroit paradisiaque, un plaisir pour les yeux et les oreilles. Et pourtant, il y a des cafards, des chauves-souris et peut-être des bêtes plus terribles encore.

Imogen jeta un coup d'œil inquiet vers la végétation qui les entourait de toute part. Et s'il y avait des serpents ? Peut-être fallait-il mieux rester aux abords de la plage ?

— Tu t'accroches à un rêve impossible à réaliser, poursuivit Tom, manifestement décidé à lui faire entendre raison.

— On me l'a déjà dit plusieurs fois. Amanda me répète tous les jours de faire des compromis, d'être moins exigeante. Mais je refuse. Je sais ce que c'est que d'être amoureuse, je ne vois pas pourquoi je devrais me contenter de moins.

— Tu te condamnes toi-même à aller de déceptions en déceptions.

— Je préfère cela plutôt que de m'engager avec quelqu'un que j'aurais choisi par raison. Je crois que nous sommes fondamentalement en désaccord. Heureusement que nous ne prévoyons pas de nous marier.

Pourquoi avait-elle dit ça ? Ce n'était pas parce qu'ils passaient quelques jours ensemble sur une île déserte qu'ils formaient un couple. Il était donc totalement déplacé de parler de mariage. Surtout après ce qui venait d'arriver à Tom. Et puis Imogen mentait. Elle se sentait tellement bien à côté de son patron qu'elle lui répondrait volontiers oui s'il lui proposait de l'épouser.

Cette première journée donna le ton du reste de la semaine. Plongée le matin, travail l'après-midi, promenade autour de l'île en fin de journée. Dans un premier temps, Tom avait laissé entendre qu'il avait besoin d'Imogen pour traiter les dossiers. Mais, après quelques jours, il lui avait donné quartier entièrement libre pour le reste du séjour. Mieux valait qu'elle ne soit pas en face de lui pour qu'il puisse continuer à se maîtriser.

Ainsi Imogen passait une bonne partie de la journée sur la plage. De temps à autre, n'y tenant plus d'être éloigné d'elle, il allait lui apporter un apéritif ou un fruit. Elle lui reprochait chaque fois de trop travailler et l'invitait à rester auprès d'elle.

Il trouvait alors n'importe quel prétexte pour retourner devant son écran et mettre de nouveau une distance suffisante entre lui et cette tentation permanente qu'était devenue son assistante.

Il était épuisé par ce balancement constant entre le besoin impérieux d'être auprès d'elle et la nécessité absolue de la fuir pour ne pas se lancer dans des actes aux conséquences incalculables. Car cela ne pourrait jamais marcher entre eux. Il était facile de se laisser emporter par la magie des lieux. Mais à Londres, dans sa vie bien ordonnée, tout redeviendrait comme avant. C'était pour cela qu'il ne fallait pas commettre l'irréparable. Ne pas se jeter sur elle. Pour l'instant, il tenait bon. Plus que deux semaines.

Les soirées étaient toujours plus difficiles car il ne pouvait échapper à sa présence. Ils avaient pris l'habitude de s'asseoir côte à côte sur le canapé, d'observer le coucher du soleil, toujours spectaculaire, puis, une fois la nuit tombée, d'écouter le réveil des insectes et des chauves-souris.

Imogen portait tous les soirs une robe différente et, après sa douche, elle était aussi belle et fraîche qu'une fleur exotique. Tom devait se pincer pour s'empêcher de se jeter sur elle. Mais il y parvenait.

— Je n'aime pas ça, dit Imogen, en montrant les nuages noirs qui s'accumulaient à l'horizon.

Ils étaient en train de faire leur habituel tour de l'île. L'air était encore plus chaud que d'habitude, tout comme l'eau d'ailleurs. C'était la première fois depuis leur arrivée que le ciel n'était pas uniformément bleu.

— Tu as raison, nous pourrions avoir de la pluie ce soir.

— La pluie ne me dérange pas, mais j'ai peur des orages. Cela me vient d'un été où, encore enfant, je suis partie en vacances avec une amie et sa famille. Nous nous étions installés dans un camping le long d'une rivière. Il y a eu une terrible tempête avec, en plus de la foudre et du tonnerre, une pluie torrentielle et un vent très violent. Je n'avais que sept ans, mais je me souviens très bien de la panique généralisée provoquée par la crue de la rivière, les tentes qui s'envolaient. J'avais été terrorisée. Et, pour couronner le tout, à mon retour à la maison, ma mère m'a annoncé que ma grand-mère était subitement décédée pendant mon absence. La petite fille que j'étais a dû associer l'orage et la disparition de sa grand-mère adorée. L'inquiétude qui s'empare de moi au premier signe avant-coureur d'un déchaînement du ciel n'a pas disparu en grandissant. Je sais que c'est ridicule, mais je n'y peux rien.

Après ce récit qu'elle avait fait dans un souffle, les yeux baissés, Imogen tourna timidement la tête vers Tom. Elle redoutait de voir une moue sarcastique sur son visage. Mais il était au contraire avenant et rassurant, comme s'il voulait la protéger.

— Il est toujours difficile d'essayer de raisonner des sensations qui se sont imprimées en nous au cours de l'enfance. Et le passage à l'âge adulte n'efface pas l'enfant que l'on a été un jour. J'avais cinq ans quand ma mère est morte. Je ne me souviens pas très bien d'elle — il s'agit plutôt d'impressions que d'images très nettes, mais je me rappelle très clairement la veste en velours que portait mon père quand il est revenu de l'hôpital pour m'annoncer la triste nouvelle. Il m'a pris dans ses bras et je sens encore le contact de l'étoffe contre ma peau, je vois les boutons en cuir. Aujourd'hui, quand je croise quelqu'un dans la rue qui porte une veste similaire, cela me ramène directement au moment du décès de ma mère. Ce n'est pas très différent du rapprochement entre l'orage et la disparition de ta grand-mère.

Tom avait raconté tout cela d'un ton extrêmement neutre et posé. Imogen avait pourtant les larmes aux yeux.

— Cela a dû être horrible pour toi.

— Ce n'était pas si grave.

Evidemment, Tom n'était pas du genre à reconnaître la moindre faiblesse.

— C'était peut-être parce que je n'avais pas très bien compris ce que m'avait annoncé mon père. Je devais croire que ma mère était malade et qu'elle allait revenir un jour. Je me demandais simplement pourquoi il y avait un tel désordre dans la maison et pourquoi nous ne prenions plus nos repas à des horaires réguliers. Mon père faisait de son mieux pour que j'aie une vie normale. Mais il était clair que les tâches quotidiennes ne faisaient pas partie de ses priorités. C'est peut-être pour cela que je suis un maniaque du rangement et de l'ordre.

Et du contrôle, pensait Imogen, qui, après ces confidences de Tom, comprenait mieux son besoin irrépressible de ne rien laisser au hasard. Petit garçon, il avait perdu l'être qui était au centre de son univers, celui dont la présence était comme une évidence absolue. Son monde avait été détruit par la disparition de sa maman. Il n'était guère étonnant que Tom ait passé sa vie à se construire un chemin qui ne doive rien à personne.

Imogen se rendit également compte que la défiance de Tom à l'égard de l'amour ne procédait pas d'une froide insensibilité, mais d'un instinct de protection qui remontait au moment de la mort de sa mère. Et voilà qu'il avait été délaissé par Julia. A l'abri sous son chapeau, en prenant bien garde de ne pas faire de bruit, Imogen laissa une larme rouler de ses yeux. Elle ne voulait pas mettre Tom mal à l'aise, mais elle était tellement triste pour lui.

Elle avait beau avoir identifié les raisons à l'origine de son rejet des sentiments, Imogen se dit qu'il était terriblement dommage pour lui d'être enfermé dans une carapace pareille. Car s'il avait été prêt à laisser libre cours à ses émotions, Tom aurait sûrement été capable de rendre une femme très heureuse. Derrière son apparence sévère se cachait un homme doté d'une très grande intelligence, d'une remarquable force de caractère et d'un humour étonnamment décalé. Plus elle passait de temps avec lui, plus elle appréciait sa compagnie.

Et plus elle le trouvait beau.

Chaque nuit, Imogen éprouvait d'infinies difficultés à trouver le sommeil parce qu'elle savait que Tom était là, à quelques mètres, séparé d'elle par une simple paroi. Les yeux grands ouverts dans l'obscurité, elle passait en revue tous les gestes et attitudes de son patron qu'elle avait enregistrés au cours de la journée : Tom sortant de l'eau, Tom courant dans le sable, les jambes musclées de Tom, ses larges épaules. Le nombre d'images qu'elle avait à sa disposition semblait illimité.

Tom lui mettant de la crème solaire. C'était le moment de la journée qu'elle attendait le plus. Sentir ses mains puissantes parcourir son corps lui procurait de délicieux frissons de plaisir. Et, chaque fois que ce massage torride s'arrêtait, elle ressentait une violente pointe de frustration. Pourquoi ne lui avait-il pas arraché son Bikini pour se jeter sur elle ?

Puis c'était à elle de lui mettre de la crème, ce qui était une autre forme de torture. Car si elle pouvait profiter de ce moment pour éprouver la vigueur du corps de Tom, elle devait se retenir pour ne pas laisser ses mains glisser vers des endroits plus intimes.

La pensée qu'ils ne pourraient jamais former un vrai couple ramenait généralement Imogen sur la voie de la raison, après avoir passé une première partie de la nuit à enchaîner les rêves érotiques. Certes, le temps de ces vacances, ils pourraient vivre une passion physique. Mais à quoi bon ? Elle tomberait forcément amoureuse de lui et Tom n'aurait pas grand-chose à offrir en retour.

— Il fait lourd ce soir, dit-elle en s'asseyant à côté de Tom après sa douche du soir.

Sous le jet d'eau, elle avait, pour la énième fois, pris de bonnes résolutions, se promettant de regarder le moins possible son patron et de se coucher tôt. Pour une fois, elle avait décidé de ne pas mettre de robe et avait opté pour un de ses pantalons en lin. Mais à la seule vue de Tom, elle sut qu'elle était prête à fondre à la première occasion. Et tant pis si ce n'était qu'une aventure sexuelle !

— Nous n'allons pas échapper à l'orage, dit Tom en se levant. Un verre pour te donner du courage ?

— Tu es sûr ?

— Regarde ces nuages au loin. Ils viennent vers nous à toute vitesse. Et, surtout, écoute.

— Je n'entends rien.

— Justement. D'habitude, les insectes font tellement de bruit qu'il faut élever la voix pour espérer se faire comprendre. Ce soir, tout est calme. C'est un signe qui ne trompe pas.

— Tu as raison, dit-elle en frissonnant. Pas de chauves-souris non plus. Elles-mêmes sont parties se mettre à l'abri.

Une fois disparue du ciel la dernière bande de rouge écarlate, Imogen eut l'impression que la nuit, plus noire que d'habitude, était tombée très vite. Le silence qui les environnait commençait à l'inquiéter. Elle avait beau essayer de garder son calme, elle se dit qu'ils allaient être emportés par un terrible ouragan. Ses mains tremblaient, ses genoux s'entrechoquaient et son cœur battait à tout rompre.

— Viens à côté de moi, dit Tom en lui tendant la main.

Imogen n'hésita pas une seule seconde. Elle saisit immédiatement la bouée de secours que lui offrait son patron. En un instant, elle était tout contre lui sur le canapé, rassurée par le contact de ce bel homme et par le bras puissant qui lui entourait les épaules. Son cœur battait toujours autant la chamade, mais elle ne savait plus si c'était à cause de la peur de l'orage ou de l'émotion d'être lovée contre lui.

Comme chaque soir, il était extrêmement élégant, vêtu d'un pantalon en coton fin et d'une chemise blanche. Son cou, si près de ses yeux ce soir, dégageait une délicieuse odeur de fraîcheur virile. Son menton, toujours rasé de près, était comme sculpté dans le marbre tant ses lignes étaient parfaites.

Imogen était tellement absorbée par la contemplation qu'elle ne réalisa pas tout de suite que le tonnerre avait déjà grondé. Mais lorsqu'elle vit un gigantesque éclair, en forme de fourchette allongée, lézarder le ciel, son estomac se noua. Comme s'il l'avait sentie tressaillir, Tom la serra un peu plus contre lui.

— C'est parti. A mon avis, nous allons avoir droit à un orage d'une rare violence, mais ne crains rien, je suis avec toi.

Comme par miracle, cette phrase l'apaisa complètement. Sa terreur de petite fille disparut d'un coup. Pourtant, comme si les éléments voulaient donner raison à Tom, le ciel leur offrit pendant de longues minutes un spectacle effrayant. Aux éblouissements de gigantesques éclairs, dangereusement proches, succédaient de formidables coups de tonnerre qui faisaient trembler tous les murs de la maison.

— Tu crois que c'est fini ? demanda-t-elle d'une petite

voix après le long silence qui suivit le dernier grondement du ciel.

Mais avant même que Tom eut le temps de répondre, ils furent soudain saisis par le souffle d'un vent puissant, qui, avec la fureur d'un animal sauvage, fit ployer les palmiers et aplatit la végétation du jardin.

Pour couronner le tout, une pluie torrentielle s'abattit sur l'île, tombant avec une telle force qu'ils eurent l'impression que le toit allait s'effondrer sur eux.

— Ça va ? demanda Tom en hurlant, tant le bruit était assourdissant.

Son patron avait beau être à ses côtés, la vigueur de la tempête commençait de nouveau à faire monter en elle une inquiétude qui lui tiraillait le ventre. Elle leva les yeux vers lui pour se rassurer. Et constata avec effroi que Tom souriait de toutes ses dents.

— Qu'est-ce qui te met en joie comme cela ? Que je tremble comme une feuille ?

— Non. J'aime les orages. Tu ne trouves pas que c'est un spectacle fascinant ?

— Ce n'est pas le terme que j'utiliserais. Je suis morte de peur.

Tom éclata de rire et attira encore davantage Imogen contre lui. Depuis qu'ils étaient serrés l'un contre l'autre, il avait l'impression que leurs corps ne faisaient plus qu'un. C'était comme si Imogen, si douce, si belle, si sensuelle, était son complément naturel. L'orage était effectivement majestueux et il était heureux d'être aux premières loges pour en apprécier tous les développements. Mais les milliers de volts libérés par les éclairs n'étaient rien à côté de la violence des bouffées de désir qu'il ressentait chaque fois qu'Imogen faisait le moindre mouvement.

Profitant d'une accalmie, il baissa la tête pour la regarder dans les yeux. Il savait que c'était la chose à ne pas faire, mais il lui était physiquement impossible de résister plus longtemps aux charmes de sa collaboratrice. La lumière tamisée diffusée par le plafonnier du salon rendait son regard encore plus profond que d'habitude. Il avait envie d'y plonger. Il ne servait plus à rien d'essayer de détourner la tête, il était comme hypnotisé. Avec une lenteur infinie, il abaissa son visage vers celui d'Imogen, entrouvrit les lèvres et les approcha des siennes…

8

Ils furent soudain saisis par un coup de tonnerre tellement violent qu'ils crurent que la foudre avait frappé la maison. L'instant d'après, ils étaient plongés dans le noir le plus absolu.

— Le générateur a sauté, chuchota Tom à son oreille. Ne t'inquiète pas, je sais où trouver une lampe de poche.

Il enleva doucement son bras des épaules d'Imogen, mais elle s'accrocha à lui dans un mouvement de peur panique, manifestement terrorisée à l'idée de rester seule dans l'obscurité. Dehors l'orage avait repris de plus belle.

— Ne m'abandonne pas !

— Bien sûr que non, lui dit-il en lui prenant la main. Viens avec moi, tout va s'arranger.

Avançant à pas de loup, ils tâchèrent de s'orienter dans la maison. Ali leur avait montré où était la torche et comment allumer les lampes à gaz en cas d'urgence. Il fallut toutefois un certain temps à Tom pour tout trouver. Il ne put s'empêcher de sourire en sentant Imogen, cramponnée à lui, trembler de tous ses membres.

— Et la lumière fut, dit Tom avec une pointe de soulagement. On y voit plus clair. Ça va ?

— Oui, dit-elle d'une voix blanche, en lui lâchant la main.

Ce geste de repli faillit le vexer. Mais elle avait peut-être raison. Il avait été à deux doigts de l'embrasser. Sans cette panne d'électricité, il serait probablement en train de la déshabiller. Et qui sait où tout cela se serait terminé ? Probablement dans le lit. Et après ?

Heureusement qu'il avait été stoppé à temps par ce coup du sort salutaire. D'ailleurs, Imogen semblait également perplexe. Elle devait se dire qu'elle venait d'échapper à une situation très embarrassante. Elle serrait ses bras contre sa poitrine, comme pour se protéger.

Mieux valait garder un silence pudique sur cet épisode.

— Bien, dit-il d'une voix presque trop enjouée. Et si l'on se concoctait un petit dîner ? Cela nous remettra de nos émotions.

Jamais Imogen n'oublierait ce dîner aux lampes à gaz. La pluie cognant avec fracas sur les fenêtres. Ses doigts jouant nerveusement avec les couverts de la table, alors que, quelques instants plus tôt, ils s'apprêtaient à caresser le corps de Tom.

Pendant tout le repas, elle s'était efforcée de ne pas le regarder. Mais ce fut impossible. Elle était attirée par lui comme un papillon de nuit par la lumière.

Elle s'était sentie fiévreuse, mettant son état sur le compte de sa phobie des orages. En réalité, elle savait que sa fébrilité était provoquée par la frustration inouïe de n'avoir pas pu embrasser les lèvres de Tom alors qu'elles s'étaient trouvées à moins d'un millimètre des siennes.

Lorsque la pluie s'arrêta, aussi brutalement qu'elle avait commencé, le silence entre eux lui fut soudain pesant. Imogen se leva d'un bond et desservit la table. En passant, elle jeta un coup d'œil vers lui. Dépitée, elle se rendit compte qu'il ne semblait plus du tout avoir l'intention de la gratifier d'un baiser fougueux.

Elle tenta de se mettre à sa place. Il n'était qu'un homme après tout et, dans l'excitation de la tempête, il avait dû brièvement éprouver la tentation de se réconforter au contact d'un corps féminin. Pouvait-on en vouloir à quelqu'un qui, quoi qu'il en dise, pansait encore les blessures que lui avait infligées Julia.

Ne valait-il mieux pas qu'il ne se fût rien passé ? S'ils n'avaient écouté que le seul appel de leur désir, ils se seraient retrouvés dans une situation très inconfortable. Après tout, Tom était toujours son patron et ils allaient devoir travailler ensemble dans les semaines suivant leur retour de Coconut Island. De plus même s'il l'avait embrassée, cela n'aurait eu aucune signification. Après tout, n'était-elle pas juste là pour lui faire oublier l'absence de Julia ?

Fermement décidée à ne plus franchir les limites de l'amitié, Imogen dit bonsoir à Tom et alla se coucher.

Lorsqu'elle se réveilla le lendemain, le ciel était d'une clarté absolue, comme s'il avait été nettoyé par la terrible tempête de la veille. Lorsque, comme chaque matin, ils se mirent en route pour la barrière de corail, Imogen constata que même l'eau était plus limpide que d'habitude. Seul son esprit avait du mal à trouver la lumière. Car il était de nouveau perturbé par la présence de Tom dans le bateau, malgré toutes les résolutions prises après le quasi-baiser.

Pour donner le change, elle se lança dans une conversation météorologique puis, dès que le bateau fut arrêté à l'endroit de la plongée, mit aussitôt son masque et son tuba, comme pour se protéger du regard lumineux de son patron. Cela lui fit du bien de flotter dans l'eau fraîche et, progressivement, elle réussit à reprendre le contrôle de ses émotions. Quand Tom lui signala qu'il était temps de rentrer, Imogen se sentait tout à fait l'aise.

Une fois de retour sur la plage, tout en s'allongeant sur la chaise longue, elle se félicita d'avoir fait preuve d'une telle force de volonté. Il fallait juste s'en tenir à sa ligne de conduite et les vacances se termineraient tranquillement. Ils passeraient du bon temps entre amis.

Evidemment, à Londres, il ne pouvait être question de poursuivre l'amitié avec Tom. Indépendamment de leur relation professionnelle hiérarchique, leurs vies quotidiennes étaient trop différentes pour qu'il puisse y avoir un terrain commun. Imogen était, par exemple, à peu près sûre que Tom n'éprouvait qu'un intérêt limité pour les magazines relatant la vie des stars ou pour les séries télévisées.

Toute à ses réflexions, elle ne se rendit pas tout de suite compte qu'il était debout à côté d'elle, un verre de jus de citron vert à la main.

— Tu es un barman absolument parfait, dit-elle en souriant. Je te promets de te rapporter beaucoup de cafés lorsque nous nous retrouverons au bureau.

— Si tu veux remercier quelqu'un, remercie plutôt Ali, dit Tom en s'asseyant sur l'autre chaise longue. C'est lui qui a préparé ces boissons. Il a également nettoyé les dégâts provoqués par l'orage puis il m'a parlé de la cérémonie de ce soir avec un grand sourire. Ça te dit quelque chose ?

— Non. Pourquoi ? Je devrais être au courant ?

— Il m'a expliqué que tout était prêt pour ce soir, mais je n'ai pas réussi à comprendre à quoi il faisait allusion.

— Il s'agit peut-être d'une fête pour les mariés de la saison. Il aurait quand même pu nous demander notre avis.

— J'espère que non. En tout cas, je lui ai dit oui parce que j'étais en plein travail et que je n'avais pas le temps de chercher à comprendre. Puis je me suis dit que cela te ferait peut-être plaisir de rencontrer d'autres gens. Tu dois en avoir marre de ne voir que moi tout le temps.

S'il savait ! Bien sûr que non.

Normalement, Imogen était toujours enthousiaste à l'idée d'une fête. Mais ici, sur Coconut Island, où il ne leur restait plus que deux semaines, elle voulait garder Tom pour elle toute seule.

— On verra bien de quoi il s'agit, dit-elle d'une voix neutre.

— Tu es prête ? cria Tom de la véranda alors qu'elle finissait de mettre du rouge à lèvres. Ali est là avec le bateau.

Pour parer à toute éventualité, Imogen avait mis la seule robe chic qu'elle avait emportée. De couleur crème, faite de soie brillante, elle épousait à merveille ses formes et était en parfaite harmonie avec sa peau et ses cheveux blondis par le soleil.

— Je me demande vraiment ce qui nous attend, dit-elle en rejoignant Tom et en accrochant ses boucles d'oreilles.

— On le saura bien assez tôt.

Pieds nus comme elle, Tom l'entraîna vers le ponton. Il avait également pris de belles couleurs et le contraste entre ses yeux acier et sa peau bronzée était de plus en plus saisissant. Fixant son dos musclé, Imogen sentit le désir l'envahir de nouveau. Elle se maudit pour la énième fois d'être incapable de commander à son corps.

Ali les attendait dans un canot pneumatique. Tout sourire, il leur montra un magnifique bateau à voiles intégralement de bois qui oscillait au gré des vagues juste au-delà de la barrière de corail.

— Pour vous, dit-il.

— Comme il est beau ! s'exclama Imogen. Je crois qu'on appelle ces embarcations des *dhonis*. En tout cas, c'est ce que j'avais lu dans le descriptif de l'île au moment de réserver les vacances. En général, on emmène les touristes faire un tour en *dhoni* pour voir le coucher de soleil. Ce que je ne comprends pas, c'est qu'il fallait le demander à l'avance et moi je n'avais réservé aucun extra. J'y suis, c'est sûrement Julia. Je me souviens, elle m'avait demandé de lui faire la liste de toutes les possibilités offertes par Coconut Island. Elle a sûrement voulu te faire une surprise. Et du coup, c'est moi qui en profite.

— Bon, allons-y, dit Tom d'un air agacé. On ne peut pas faire patienter ce pauvre Ali plus longtemps. On verra bien ce qui se passe.

Une fois montés à bord du *dhoni*, Tom et Imogen furent invités à aller vers la proue du bateau, où avaient été disposés de luxueux coussins, sur lesquels ils étaient manifestement censés s'asseoir. L'ancre fut ensuite levée et l'équipage tendit la voile.

L'embarcation prit rapidement de la vitesse et se dirigea vers l'horizon, ce qui semblait confirmer l'hypothèse coucher de soleil. La brise marine faisait voler les cheveux d'Imogen, qui était enchantée par cette soirée inattendue.

— Je ne sais pas qui a eu cette idée, mais je ne peux que féliciter la personne en question, dit-elle, d'un air ravi.

— Regarde ! Des dauphins !

— Où ? demanda Imogen en se relevant vivement. Comme ils sont beaux ! C'est un enchantement, cette soirée.

— Oui, dit-il, en se tournant vers elle plutôt que de regarder les cétacés. C'est magique.

La voix de Tom était tellement sourde, tellement sensuelle qu'elle ne put que lever les yeux vers lui. Fatale erreur ! Elle sentit aussitôt monter en elle un désir irrépressible pour son patron, le même qui l'avait conduit la veille à tendre ses lèvres vers les siennes. Le visage de Tom était animé d'une ardeur qu'elle ne lui avait jamais connue jusqu'ici, comme s'il était également transporté par le souvenir du baiser manqué. Avait-il vraiment autant envie qu'elle d'ignorer tous les obstacles à une relation entre eux, de se lancer à corps perdu dans la passion physique ? Mais alors, les dés étaient jetés. Comment lui résister s'il partageait les mêmes envies érotiques qu'elle ? Absorbée par Tom, Imogen avait oublié le monde extérieur. Elle n'avait prêté aucune attention aux manœuvres du *dhoni*, qui pourtant s'était arrêté. Seul un cri sonore du capitaine la ramena à la réalité.

— Qu'est-ce qui se passe ? demanda-t-elle d'une voix suave, tout en continuant à fixer Tom avec une expression d'abandon.

— Je ne sais pas. Le bateau n'avance plus. Je crois même que nous devons descendre. Je vois Ali qui fait de grands gestes dans notre direction.

— Pourtant, il n'y a rien ici, juste une plage, poursuivit Imogen.

— Je n'aime pas ça, mais nous n'avons guère le choix.

En mettant pied à terre, Imogen vit qu'un grand cercle avait été tracé sur le sable, marqué par des bougies à intervalles réguliers. Elle saisit Tom par la manche.

— Qu'est-ce qu'il y a ? demanda-t-il.

— J'ai un mauvais pressentiment, chuchota-t-elle. Regarde, il y a un vieillard vêtu d'une robe blanche qui semble nous attendre.

Tom jeta un coup d'œil à l'homme puis se pencha vers Imogen avec un air perplexe.

— Que signifie ce cérémonial ?

— Je crois que nous allons avoir droit à une sorte de bénédiction nuptiale.

— Pardon ?

— Il s'agit d'une des prestations qui étaient en option dans le voyage de noces. Comme nous sommes dans un pays de confession musulmane, il est impossible de se marier d'un point de vue juridique. Mais j'avais lu que l'on pouvait, si on le souhaitait, prononcer des vœux d'engagement symboliques.

— C'est toi qui as prévu tout cela ?

— Bien sûr que non, c'est sûrement Julia. Si la situation était normale, je veux dire, si c'était elle qui était là avec toi, je trouverais cela touchant.

Abasourdi par ce qu'il venait d'apprendre de la bouche de sa secrétaire, Tom fouilla sa mémoire. Et, tout à coup, il se souvint que Julia lui avait parlé d'une cérémonie intime, mais, à l'époque, il n'avait écouté que d'une oreille. S'il avait su dès le départ de quoi il s'agissait, il aurait évidemment tout annulé. Maintenant, il était trop tard !

— Ce que je ne comprends pas, c'est que personne ne nous en a parlé, dit-il.

— Peut-être qu'ils y ont fait allusion lors de notre arrivée. Mais, rappelle-toi, nous étions tellement tendus l'un et l'autre que nous avons à peine prêté attention aux paroles du gérant de l'île.

— Quelle galère ! s'exclama Tom, d'une voix étouffée.

— Qu'est-ce que tu conseilles ?

— De faire semblant. On ne peut plus reculer. Tu es sûre que cette… union n'a aucune valeur juridique ?

— Certaine.

— Alors, je pense qu'il vaut mieux jouer nos rôles de jeunes mariés pendant cinq minutes plutôt que de se lancer dans de fastidieuses explications.

— Je ne sais pas si…

Avant qu'elle eût pu finir sa phrase, il la poussa vers l'homme en blanc, qui la regardait d'un air solennel.

— Ton nom ? demanda-t-il, en l'invitant à entrer dans le cercle.

— Imogen.

— Et moi je suis Tom, dit-il en devançant la demande du maître de cérémonie.

— Vous êtes venus pour célébrer votre amour ?

— Oui, oui, répondit-il à toute vitesse.

— Il n'y a que vous deux ici, vous êtes dans votre cercle. Il représente l'unité de votre couple. Mais aussi votre fusion avec la terre. Votre amour.

Imogen se mordit la lèvre. Elle se sentait honteuse de trahir une telle cérémonie. Tellement émouvante par sa simplicité. Elle se dit que les mots du vieillard n'avaient aucune signification, qu'ils faisaient partie d'une pièce de théâtre dans laquelle, avec le détachement d'une actrice chevronnée, elle devait simplement jouer son rôle. Mais la lumière éblouissante du soleil qui se couchait donnait une majesté indéniable à l'occasion, et elle se sentit gagnée par un irrésistible élan amoureux. Ses pieds nus dans le sable, la main de Tom tenant la sienne, toutes les sensations lui donnaient une impression de plénitude.

Sans parvenir à détacher ses yeux de ceux de Tom, encore plus clairs que d'habitude, elle entendit leur prêtre d'un soir parler d'engagement, de foi dans l'autre et chaque mot résonnait juste à ses oreilles.

— Imogen, conclut-il. Est-ce Tom que vous aimez ?

— Oui, dit-elle d'une voix brisée, en ayant soudainement conscience qu'elle disait la vérité.

— Tom, Imogen est-elle la femme que vous aimez ?

— Oui, répondit-il d'un ton sûr de lui.

— Imogen, prenez le cœur de Tom et chérissez-le. Tom, prenez le cœur d'Imogen et chérissez-le. Aimez-vous, soyez fidèles l'un à l'autre, trouvez la sérénité dans l'amour de l'autre. Cherchez ensemble la voie du bonheur.

— Je le promets, dit Imogen, les yeux emplis de larmes.

— Je le promets, dit Tom.

— Scellez votre amour d'un baiser.

Le souffle coupé, Imogen regarda droit dans les yeux de Tom. Il allait l'embrasser ! Il n'avait pas le choix ! Enfin, le moment était venu !

Elle vit un léger sourire se dessiner sur son visage puis il lui lâcha les mains pour pouvoir porter ses doigts à ses joues brûlantes.

— Je le promets, répéta-t-il d'une voix si étouffée qu'elle se demanda s'il s'adressait à elle ou à lui-même.

Enfin ses lèvres touchèrent les siennes. Sensuelles et chaudes, elles firent tressaillir tout le corps d'Imogen. Elle sentit les mains de Tom dans sa chevelure. Il fit pencher sa tête pour pouvoir mieux l'embrasser. Elle répondit avec fougue. En quelques secondes elle avait oublié où elle était, qui elle était. Tout ce qu'elle savait, c'était que cet homme qui la pressait contre lui était fait pour partager sa vie.

Elle émit une sorte de murmure de protestation lorsque

Tom interrompit leur étreinte. Mais il n'avait pu faire autrement car l'homme à la robe blanche était juste à côté d'eux, attendant manifestement qu'ils finissent pour mettre un point final à la cérémonie. Une fois qu'ils se furent tournés vers lui, il joignit leurs poignets au moyen d'une sorte de liane de feuilles tropicales.

— C'est terminé, dit-il en reculant d'un pas. Vous êtes unis et ne faites plus qu'un.

— Qu'avons-nous fait ? demanda Imogen, encore étourdie.

Tout sourire, Ali les avait raccompagnés jusqu'au *dhoni*, non sans avoir offert un collier de fleurs à Imogen. Le parfum dégagé par ce présent lui faisait presque tourner la tête. Ou le vertige était-il provoqué par les vœux censés être factices mais en réalité absolument sincères ? Seule face à Tom, de nouveau sur la proue du bateau, elle n'osait plus le regarder.

— Nous n'avons rien fait, dit son patron, en dénouant le nœud qui unissait leurs poignets. Ce n'était qu'un rituel auquel nous avons dû nous plier. Ça n'a aucune portée.

— Il n'empêche… nous avons fait des promesses, dit-elle d'une petite voix.

Tom détourna la tête, ne sachant apparemment pas quoi répondre. Ne lui avait-il pas dit qu'il n'était pas homme à rompre ses engagements ? Ne l'avait-il pas embrassée avec ardeur ? N'avait-elle pas lu une intense émotion dans ses yeux au moment des vœux ?

— Il n'y avait rien de vrai dans cette cérémonie, finit-il par répondre. Nous ne sommes pas vraiment mariés.

— Non, bien sûr que non, dit-elle en s'efforçant de sourire. D'ailleurs j'ai l'impression de vivre dans un rêve plutôt que dans la réalité.

— Depuis le début de la semaine, nous vivons un rêve, renchérit Tom, d'une voix soudainement fervente. C'est comme si nous étions dans une bulle, à mille lieues du quotidien.

— Tu as raison. Nous allons subir un vrai choc lorsque cette bulle éclatera.

— Mais en attendant, nous avons encore deux semaines, répondit-il, en lui prenant les mains.

Ses doigts jouaient avec les siens et ce seul contact suffisait à faire monter en elle de nouvelles bouffées de désir.

— Que veux-tu dire ?

— Que nous sommes ici tous les deux et que nous aimons être ensemble. Bien sûr, tout sera différent à Londres et, une fois les vacances finies, nous reprendrons nos vies respectives. Mais, d'ici là… tout ce que je sais, c'est que j'ai de nouveau envie de t'embrasser. Je veux caresser ta peau. Je ne veux plus passer une seule nuit sur ce fichu canapé à me languir de toi.

Imogen le regarda avec un air effaré, estomaquée par l'aveu aussi soudain qu'inattendu de Tom. Elle ouvrit la bouche pour lui répondre, mais il ne lui en laissa pas le temps.

— Je sais que tu t'accroches encore à l'amour que t'avait offert Andrew. Tu es en quête d'une perfection que je ne pourrai jamais te donner. Mais, peut-être que pendant les deux semaines qui nous restent sur cette île, nous pourrions nous rapprocher de cette perfection ?

— Comme si, le temps de notre séjour à Coconut Island, nous respections les vœux que nous venons de prononcer ?

— Oui. Une union temporaire en quelque sorte. Dès notre retour à Londres, nous oublierons tout ce qui se sera passé ici. Mais, fidèles à nos promesses, aimons-nous quinze jours. Qu'en dis-tu ?

Pendant quelques instants, Imogen ne sut que répondre. D'un côté, elle était révoltée par la proposition de Tom, qui se conduisait en homme d'affaires, mettant en valeur tous les avantages d'un contrat. De l'autre, elle était ravie de la perspective de pouvoir enfin s'unir avec ce compagnon de voyage qui n'avait cessé de hanter ses nuits. D'entrer dans le cercle d'une passion temporaire, à l'image du cercle qui avait été tracé pour eux dans le sable.

Sauf que celui-là était censé durer toute la vie ! Quelle ironie ! Elle qui avait des rêves d'amour idéal, voilà qu'elle se retrouvait fondant de désir pour un homme qui lui faisait miroiter deux semaines de bonheur, pas une de plus.

En même temps, qu'avait-elle à perdre ? Elle était tombée tellement amoureuse de Tom que le départ de Coconut Island, le retour à une vie normale, lui déchireraient le cœur. Qu'elle devienne son amante ou non. Plutôt que de choisir entre l'amour et rien, peut-être fallait-il trancher entre une chaste amitié horriblement frustrante et une passion physique ? Il s'agissait là sûrement d'un de ces compromis dont Amanda ne cessait de lui rebattre les oreilles.

Un simple regard en direction de Tom acheva de la convaincre. Il lui était impossible de rester encore une minute à ses côtés sans l'embrasser, le caresser, le mordre même…

— J'accepte avec joie, dit-elle d'un ton solennel.

Son patron la fixa pendant un moment d'un air interdit, comme s'il n'arrivait pas à croire qu'elle avait accepté sa proposition coquine. Puis ses yeux s'illuminèrent et un large sourire se dessina sur son visage.

L'attirant vers lui avec exaltation, il la couvrit de baisers fougueux, donnés avec l'énergie d'un homme affamé d'amour. Imogen sentit toutes les cellules de son corps jouir de plaisir.

Pendant toute la durée du trajet de retour, ils furent comme enchaînés l'un l'autre, tous les deux portés par un élan toujours plus puissant, laissant libre cours aux désirs de caresses et de baisers qu'ils avaient refrénés pendant une semaine. L'équipage, cantonné à l'arrière du bateau, s'était fait discret. Ils devaient offrir un beau spectacle, digne de véritables jeunes mariés, mais Imogen s'en fichait. En cet instant suspendu dans le temps, qu'elle aurait voulu prolonger à l'infini, elle était vraiment la femme de Tom. Et elle avait envie de crier sa joie à la terre entière.

9

Une fois arrivés devant leur maison, Imogen s'arrêta. Sous le ciel étoilé des Maldives, elle eut une dernière hésitation. Contrairement à Tom qui, l'embrassant dans le cou, voulait l'entraîner à l'intérieur.

— Tu viens ? demanda-t-il d'une voix impérieuse.

— Attends. Je meurs d'envie d'être entre tes bras, dans un lit avec toi, mais j'ai peur. Qu'adviendra-t-il de nous après ces deux semaines ? Nous allons devoir de nouveau travailler ensemble, reprendre nos positions de directeur général et d'assistante. Comment ferons-nous pour…

— Oublie le travail, l'interrompit-il. On avisera le moment venu.

Tout en disant cela, Tom avait déjà commencé à faire descendre doucement la fermeture de sa robe. Elle savait d'avance que le retour sur terre n'allait pas être aussi simple que Tom le prétendait. Bien au contraire. Mais il était vain de vouloir résister plus longtemps. Elle n'avait plus qu'une seule envie : se donner tout entière à cet homme. Elle s'abandonna entre ses bras. N'y tenant plus, il fit tomber sa robe d'un geste décidé, la souleva comme si elle était aussi légère qu'une plume et l'amena jusqu'au grand lit, cet objet de fantasmes qui allait enfin retrouver la fonction pour laquelle il avait été conçu : être un nid d'amour.

Ils étaient seuls sur cette île… seuls au monde… seuls dans l'univers. Et ils s'aimèrent toute la nuit.

Les jours suivants, leur idylle continua de plus belle. Simplement et tendrement. Comme si leur couple était une évidence. A bien des égards, ils ne changèrent guère leurs habitudes après être devenus amants. Les matinées étaient toujours consacrées à la plongée et les après-midi à la plage, où ils lisaient, nageaient, bavardaient, se reposant de leurs ébats nocturnes.

La grande différence était que Tom n'ouvrait plus son ordinateur et ne quittait plus Imogen. La présence constante de son patron à côté d'elle lui donnait une incroyable énergie. Elle savait que, le matin, il se réveillait avant elle. Mais plutôt que de consulter ses e-mails, il allait se promener, pour, disait-il, « observer le calme de l'eau quand la nature dort ».

Comme il était métamorphosé ! Lui qui ne s'était jamais arrêté de travailler avant ces vacances, cet homme qui lui avait avoué quelques jours plus tôt qu'il ne savait que faire de sa personne quand il avait du temps libre, le voilà qui profitait pleinement du moment présent. Et il était tellement plus beau quand il était détendu. Imogen ne put s'empêcher de ressentir une certaine fierté à l'idée que c'était elle qui était à l'origine de ces bouleversements.

Le moment de la journée qu'elle préférait, c'était le début de soirée. Elle aimait se rincer sous la douche, se nettoyer de tout le sel et le sable qui s'étaient déposés sur sa peau, puis enfiler une tenue légère. Généralement, Tom lui avait préparé un verre le temps qu'elle termine sa toilette. Ils s'asseyaient ensuite côte à côte sous la véranda pour admirer le coucher du soleil. Elle ne se lassait pas du silence qui s'emparait de l'île à ce moment-là. Ni du ciel qui, après le bleu, se teintait successivement de rose, d'orange puis de rouge.

Ensuite la nuit tombait avec une rapidité qui ne cessait d'étonner Imogen. C'était alors au tour des insectes et des chauves-souris d'entrer en scène. Elle n'en avait plus peur maintenant. Ces bestioles faisaient partie d'un rituel dont elle n'aurait raté un épisode pour rien au monde.

D'ailleurs, elle aimait tout ce qui se trouvait sur Coconut Island : animaux, végétaux, minéraux, couleurs, odeurs... Elle y aurait bien passé le restant de ses jours. Avec Tom, bien sûr. Son amour pour lui grandissait de jour en jour, d'heure en heure, de minute en minute. Elle ne pouvait plus se passer de sa voix, de ses mains, de son corps. De sa prévenance aussi. Et de sa gentillesse. Il n'y avait jamais eu l'ombre d'une mésentente entre eux. Elle n'osait pas se l'avouer, mais au fond d'elle elle avait l'impression qu'ils étaient faits l'un pour l'autre.

Et dire que tout cela n'allait pas durer. Imogen faisait de son mieux pour ralentir le temps en allongeant le plus possible chaque seconde partagée avec Tom. Mais, pouvait-il en être autrement, les jours défilaient et le retour approchait à grand pas. Adieu soleil, sable et mer. Bonjour pluie, bitume et métro. Adieu frêle bateau de plongée, bonjour transports en commun bondés.

Adieu mari temporaire adoré, bonjour patron agacé.

Imogen avait envie de pleurer. Elle inclina le buste en avant, prétendant avoir aperçu quelque chose au loin, pour éviter que Tom ne voie les larmes qui lui étaient venues au coin des paupières. Une fois ressaisie, elle se tourna vers lui en soupirant.

— Je n'arrive pas à croire que c'est déjà notre dernière soirée. Notre dernière nuit d'amour dans ce grand lit. L'expiration de notre contrat. Demain, nous serons de retour à Londres.

— Je sais, répondit Tom d'une voix lugubre.

Normalement, cette perspective aurait dû le rendre heureux. Il retrouverait son bureau, son univers de travail familier, où tout était à sa place et où il maîtrisait les événements.

En effet, depuis qu'Imogen avait accepté de devenir son amante, il avait mis de côté son principe de vie numéro un qui consistait à avoir toujours la situation sous contrôle. A ne rien montrer de ses sentiments. Le soleil, la mer et, surtout, son époustouflante assistante avaient eu raison des barrières de protection qu'il avait érigées autour de lui au fil des années. Il s'était d'ailleurs tellement laissé aller qu'il se demandait, non sans une certaine inquiétude, s'il réussirait à retrouver ses anciennes habitudes de directeur général rigoureux et distant.

Au début, il s'était persuadé que leur passion physique ne prêterait guère à conséquence. Deux semaines d'amour charnel, entre deux personnes consentantes, n'étaient qu'une toute petite parenthèse — certes incroyablement agréable — dans une vie d'homme.

Et pourtant, il avait développé une réelle dépendance à Imogen ! A son sourire, à sa joie de vivre, sa chaleur… et à son ardeur au lit. Malgré la fréquence de leurs rapports, il avait l'impression que le désir que lui inspirait sa secrétaire n'était jamais assouvi. Comment se passer du plaisir infini du contact de ce corps ?

— Je suis très chagriné de voir ces vacances toucher à leur fin, mais je suis sûr que, une fois rentrés, nous retrouverons rapidement nos marques, dit-il, guère convaincu par ses propres paroles.

— Tu as sûrement raison. Nous avons vécu quelque chose d'unique, mais de complètement déconnecté de la réalité. D'ailleurs, notre absence du bureau a été tellement longue que nous allons être surchargés de travail. Nous aurons à peine le temps de nous parler et de nous souvenir de tous les moments fabuleux passés ensemble.

Tom fut presque vexé du détachement d'Imogen. Apparemment, elle avait beaucoup plus de facilité que lui à tourner la page. Comme si tous ces jours à deux n'avaient aucune signification pour elle. Il aurait voulu qu'elle fonde en larmes, qu'elle le supplie de prolonger leurs vacances ou de poursuivre leur aventure à Londres. En réalité, il avait besoin d'une preuve d'amour, ne fût-ce que pour faire passer cette douleur qui l'attaquait au ventre à l'idée de ne plus pouvoir tenir Imogen entre ces bras. Qu'est-ce que ça voulait dire ? En dehors du cadre professionnel, il n'avait jamais rien exigé de personne. Etait-il… amoureux ?

Quelle ironie d'éprouver des sentiments pour une femme devant qui, en tout cas pendant la première semaine de leur séjour, il n'avait cessé de clamer qu'il valait mieux rester éloigné de toute émotion. Ce n'était pas possible ! S'enticher d'Imogen alors qu'un mois plus tôt, elle était en train de l'aider à préparer son mariage avec Julia. Julia ! Comme celle qu'il avait souvent considérée être l'épouse idéale lui semblait loin. Il l'avait complètement oubliée. Il ne ressentait plus rien pour elle, pas même de colère pour l'humiliation qu'elle lui avait infligée.

Imogen, à mille lieues de ce qu'il s'était toujours imaginé être pour lui la femme parfaite, avait effacé dans son esprit toute trace de son ex-future femme. D'ailleurs, malgré le temps passé à ses côtés, son assistante hantait ses pensées nuit et jour. Comme s'il n'y avait plus qu'elle au monde. D'un côté, il détestait cette sensation d'avoir perdu la faculté de commander son cerveau. De l'autre, il était comblé, ravi, exalté par ce sentiment, inconnu pour lui jusqu'ici, de bien-être absolu qu'il ressentait auprès d'Imogen.

Que faire ? Lui dire qu'il l'aimait ? Et que ferait-il alors si, une fois de retour à Londres, ses sentiments disparaissaient aussi vite qu'ils étaient venus ? Et, surtout, de quoi aurait-il l'air s'il n'était pas aimé en retour. Vu l'attitude d'Imogen, ce n'était pas impossible et il ne se sentait pas capable d'encaisser un deuxième rejet en un mois.

Mieux valait ne rien dire. Attendre de retrouver les repères quotidiens pour mieux évaluer ce qu'il ressentait vraiment. Et en prévision du départ qui approchait, il avait pris le parti, même s'il lui en coûtait infiniment, de remettre un peu de distance entre elle et lui au cours des deux, trois derniers jours.

Certaines phrases que Tom laissait échapper confirmaient le désagréable pressentiment qu'Imogen avait eu quelques jours auparavant. Il se préparait, doucement mais sûrement, à redevenir son patron et à oublier Coconut Island. Cela ne tenait pas à grand-chose, mais elle n'avait pu s'empêcher de remarquer qu'il reformait la bulle autour de lui : il allongeait d'une demi-heure ses promenades matinales en solitaire, il souriait un peu moins, il l'embrassait avec un peu plus de retenue.

Alors, prenant acte des nouvelles dispositions de Tom à son égard, elle avait décidé de ne pas subir les événements et de lui faciliter la tâche autant que possible — n'était-ce pas là, au bout du compte, son rôle d'assistante personnelle ? D'où sa désinvolture apparente, censée prouver à Tom qu'elle n'était nullement affectée par leur imminente séparation.

Même si, en réalité, elle avait envie de hurler sa tristesse.

— Ces vacances ont été formidables. Je n'oublierai jamais ce que nous avons connu ensemble, Tom. Je vais devoir me réhabituer à voyager dans des conditions normales — deuxième classe, hôtels bon marché — mais la vue d'un palmier ou d'une plage de sable blanc me fera toujours penser à toi.

— J'en déduis que tu es toujours décidée à parcourir le monde.

— Plus que jamais. Après le petit paradis de Coconut Island, il sera difficile de ne pas être déçue. Mais il y a encore tant d'endroits à découvrir.

Long et pesant silence. Comme si la fin de leur idylle avait soudainement tari le flot de conversations qui avait été si naturel entre eux pendant deux semaines.

— Imogen, je…

— Est-ce que tu…

Après un moment de silence, Imogen reprit la parole.

— A toi de parler d'abord.

— Je ne sais pas si nous aurons l'occasion de reparler de… notre aventure une fois que nous serons revenus à la civilisation, mais je tiens absolument à te remercier pour tout ce que tu as fait.

— Pas besoin de me remercier. J'ai passé un séjour merveilleux.

— C'est vrai ?

— Je n'ai jamais été aussi sincère.

— Tu vas me manquer, avoua-t-il.

— Toi aussi, tu vas me manquer. Je n'arrive pas à croire que, demain, tout sera fini.

— D'ici là, nous avons encore une soirée et une nuit, chuchota-t-il, avant de se pencher pour l'embrasser.

Lorsque l'avion amorça sa descente sur Heathrow, Imogen sentit sa gorge se nouer. Cette fois, le rêve était bien fini.

Après une dernière nuit d'amour au goût doux-amer, ils s'étaient habillés en silence. Tom avait remis son costume et elle son jean et le haut confortable qu'elle avait portés au voyage aller. Après avoir passé tout ce temps en Bikini et en paréo, ses vêtements de ville semblaient peser une tonne sur sa peau brunie par le soleil.

Pendant toute la durée du vol, c'est à peine s'ils avaient échangé quelques mots. Le visage de Tom avait progressivement repris son masque d'impassibilité. De peur de fondre en larmes si elle ouvrait la bouche, elle avait tourné la tête vers le hublot, regardant les nuages défiler sans être capable de penser à quoi que ce soit d'autre qu'au moment des adieux après l'atterrissage.

Tom pouvait être tranquille, elle ne lui ferait pas de scène, elle ne lui dirait pas combien elle l'aimait. Elle repartirait dans sa vie et lui dans la sienne.

Puis tout se précipita. Ils furent les premiers à descendre de l'appareil et récupèrent leurs bagages en un rien de temps. Ils se retrouvèrent dans le hall d'arrivée sans qu'elle n'ait eu le temps de préparer une phrase d'adieu pour Tom avant de redevenir, d'ici deux jours, son irréprochable assistante personnelle.

Elle jeta un coup d'œil vers son patron, dans le fol espoir qu'il lui propose de l'accompagner chez lui… mais elle constata avec dépit que la seule chose qui semblait importer à Tom était de trouver son chauffeur dans la foule.

— Voilà Larry. La voiture doit attendre dehors. Veux-tu que je te raccompagne ?

— Non. Je préfère prendre le métro.

— Tu es sûre ? A cette heure-ci, tu seras beaucoup plus rapidement chez toi en voiture.

— Là n'est pas la question. Il faut bien que je me réhabitue à une vie normale. Je viens de passer trois semaines dans un luxe inouï, mais je ne dois pas oublier que, la prochaine fois que je serai dans un aéroport, ce sera avec un sac à dos et, en main, le billet d'avion le moins cher du monde.

— Comme tu veux, dit Tom d'une voix étranglée.

— Voilà…, commença Imogen en levant maladroitement les bras, prête à l'enlacer, pour les faire retomber aussitôt. Notre histoire se termine ici.

— Oui, répondit-il, avec une expression de souffrance sur son visage.

— On se voit lundi ?

— Passe un bon week-end.

— Toi aussi… pardon, vous aussi, monsieur le directeur général.

Sur ces dernières paroles bravaches, elle gratifia Tom d'un sourire radieux, tourna les talons et s'engouffra dans l'escalier du métro.

— Au revoir, Imogen.

Elle ne se retourna pas, ne s'arrêta pas. Au milieu de tous ces passagers en partance pour le monde entier, Tom ne s'était jamais senti aussi seul. Il avait envie de la rattraper, de la prendre par la main et de retourner sur-le-champ aux Maldives.

Mais il savait que c'était impossible. Imogen avait des projets de voyage bien précis et elle lui avait clairement fait comprendre qu'il n'en faisait pas partie. De toute façon, elle était jeune, belle, avenante. Quel plaisir éprouverait-elle à passer son temps avec un drogué du travail, plus âgé qu'elle et incapable de trouver le moindre intérêt aux distractions à la mode ? Même s'il avait été inhabituellement détendu au cours des semaines passées sur Coconut Island, il savait très bien que sa compagnie n'était pas divertissante. Il était trop obsédé par sa carrière, trop obnubilé par ses affaires pour rendre quelqu'un pleinement heureux. Imogen, avec sa joie de vivre, méritait tellement mieux que lui.

Décidément, il était plus cohérent qu'il resta seul. L'expérience malheureuse avec Julia avait apporté la preuve éclatante qu'il ne rencontrerait jamais le succès dans le domaine des relations sentimentales. Et il n'avait aucune envie de mettre son cœur à nu devant Imogen. Il n'était pas prêt à risquer un nouveau revers sentimental. Bientôt, elle serait partie. Bien sûr, elle lui manquerait au début. Mais il aurait une autre assistante personnelle. Et tout redeviendrait comme avant.

— Je te l'avais dit ! Je savais que cela allait arriver. Tu es tombée amoureuse de lui, c'est ça ?

A l'arrivée d'Imogen dans l'appartement, la mine déconfite, il n'avait fallu qu'une seconde à Amanda pour comprendre la situation.

— Oui, je l'avoue. Mais c'est sans issue, il ne veut plus de moi, répondit Imogen en sanglotant.

Avec une telle introduction, elle ne put évidemment échapper à un récit circonstancié des événements survenus sur Coconut Island. Une fois qu'elle eut terminé, Amanda, à son grand étonnement, arborait un air malicieux.

— Je ne crois pas que tu doives abandonner la partie aussi vite, Imogen. A mon avis, Tom éprouve pour toi des sentiments tout aussi forts que les tiens.

— Sur l'île, peut-être. Mais, dès le départ, il avait clairement stipulé que notre relation ne fonctionnerait que sur une base temporaire.

— Peut-être. Mais, crois-en ma modeste expérience, il vaut mieux prêter attention à ce que les hommes font plutôt qu'à ce qu'ils disent. Et, si j'en juge par tes propos, vous avez vécu, du moins sur le plan physique, une passion absolument parfaite. Je suis sûre que son corps sera incapable de l'oublier lorsque tu arriveras lundi matin chez Collocom.

Etait-il possible que son absence fasse un vide dans la vie de Tom ? Ou Amanda n'avait-elle dit cela que pour la réconforter ? Quoi qu'il en soit, au fond d'elle-même, elle entretenait un mince espoir de voir son patron revenir vers elle en tant que… mari. Car son amie avait raison. L'aurait-il embrassée, caressée, possédée avec autant de passion s'il n'avait pas éprouvé des sentiments pour elle ? Il n'avait jamais exprimé ce qu'il ressentait, mais il ne faisait aucun doute qu'il avait vécu cette idylle avec un plaisir extrême.

Il lui manquait atrocement. Elle avait beau se dire que cela ne pourrait jamais marcher entre eux, que leurs mondes étaient trop différents, elle n'avait qu'une seule envie : être avec lui. Après un week-end épique à passer du rire aux larmes en compagnie d'Amanda, il lui fallut bien, par un gris lundi matin, retourner au bureau.

En entrant dans l'ascenseur, elle sentit tout son corps se tendre. Pour ne rien arranger, les deux personnes qui partageaient l'habitacle avec elle la dévisageaient avec une curiosité malsaine. Il fallait s'y attendre. Elle était l'assistante qui avait passé trois semaines avec le patron sur une île paradisiaque. Elle s'était préparée à être l'objet de tous les ragots, mais il est souvent douloureux de mesurer l'écart entre anticipation et réalité. Déjà à la réception, les hôtesses d'accueil, tout en lui souhaitant chaleureusement la bienvenue et en la félicitant pour sa mine splendide, lui avaient posé des questions lourdes de sous-entendus.

Ce n'était qu'un mauvais moment à passer. Et elle n'allait certainement pas donner la moindre prise aux racontars. Elle allait rester à une distance respectable de Tom, limiter au strict minimum leurs inévitables discussions professionnelles et évidemment reprendre un vouvoiement de bon aloi.

Elle faillit toutefois se sentir mal en s'approchant de leurs bureaux respectifs. Mais il n'était pas là. A la fois soulagée et dépitée, elle s'affaissa sur sa chaise. Il lui fallut bien cinq minutes pour enlever son manteau, aller chercher un café et, au bout du compte, avec un geste qui la replongeait définitivement dans le monde du travail, allumer son ordinateur.

Sa boîte aux lettres électronique était pleine à craquer. Pas étonnant puisqu'elle ne l'avait pas ouverte depuis leur deuxième ou troisième jour à Coconut Island. Non ! Ne plus repenser à ces vacances ! Se concentrer sur le travail. Il n'y avait que cela qui allait lui permettre de tenir. Au bout de quelques minutes, elle fut tellement absorbée par la lecture de ses e-mails qu'elle n'entendit pas entrer Tom.

Elle sursauta lorsqu'il manifesta sa présence. N'en déplaise à Amanda, il était bien redevenu le directeur général de Collocom. Son expression avait retrouvé sa sévérité d'avant et il ne répondit qu'à peine à son sourire. Comment avait-elle pu imaginer une seule seconde que Tom était amoureux d'elle. Il avait passé du bon temps avec elle, rien de plus. Certes, il s'était engagé corps et âme dans cette brève passion, mais, en même temps, dans le contrat qu'ils avaient passé, il n'avait figuré aucune clause stipulant qu'il fallait faire preuve de retenue dans l'expression de la joie d'être avec l'autre. En s'engageant brièvement, mais pleinement avec elle, Tom avait simplement cherché à évacuer Julia, et il y était parvenu. Il ne fallait pas chercher plus loin. Ne l'avait-il d'ailleurs pas remerciée au moment de leur séparation ? Comme si elle n'avait fait que lui rendre service en s'abandonnant complètement à lui. Imogen sentit une violente colère monter en elle. Elle fut soudainement prise d'une envie irrépressible de lui jeter son café froid à la figure. Mais il ne fallait pas. Pas de scandale. Pas d'éclat.

— Bonjour, dit-elle en tâchant de paraître enjouée.

— Tu es bien matinale ce matin.

— Je m'étais dit qu'il y avait beaucoup de choses à faire.

— Tu as passé un bon week-end ?

— Oui, merci. Et vous ?

— Reposant.

Et ce fut tout.

10

La froideur de Tom lui avait glacé le sang. Comment travailler aux côtés d'un homme à la fois capable de vous emmener au septième ciel et de vous briser le cœur. Il fallait qu'elle parte au plus vite. Mais, en attendant la libération, Imogen savait bien qu'elle n'avait pas d'autre choix que de reprendre son rôle d'assistante. S'efforçant de ne rien laisser paraître de son émoi, elle frappa à la porte de Tom.

— Voici les messages les plus urgents auxquels il serait bon que vous répondiez.

Si au moins il lui disait qu'elle pouvait le tutoyer ! En souvenir du bonheur vécu ensemble.

— Merci. As-tu toujours les clés de l'appartement de Julia ?

— Oui. Vous en avez besoin ?

— Je voudrais que tu me rendes un service.

— C'est pour cela que je touche un salaire à la fin du mois.

— Nous nous sommes parlé au téléphone. Patrick a accepté un boulot dans un coin perdu d'Amérique du Sud. Julia tient absolument à l'accompagner. Je ne vois pas ce qu'elle pourrait faire là-bas, mais cela ne me regarde plus. Toujours est-il qu'elle n'aura pas le temps de repasser par Londres et de vider le pied à terre que tu lui avais trouvé. Or l'agence de location voudrait le récupérer au plus vite et, comme elle n'a pris qu'une valise à main en désertant avec Patrick, elle a laissé quelques affaires derrière elle, et pas mal de vêtements apparemment. Elle m'a dit qu'elle ne tenait pas à les récupérer et que je pouvais en disposer à ma guise.

Imogen perçut une certaine aigreur dans la voix de Tom. Cette conversation avec Julia n'avait pas dû être facile pour lui. Il lui avait dit n'avoir jamais aimé son ex-future femme et Imogen n'avait jamais douté de ses paroles. Mais elle savait également que sa fierté ne s'était pas encore complètement remise de l'affront qu'elle lui avait infligé.

— Vous voudriez que je m'en occupe, c'est ça ? demanda-t-elle.

— Je t'en serais très reconnaissant. Je suggère de jeter le tout ou d'en faire don à des œuvres de charité.

— Ce sera fait au plus vite.

Le jeudi de la même semaine, Imogen se retrouva devant la porte de l'appartement loué par Julia à Chelsea. Elle avait eu tellement à faire au bureau qu'elle n'avait pas pu se libérer plus tôt pour s'acquitter de cette tâche.

Malgré la charge de travail, les quatre premiers jours de la semaine s'étaient écoulés avec une lenteur éprouvante. Imogen était épuisée par la nécessité de faire bonne figure. Les collègues ne se privaient pas de faire des allusions salaces à Coconut Island et son patron était tombé dans un mutisme désespérant. Pas une seule fois, ils n'avaient évoqué leurs vacances ensemble. Même s'il lui en coûtait de devoir enfouir au fond d'elle-même un amour pour Tom qui malgré les circonstances ne se démentait pas, elle estimait qu'ils avaient plutôt bien réussi à donner le change.

Imogen avait trouvé motif à consolation dans l'air mélancolique qu'elle avait surpris à plusieurs reprises dans les yeux de Tom. Lui non plus ne pouvait s'empêcher de penser à Coconut Island, elle en était persuadée. Alors pourquoi ne manifestait-il aucune chaleur envers elle ? Bien sûr, ils étaient en public et le moindre geste déplacé alimenterait tout de suite les plus folles rumeurs sur leur compte. Juste au moment où elles commençaient à se tarir. Mais était-ce la seule raison ?

Absorbée par ses réflexions désordonnées, Imogen tourna la clé et pénétra dans le lieu élégant et raffiné qu'elle avait déniché pour Julia. Errant de pièce en pièce, elle ne put empêcher son imagination de s'échauffer de plus belle. Elle se voyait entrer le lendemain dans le bureau de Tom, un énième dossier urgent à la main. Lui laissant à peine le temps d'en commencer la lecture, il lui arrachait les documents des mains, les envoyait par la fenêtre et se jetait à ses pieds pour lui dire qu'il ne supportait pas de vivre sans elle. Il la suppliait de l'épouser et de rester pour toujours à ses côtés.

Imogen soupira, s'en voulant de laisser son esprit vagabonder. Mais c'était plus fort qu'elle. Elle se dit qu'ils seraient très bien ici, tous les deux, dans cet appartement à la fois lumineux et spacieux, offrant une vue imprenable sur la Tamise. Elle le compara avec celui qu'elle partageait avec Amanda. Si petit et biscornu. Le type de logement qui sied à une étudiante attardée, mais pas à une midinette qui a des rêves de grandeur avec un homme d'affaires.

Machinalement, Imogen ouvrit la grande armoire placée le long d'un des murs de la chambre à coucher de Julia. Elle avait à peine passé un mois à Londres, mais il y avait là quantité de vêtements magnifiques. Tous de marque. De quoi faire un don conséquent à une œuvre de charité.

Avec une application religieuse, Imogen ôta une à une les robes des cintres pour les plier dans les boîtes qu'elle avait apportées. Elle avait l'impression de violer l'intimité de celle qui avait été à deux doigts d'être la femme de Tom. Surtout lorsque, tout au fond du placard, elle découvrit une magnifique housse de protection, très volumineuse. La robe de mariée !

Il lui fut impossible de résister à la tentation d'y jeter un coup d'œil. Tirant lentement la fermeture Eclair, elle laissa échapper un soupir d'admiration. Elle avait devant elle la matérialisation des désirs de princesse de toutes les petites filles de la terre. Un tissu d'un blanc ivoire, si doux et si fin qu'elle ne se lassait pas de le faire glisser entre ses doigts. Sortant la robe de sa housse, Imogen pressa le vêtement contre son corps, s'imaginant la porter à son propre mariage.

Elle voyait son père la menant fièrement à l'autel, sa mère pleurant de voir sa petite fille s'envoler de ses propres ailes, ses frères lui faisant des clins d'œil complices. Et Amanda, bien sûr, en resplendissante demoiselle d'honneur.

Devant l'autel, Tom faisait déjà face au prêtre. Superbe dans un costume à la sobriété raffinée, il se retournait vers elle et elle lisait dans ses yeux qu'il n'avait jamais vu femme plus belle dans cette robe splendide.

Se mordant les lèvres, Imogen se força à revenir à la réalité. Puis lui vint une idée saugrenue, probablement provoquée par un impossible désir de prendre le dessus sur Julia.

Pourquoi ne pas l'essayer ?

Certes, cette robe ne lui appartenait pas. Mais celle pour qui elle avait été faite ne la mettrait jamais. Où était le mal ? Sans plus réfléchir, elle se décida. Elle enleva ses vêtements et, entièrement nue, elle fixa la robe avec un air de défi. Elle savait qu'elle avait été cousue pour une femme beaucoup plus mince. Mais elle était déterminée à y entrer, coûte que coûte. Elle enfila d'abord le bas de robe, appréciant la douceur du tissu contre ses cuisses. Puis elle plaça ses bras dans les manches. Ne restait plus qu'à remonter la fermeture.

Mais elle avait beau tirer, rentrer le ventre, les épaules, rien n'y fit. Cette robe n'était pas faite pour elle. Evidemment que non. Comment avait-elle pu croire une seconde qu'un vêtement fait pour Julia, si mince et svelte, pourrait lui aller ? Elle qui faisait au moins trois tailles de plus que la presque Mme Maddison.

Imogen ne pourrait remplacer Julia. Car c'était bien ce qu'elle avait voulu faire en tentant de s'approprier la robe. Retrouver grâce aux yeux de Tom en supplantant celle qui représentait pour lui l'idéal féminin. Mais il était écrit qu'elle n'y arriverait jamais. Dépitée, elle ôta la robe et la fourra rageusement dans une des boîtes. Quelqu'un allait toucher le gros lot avec ce vêtement.

Mais sûrement pas elle.

— Voilà, c'est tout, dit-elle en refermant son carnet de notes. Ah si, une dernière chose. Tenez, c'est le descriptif du poste. J'ai pensé que vous aimeriez y jeter un coup d'œil.

— Quel poste ?

— Celui d'assistante personnelle du directeur général.

— Tu quittes l'entreprise ?

Tom se sentit devenir livide.

— J'ai des projets de voyage, vous vous en souvenez ? Nous en avions parlé.

— Tu m'avais dit juin.

— Les choses se sont précipitées. J'ai trouvé un billet pour l'Australie à un prix défiant toute concurrence. La seule contrainte, c'est qu'il faut l'utiliser d'ici un mois au plus tard.

— Un mois !

Pendant un instant, il crut qu'il allait vomir. Comme si Imogen lui avait asséné un énorme coup de poing dans l'estomac. Bien sûr, il savait que cela allait arriver un jour ou l'autre. Mais pas si vite, pas comme ça. Depuis leur retour de Coconut Island, il avait secrètement espéré qu'elle change d'avis et reste son assistante personnelle jusqu'à la fin des temps. Mais elle avait apparemment hâte de partir, de mettre des milliers de kilomètres entre elle et lui.

Pour se donner une contenance, il se concentra sur le document que lui avait transmis Imogen. Mais il était tellement troublé que les mots dansaient devant ses yeux. Il ne voulait pas d'autre secrétaire. Il y en avait sûrement de plus rigoureuses, de plus sérieuses qu'Imogen. Mais rien ne pourrait égaler sa sensualité, sa joie de vivre, sa beauté. Combien de fois, depuis qu'ils étaient rentrés, avait-il été sur le point de lui déclarer son amour, de se jeter sur elle pour l'embrasser avec fougue ? Mais il n'avait jamais osé, de peur de regretter cette prise de risque inconsidérée.

Heureusement d'ailleurs. Puisqu'elle venait de lui annoncer son départ. Il se ressaisit, prit son stylo et parcourut tous les points qu'avait énumérés Imogen sur la feuille décrivant son emploi.

— C'est parfait, dit-il. Tu peux la transmettre aux ressources humaines en précisant que c'est urgent. Je veux qu'on recrute ta remplaçante avant ton départ.

Assise sur la chaise de son bureau, Imogen parcourait des yeux les parois de cette pièce qu'elle allait quitter pour de bon après la réception organisée en son honneur. Elle ressentit un pincement au cœur à l'idée de ne plus voir ce lieu qui avait fini par lui devenir si familier. C'était ridicule. N'avait-elle pas choisi d'être intérimaire pour rester libre de ses mouvements ?

Dans ce cas précis, elle ne partait pas de son plein gré. Elle fuyait un amour impossible avec Tom. Cependant, plus elle préparait son voyage, tâchant de se convaincre qu'elle l'oublierait bien vite une fois atterrie à l'autre bout du monde, plus elle sentait ses entrailles se révolter.

Mais, elle voyait bien qu'il ne servait à rien de s'acharner. Elle aimait Tom, mais il fallait être deux en amour. Lors de son dernier mois de travail sous ses ordres, son patron était redevenu l'étranger qu'il avait été avant leurs vacances sur l'île. De temps à autre, il lui posait des questions sur son projet australien, mais il le faisait par pure politesse. Il avait déjà trouvé Judy, celle qui allait la remplacer en tant qu'assistante personnelle. Tom était définitivement prêt à refermer la parenthèse Imogen.

— Allez viens, tout le monde t'attend, lui dit Suzy, une des filles des ressources humaines. Tu ne vas quand même pas être en retard à ton propre pot de départ ?

— C'est la première fois que j'ai le droit à une fête d'adieu. En général, les intérimaires viennent et repartent sans faire de bruit. Au bout du compte, je ne suis restée que quelques mois.

— Pour moi, tu fais partie de la maison. Je ne suis pas la seule à être de cet avis. Avec tes compétences, ta gentillesse et ta bonne humeur, tu as réussi à te faire aimer de tous. Tu vas beaucoup nous manquer.

Imogen suivit Suzy dans la salle de réception et eut un choc de voir le monde qui était venu lui dire au revoir. Tout sourire, elle alla dire un petit mot à chacun des convives. Sans manquer de remarquer que le premier d'entre eux n'était pas là. Tom avait pourtant promis qu'il se libérerait pour l'occasion.

— Où est le patron ? On ne peut pas commencer à boire tant qu'il n'est pas là, grommela Neville de la comptabilité.

— Le voilà, cria quelqu'un.

Imogen se tourna et le vit passer le seuil de la porte. L'air sérieux, mais toujours aussi beau et viril. C'était plus fort qu'elle : la seule vue de son patron mettait son corps en transe. Par-dessus les têtes des salariés de Collocom, leurs yeux se rencontrèrent pendant un long moment, puis il détourna la tête. Il murmura quelque chose à l'oreille du directeur des ressources humaines. Celui-ci hocha la tête et monta sur l'estrade installée contre l'un des murs de la pièce.

Imogen fut invitée à l'y rejoindre. Elle savait à quoi s'attendre. Elle avait déjà assisté à nombre de festivités de ce genre. Des félicitations pour le travail accompli, la litanie de ses qualités, le rappel de ses bourdes les plus mémorables, le cadeau et un verre de champagne à sa santé. Elle espérait simplement que tout se passe le plus vite possible. Elle allait étouffer si elle restait trop longtemps dans la même pièce que Tom sans pouvoir le toucher.

Quelqu'un fit tinter un verre et le silence se fit. Mais Imogen ne prêtait plus aucune attention à ce qui se passait autour d'elle. Seule sur l'estrade — le directeur des ressources humaines s'était éclipsé — elle eut une révélation ! Il fallait qu'elle dise à Tom qu'elle l'aimait. Elle n'avait plus rien à perdre maintenant. Evidemment pas devant tout le monde, mais dès la réception terminée. Il s'agirait ensuite de le forcer à l'écouter jusqu'au bout. Surexcitée d'avoir pris cette résolution téméraire, Imogen parcourut l'assistance du regard pour y trouver le beau visage de Tom. Horreur ! Il n'était plus là. Il n'avait même pas pris la peine de rester. Imogen sentit qu'elle avait les larmes aux yeux lorsque, effrayée, elle entendit quelqu'un toussoter juste à côté d'elle. C'était lui. Et il s'apprêtait à faire un discours.

— Nous sommes ici tous réunis pour dire au revoir à Imogen qui, en quelques mois de présence, aura marqué cette maison de son empreinte. Tout le monde a pu apprécier ses qualités professionnelles et humaines et je pense ne pas me tromper en affirmant qu'elle va vous manquer. Mais s'il y a bien une personne qui devra faire face à un vide vertigineux, c'est moi. Quand Imogen quittera les locaux de Collocom pour la dernière fois, je sais l'impression que j'aurai : celle que le phare illuminant ma vie s'est éteint pour toujours.

Abasourdis par les propos si peu conformes à un traditionnel discours d'adieu qu'ils entendaient, les salariés étaient comme paralysés. Plus personne ne parlait, ne buvait ou ne mangeait.

— Voyez-vous, poursuivit Tom, je me suis habitué à son sourire, aux soupirs qu'elle laisse échapper quand elle est contrariée. Ses éclats de rire au téléphone, son parfum, sa beauté, comment vivre sans ? Je vous prie de m'excuser, je sais que mes paroles sont, comment dire, quelque peu déplacées. Mais je ne pouvais laisser partir Imogen sans lui dire que, sans elle, mon existence n'a plus de sens. Je l'aime. Je t'aime, Imogen. Ça y est, je l'ai dit ! Je n'avais pourtant aucune envie de tomber amoureux, je pensais d'ailleurs que j'en étais incapable. Quand je t'ai proposé cette relation temporaire sur Coconut Island — effectivement, mesdames et messieurs, nous n'avons pas fait que travailler sous le soleil des Maldives, loin de là — j'étais persuadé qu'il n'allait s'agir que d'une passion physique. Et même quand j'ai senti que des sentiments s'étaient greffés sur notre union charnelle, je me disais qu'ils allaient disparaître dès notre retour à Londres. Mais c'est tout le contraire qui s'est passé. J'ai fait de mon mieux pour t'ignorer ces derniers temps, mais mon amour pour toi n'a cessé de grandir. Tu as changé ma vie, Imogen. Tu m'as fait découvrir un monde jusque-là inconnu pour moi : celui du plaisir d'être à deux. Je remuerais ciel et terre pour te convaincre d'annuler ton billet pour l'Australie. Mais si tu décides de partir malgré tout, je voudrais simplement te dire merci.

Tom s'arrêta un instant de parler. Pendant tout son discours, il n'avait cessé de la regarder dans les yeux. Un silence religieux régnait dans la pièce. Elle ouvrit la bouche pour lui répondre, mais elle fut incapable de prononcer le moindre son.

— Bref, poursuivit son patron en se raclant la gorge. Reprenons le fil. Le personnel s'est, il me semble, cotisé pour t'offrir un cadeau.

Il prit le présent qu'un de ses adjoints lui tendait. Rouge

comme une tomate, il s'avança vers Imogen et lui mit l'objet entre les mains.

Elle réussit enfin à sortir de sa stupeur. Pleinement consciente que tous ses collègues, qui devaient avoir le sentiment d'assister à une pièce de théâtre, étaient suspendus à ses moindres gestes, elle s'approcha de son patron avec un sourire radieux.

— Je ne veux pas de cadeau. Tu viens de m'offrir tout ce que je désirais.

Elle entendit toutes les femmes de la salle soupirer d'aise. Elle perçut même quelques sanglots. Et, tout à coup, les convives applaudirent à tout rompre. Pour toute réponse à ces manifestations de joie, ils s'embrassèrent.

— Je crois que monsieur Maddison voudrait poursuivre cet entretien avec Imogen en tête à tête, dit le directeur des ressources humaines une fois que le bruit fut retombé. Je vous propose de poursuivre cette petite fête au pub d'à côté.

— Je suis désolé de t'avoir mis dans une situation si embarrassante, dit Tom dès qu'ils furent seuls.

— Détrompe-toi, je ne peux pas être plus heureuse. Jamais on ne m'avait dit des choses aussi belles. Et je n'arrive pas à croire que tu aies osé te mettre à nu devant tout le personnel de Collocom. A mon avis, ton autorité en a pris un coup. Tu avais vraiment prévu de me faire cette déclaration devant tout le monde ?

— Pas du tout, j'avais écrit un discours tout à fait convenu. Un modèle de banalité. Et puis je t'ai vue et je me suis dit que je ne pouvais pas te laisser partir comme ça. Le reste est venu tout seul. Je ne veux pas te dire au revoir, Imogen.

— Alors, ne le fais pas.

Il la prit dans ses bras et la serra très fort contre lui.

— Est-ce que cela signifie que tu restes ?

— Seulement si tu le veux.

— Si je le veux ! Tu n'as pas entendu mon discours ? C'était bien la peine de me ridiculiser devant tout le monde.

Je suis fou de toi, Imogen. Tu as mis ma vie sens dessus dessous, mais je ne peux plus me passer de toi.

— Que me trouves-tu ? Je suis une femme parfaitement ordinaire, comme il y en a des millions d'autres.

— Pourquoi dis-tu cela ? Tu es incroyablement belle, chaleureuse et aimante. C'est à cause de Julia, c'est ça ? Tu te compares à elle ?

— Comment échapper à cette comparaison ? Nous sommes totalement différentes et pourtant tu as failli te marier avec l'une et tu viens de déclarer ta flamme à l'autre. Je croyais que Julia était pour toi « l'épouse idéale » ?

— J'étais sûr que tu allais ressortir cette phrase. Mais tout cela, c'était avant que je ne te rencontre et que tu me fasses découvrir l'amour. Julia ne m'a jamais inspiré la moindre passion. Alors que toi… tu es tellement formidable que j'ai peur de ne pas être à la hauteur.

— Qu'est-ce que tu racontes ? Tu es absolument parfait. Non, ce n'est pas vrai, tu as plein de défauts. Mais, à tes côtés, je ressens une plénitude absolue. Souviens-toi de Coconut Island… nous vivions dans l'harmonie la plus totale.

— Tout a commencé après notre fausse cérémonie de mariage.

— C'est à ce moment-là que je me suis rendu compte que je t'aimais. Toutes les paroles que le vieil homme nous a demandé de répéter, je les ai prononcées avec la plus grande sincérité. Et je suis comme toi, je ne romps jamais mes engagements.

— Cela tombe bien, dit Tom. Je comptais justement te proposer de légaliser notre union et de nous marier pour de bon. Chère Imogen, acceptes-tu de devenir mon épouse ?

— Avec joie, répondit-elle en l'enlaçant.

— Et où aimerais-tu aller en voyage de noces ?

— Pardon ? Nous venons à peine de rentrer.

— Ah non. Qui dit mariage dit voyage de noces. Cela tombe bien, je connais justement un endroit idéal.

Le vieil homme en blanc les attendait sur la plage de sable. Le soleil se couchait. Main dans la main, Tom et Imogen s'approchèrent de lui. Cette fois, ils étaient vraiment mari et femme.

Ils s'étaient mariés la semaine précédente dans la petite église du village où Imogen avait grandi. Cela avait été une belle fête, mais aujourd'hui, ils venaient pour une célébration privée.

Ils entrèrent dans le cercle, sûrs de leur amour. Le prêtre ne manifesta aucun étonnement de devoir unir le même couple qu'il y a six mois.

— Aimez-vous, soyez fidèles l'un à l'autre, trouvez la sérénité dans l'amour de l'autre. Cherchez ensemble la voie du bonheur.

— Nous le promettons, répondirent-ils d'une seule voix avant de s'embrasser.

KAY THORPE

Escapade en Toscane

Traduction française de
ANTOINE HESS

HARLEQUIN

Titre original :
THE ITALIAN MATCH

Ce roman a déjà été publié en 2015

1

« Dire que j'aurais pu grandir dans ce pays ! » songea Gina en contemplant d'un air rêveur les collines de Toscane qui s'étendaient devant elle.

Elle roula encore quelques minutes, puis se gara sur le bas-côté de la route pour étudier une nouvelle fois la carte qui était étalée sur le siège du passager. Si elle ne s'était pas trompée, elle devait se trouver à moins de deux kilomètres de Vernici.

Elle avait encore des doutes sur l'utilité de ce voyage. Allait-elle réussir à retrouver ses racines ? Giovanni Carandente avait-il vraiment vécu là ? Elle avait une photo de lui dans son sac, une vieille photo un peu jaunie, le seul indice sur lequel elle pût compter pour tenter d'ouvrir les portes du passé.

Sans doute allait-elle très vite trouver les réponses aux questions qu'elle se posait depuis vingt-cinq ans.

Et si la déception était au rendez-vous, au moins aurait-elle fait un beau voyage.

Quand elle entra dans le bourg, son cœur battait un peu plus vite que d'habitude. Elle pressentait qu'en ce début d'été sa vie allait basculer. Vernici avait un petit air médiéval et typiquement italien, avec ses ruelles étroites, ses toits rouges aux tuiles romaines, sa place centrale écrasée de soleil.

Comme elle cherchait un endroit où se garer, une grosse voiture bleue déboucha comme une fusée de l'une des petites rues transversales, et fonça droit sur elle. Pour éviter la collision, Gina donna un grand coup de volant sur la droite. Elle heurta alors une barrière signalant des travaux sur la chaussée, et l'avant de sa voiture alla percuter un muret de pierre. La jeune femme resta un moment accrochée à son volant, abasourdie, la tête vide.

Le crissement des freins et le vacarme de l'impact avaient alerté les gens des environs qui se pressaient maintenant autour de la voiture et regardaient la conductrice d'un air inquiet.

Quant à la voiture bleue, elle avait disparu dans la nature.

— *Va bene ?* demanda un homme en se penchant vers Gina.

Encore choquée, l'esprit vacillant, la jeune Anglaise murmura dans un italien approximatif :

— *Va bene, grazie, signore...*

On lui fit de grands signes avec les mains pour signifier qu'il fallait attendre un peu, et elle vit un homme partir à grands pas dans une ruelle sombre, sans doute pour chercher quelque chose ou quelqu'un.

Gina sortit avec difficulté de sa voiture pour constater les dégâts. L'émotion et la chaleur la faisaient transpirer, et son corsage lui collait à la peau.

— Mon Dieu ! soupira-t-elle en voyant l'avant complètement enfoncé, la roue droite tordue et l'aile en bouillie.

Une gentille dame, toute en rondeur, pleine de volubilité, se perdit en exclamations et lui posa un certain nombre de questions qui se résumaient manifestement à : « Ça va ? Ça va bien ? » Gina, un peu débordée, répéta encore une fois en tentant un sourire timide :

— *Tutto bene, grazie...*

Elle connaissait, en tout et pour tout, une dizaine de mots italiens, et essayait de deviner les équivalences entre la langue de Shakespeare et celle de César. Comme le mot « macchina » revenait dans toutes les phrases, elle en déduisit qu'il signifiait « la voiture ».

— *Poverina, poverina...* , répétait la grosse dame en joignant les mains vers le ciel avec une compassion éloquente.

« Oui, une pauvre petite, c'est bien ce que je suis », se dit Gina qui devait, à présent, faire face à une situation imprévue. Allait-elle devoir écourter ses vacances, rentrer en Angleterre ?

Elle soupira et s'efforça de faire le point. La voiture bleue qui avait provoqué l'accident avait disparu. On ne pouvait même pas rédiger un constat pour l'assurance...

Après une longue attente, la dépanneuse arriva enfin, et il fallut près d'une demi-heure pour charger la pauvre Fiat. Les deux mécaniciens firent comprendre à Gina qu'il allait sans doute falloir envoyer sa voiture à Sienne, peut-être même à Florence. Car, bien sûr, il n'y avait pas de pièces de rechange à Vernici.

Quand la jeune femme demanda combien de temps allait prendre la réparation, l'un des hommes fit un mouvement typiquement italien de la main, signifiant qu'on n'en savait rien : cela pouvait être rapide ou très long. On ne savait pas. On verrait.

— Eh bien, me voilà fixée ! dit Gina en faisant la grimace.

Elle fit de nouveaux efforts, tenta de trouver les mots pour demander combien allaient coûter les travaux. De nouveau, elle reçut une réponse des plus indécise.

Elle avait envie de pleurer, à présent. Elle se souvint alors de la conductrice de la voiture bleue : une toute jeune fille qu'elle avait aperçue en un éclair.

Avec son maigre vocabulaire, elle demanda si quelqu'un connaissait cette voiture bleu vif.

— C'est celle de la demoiselle de San Cotone, répondit un habitant du village qui parlait quelques mots d'anglais. Trois kilomètres. Vous, demander argent.

Il frottait le bout de ses doigts du geste vif que l'on

comprend dans tous les pays : l'argent, les billets. Oui, elle allait pouvoir être dédommagée à San Cotone. C'était de là que venait la voiture responsable de l'accident.

— Des gens très riches, ajouta son interlocuteur en arrondissant les yeux avec une mimique expressive.

Gina était bien décidée à aller jusqu'à San Cotone afin de faire valoir ses droits et de remplir les papiers pour l'assurance.

Les mécaniciens proposèrent de mettre à sa disposition une vieille Fiat pendant la durée des réparations.

— Combien cela va-t-il coûter ? demanda-t-elle, un peu inquiète.

On lui fit de nouveau un geste vague qu'elle traduisit de cette manière : on ne savait pas, c'était un détail, on verrait ça plus tard.

La Fiat avait beaucoup vécu, mais elle semblait pouvoir rouler encore. De toute façon, Gina n'avait pas le choix. Elle laissa ses sacs de voyage dans le coffre de sa propre voiture, puis monta dans l'autre véhicule, et démarra après un petit signe amical de la main.

La vieille et noble demeure toscane était entourée de champs d'oliviers et de plusieurs dizaines d'hectares de vignes qui produisaient le fameux chianti San Cotone.

Gina franchit un portail massif et s'engagea sur un chemin de gravier qui menait à l'imposante propriété. Elle gara la vieille voiture et alla frapper à la porte d'entrée.

Quand un domestique à l'air hautain et méfiant lui eut ouvert la porte, Gina lança sur un ton décidé :

— Je veux voir le patron, *padrone*, comprenez-vous ?

L'homme garda un visage buté. Il n'avait pas l'air de comprendre, ou bien il faisait semblant de ne pas comprendre. Son regard chargé d'un certain mépris allait de l'étrangère à la vieille Fiat qui stationnait devant la somptueuse résidence.

— *Voglio videre padrone*, dit Gina avec obstination.

Hélas, la partie semblait perdue.

— Charmant accueil ! bougonna-t-elle, furieuse. Mais je ne vais pas repartir comme ça…

Soudain, elle planta là le cerbère intraitable, et s'élança dans le vaste hall de la maison dans l'espoir de rencontrer un être humain avec qui il serait possible de dialoguer.

— *Buon pomeriggeo !*

L'homme qui venait de prononcer ces mots se tenait dans l'embrasure de la porte et la dévisageait avec un air à la fois agacé et irrité. Il avait un très beau visage : fin, distingué, aristocratique, avec des pommettes saillantes, un nez droit, un profil de médaille.

— *Parla inglese ?* lui demanda Gina, pleine d'espoir.

— Bien sûr, répondit le maître des lieux dans un anglais impeccable. Pardonnez-moi, je vous avais prise pour une Italienne. Si j'avais été plus observateur, j'aurais tout de suite remarqué vos yeux merveilleusement bleus, votre peau si délicate…

Gina ne put répondre tout de suite, tant elle était ahurie. Elle connaissait la réputation de séducteur dont bénéficiaient les Italiens, mais c'était la première fois qu'elle se trouvait dans une telle situation, face à un homme qui la couvait d'un regard si étrange. Il ne manquait pas d'allure ni de charme. Quel âge pouvait-il avoir ? Entre trente et trente-cinq ans. Plus près de trente, sans doute.

— Pardonnez-moi cette intrusion quelque peu brutale, reprit-elle d'un ton hésitant. Mais il fallait que je voie le maître de maison.

L'homme s'inclina légèrement devant elle.

— Lucius Carandente, dit-il sans l'ombre d'un sourire.

Gina le dévisagea un moment. Elle avait bien entendu « Carandente » ! Se pouvait-il que cet homme appartînt à la famille de Giovanni Carandente, son propre père ?

Comme elle demeurait stupéfaite, l'Italien eut enfin un sourire amusé :

— Vous avez l'air surpris…

Gina fit un effort pour recouvrer ses esprits.

— Je… Je m'attendais à rencontrer un homme plus âgé. Voyez-vous, je viens à propos d'une jeune fille qui conduisait une voiture bleue… Je pensais voir son père.

Il hocha la tête en fronçant les sourcils.

— Donata ? C'est ma plus jeune sœur. Qu'a-t-elle encore fait ?

— Elle a provoqué un accident qui a démoli tout l'avant de ma voiture, cet après-midi, à Vernici.

L'homme eut une petite grimace de contrariété.

— Vous êtes assurée ?

— Evidemment ! Mais je me retrouve coincée dans cette région où je ne connais personne. Ma voiture a été emmenée à Sienne ou à Florence, et je vais devoir attendre qu'elle soit réparée.

Lucius Carandente parut réfléchir un instant, puis il tourna soudain la tête et appela d'une voix forte :

— Guido !

L'homme qui avait ouvert la porte à Gina se présenta, le visage toujours aussi austère, devant son *padrone* qui se mit à lui donner des ordres à toute allure et conclut par un retentissant :

— *Subito !*

Puis Carandente ouvrit les bras, toujours grand seigneur, et désigna un siège.

— Je vous en prie, asseyez-vous.

La jeune femme s'installa sur le bord d'un fauteuil recouvert de velours. Elle se sentait assez mal à l'aise, car son hôte, lui, restait debout, les bras croisés, dans une attitude courtoise, certes, mais légèrement hautaine.

— Je ne connais toujours pas votre nom, dit-il de sa voix grave et musicale.

Elle rougit un peu.

— Pardon, j'ai oublié de me présenter. Je m'appelle Gina Redman.

— « Gina », c'est un prénom italien, ça !

— En effet, murmura-t-elle, subitement désemparée.

Elle n'avait guère envie de lui expliquer qu'elle était à la recherche d'un père italien qui avait disparu avant sa naissance, et qu'elle n'avait donc jamais connu, un père légendaire et mystérieux : Giovanni Carandente. D'où ce voyage en Toscane, dans ce comté de Vernici dont il était originaire.

Si elle avait avoué tout cela à son hôte, elle se serait retrouvée face à une situation compliquée, et face à quelqu'un qui était sans doute un lointain parent puisqu'il portait le même nom que Giovanni Carandente. Elle ajouta donc d'un ton banal :

— Je fais un peu de tourisme dans la région. J'ai traversé la France et la Suisse sans problème, et il a fallu que j'arrive à Vernici pour me trouver face à face avec un bolide bleu qui…

— Nous parlerons de Donata dans un moment, coupa-t-il en levant une main impériale. J'ai demandé à Guido de la faire venir. Mais dites-moi : pourquoi ce prénom italien ? Ce n'est pas banal pour une Anglaise !

— Mon père était italien, rétorqua-t-elle vivement.

— « Etait » ?

— Il est mort avant ma naissance. J'ai été adoptée par mon beau-père qui s'appelle Redman.

A ce moment, la porte d'entrée s'ouvrit brusquement et une jeune fille apparut. Elle semblait tout à fait déplacée dans cette maison au cadre austère. Ses cheveux, tout ébouriffés, ressemblaient à un nid d'oiseau, et ses vêtements étaient voyants, avec des couleurs violentes.

Son frère et elle eurent une discussion rapide, très vive, où les questions et les réponses fusaient à toute allure. De temps à autre, Lucius Carandente demandait à la jeune fille de s'exprimer en anglais afin que leur visiteuse pût les comprendre. Donata, malgré son jeune âge, parlait très bien anglais, elle aussi.

— Ce n'est pas ma faute ! affirma-t-elle. D'ailleurs, ma voiture n'a pas la moindre égratignure.

Gina répliqua d'un ton sec, sans se démonter :

— Naturellement, puisque je me suis jetée sur le côté lorsque vous avez déboulé comme une furie. J'ai bien failli être blessée ! Tout cela à cause de votre conduite irresponsable.

La jeune fille lui jeta un regard furieux.

— Si vous êtes assise là, c'est que vous n'avez rien. Alors, ne compliquez pas les choses ! Je me demande, d'ailleurs, pourquoi vous êtes venue jusqu'ici. Vous cherchez sans doute à obtenir quelque compensation financière…

— Donata !

Carandente marmonna une remontrance en italien, à une vitesse telle que les mots se bousculaient, totalement incompréhensibles pour Gina qui écoutait sans comprendre. Le frère aîné tançait sévèrement sa jeune sœur.

Celle-ci hocha la tête d'un air méprisant, leva le nez, et quitta la pièce en claquant la porte.

Le chef de famille eut un geste d'humeur, une sorte de coup de cravache aérien et cinglant, et se tourna vers Gina, l'air confus :

— Excusez la maladresse de ma jeune sœur : elle revient tout juste de son collège en Suisse, et elle est un peu… excitée, en ce moment.

— J'ai remarqué, murmura Gina avec un sourire poli.

Carandente fit quelques pas dans la pièce, comme pour se calmer, puis demanda d'une voix plus douce :

— Est-ce que vous avez retenu une chambre d'hôtel ?

Complètement prise au dépourvu, Gina hocha la tête : non elle n'en avait pas eu le temps.

— Où sont vos bagages ?

— Je les ai laissés dans ma voiture. La petite Fiat qui se trouve devant chez vous est celle que l'on m'a prêtée.

— Vous serez notre invitée en attendant que votre voiture soit réparée, déclara Lucius d'un ton sans réplique.

— Mais je ne veux pas abuser de…

— Vous n'abusez de rien du tout. Vous me vexeriez en refusant mon hospitalité. Je m'occuperai des démarches pour votre voiture.

Gina se sentait un peu embarrassée, et ne savait que répondre.

— Merci, *signore*…

Pour la première fois depuis leur rencontre, Carandente eut un sourire véritable, un sourire si lumineux qu'elle sentit une sorte de picotement le long de son dos.

— Vous pouvez m'appeler Lucius, c'est plus simple. M'autorisez-vous à utiliser, moi aussi, votre prénom ?

Elle fit un signe de la tête, et murmura :

— Je vous en prie.

— Merci, Gina.

La grande porte de chêne s'ouvrit une nouvelle fois, et une femme de chambre apparut. Elle s'inclina devant Gina.

— Crispina va vous montrer votre chambre, dit Lucius. Je vais faire venir vos bagages du garage. En attendant, je vous conseille de prendre un peu de repos : le genre d'accident que vous avez subi est souvent suivi d'un contrecoup qui vous laisse sur le carreau.

Gina n'en doutait pas. Crispina la conduisit jusqu'à une chambre magnifique qui donnait sur la plus grande partie du domaine. Les vignes, bien tracées, suivaient l'ondulation des collines où elles puisaient leur suc incomparable.

La grande salle de bains attenante à la chambre était dallée de marbre noir, et la robinetterie était en or massif.

Eblouie par un tel luxe, Gina resta un moment assise sur le bord du lit, après que Crispina eut quitté la pièce. Elle était toute songeuse. Elle avait imaginé un tas de choses en pensant à ce voyage en Italie, mais pas une telle aventure.

Au bout d'un moment, poussée par une impulsion subite, elle ouvrit l'enveloppe de papier Kraft qui contenait la photographie.

Sur le cliché jauni, on voyait sa mère, Beth, bras dessus, bras dessous avec Giovanni Carandente. Un bel Italien. Son père qu'elle n'avait jamais connu. Ils avaient alors moins de quarante ans à eux deux, et ils souriaient à la vie, insouciants et heureux. Ils s'étaient rencontrés à Oxford, pendant leurs études.

Gina était tombée par hasard sur cette photo en furetant dans le grenier de sa maison et, en cet instant, le monde avait chancelé.

Jamais sa mère ne lui avait parlé de Giovanni, mais, ce jour-là, elle avait dû se résigner à lui confier son secret si jalousement gardé : Gina était la fille de Giovanni et non de John Redman.

Beth avait épousé John immédiatement après la mort de Giovanni qui s'était tué dans un accident de voiture. Elle était enceinte. John lui-même ne devait jamais savoir que Gina n'était pas sa fille.

Lorsque la jeune femme avait demandé à sa mère pourquoi elle n'avait pas essayé de prendre contact avec la famille Carandente, après la mort de Giovanni, cette dernière avait fait un geste évasif : elle ne connaissait personne de cette lointaine famille italienne. Elle avait seulement appris que les Carandente étaient originaires de Vernici, en Toscane.

La seule chose que Giovanni avait laissée à sa fille, c'était son nom : Gina, le diminutif féminin du sien.

— Est-ce que tu aimes autant John que Giovanni ? avait demandé Gina à sa mère.

Beth avait hoché lentement la tête et murmuré d'une voix mystérieuse :

— On n'aime jamais de la même manière. Chaque

amour est unique. Ce que j'ai vécu avec Giovanni a été grandiose, au-delà de tout ce que l'on peut imaginer. Mais ce bonheur aurait-il duré encore plusieurs années ? Je n'en sais rien. Une chose est sûre : j'ai trouvé un grand réconfort, une grande tendresse auprès de John. Il n'a pas le moindre doute sur ton origine. Il est persuadé d'être ton père, et il serait terriblement déçu s'il apprenait la vérité.

Toujours assise sur le lit de la chambre d'amis, Gina contemplait encore et encore cette photo qui était le cœur et la racine de sa vie.

Elle poussa un long soupir et sentit brusquement la fatigue l'envahir, ce fameux contrecoup annoncé par Lucius Carandente.

Elle s'allongea pour se reposer quelques instants, et se réveilla deux heures plus tard en se demandant où elle était et quelles étaient ces dorures qui ornaient les magnifiques lambris anciens.

La réalité lui revint d'un seul coup. Elle se leva et se prépara pour le dîner qu'on lui avait annoncé pour 9 h 30.

Il faisait presque nuit lorsqu'elle descendit le vaste escalier de pierre pour se rendre dans la salle à manger. Comme elle hésitait sur le seuil, Lucius vint à sa rencontre.

— Entrez donc, dit-il galamment. Vous allez faire la connaissance de ma famille.

Cinq paires d'yeux la dévisageaient en même temps, et Gina se sentit brusquement dépaysée dans ce cadre antique, parmi tous ces Italiens.

Gina connaissait déjà Donata, l'échevelée, la folle du volant. On lui présenta l'autre sœur de Lucius, Ottavia, qui paraissait avoir vingt-sept ou vingt-huit ans et qui la salua froidement. Elle était mariée à Marcello Brizzi qui s'inclina poliment devant elle.

La mère de Lucius avait encore belle allure. Il était difficile de croire qu'elle eût un fils de trente ans passés.

— Mon fils m'a dit que vous étiez à moitié italienne et que vous n'aviez pas connu votre père ? déclara d'emblée la *signora* Carandente d'un ton un peu mondain.

— En effet, il est mort avant ma naissance.

La maîtresse de maison hocha la tête avec un air de compassion.

— C'est terrible, dit-elle après un silence. Ne pas avoir connu son père ! Avez-vous des frères et des sœurs ?

Gina hocha négativement la tête.

La *signora* Carandente fronça les sourcils et reprit sur un ton passionné :

— C'est catastrophique de disparaître sans laisser d'héritier mâle. Le nom de la famille disparaît. C'est un désastre. Si jamais il arrivait quelque chose à Lucius avant qu'il n'ait un fils, ce serait un grand malheur.

Lucius leva les sourcils d'un air étonné.

— Je me porte très bien, mère, déclara-t-il d'une voix tranquille.

— On ne sait jamais ce qui peut arriver, mon cher enfant. Il faut que tu te maries. C'est une responsabilité familiale. Et Livia Marucchi me paraît être le meilleur parti possible.

La façon à la fois rapide et discrète dont Lucius haussa les épaules intrigua brusquement Gina. Elle sentait que sa présence empêchait la famille de parler librement. Mais était-ce sa faute si Lucius Carandente l'avait invitée à demeurer chez lui de façon si pressante ?

— Quel était le nom de votre père ? demanda Ottavia d'un ton sec, comme si elle s'adressait à une subalterne.

Gina se sentit prise par une panique soudaine. Il n'était pas question, pour le moment, et compte tenu de l'atmosphère ambiante, d'annoncer : « Mon père s'appelait Giovanni Carandente. » C'eût été un tollé, un scandale, et elle eût alors ouvert la porte à des explications interminables.

— Barsini, répondit-elle de la voix la plus assurée possible. Alexander Barsini.

— Barsini, répéta lentement Ottavia d'un air dédaigneux. Et de quelle partie de l'Italie venait-il ?

— De Naples.

Ottavia fixait sur elle un regard impitoyable. Gina avait l'impression d'être soumise à la question, comme au temps des Romains lorsque les tortionnaires passaient les prisonniers au tripalium.

Pendant toute la durée de cet interrogatoire, Donata resta appuyée sur un coude, l'air morose et ennuyé.

— Votre père a-t-il encore de la famille en Italie ? reprit la sœur de Lucius en regardant Gina de manière perfide.

— Je l'ignore, répondit la jeune femme, qui se sentait de plus en plus mal à l'aise. Je suis venue en Italie pour essayer d'en savoir davantage.

A cet instant, Lucius prit enfin la parole, au grand soulagement de Gina qui n'en pouvait plus.

— Je crois que cela suffit, décréta-t-il avec dureté, en adressant à sa sœur un regard réprobateur. Nous accablons Gina de questions : ce n'est guère gentil de notre part.

Gina eut un petit sourire un peu las. Ottavia, quant à elle, continuait de la scruter, tel un chasseur aux aguets.

Le dîner se poursuivit dans une atmosphère à peu près supportable. Gina répondait avec une docilité courtoise aux questions qu'on lui posait, tout en regrettant secrètement le mensonge qu'elle avait dû improviser à la hâte, et qui l'avait amenée à affubler son père de ce ridicule nom de Barsini.

Les vins, excellents, auraient pu lui redonner une certaine confiance, mais elle les craignait quelque peu : elle les aimait, mais ils ne l'aimaient pas vraiment, surtout lorsqu'elle dépassait trois verres.

Lucius, toujours grand seigneur, avait insisté pour que

les conversations se déroulent en anglais. On demanda à Gina si elle avait un métier et lequel. Elle répondit qu'elle était expert-comptable.

— Quel étrange métier pour une femme ! dit Ottavia, très étonnée. Tu ne trouves pas, Lucius ?

— Pourquoi donc ? Je trouve cette fonction fort honorable, surtout pour quelqu'un de si jeune.

— J'ai vingt-cinq ans, précisa Gina en souriant. Ce n'est pas si jeune que cela. Et j'imagine que vous ne devez pas être beaucoup plus âgé que moi.

Elle avait parlé un peu sans réfléchir, mais Lucius sembla prendre cette question indirecte avec bonne humeur.

— J'ai tout de même huit ans de plus, dit-il avec un sourire fugace.

Ottavia revint à la charge avec une apparente douceur qui ne trompa pas Gina :

— Et que fait votre beau-père ?

— Il travaille dans l'industrie textile.

— Possède-t-il sa propre entreprise ?

Gina marqua un temps, et répondit avec une certaine lassitude :

— Oui.

Elle espérait que les interrogatoires allaient prendre fin. Pourquoi s'obstinaient-ils à décortiquer ainsi sa vie ? Ne pouvait-on la laisser en paix ?

De temps à autre, il y avait des apartés en italien, mais Lucius insistait pour reprendre la conversation en anglais.

A minuit, tout le monde était encore à table. Gina, qui avait eu une journée très éprouvante, n'en pouvait plus. Elle décida de se lancer, et déclara avec aplomb :

— J'espère que vous ne m'en voudrez pas si je quitte la table. Je me suis levée très tôt, ce matin, et…

— Mais voyons, c'est tout naturel, répondit avec bienveillance la *signora* Carandente. Je veux que vous vous sentiez à l'aise dans cette maison. Souhaitez-vous qu'on vous apporte le petit déjeuner dans votre chambre, demain matin ?

— Merci, non. C'est très gentil à vous, *signora.*

Ottavia la corrigea aussitôt d'un ton bref :

— Non, pas *signora : contessa.*

— Appelez-moi Cornelia, proposa gentiment la mère de Lucius. Ce sera plus simple.

Gina se leva et lança un « bonne nuit » à la ronde.

Tout en se dirigeant vers sa chambre, elle repensait à ce titre de comtesse. Si Cornelia possédait ce degré de noblesse, son père à elle avait dû être comte lui-même.

L'image de ce père restait encore floue et indistincte, mais Gina était décidée à apprendre quel homme il avait réellement été.

2

Gina se leva dès 6 heures du matin, après une nuit de sommeil courte mais réparatrice.

Elle alla aussitôt à la fenêtre pour admirer la succession des vignes sous le soleil levant, les champs d'oliviers, un peu plus loin, toute la belle campagne toscane chantée par les poètes latins de l'Antiquité et qui, bien des siècles plus tard, avait vu naître les plus grands artistes de la Renaissance.

Puis elle enfila un jean et un chemisier, et sortit de la chambre. La grande maison était silencieuse.

Le jardin était plein de fleurs luxuriantes, de statues et de bustes qui rappelaient la Rome antique.

Elle aperçut soudain Lucius, assis sur un banc de pierre. Il l'observait manifestement depuis un moment, les bras croisés, la tête haute.

— Vous êtes déjà levé ! lui dit-elle d'un air étonné.

— Je vous ai vue dans le jardin, depuis ma fenêtre, alors je suis descendu vous saluer.

— Je faisais un tour avant le petit déjeuner. Ce jardin est une splendeur…

Il s'était levé à son approche, avec son habituelle courtoisie. Après s'être rassis, il demanda de sa voix grave et musicale, un peu marquée de son délicieux accent italien :

— Alors, Gina ? Comment trouvez-vous notre maison ?

— Absolument magnifique. Un vrai rêve ! Vous ne m'aviez pas dit que vous étiez comte !

Il fit un geste évasif de la main.

— Bah, les titres, vous savez… ce ne sont que des étiquettes du passé, tellement anachroniques !

— J'ai l'impression que votre sœur Ottavia n'éprouve pas le même dédain que vous pour les titres de noblesse. A la fin du dîner, elle m'a rappelé assez sévèrement que je ne devais pas me contenter d'appeler votre mère « madame ».

— Ottavia est un peu vieux jeu, et plutôt conformiste, pour ne pas dire snob, bougonna-t-il. Mais ne restez pas debout, venez donc vous asseoir près de moi.

Il tapotait doucement le banc de pierre de sa fine main bronzée, sans alliance.

Troublée par cette invite, Gina rétorqua d'un ton un peu embarrassé :

— Il faut que… que j'aille me préparer pour le petit déjeuner.

— Rien ne presse. Ici, on mange quand on veut et où l'on veut.

Une petite flamme amusée dansait dans le regard de Lucius lorsqu'il ajouta malicieusement :

— Et avec qui l'on veut.

Il la dévisageait en souriant.

— Je vous fais peur ?

— Mais non ! répondit-elle avec véhémence. Pourquoi me feriez-vous peur ?

— Quel effet vous fais-je, alors ? demanda-t-il d'un ton qui plongea aussitôt la jeune femme dans la gêne.

Un peu déstabilisée par la tournure de leur conversation, elle se demanda si elle devait faire semblant de ne pas comprendre. Mais non, mieux valait parler franc.

— Je vous trouve un peu… hardi de poser de telles questions. Nous nous connaissons à peine… Je tiens à vous préciser que je ne suis pas le genre de femme qui se laisse séduire par tous les hommes qu'elle rencontre. Je ne suis pas un jouet, sachez-le une fois pour toutes.

Un sourire amusé éclairait le visage de Lucius.

— Alors, qui êtes-vous ?

Il semblait se douter que Gina n'était pas venue à Vernici par hasard et qu'un motif secret l'y avait poussée.

La jeune femme songea que c'était le moment ou jamais de lui confier son histoire, de lui révéler le vrai nom de son père. Plus elle attendrait, plus elle s'enfoncerait dans une situation impossible vis-à-vis de son hôte, dans un malentendu insupportable.

« Allons, Gina, avoue-lui qui tu es, et pourquoi tu es ici ! » se dit-elle.

Elle s'humecta les lèvres. Son cœur battait un peu plus vite. L'aveu n'était pas facile à faire. Et toute cette histoire des Barsini de Naples… C'était ridicule ! Il fallait rétablir la vérité. Immédiatement.

— Je… Euh…

Elle n'osait encore franchir le pas.

— Oui ? Vous semblez hésiter. Qu'avez-vous à me dire ? Allons, parlez sans crainte. Je suis… un ami, à présent, n'est-ce pas ?

— Je crois que je vais retourner dans ma chambre.

— Je vous accompagne, déclara-t-il d'un ton sans réplique.

Il se leva d'un mouvement souple de félin. Gina se rappela les images du Guépard, de Visconti, qu'elle avait vu au cinéma, bien des années auparavant. Elle trouvait une ressemblance singulière entre le cadre sicilien du film et ce décor toscan.

Quand Lucius se leva, elle respira le parfum de son eau de toilette auquel se mêlait un arôme troublant, très envoûtant, qu'elle ne connaissait pas.

— Vous êtes toujours aussi matinal ? demanda-t-elle pour se donner une contenance.

— Non. C'est très variable, répondit-il, tandis qu'ils se dirigeaient à pas lents vers la maison.

— Votre anglais est vraiment excellent.

Toutes ces banalités étaient destinées à lui permettre de garder un peu de distance vis-à-vis de Lucius. Elle voulait éviter toute relation ambiguë avec lui.

Il la déstabilisa une nouvelle fois par la question inattendue qu'il lui posa, et qui paraissait lui brûler les lèvres :

— Si votre père est originaire de Naples, comment se fait-il que vous soyez venue à Vernici ?

Une petite voix intérieure s'élevait en elle : « Dis-lui tout maintenant ! Allons !... » Mais elle n'en eut pas le courage, et répondit simplement :

— Il semble qu'il soit né à Vernici. C'est pour cette raison que je suis venue.

— Je vois...

Le ton de Lucius laissait penser qu'il n'était guère convaincu par cette explication. Il semblait se demander pourquoi la jeune femme n'avait pas mentionné ce fait la veille au soir, pendant le dîner.

— Le nom de Barsini ne me dit rien, mais je demanderai une vérification aux archives municipales de Vernici, promit-il.

Ainsi, plus le temps passait, plus elle s'enfonçait dans son absurde invention.

Ils avaient, à présent, atteint le vaste porche de la maison. Lucius monta les quelques marches devant elle. Mais, soudain, elle glissa car les semelles de ses sandales étaient humides. Elle perdit l'équilibre et fut retenue au dernier moment par Lucius qui s'était précipité à son secours.

— Eh bien, vous nous faites de ces frayeurs ! dit-il d'un ton à la fois amusé et charmeur, tout en la retenant dans ses bras.

— Vous... Vous pouvez me lâcher, à présent, balbutia-t-elle, le cœur battant à tout rompre.

Mais il ne semblait pas disposé à la libérer si vite. Il la serrait toujours contre lui en la dévisageant d'un air gourmand.

— Lâchez-moi, murmura-t-elle dans un souffle.

Ce n'est qu'après avoir effleuré sa nuque de ses lèvres, juste à la naissance des cheveux, qu'il desserra son étreinte.

— Vous ne devriez pas faire des choses pareilles, gronda-t-elle d'un ton qu'elle aurait voulu sévère et qui n'avait pu que traduire son émoi.

Il eut un petit rire moqueur et tendre à la fois.

— Allons, je ne vous ai pas mangée…

— Non, mais… je ne suis pas d'accord pour ce genre de… d'écarts. Sachez que je ne suis pas…

Elle hésita un instant sur le mot.

— … disponible, précisa-t-elle d'un ton décidé.

Ils se tenaient sur les dernières marches du perron. Lucius s'était appuyé nonchalamment sur la rambarde de pierre et faisait face à Gina qui soutenait son regard avec courage.

— Vous savez, *cara*, murmura-t-il d'une voix charmeuse, aucun homme dans la situation où je me trouve ne saurait vous résister.

Comme elle ne répondait rien, il ajouta sur un ton plus banal :

— Je m'occuperai de ces Barsini dès ce matin. J'irai voir les archives de la région.

Gina sentit qu'il fallait rompre une fois pour toutes cet engrenage infernal. Elle prit son courage à deux mains et commença d'une voix faible :

— Il y a quelque chose que… qui…

Il haussa les sourcils, brusquement attentif.

— Oui ? Quelque chose qui quoi ? demanda-t-il avec un sourire encourageant.

Elle secoua la tête en soupirant.

— Oublions cela, s'il vous plaît.

Malgré le refus que Gina avait poliment émis, la veille, à la fin du dîner, on lui apporta son petit déjeuner dans sa chambre. Elle installa le plateau sur le balcon et put ainsi savourer la vue, la tiédeur de l'air et la lumière en même temps que ce premier repas de la journée.

Le seul fait de regarder le ciel si bleu, si pur, la remplissait d'une joie profonde, quasi mystique. C'était le genre de ciel sous lequel de grands événements, de grandes œuvres ou de grands amours pouvaient naître.

Il n'était pas impossible que son père, un quart de siècle plus tôt, eût observé le même paysage depuis le même balcon. Cette idée lui fit venir les larmes aux yeux.

Allait-elle recueillir des informations sur lui, sur sa vie si brève ?

Quelques instants plus tard, elle descendait l'escalier, sans savoir très bien ce qu'elle allait faire de sa journée.

Elle aperçut Ottavia qui prenait un bain de soleil sur la terrasse, côté sud.

La sœur de Lucius avait les yeux protégés par d'épaisses lunettes de soleil qui masquaient son regard. Gina remarqua que les ongles de ses orteils étaient peints du même vernis que ceux de ses mains.

— Bonjour ! cria Gina.

Ottavia leva la tête, baissa un peu ses lunettes, et lança de sa voix sèche :

— On dirait que vous vous êtes remise de vos émotions !

Gina nota que la jeune femme n'avait pas pris la peine de répondre à ses salutations, mais elle ne s'attarda pas à cette absence de politesse.

— En effet. J'ai pris un excellent petit déjeuner dans ma chambre. Mais j'aurais très bien pu descendre…

— Etant donné que vous êtes l'invitée de mon frère, il est normal que vous soyez bien traitée.

Après avoir réajusté ses lunettes sur son nez, Ottavia reprit du même ton agressif :

— Je pense que vous êtes consciente du privilège qui

vous est accordé. Permettez-moi, cependant, de mettre un bémol à votre exaltation, si besoin est.

Gina se demandait où la jeune femme voulait en venir. Elle sentait une hostilité sourde et secrète à son égard, sans qu'elle en comprît très bien la nature.

— Mon frère est aux petits soins pour vous, poursuivit Ottavia. Mais ne vous faites pas d'illusions. Ce n'est pas parce qu'il est sous le charme que…

— … Qu'il va me demander en mariage, coupa Gina qui sentait la colère la gagner. Merci pour ce renseignement. J'en prends note.

Ottavia, un peu surprise, baissa une nouvelle fois ses lunettes sur son nez et observa la jeune Anglaise.

— Bien, dit-elle de sa voix froide.

Puis elle offrit de nouveau son visage au soleil, exactement comme si elle se trouvait seule.

« Inutile d'insister », se dit Gina.

Et elle tourna les talons.

Elle avait décidé de faire une grande promenade, mais le bruit d'une voiture se fit brusquement entendre, et un coupé sport déboucha d'un seul coup pour s'arrêter juste devant elle.

Gina, surprise, perdit son équilibre et tomba sur un genou, mais elle se releva aussitôt. Le conducteur sortit de l'élégante voiture et se mit à parler à toute allure.

— *Sono inglese, non capisco*, dit Gina.

Cette phrase, elle l'avait prononcée des centaines de fois depuis son arrivée en Italie. « Je suis anglaise, je ne comprends pas. » En général, cela mettait fin à l'incompréhensible torrent verbal que déversaient à son intention la plupart des personnes qu'elle rencontrait.

— Vous êtes anglaise ! s'écria le conducteur en adoptant aussitôt la langue de la jeune femme. Comme c'est bizarre ! Il est si rare que les touristes viennent se perdre jusqu'ici !

— Eh bien, il faut croire que je ne suis pas comme les

autres, répliqua Gina en se massant le genou. Mais dites-moi : est-ce que tout le monde conduit de cette façon, dans ce pays ?

— De quelle façon ?

— D'une façon folle.

L'homme n'avait pas l'air de comprendre. Gina fit un effort pour être plus claire :

— Vous conduisez vraiment très vite. C'est de l'inconscience.

— Vous trouvez ? Oh ! mais vous êtes blessée ! Il y a du sang sur votre genou.

Gina vit que son genou saignait un peu. Un gravillon l'avait éraflé, semblait-il.

— Ce n'est rien, affirma-t-elle avec un petit rire insouciant.

— Il faut désinfecter ça tout de suite ! s'écria le conducteur, soudain fébrile. Permettez-moi de me présenter. Je suis Cesare Traetta.

— Enchantée. Moi, c'est Gina Redman. Je séjourne actuellement chez M. Carandente.

— Je vous raccompagne immédiatement. Cette blessure m'inquiète.

— Je peux très bien faire le chemin à pied : c'est tout près. Je risque de salir votre belle voiture.

— Qu'importe. Montez.

Gina tapota son genou avec son mouchoir et s'installa à côté de l'homme qui paraissait à peu près du même âge que Lucius. La voiture démarra en trombe en faisant une nouvelle fois gicler les gravillons, et s'arrêta cent cinquante mètres plus loin dans un crissement assourdissant.

Lucius se tenait sur le seuil de la maison. Sans doute était-il sorti en entendant le bruit du moteur.

— Mais vous saignez, Gina ! s'exclama-t-il, l'air inquiet. Qu'est-ce qui vous est arrivé ?

— J'ai glissé sur l'allée et je suis bêtement tombée.

Elle ne voyait aucune raison de donner une explication complète de l'incident ni de dénoncer le coupable. La délation n'était pas son fort.

— M. Traetta a eu la gentillesse de me raccompagner, ajouta-t-elle d'une voix douce.

— Cesare. Appelez-moi Cesare, je vous en prie.

Elle eut un sourire bref.

— Très bien, Cesare.

Puis elle se tourna vers Lucius :

— Je monte dans ma chambre nettoyer tout ça.

Lucius semblait vouloir donner à l'incident beaucoup plus d'importance qu'il n'en avait.

— Je vous apporte la trousse de secours, dit-il. Il va falloir désinfecter votre genou. On ne plaisante pas avec ce genre de blessure.

Gina monta jusqu'à sa chambre, ouvrit la porte de la salle de bains et entreprit de nettoyer la plaie qui n'était pas très importante, mais assez profonde cependant. Des gravillons étaient enfoncés dans la peau. Elle prit une pince à épiler pour les extraire, un à un.

Lucius entra dans la salle de bains, le visage sévère. Il portait une petite mallette rouge. Gina avait posé la jambe sur le bord de la baignoire. Sa robe était relevée et laissait voir une partie de sa cuisse. Elle hésita un instant, se demandant s'il ne serait pas plus convenable de dissimuler ce spectacle aux yeux de Carandente. Elle vit qu'il avait remarqué son hésitation. Ils se regardèrent dans les yeux un bon moment, puis Lucius lui dit d'un ton de léger reproche :

— Vous auriez dû m'attendre. J'ai là tout ce qu'il faut pour vous soigner.

— C'est gentil à vous, mais je peux très bien me déb...

— Laissez-moi faire, commanda-t-il d'une voix autoritaire.

Tout en maintenant sa jambe d'une main sûre, il entreprit de nettoyer son genou avec un bâtonnet imbibé de mercurochrome, en prenant soin d'extraire les minuscules gravillons qui restaient encore sous la peau.

Le contact de cette main tiède contre sa jambe ne manquait pas de troubler Gina. Les doigts de Lucius, longs et agiles, étaient parfaitement manucurés. Ce n'était pas vraiment une caresse, et pourtant, c'était tellement excitant que la pointe de ses seins s'était durcie et que tout son corps était parcouru par des frissons sauvages.

« Allons, un peu de sérieux, ma fille », se dit-elle, mécontente de cette réaction épidermique. Elle savait bien que certaines femmes étaient tout à fait capables de vivre une relation érotique sans amour véritable, mais ce n'était pas ce qu'elle désirait pour elle-même. Elle voulait davantage. Elle voulait tout ou rien.

Son modèle secret, depuis son adolescence, c'était la relation qui avait existé entre sa mère et Giovanni. Une grande histoire d'amour, à la fois passionnée, tendre et sensuelle. C'était cette relation-là qu'elle appelait de ses vœux : l'amour absolu.

Il n'était pas impossible que Lucius Carandente fût son cousin. Elle allait sans doute parvenir à retrouver l'arbre généalogique des Carandente pour en avoir le cœur net. Et, s'il était vraiment son cousin, pas question, bien entendu, d'aller plus loin !

Elle sursauta, piquée dans sa chair.

— Pardon, dit Lucius. Je vous ai fait mal…

— Ce n'est rien.

— J'essaye d'enlever les petits cailloux qui se trouvent en profondeur.

— Allez-y, dit-elle courageusement. Pas de problème. Je n'avais pas remarqué à quel point certains gravillons avaient pénétré profondément.

Il était toujours penché sur son genou, comme un chirurgien qui opère, attentif et concentré. Ses gestes étaient doux et précis.

— Heureusement, vous n'aurez pas de cicatrice, dit-il. Cela aurait été dommage pour des jambes aussi belles…

Elle prit un ton de gronderie tout en souriant.

— Vous ne cesserez donc jamais, Lucius ?

Il leva un instant les yeux vers son visage. Il souriait, lui aussi, d'un air un peu malicieux.

— Je suis un homme de goût, Gina. J'admire ce qui est beau. Vous avez un corps magnifique. Je suis sous le charme. Cela vous ennuie ?

Elle émit un léger soupir, et répondit d'une voix basse, sans relief, comme si elle se parlait à elle-même :

— Disons que c'est un peu… répétitif, à la longue, cette insistance de votre part. Et cela ressemble tellement à la drague habituelle des hommes…

Lucius abandonna un instant son travail d'infirmier et leva vers la jeune femme un regard étonné.

— Ah, je vois. Vous pensez que j'agis de la même manière avec toutes les femmes que je rencontre !

Il reprit son opération minutieuse en silence, et ajouta finalement d'une voix profonde et grave, qui semblait venir du plus profond de lui-même :

— Non, Gina. Vous vous trompez sur moi.

Elle eut envie de lui demander davantage d'explications, mais elle se dit qu'après tout la vie du comte Carandente ne la regardait nullement.

« Il serait préférable de changer de sujet, songea-t-elle, tandis qu'il posait un pansement sur son genou. Il vaut mieux éviter les domaines scabreux. Je ne suis pas venue dans ce pays pour m'amuser ni laisser les hommes me courtiser, fussent-ils des séducteurs irrésistibles. » Elle lança d'un ton léger :

— Vous m'avez dit, hier, que Donata revenait de son collège suisse ?

— Oui. Elle a été renvoyée pour mauvaise conduite.

Vu le comportement dc la jeune sœur de Lucius, Gina ne fut qu'à moitié étonnée.

— Qu'a-t-elle fait pour mériter une telle sanction ?

Lucius rangeait, à présent, la mallette de secours. Il poussa un soupir lourd de préoccupations.

— Il semble qu'elle ait fait une fugue pour se rendre dans une boîte de nuit où l'on consomme de la drogue. Mais elle m'a juré qu'elle ne touchait pas aux stupéfiants.

— Vous la croyez ?

Il haussa les épaules, et eut une grimace inquiète qui tordit un peu sa bouche, une sorte de tic qu'elle remarquait pour la première fois chez lui. Manifestement, cette affaire le tracassait.

— Je ne sais que penser. En tout cas, je regrette d'avoir cédé à sa demande lorsqu'elle m'a supplié de l'envoyer en Suisse.

— Quel âge a-t-elle ?

— Dix-huit ans. C'est l'âge de chercher un mari…

Gina avait réajusté sa robe et mis de l'ordre dans ses vêtements. Elle était un peu sceptique sur ce que venait de dire Lucius.

— Le mariage n'est pas le seul but dans la vie, déclara-t-elle d'un air songeur.

Au moment même où elle prononçait ces paroles, une petite voix, dans le plus profond de son être, protestait : « Mais si ! Il n'existe pas de plus grand idéal qu'un mariage heureux ! »

— Vous avez l'intention de rester célibataire toute votre vie ? demanda le noble Italien d'une voix ténébreuse.

— Je n'ai pas dit cela. Tout dépend de l'homme que je rencontrerai.

— Il faut aussi qu'il ait envie de se marier, cet homme-là, fit remarquer Lucius d'un air légèrement moqueur.

— Evidemment.

Ils avaient quitté la salle de bains et devisaient au

milieu de la chambre de Gina, l'un en face de l'autre, tout en s'observant de manière aiguë. Dans les yeux de Lucius brûlait une lueur qui attirait et repoussait Gina tout à la fois.

C'était manifeste : il la désirait. Même si ses gestes et son attitude étaient policés.

— La femme que j'épouserai devra être capable de me satisfaire dans tous les domaines, déclara-t-il d'un ton grave. Aussi bien sur le plan physique que sur le plan intellectuel.

— Voilà bien l'arrogance masculine ! lança Gina avec un sourire plein d'ironie. A vous entendre, on dirait que toutes les femmes devraient tomber à vos pieds ! Vous vous croyez irrésistible, sans doute…

Le bel Italien ne répondit pas et la regarda d'une telle manière qu'elle tressaillit malgré elle. Dans ce regard, il y avait le feu du désir et de la vie. Gina sentit courir tout le long de son dos un frisson chargé d'électricité.

Il fit un pas vers elle et, sans autre commentaire, prit son menton entre ses mains. Puis il posa doucement les lèvres sur les siennes. Dépassée par les événements, désarçonnée, la jeune femme se sentait absorbée par une ardeur, une chaleur de plus en plus intenses à mesure que le baiser se prolongeait. Le sang battait à ses tempes, tel un cheval lancé au grand galop. Une sorte de vide douloureux s'était creusé au centre de son corps. A travers leurs vêtements, elle percevait nettement la dureté de son désir qui pointait contre elle avec sa rude exigence.

Il ne relâchait pas son étreinte et murmurait tout contre ses lèvres des paroles incompréhensibles, mais dont elle saisissait parfaitement le sens : des mots qui auraient pu être dits dans n'importe quelle langue, des mots de passion et de désir.

Elle s'arracha pourtant à cette ivresse, dans un ultime effort.

— En voilà assez ! Plus qu'assez !

Elle s'était reculée de quelques pas en essuyant machinalement ses lèvres avec le dos de la main. Son cœur battait encore à toute allure, et le vertige ne l'avait pas complètement abandonnée.

— C'est déjà fini ? demanda Lucius avec un petit rire moqueur. Vous êtes dure avec moi.

Il fit un geste à l'italienne, lançant la main vers le ciel dans un mouvement qui signifiait à peu près : « Très bien, attendons la suite… »

— Si vous souhaitez vous joindre à nous, nous serons sur la terrasse, ajouta Lucius en tournant les talons.

Quelques instants plus tard, elle les retrouvait tous, ou presque, confortablement installés sur la terrasse. Il y avait Lucius, Cesare, Ottavia et Donata, les cheveux plus en bataille que jamais.

— Je vous ai commandé un jus d'orange, annonça Lucius en lui avançant un fauteuil de jardin.

— Votre genou vous fait-il mal ? demanda Cesare d'un ton anxieux.

Il savait pertinemment qu'il était à l'origine de la chute de Gina, mais allait-il pour autant réfléchir à sa façon de conduire ? Rien n'était moins sûr.

— Non, je ne le sens presque plus, prétendit la jeune femme avec un sourire gracieux.

— Vous savez que demain a lieu le fameux Palio de Sienne ? poursuivit Cesare. Vous en avez sans doute entendu parler ?

— Oui, c'est une manifestation très connue dans le monde entier. Mais de quoi s'agit-il exactement ?

— Eh bien voilà, dit Cesare, manifestement ravi de son nouveau rôle de guide touristique. Deux fois par an, depuis plusieurs siècles, les dix-sept villages de la région de Sienne s'affrontent dans une course, à cheval, à travers la ville, autour d'une place qui s'appelle la Piazza del Campo.

L'originalité de cette course consiste dans le fait que les cavaliers montent à cru.

— Vous voulez dire : sans selle ?

— Exactement. Croyez-moi, un cheval monté à cru, et au grand galop, n'est pas facile à mener. Le Palio est très populaire, non seulement dans la région mais dans toute l'Italie. Les épreuves sont généralement filmées pour la télévision. Le cavalier qui remporte la course a la fierté de faire gagner son village.

— Les courses sont plus ou moins truquées, bougonna Ottavia. Les cavaliers s'entendent avant la chevauchée. On sait qui gagnera.

— Ce n'est pas prouvé, rétorqua Cesare en fronçant les sourcils. On a souvent des surprises. En tout cas, si le spectacle vous tente, j'ai plusieurs places excellentes.

— *Ah si, Vorrei andare !* s'exclama Donata, brusquement réveillée de sa torpeur.

— Nous pourrions y aller tous, proposa Cesare d'un ton enthousiaste.

— Sans moi, merci, marmonna Ottavia. Ce genre de piège à touristes m'exaspère.

— En tout cas, votre charmante invitée ne devrait pas manquer un tel spectacle, dit Cesare à l'adresse de Lucius.

Comme Lucius approuvait en hochant la tête, Gina se sentit envahie par un plaisir enfantin. Elle était impatiente d'assister au Palio.

3

Un peu plus tard, en cette même matinée, Gina rentra dans la maison pour trouver un peu de fraîcheur.

Comme elle passait dans l'un des salons, elle aperçut Donata qui était vautrée dans un fauteuil. Elle avait l'air très triste. Gina eut même l'impression qu'elle venait de pleurer.

— Laissez-moi tranquille, marmonna la jeune fille en la voyant arriver. Vous n'avez aucun droit d'être ici.

Gina s'approcha d'elle et soupira, émue par la détresse qui se lisait sur le visage de la petite Italienne.

— Et si l'on enterrait la hache de guerre, toutes les deux ? lui proposa-t-elle d'une voix douce.

Donata tourna légèrement la tête, et demanda d'un ton bougon :

— C'est quoi « la hache de guerre » ?

— Vous ne connaissez pas l'expression ? Elle vient des Indiens. Enterrer la hache de guerre signifie faire la paix.

Donata ne répondait pas. Son visage passait par des expressions multiples et brèves, comme c'est souvent le cas chez les enfants. L'explication de Gina ne semblait pas avoir apaisé son irritation.

— Pourquoi voulez-vous être mon amie ? grommela-t-elle en tournicotant les mèches de ses cheveux d'un geste nerveux, les yeux fixés au sol.

— Disons que, d'une façon générale, je supporte mal

d'être rejetée. Surtout si l'hostilité qu'on me manifeste ne me semble pas justifiée.

Comme Donata fixait sur elle un regard appuyé, étrangement brillant, Gina ajouta sur un ton ironique et amer :

— En tout cas, c'est sans espoir du côté de votre sœur aînée. Il suffit que j'ouvre la bouche pour qu'elle me rembarre.

— Bah, Ottavia ne s'intéresse qu'à son nombril. Elle a l'espoir insensé de prendre la place de Lucius en tant que chef de famille.

Gina comprenait parfaitement. En tant que *padrone*, Lucius possédait le contrôle absolu des affaires familiales. Et, manifestement, Ottavia n'aimait pas jouer les seconds rôles.

Sentant qu'elle devait changer de sujet, Gina demanda doucement :

— Votre père doit vous manquer, je suppose ? Depuis combien de temps est-il mort ?

— *Padre* nous a quittés il y a six ans.

— Quel âge avait-il ?

— Quarante-huit ans.

Gina calcula mentalement. Il y avait donc sept ans de différence entre lui et Giovanni Carandente…

— Quelle responsabilité pour votre frère !

Donata lui jeta un regard méfiant.

— En quoi cela vous concerne-t-il ?

Gina sourit pour détendre l'atmosphère. Donata était le genre de gamine qui prend la mouche et grimpe aux rideaux pour un oui ou pour un non. Face à un être aussi sensible, il fallait agir avec diplomatie.

— Je vais y aller, maintenant, murmura Gina. Je suis désolée de vous avoir dérangée. Je n'aurais pas dû vous poser toutes ces questions…

— Alors, pourquoi l'avez-vous fait ?

— Parce que j'ai cru discerner une certaine tristesse chez vous. Je dirais même : une certaine détresse.

— Vous avez voulu jouer les saint-bernard, c'est ça ?

Le sarcasme masquait manifestement une souffrance qui était presque palpable chez l'adolescente. Gina se sentait émue par tant de chagrin, pleine de compassion pour la pauvre jeune fille.

— Lucius m'a dit ce qui vous était arrivé, reprit-elle. J'imagine que ça a dû être terrible pour vous…

— Il pense que j'ai touché à la drogue, c'est ça ?

— Mais non ! Je suis certaine qu'il n'en croit rien. Il se trouve que vous vous êtes fait piéger à l'endroit où il ne fallait pas et à un moment où il ne fallait pas. Alors, bien sûr, la première réaction de votre frère a été la colère, mais ça passera avec le temps.

La pauvre Donata était au bord des larmes. Son hostilité s'était évaporée. On sentait qu'elle avait besoin d'un appui, d'une oreille compatissante… d'une amie.

— Vous avez remarqué : il ne me regarde même plus. Il me méprise. D'ailleurs, tout le monde me méprise et me considère comme une folle-dingue.

Elle renifla et essuya d'un geste de la main les larmes qui étaient montées à ses yeux.

— Comme une folle-dingue ? répéta Gina. Mais pourquoi donc ? A cause de vos cheveux ?

Donata fit oui de la tête.

— Avant que Meryl s'amuse à jouer avec les ciseaux, j'étais coiffée comme vous : tout allait bien. Et puis, elle m'a demandé si je voulais avoir une coupe « branchée ».

— Meryl est votre coiffeuse ?

— Non, c'était une amie à moi.

— Une amie qui ne vous voulait pas spécialement du bien, dit Gina en souriant. Ou alors, elle n'était vraiment pas douée. Mais les choses peuvent encore s'arranger…

— Vraiment ? Vous croyez qu'on peut rattraper les dégâts ?

Pour la première fois depuis qu'elle connaissait Donata, Gina la vit rayonnante d'espoir.

— Vous sauriez arranger ça ? demanda-t-elle d'un ton suppliant.

Gina se disait que, de toute façon, il était impossible de faire pire que cette pelote de paille. Donata avait plongé les mains dans ses cheveux et les tirait avec une obstination désespérée.

— A partir du moment où je ne ressemblerai plus à un épouvantail, on me prendra un peu plus au sérieux. Et Lucius me permettra d'aller avec vous voir le Palio. Je veux aller au Palio.

Donata hésita un instant, et reprit sur un ton vif :

— Vous savez, Lucius vous aime beaucoup. Ça se voit. Alors, si c'est vous qui le lui demandez, il acceptera que je vous accompagne, avec Cesare...

Touchée par cette naïveté tout enfantine, Gina approuva silencieusement d'un signe de tête.

— J'intercéderai pour vous, promit-elle avec un large sourire.

— Merci ! Oh ! merci !

Elle prit un temps, sembla hésiter, et lança précipitamment :

— Vous savez, pour votre voiture... C'est ma faute. Je conduisais beaucoup trop vite... Je suis vraiment désolée.

La transformation de la jeune fille était si totale que Gina eut du mal à en croire ses yeux.

— Ne vous en faites pas pour ma voiture, dit-elle. Elle sera bientôt réparée. Allons plutôt nous occuper de vos cheveux. Il y a du travail !

Le déjeuner fut servi sur la terrasse, et l'on installa un grand parasol pour se protéger des ardeurs du soleil.

Donata qui, grâce aux efforts de Gina, avait changé de coiffure, arborait un sourire inattendu. Ottavia avait observé la transformation de sa jeune sœur avec un certain intérêt. Quant à Lucius, il avait chaleureusement complimenté Gina.

Lorsque le déjeuner fut terminé, les deux sœurs disparurent, chacune de leur côté, laissant Lucius et Gina seuls.

— C'est donc demain le grand jour, dit Gina au bout d'un moment.

— Le grand jour ?

— Le jour du Palio.

— Vous ne voulez plus y aller ?

— Mais si, voyons ! répondit-elle en riant.

— On dirait que vous avez quelque chose à me dire, fit-il en mettant sa main en visière, à cause de la lumière aveuglante.

— Donata aimerait bien venir avec nous.

Lucius eut un petit rire.

— C'est gentil de plaider la cause de quelqu'un qui a démoli votre voiture !

— Il n'y a rien à faire : je ne peux pas m'empêcher de ressentir une certaine sympathie pour elle. Votre sœur est... émouvante.

— Vous pourrez dire à cette petite écervelée que vous m'avez convaincu et qu'elle est autorisée à venir avec nous au Palio.

Ce brusque changement d'attitude stupéfia Gina.

— Merci, murmura-t-elle. Donata va être enchantée.

— Sans doute, mais je crains que Cesare le soit moins.

— Cesare ? Pourquoi ?

Lucius haussa les épaules de façon éloquente.

— Depuis qu'elle a seize ans, Donata entretient une véritable passion pour Cesare. A son retour de Suisse, elle espérait bien l'épouser.

— Cesare est au courant de cette passion ?

— Oui. Au début, il trouvait ça charmant. Il a changé d'avis, depuis.

— Vous auriez dû me prévenir, répliqua Gina sur un ton de reproche.

Elle avait brusquement l'impression de se mêler de ce qui ne la regardait pas, et elle en éprouvait une forte gêne.

— Voulez-vous que je lui parle ? proposa-t-elle d'un ton feutré.

— Vous pouvez toujours essayer, répondit-il. D'une manière ou d'une autre, elle doit se rendre compte que Cesare n'est pas l'homme idéal qu'elle imagine avec sa cervelle de dix-huit ans pleine de rêves. Il faut qu'elle comprenne ça.

Gina réfléchissait, les sourcils froncés.

— Elle le comprendrait s'il épousait une autre femme, dit-elle. Croyez-vous que cela puisse arriver dans un avenir proche ?

Il hocha négativement la tête.

— Je n'en ai pas l'impression, marmonna-t-il avec une moue dubitative.

— Je comprends. Il est comme vous : il attend la femme idéale. Une beauté suprême avec un Q.I. digne d'Einstein…

Lucius eut un rire amusé et indulgent.

Le soleil tapait dur, mais ils étaient toujours protégés par le parasol. Une brise tiède et légère passait, de temps à autre.

Ils restèrent un moment sans parler. On entendait les cigales chanter dans les champs. Lucius contemplait Gina en plissant les yeux avec une sorte d'émerveillement.

— Tant de charme…, murmura-t-il d'une voix à peine audible.

Gina sourit et répliqua d'une voix légèrement moqueuse :

— Je croyais que nous devions parler de votre sœur ?

Mais Lucius ne semblait pas l'écouter. Il avait pris la main de Gina dans la sienne, et en caressait doucement la paume, d'un mouvement lent et sensuel.

Troublée, indécise, Gina se laissa faire un moment, puis elle retira sa main en protestant mollement :

— Non… Non, Lucius. Ne faites pas cela…

Il la regardait au fond des yeux. Il paraissait surpris

qu'elle s'insurgeât contre un geste qu'il considérait sans doute comme anodin.

— Que craignez-vous donc, *cara* ? Nous sommes bien, ici, tous les deux, vous ne trouvez pas ? murmura-t-il de sa voix lente, aux intonations musicales, qui semblait dessiner des arabesques dans l'air bleu de la Toscane.

Gina ne voulait à aucun prix céder à ces lascives sirènes, pour mélodieuses qu'elles fussent.

Tout en essayant de reprendre sa main, il insista :

— Pourquoi cette dérobade ? Je ne vous agresse pas, que je sache…

— Je n'aime pas que l'on me considère comme une femme facile.

Lucius parut très surpris.

— « Une femme facile », répéta-t-il avec un demi-sourire. Quelle drôle d'expression ! Mais il ne s'agit pas du tout de cela, *cara mia* ! Je vous désire, c'est un fait. Vous ne trouvez pas qu'il existe une réelle volupté entre nous lorsque nous nous caressons, ne serait-ce que du bout des doigts, comme il y a un instant ?

— C'était vous qui me caressiez, pas moi, rectifia-t-elle avec dignité.

— Ne me dites pas que vous y étiez insensible !

Elle eut un léger haussement d'épaules.

— Je ne peux pas nier que je vous trouve séduisant, mais je ne suis pas, pour autant, prête à sauter dans votre lit.

Il l'observait du coin de l'œil, à présent, car la lumière était devenue carrément aveuglante. Elle lui savait gré de ne pas porter de lunettes de soleil qui l'auraient empêchée de lire dans ses pensées.

Or, en cet instant, elle voyait clairement le désir qui l'habitait.

— Vous craignez donc de passer pour une femme légère si vous vous laissez aller à vos instincts ? lui demanda-t-il au bout d'un moment.

— C'est, en effet, l'étiquette que vous colleriez sur moi si je me laissais aller.

— Je trouve qu'une femme qui vit ses désirs jusqu'au bout a tout à fait raison, dit-il.

— Même si cette femme doit, plus tard, devenir votre épouse ?

— Ah, ça, c'est autre chose !

Gina ne put s'empêcher de rire.

— Voilà bien les hommes ! lança-t-elle. Quelle hypocrisie !

— C'est possible, reconnut-il d'un ton grave et calme. En tout cas, la mère de mes enfants n'aura connu qu'un seul homme dans sa vie.

« Il est vrai que je suis au cœur de l'Italie ! se dit Gina, songeuse. Lucius ne fait que répéter une antique tradition de son pays… »

— Vous évoquez votre vie de famille, mais vous tardez à vous lancer dans cette digne aventure, lui fit-elle remarquer en souriant.

Il fit un geste vague de la main, comme pour exprimer sa confiance et sa sérénité.

— J'ai tout mon temps, affirma-t-il. Je me marierai bien un jour, et j'aurai un héritier masculin, afin de perpétuer le nom des Carandente.

Gina plissait les yeux, stupéfaite par cette déclaration d'un autre siècle.

— Vous n'êtes pas sérieux ?

— Mais si, mais si !

Elle se leva brusquement, furieuse, et jeta d'une voix pleine de mépris :

— Je plains la femme que vous épouserez.

Elle tourna les talons sans attendre la suite. C'en était trop. Elle monta l'escalier presque en courant, et se réfugia dans sa chambre qui était fraîche et silencieuse.

Là, elle se laissa tomber sur le lit. Les pensées se bousculaient dans sa tête. Elle n'était arrivée dans cette maison que depuis deux jours, et elle était déjà en froid avec son hôte ! Mais la situation était devenue trop compliquée. « Voilà un homme qui aime les femmes et qui ne veut qu'une femme, se dit-elle. Avec une telle contradiction, il ne peut aller nulle part. Je ne resterai pas ici un jour de plus. Ma voiture n'est peut-être pas encore réparée, mais j'irai habiter ailleurs, dans une auberge de Vernici. Quant au Palio de demain, tant pis. Je fais une croix dessus. »

Brisée par les émotions et la fatigue, la jeune femme s'endormit et se réveilla d'un coup en entendant frapper à sa porte.

C'était Donata.

— Je vous dérange ? murmura la jeune fille en restant timidement sur le seuil de la chambre.

— Non. De toute façon, il fallait que je me lève. J'ai fait une petite sieste sans même m'en rendre compte.

Elle se leva et ajouta en riant :

— Je prends de mauvaises habitudes en Italie : dormir ainsi au milieu de la journée !

— *Madre* prétend que la sieste est indispensable pour la santé.

— Mais où est-elle donc passée ? On ne la voit plus !

— Elle est partie pour l'Ombrie voir des amis. Elle ne rentrera pas avant deux ou trois jours.

Il y eut un moment de flottement, puis Donata demanda d'un ton anxieux :

— A propos du Palio… je… Avez-vous demandé à Lucius si je pouvais venir ?

Gina hésita. Elle ne voulait surtout pas heurter la jeune Italienne.

— Je lui ai demandé, mais…

— … Il a dit non ?

Donata se renfrogna d'un coup.

— Ah, je le déteste !

— Vous ne m'avez pas laissée finir. Il a dit qu'il était d'accord. Mais vous irez sans moi.

Donata eut d'abord l'air réjoui, puis un nuage passa devant son regard.

— Mais pourquoi renoncez-vous à nous accompagner ?

— Parce que je déménage dès demain matin.

La petite sœur de Lucius eut l'air perplexe.

— Mais vous savez bien que votre voiture ne sera pas prête avant plusieurs jours…

— Oui, je le sais. Mais j'ai décidé de partir. Je ne veux plus m'imposer dans cette maison.

Donata hocha lentement la tête, l'air sceptique.

— Lucius ne vous laissera jamais partir. Il fera tout pour vous retenir à San Cotone.

— C'est moi qui décide, murmura-t-elle, déterminée à quitter cette maison.

Au cours du dîner, ce même jour, après que l'on eut servi les entrées, Donata lança d'une voix ingénue :

— Gina a décidé de nous quitter. Elle ne veut plus nous imposer sa présence. Tu ne trouves pas qu'il serait dommage qu'elle parte, Lucius ?

— C'est hors de question, répliqua-t-il aussitôt, en lançant vers Gina un regard impérieux. De toute façon, il n'existe aucun hôtel convenable à Vernici.

— Je n'ai pas des goûts de luxe, affirma Gina en souriant. J'irai n'importe où.

Le ton du maître de maison se fit plus sec.

— Non. Vous n'irez pas dormir n'importe où. Il n'en est pas question.

Comme elle allait protester de nouveau, il lança d'une voix sourde :

— Vous m'insulteriez en refusant mon hospitalité.

La jeune femme rougit, et répondit d'un ton conciliant :

— Je n'ai aucunement l'intention de vous insulter.

— Alors, l'affaire est réglée.

Le lendemain matin, Lucius accueillit Gina de manière très courtoise, comme s'il avait oublié l'incident de la veille.

— Ah, vous voilà, Gina ! Toujours aussi belle ! Comment va votre genou, ce matin ? Vous avez encore mal ?

Un bandage protégeait sa blessure. Elle allait devoir le supporter quelque temps, mais elle n'avait pas le choix.

— Ça va très bien, je vous remercie.

— Vous êtes prête ? La voiture nous attend.

— Allons-y, dit-elle d'un ton engageant.

Elle se rendait bien compte qu'elle avait vexé Lucius, la veille au soir. Sans doute avait-il très mal pris son intention de partir. Il s'était contenu, certes, mais elle avait bien senti qu'il était blessé par ce qu'il considérait comme une preuve d'ingratitude de sa part.

Gina se dit qu'elle allait devoir s'efforcer de se montrer moins cassante à son égard. C'était à elle de faire le premier pas.

4

La ville de Sienne était en effervescence. La foule avait pris possession des rues, autour de la cathédrale et sur la Piazza del Campo qui était noire de monde. C'était là qu'allait avoir lieu le célèbre Palio.

Les places qu'avait louées Cesare se trouvaient fort heureusement à l'ombre, ce qui était bien appréciable pour un début du mois de juillet. Ils étaient assis côte à côte : Lucius et Gina, Cesare et Donata.

Tandis qu'un défilé de pages habillés de culottes bouffantes jaune et bleu ouvrait la fête, bientôt suivis de porteurs d'étendards et d'oriflammes multicolores, Gina tourna la tête vers Lucius, et, soucieuse d'effacer la mauvaise impression qu'elle craignait d'avoir laissée la veille, elle chuchota à son oreille :

— Je vous dois une excuse pour hier soir, dit-elle avec franchise. Je ne me sentais pas bien, et j'avais la tête à l'envers.

Il la regarda d'un air impassible. Puis un léger sourire se dessina sur ses lèvres.

— Vous ne m'en voulez pas ? lui demanda-t-elle avec un peu d'appréhension.

Une flamme pleine d'humour brilla dans les yeux de Lucius, ce qui la rassura aussitôt.

— Allons, nous sommes toujours amis, bougonna-t-il.

— Oui, nous sommes toujours amis.

Quand la course commença, Gina fut impressionnée par la violence de la compétition. A coups de cravache, les cavaliers se frayaient un chemin au galop, dans la grande arène circulaire. Certains tombaient. Les cris et les encouragements fusaient dans la foule déchaînée.

Ce fut avec un certain soulagement qu'elle constata, quelque vingt minutes plus tard, que la folle chevauchée était terminée. On secoura quelques blessés, on maîtrisa certains chevaux énervés, et chacun s'en fut de son côté dans une belle bousculade.

A un moment donné, comme Gina s'était attardée devant une vitrine, sur le chemin du retour, elle s'aperçut qu'elle était seule parmi la foule des passants.

Inquiète, elle regarda derrière elle… ses compagnons avaient disparu. Et elle ne se souvenait même pas où Lucius avait garé la voiture.

Comme elle commençait à paniquer, elle aperçut la tête de Cesare qui se profilait derrière elle, à une trentaine de mètres. Elle lui fit des signes désespérés et, par bonheur, il la remarqua.

— Je vous cherchais dans une autre direction, lui expliqua-t-il. Vous n'avez pas vu Lucius et Donata ?

— Non.

— Bon, venez, dit-il en prenant le bras de la jeune femme et en se frayant un chemin parmi les passants qui se bousculaient toujours.

Dix minutes plus tard, ils n'avaient toujours pas rattrapé la petite famille Carandente.

— Nous finirons bien par les retrouver, dit Cesare d'une voix confiante. Au pire, nous les attendrons devant la voiture.

— Vous vous rappelez l'endroit où elle est garée ? demanda Gina, inquiète.

— Bien sûr ! Allons boire quelque chose. Vous n'avez pas soif ?

— Oh si !

Ils s'installèrent à une petite table de café, un peu à l'écart de la rue passante, et, lorsqu'ils se furent désaltérés, ils en vinrent incidemment à parler de Donata.

— C'est encore une enfant, expliqua Cesare, un peu soucieux. Comment voulez-vous que je réponde à son extravagant romantisme ? Elle a jeté son dévolu sur moi, et je ne sais pas quoi faire. Rendez-vous compte, Gina : j'ai presque deux fois son âge !

— Vous savez bien que certaines femmes sont à la recherche de l'image du père. C'est peut-être le cas de Donata.

— Mais c'est Lucius qui lui a servi de père, depuis la mort de Paulo.

— Paulo ?

— Oui. Il est mort très jeune.

— Lucius est un frère pour Donata, dit Gina d'un air songeur. Il ne correspond pas pour elle à l'image du père.

— Je vous assure que je n'ai rien fait pour la séduire, grommela Cesare.

Tout en parlant, il avait posé les yeux sur la poitrine de Gina, et la contemplait avec une troublante insistance.

— Ce ne sont pas les lolitas qui m'intéressent, murmura-t-il. J'aime les vraies femmes. Les femmes comme vous. Avec de beaux seins.

Gina se mit à rire.

— Allons, un peu de sérieux, Cesare ! lança-t-elle d'un ton faussement grondeur.

— Vous devriez rester en Italie, Gina. N'est-ce pas cent fois plus beau que l'Angleterre ? Le paysage, le climat… L'Italie est le pays de l'amour.

— Il y a aussi des gens qui s'aiment en Angleterre…

— Certainement pas de la même façon. Nous pourrions, vous et moi, nous entendre avec le langage de l'amour…

— Nous pourrions, sans doute, mais nous ne le ferons pas.

Le ton net qu'elle avait employé parut calmer quelque peu les ardeurs de son compagnon.

— Mais dites-moi, Cesare, reprit-elle d'une voix neutre, depuis combien de temps connaissez-vous la famille Carandente ?

— Depuis qu'ils sont arrivés en Toscane. Cela fait dix-sept ans.

Gina se sentit tout à coup prodigieusement intéressée par la tournure de la conversation. Dix-sept ans ! Cela laissait la porte ouverte à de multiples hypothèses. Elle sentait qu'elle progressait lentement mais sûrement dans la recherche de son père : Giovanni Carandente.

— Qui possédait le domaine de San Cotone quand la famille de Lucius est arrivée ?

— San Cotone appartenait à la famille Carandente depuis plusieurs générations. Paulo, le père de Lucius, était un lointain cousin des héritiers. Et quand ils ont disparu, il était le seul à porter le nom de Carandente. C'est pour cette raison que le domaine lui est revenu.

— Qu'est-il arrivé aux héritiers directs ? demanda la jeune femme qui sentait son cœur battre la chamade.

— Le fils qui devait hériter du domaine a eu un accident. Il est mort brusquement. Son père est décédé quelques années après… Vous ne vous sentez pas bien ?

Gina essuyait son front moite de sueur. Elle était devenue toute pâle.

— C'est la chaleur, ça va passer, murmura-t-elle d'une voix éteinte.

Elle était bouleversée par la révélation que venait de lui faire Cesare. La recherche de Giovanni commençait à prendre nettement forme. Ce fils tué dans un accident était très probablement Giovanni, son père. Et sa relation avec Lucius n'était pas si proche que cela, puisque ce dernier n'était qu'un cousin lointain.

En tout cas, elle se trouvait bien dans le berceau même de sa famille paternelle ! Cette information modifiait complètement sa vie.

Mais elle devait poursuivre son enquête. Elle apprendrait sans doute davantage au cours des jours suivants.

— Ah, vous voilà, enfin ! s'exclama Lucius, quelques instants plus tard, en apercevant Gina et Cesare qui venaient à leur rencontre.

— Je me suis perdue, avoua Gina. Heureusement que j'ai repéré Cesare dans la foule.

— Nous vous avons cherchés partout, dit Cesare. Mais, dans cette foule, ce n'était pas facile.

Dès qu'ils eurent rejoint la voiture, ils se dirigèrent vers San Cotone.

Lucius conduisait sans dire un mot. Au point que Gina se demanda s'il faisait la tête. Etait-il jaloux de Cesare ? Pour corser l'ambiance, Donata semblait bouder, elle aussi…

Lorsqu'ils furent de retour et que Gina et Lucius se retrouvèrent seuls dans le vaste hall de la vieille demeure, Gina, un peu soucieuse, confia son sentiment au maître de maison :

— Donata pense que je m'intéresse à Cesare, n'est-ce pas ?

— Est-ce le cas ?

— Vous plaisantez, j'espère ! répliqua la jeune femme, interloquée.

— Pas du tout. Cesare a beaucoup de succès auprès des femmes ; il a de nombreuses admiratrices…

— Je n'en fais pas partie, soyez-en sûr. J'aime bien Cesare, c'est un homme charmant, très agréable et très gentil. Mais je ne m'intéresse aucunement à lui sur un plan… disons : sentimental. L'idée ne m'en est même pas venue. Je…

— Et moi ? lança-t-il subitement. Et moi ?

— Et vous quoi ? lui demanda-t-elle, amusée par la brusquerie de sa question et par l'expression d'inquiétude qu'elle lisait sur son visage.

— Suis-je susceptible de vous intéresser sur ce plan ?

Gina eut un haussement d'épaules et répondit d'un ton évasif :

— Ce n'est pas impossible.

Un sourire totalement enfantin éclaira le visage de Lucius. En cet instant, il ressemblait à un gamin de douze ans qui vient d'apprendre qu'il est le premier de sa classe.

Ce fut d'un ton ardent et passionné qu'il ajouta *mezza voce* :

— Je sais que vous brûlez du même désir que le mien. Il faut que nous satisfassions ce désir sans tarder, *mi tesoro.*

— Je vais prendre une douche, annonça-t-elle d'un ton enjoué. Je vous conseille d'en prendre une également. Glacée, si possible. Cela vous fera le plus grand bien.

Après un dîner passablement ennuyeux en famille, Lucius proposa à Gina de faire un tour dans le jardin. Elle accepta sans hésiter.

Ils marchèrent un moment dans les allées parfumées. Lucius ne fit pas la moindre tentative pour l'embrasser, ce qui l'étonna un peu. Elle se dit qu'il n'allait sans doute pas tarder à manifester son désir. Elle sentait ce moment venir.

— Ce soir, j'ai l'impression qu'il se passe quelque chose de nouveau, dit-il soudain d'un ton feutré, confidentiel.

— Quoi donc ? demanda-t-elle, pleine de curiosité.

— Il me semble que vous acceptez enfin ce qui nous arrive.

Tandis qu'ils marchaient paisiblement, Gina réfléchissait. Elle n'avait plus envie de jouer la comédie. Pourquoi ne pas admettre qu'elle était sensible au charme de Lucius ? Pourquoi faire semblant ? Ce fut donc d'une voix nette et posée qu'elle déclara :

— Vous ne vous trompez pas. J'ai décidé d'être honnête avec vous, Lucius.

— Vous ressentez donc de l'attirance pour moi ?

— Oui.

Ils marchaient toujours du même pas. Gina sentait son cœur cogner dans sa poitrine. Elle se rendait bien compte de l'importance de sa déclaration. Elle avait parlé franchement, et elle savait où cela allait la mener : droit dans un grand lit avec ce bel Italien.

— Comment se fait-il que vous ayez changé d'attitude à mon égard ? lui demanda-t-il d'un air très étonné. Jusqu'à présent, vous déployiez toute une stratégie pour éviter de tomber dans mes bras. Et voilà que, d'un seul coup, vous acceptez.

Il ajouta avec un petit rire :

— Et, pourtant, Dieu m'est témoin : je ne vous ai pas fait boire, je n'ai pas versé de philtre d'amour dans votre verre, pas d'aphrodisiaque non plus… Alors, pourquoi ce changement radical dans votre attitude ?

Elle haussa les épaules dans un mouvement qui signifiait qu'il ne fallait pas épiloguer indéfiniment sur ce sujet. Le moment était venu, voilà tout. Elle se contenta de murmurer :

— Nous sommes adultes, vous et moi, non ?

Il s'était subitement arrêté de marcher.

— Alors, nous n'avons pas de temps à perdre, *cara*…

Ses lèvres furent presque immédiatement sur les siennes, et le sang de la passion se mit à tambouriner sur les tempes de Gina. Il y avait longtemps qu'elle désirait cette étreinte et, enfin elle avait réussi à sauter les barrières habituelles qui la protégeaient contre les hommes. Elle avait sauté le pas. Elle franchissait un cap.

— Pas ici, murmura Lucius. Venez.

Ils se dirigèrent droit vers la maison, sans se soucier d'être surpris par l'un des membres de la famille. Gina s'en moquait. Une seule chose comptait pour elle : se lover dans les bras de cet homme qui la rendait folle de désir. Se retrouver dans sa chambre le plus vite possible.

Nu, il ressemblait à une statue de bronze, à un lutteur de la Rome antique, avec ses muscles bien marqués, sa peau mate et brune, son visage grave et concentré.

Sa peau à elle, si claire, contrastait de façon étrange avec la sienne.

Il la porta sur le lit comme si elle n'avait pas pesé plus lourd qu'une fleur. Elle tremblait d'émotion, de désir, de plaisir.

Il se mit à la caresser, d'abord du côté des zones chastes : ses épaules, ses bras, ses jambes… Puis il s'enhardit, et s'aventura là où le plaisir prend sa source.

Elle ferma les yeux sous la fulgurance d'une première jouissance, surgie incroyablement vite. Tout cela était nouveau pour elle. Jamais la main d'un homme ne s'était hasardée jusque-là.

Les longs doigts de Lucius la pénétrèrent avec une douceur si sensuelle, avec une habileté telle, un rythme si parfait, qu'elle succomba une nouvelle fois sous l'avalanche du plaisir.

Ce fut sa bouche, bientôt, qui prit la relève, et Gina crut devenir folle, tant étaient intenses les sensations qu'elle lui procurait. Jamais elle n'avait éprouvé de telles délices. Jamais elle n'avait connu ces sommets.

Il se coucha sur elle, et elle s'ouvrit à lui. Elle s'offrait.

Comme elle s'attendait à être pénétrée, elle fut surprise de le voir se lever. Il ouvrit rapidement une petite boîte… et revint très vite s'allonger contre elle. Il balbutiait de temps à autre des mots italiens qu'elle ne comprenait pas, des mots passionnés dont elle devinait pourtant le sens.

Lorsqu'il la pénétra, elle ressentit une jouissance telle qu'elle faillit s'évanouir. C'était bien au-delà de tout ce qu'elle avait imaginé de l'amour physique, de tout ce qu'elle avait entendu ou lu.

C'était le plaisir pur, dans toute sa force.

Lucius, sans le savoir, venait de lui faire connaître un

monde nouveau dans lequel elle planait maintenant, à demi inconsciente, après leurs folles étreintes.

Lorsque pointa l'aurore aux doigts de rose, Gina se réveilla. Lucius dormait à côté d'elle.

Elle resta un long moment à observer ce beau visage endormi, ces solides épaules bronzées qui se détachaient sur la blancheur des draps.

« Et voilà, songea-t-elle, remplie de sérénité, de paix. J'ai franchi un nouveau pas. J'ai sans doute eu de la chance, car la première fois ne se passe pas toujours aussi merveilleusement bien, d'après ce que j'ai entendu dire. »

Assise en tailleur sur le lit, elle réfléchissait à la suite des événements. Il était bien possible qu'après avoir obtenu ce qu'il désirait tant, Lucius se désintéressât d'elle. Il n'était pas question de lui avouer que c'était « la première fois ». Sans doute était-il persuadé qu'elle avait connu d'autres hommes avant lui, et sans doute ne lui poserait-il pas de questions à ce propos...

Il se réveilla lentement, s'étira, cligna des yeux. Et, lorsqu'il la vit, son regard s'illumina brusquement.

— *Cara mia !* Quelle femme merveilleuse tu es ! Si douce, si brûlante, si passionnée, si embrasée, si gourmande, si enthousiaste, si frénét...

— Arrête ! s'écria-t-elle en riant aux éclats.

Il se jeta sur elle et la renversa pour une étreinte matinale et passionnée.

Gina s'offrit une nouvelle fois au plaisir, avec une ardeur encore accrue.

— Ça doit être mon sang italien qui se réveille, murmura-t-elle entre deux baisers.

— Bouillant, n'est-ce pas ? Tu n'es pas vraiment une Anglaise...

Prise d'une hardiesse subite, elle le renversa à son tour

et entreprit de le chevaucher, ce qui ne manqua pas de la transporter dans un état où la volupté est tellement intense que toute pensée précise est impossible.

Les hésitations qu'elle avait pu ressentir la veille étaient maintenant dépassées. Elle se lançait avec une fébrilité folle dans l'ardeur amoureuse, comme si elle avait voulu rattraper le temps perdu. Elle se donnait à l'amour avec un abandon total et plein d'insouciance.

Ils retombèrent sur le lit comme des noyés que la marée laisse sur le sable, à bout de souffle, épuisés, éblouis.

— Je vais devoir te laisser, dit Julius, quelques minutes plus tard, en déposant un baiser sur le nez de la jeune femme. Le soleil se lève. Il faut tenter de vivre.

Elle sortit du lit et se couvrit d'un drap.

— Quelle pudeur inattendue, après tout ce que nous venons de vivre ! lança-t-il d'un air surpris.

— On ne pense pas de la même manière lorsqu'on est debout et lorsqu'on est allongée, répliqua-t-elle sur un ton volontairement professoral.

Comme il la dévisageait en écarquillant les yeux, elle précisa d'un ton paisible :

— La femme de la nuit n'est pas celle du jour. Je retrouve mon rôle social. Je m'habille.

Il eut un geste désolé en murmurant :

— Dommage.

Elle disparut dans la salle de bains.

Lorsqu'elle revint, elle fut surprise de le trouver encore près du lit. Il s'était habillé, et l'expression de son visage la glaça.

— Qu'y a-t-il, Lucius ? Tu fais une tête !...

— Pourquoi ne m'as-tu rien dit ? gronda-t-il entre ses dents.

— Mais de quoi parles-tu ?

— De « ça » !

Il pointait le doigt vers une tache rouge au milieu du drap.

— Ah, c'est ça qui te met dans des états pareils !

— Pourquoi ne m'as-tu pas prévenu ? tonna-t-il d'une voix rageuse.

— Etait-ce si important que cela ? Il fallait bien que je me jette à l'eau, un jour ou l'autre ! Je ne pouvais pas rester « innocente » toute ma vie !

Lucius n'avait pas l'air convaincu. Il arpentait la chambre à pas nerveux, la tête baissée, l'air très nerveux.

— Mais pourquoi moi ? s'exclama-t-il au bout d'un moment. Et pourquoi maintenant ?

— N'as-tu pas fait tout ce qu'il fallait pour être irrésistible ? lança-t-elle d'un ton ironique.

Lucius ne décolérait pas, bien qu'il tentât de se maîtriser.

— Quand on diffère si longtemps le jour où l'on va perdre sa virginité, c'est parce qu'on la réserve pour son futur mari. C'est évident.

— Absolument pas. Si j'ai attendu tant de temps, c'est parce que je n'ai jamais rencontré un homme capable de me faire craquer.

Il la regardait d'un œil noir et dur, sans concession.

— Dis plutôt que tu attendais un homme fortuné, rectifia-t-il d'un ton glacial.

Gina se figea.

— Comment oses-tu insinuer une chose pareille ? C'est ignoble ! Monstrueux ! Cela voudrait dire que je t'ai piégé pour me faire épouser…

Elle leva les bras au ciel, comme pour lui faire mesurer l'énormité de ses soupçons.

— C'est une insulte ! gémit-elle avec une amertume infinie.

Mais Lucius n'en avait pas fini avec son plaidoyer. Les bras croisés, il lui jeta d'un ton hargneux :

— Tu te souviens de la discussion que nous avons eue à propos du mariage, hier après-midi ? Je me demande si ce n'est pas la mise au point que j'ai faite qui t'a incitée à penser que, dans les circonstances présentes, je ne pourrais pas éviter le mariage…

— C'est ridicule ! Je ne veux pas t'épouser. Je ne cherche pas de mari.

— Alors, tu refuserais ma proposition ?

Gina eut un rire nerveux, bref, sans joie.

— Absolument !

Emportée par la colère, elle ne se contrôlait plus. Ce fut d'une voix furieuse qu'elle cria :

— Tu penses peut-être que tu es l'affaire du siècle, mais tu te trompes lourdement. Je me fiche totalement de ce que tu peux m'offrir. Tout cela est dérisoire. Le jour où j'aurai envie de prendre un mari, je ne le choisirai pas en fonction de son compte en banque.

Lucius fixait sur la jeune femme un regard terrible. A un moment, il leva la main, et elle crut qu'il allait la frapper. Mais il s'en abstint.

— Ah, c'en est trop ! s'écria-t-il. Je déteste parler de cela, mais j'aimerais bien savoir ce qui se serait passé si je ne m'étais pas protégé…

— Quelle importance puisque tu l'as fait ? rétorqua-t-elle sèchement.

— Il ne faut pas prendre de tels risques si l'on veut rester vivant, décréta-t-il d'un ton glacial. Mais nous reparlerons de tout cela plus tard.

Il tourna les talons et s'en alla, pourtant il eut l'élégance de ne pas claquer la porte.

Comme promis, Lucius fit visiter à Gina les vignobles du domaine. Elle apprit beaucoup de choses et fut émerveillée par le travail de la vigne. Leur discussion était reléguée au second plan, du moins provisoirement. Ils auraient bien le temps d'y revenir et de mettre cartes sur table.

Ils avaient pris la voiture, car les vignobles s'étendaient très loin au-delà de la maison.

Lorsqu'ils furent sur le chemin du retour, Lucius parut de nouveau absorbé par le problème que lui posait Gina. Il se tourna vers elle, et lui dit d'une voix paisible mais un peu inquiète :

— Il y a quelque chose que je ne comprends pas, Gina. Pourquoi as-tu fait semblant d'être une femme d'expérience alors que tu n'avais jamais fait l'amour avec un homme ?

— Je n'ai jamais fait semblant ! C'est toi qui t'es mis ça dans la tête.

— Et tu n'as pas cherché à me détromper, alors que tu en as eu l'occasion.

— Quelle différence cela aurait-il fait ?

— J'aurais sans doute hésité. Dans ma famille, on prend la virginité très au sérieux. En réalité, j'ai l'impression d'avoir volé quelque chose à ton futur mari.

Gina hocha la tête.

— Il se peut que je ne me marie jamais. Je n'ai rien décidé de ce côté-là. Et si je me marie un jour avec un Anglais, je sais bien qu'il ne s'attendra pas à ce qu'une femme de mon âge soit encore vierge.

Elle tourna un instant la tête vers lui.

— Si ça peut te rassurer…

Lucius conduisait lentement sur le chemin de terre qui revenait des vignes. Il resta silencieux un long moment. Gina admirait les rangées de ceps qui défilaient sous ses yeux, régulières et bien ordonnées.

Lucius arrêta soudain la voiture et tourna vers elle un visage apaisé :

— Alors, rien ne nous empêche de continuer ce que nous avons commencé, *cara*. Rien ne nous interdit de nous laisser aller au désir que nous éprouvons l'un pour l'autre.

— Non, en effet, répondit la jeune femme d'une voix lointaine, sans tonalité.

Elle demeura quelques instants silencieuse, et ajouta sur un ton différent, presque enjoué :

— Tu as vu le regard de ta sœur Ottavia, ce matin, au petit déjeuner ? Elle nous dévisageait l'un après l'autre d'une manière tellement appuyée... Je suis sûre qu'elle se doute de quelque chose.

— C'est un problème ?

— Pas pour moi. Je pensais plutôt à toi.

Il fit un signe négatif de la tête.

— Je suis responsable de mes actes, et je ne permets à personne de me donner des leçons. Si jamais Ottavia se permet la moindre remarque désagréable à ton égard, préviens-moi aussitôt.

Sur ces mots, il redémarra, et ils arrivèrent bientôt en vue de la grande maison familiale.

Dès que la voiture s'arrêta, Ottavia bondit vers eux comme une furie. Elle brandissait l'enveloppe blanche que Gina avait laissée dans sa chambre : l'enveloppe contenant la photo de Giovanni Carandente ainsi que l'acte de mariage des parents de la jeune femme.

— Qu'est-ce que ça veut dire ? s'écria Ottavia, déchaînée. Il y a quelque chose de louche là-dessous !

5

La première réaction de Gina fut une colère noire. Comment Ottavia avait-elle osé fouiller dans ses affaires ? C'était inadmissible.

— Vous n'aviez pas le droit, lança-t-elle froidement.

Mais Ottavia ne se souciait pas d'elle, en cet instant. Elle s'était lancée, à l'intention de son frère, dans une explication en italien, et parlait à toute vitesse. Gina entendit les mots *conjugali* ainsi que le prénom de son père qui revenaient dans la diatribe.

Le visage de Lucius devint grave. Il ordonna d'un ton sévère :

— Rentrons. Nous allons discuter de tout ça à l'intérieur.

Lorsqu'ils furent dans le hall d'entrée, Lucius lança sèchement à Ottavia :

— Montre-moi cette enveloppe. Je veux voir par moi-même.

— Il s'agit de faux, naturellement, déclara Ottavia.

— Désolée, ce ne sont pas des faux, rétorqua Gina. Ces documents sont authentiques.

Lucius sortit de l'enveloppe la photographie et le document de mariage, puis il les étudia attentivement, d'un air dur. Sa mâchoire était serrée, son regard sévère. Il se tourna brusquement vers Gina et lui demanda méchamment :

— Qui êtes-vous ?

Elle remarqua qu'il ne la tutoyait plus. Son ton impitoyable rappelait celui d'un inquisiteur.

— Giovanni Carandente était mon père, avoua-t-elle dans un souffle.

— Vous nous aviez pourtant dit qu'il s'appelait Alexander Barsini !

— J'ai menti.

— Pourquoi ?

— Ça m'a paru plus simple, à ce moment-là.

— Plus simple ? Pourquoi ?

— Parce que j'ignorais si vous étiez les Carandente que je cherchais.

Lucius la regardait durement.

— Il fallait poser la question ! s'écria-t-il. Il fallait vous exprimer.

Déstabilisée, mise en accusation d'une manière injuste et âpre, Gina cherchait ses mots pour se défendre.

— Je ne voulais pas vous laisser croire que j'en voulais à votre argent, à votre patrimoine, expliqua-t-elle d'une voix blanche. Tout ce que je cherchais, c'était les traces de mon père. Je voulais découvrir qui il avait été.

— Taratata, fit Ottavia. Elle a beau dire, il n'y a jamais eu de mariage…

— Si ! cria Gina. Ma mère et Giovanni sont tombés amoureux l'un de l'autre pendant qu'ils fréquentaient l'université. Ils n'ont pas osé parler de leur mariage à leur famille, par peur d'une désapprobation. Ma mère ne connaissait rien du passé de Giovanni, à part le fait qu'il venait de Vernici.

Ottavia hochait la tête en répétant : « Mensonges, mensonges ! » Lucius conservait son air sombre, et semblait réfléchir intensément.

— Pourquoi votre mère n'a-t-elle pas entrepris elle-même les démarches pour retrouver les traces de son mari ?

— Elle craignait sans doute qu'en Italie on ne lui réclame l'enfant qu'elle attendait.

— Et cet enfant, c'était vous !

— Oui.

Gina poussa un profond soupir. Elle se sentait harassée. Elle conclut d'une voix qu'elle aurait voulu plus nette, mais qui n'était qu'un souffle entre ses lèvres :

— Ces documents sont les seules preuves que je détienne.

Lucius revint à la charge avec une question troublante :

— Vous avez été conçue avant le mariage ?

— Mais non ! Mais non ! cria Gina, furieuse. Je déteste ce genre d'insinuations ! Vous n'avez pas le droit de...

Lucius leva la main en signe d'apaisement, de façon lente et impériale, à la manière des juges romains lorsqu'ils se trouvaient devant un conflit violent.

— Calmez-vous, Gina. Si ce document est authentique, vous êtes une vraie Carandente, et vous bénéficiez de tous les droits attachés à ce nom.

— Non et non ! hurla Ottavia, hors d'elle.

Si elle avait pu mordre, elle l'aurait fait, se dit Gina, un peu effrayée par cette manifestation d'hystérie.

— Je ne demande rien, dit-elle d'un ton paisible. Je vais bientôt rentrer dans mon pays, et vous n'entendrez plus parler de moi.

Le visage de Lucius s'était adouci. Sans doute se rendait-il mieux compte de la situation dans laquelle se trouvait Gina. Il se tourna vers elle et déclara calmement :

— Si vous êtes réellement la fille de Giovanni Carandente, vous êtes en droit de revendiquer San Cotone. Plus que nous.

Ottavia était, à présent, dans une rage folle.

— Non et non ! cria-t-elle une deuxième fois.

Sans prêter attention à ses vociférations, Gina fit face à Lucius.

— Les droits auxquels je peux prétendre ne m'intéressent

pas. Tout ce que je voulais, c'était retrouver mes racines, saisir quelques bribes de la vie de mon père.

Comme Ottavia s'agitait encore et s'apprêtait à protester de nouveau, Gina, désabusée, lança d'une voix sourde :

— Oh ! et puis en voilà assez !

Elle grimpa l'escalier quatre à quatre, et alla se réfugier dans sa chambre.

Pendant une demi-heure, la jeune femme se demanda si elle devait quitter immédiatement San Cotone ou attendre encore un peu. De toute façon, elle n'allait pas s'attarder dans cette maison. La situation était devenue invivable pour elle.

Elle entendit frapper à sa porte, et alla ouvrir. C'était Lucius. Son visage était grave.

— Il faut que nous parlions, marmonna-t-il en entrant.

— Que nous parlions de quoi ? Il n'y a plus rien à dire. J'ai été claire, me semble-t-il : San Cotone vous appartient. Je ne veux rien pour moi.

Une hésitation passa dans le regard de Lucius.

— Alors, pourquoi avez-vous fait l'amour avec moi, hier soir ?

— Parce que je le désirais. C'est vous qui m'en avez donné envie.

— A ce moment-là, j'étais loin de connaître votre véritable identité. Vous m'avez dupé.

— Nous ne sommes que des cousins très lointains. Cesare m'a mise au courant de l'histoire de San Cotone et de votre père.

Un éclair redoutable passa dans les prunelles de Lucius.

— Alors, vous l'avez mis dans le coup, lui aussi ?

— Vous avez une curieuse façon de voir les choses. J'ai simplement parlé avec lui.

— Quand ?

— Hier, quand nous nous sommes perdus dans les rues de Sienne.

— Après quoi vous avez décidé que le temps était venu pour vous de devenir ma maîtresse…

— Non. Ce n'est pas exactement ça. Après avoir appris que nos liens de parenté étaient très lointains, j'ai su que je n'avais rien à craindre sur ce plan-là.

— Et lorsque nous nous sommes retrouvés seuls, dans le jardin, vous avez accepté de vous donner à moi, murmura-t-il.

— Oui. Aucun tabou ne me retenait plus.

Il passa une main nerveuse dans ses cheveux. Son visage était encore tendu. Rien n'était réglé entre eux. Il semblait très déterminé lorsqu'il annonça :

— On ne peut pas fuir les obligations qui nous incombent…

— Quelles obligations ?

— Nous allons devoir nous marier.

Complètement estomaquée par ce qu'elle venait d'entendre, Gina regardait Lucius sans vraiment comprendre.

— Mais c'est ridicule ! dit-elle au bout de quelques instants.

— C'est une question d'honneur.

— Mais j'étais consentante ! C'est même moi qui vous ai choisi. C'était la première fois que j'avais envie de me donner à un homme.

— Qu'importe ? Cela ne change rien à l'affaire. Il est de mon devoir de réparer ce… cet écart. Je vais m'occuper de notre mariage dès demain.

— Le mariage ? Ah non ! Certainement pas. Je n'ai absolument pas envie de vous épouser. Il n'est pas question de mariage — ni avec vous ni avec personne d'autre.

— M'empêcheriez-vous de réparer ma faute ?

— Quelle faute ? Enfin, Lucius ! Nous sommes au vingt et unième siècle ! Pas au Moyen Age.

Mais il ne voulait rien entendre. Il demeurait enfermé

dans cette étrange et archaïque exigence d'honneur. Gina croyait rêver.

— Je vais préparer le mariage, répéta-t-il d'un air buté.

Et il s'éloigna de sa démarche souple de félin.

A peine Gina avait-elle repris ses esprits que la porte de sa chambre s'ouvrit de façon violente, sans qu'on eût frappé.

Ottavia fixait sur elle un regard de tueuse.

— Vous vous croyez bien maligne, Gina, mais on ne me la fait pas, à moi : vous n'êtes pas une Carandente !

Gina savait que, dans des moments pareils, mieux valait calmer le jeu, ne pas polémiquer, surtout, sur un ton agressif. Ce fut donc d'une voix pondérée qu'elle répondit :

— Si je ne suis pas une Carandente, d'où viennent cette photo de ma mère avec Giovanni, et cet acte de mariage ?

— Vous les avez fabriqués. Il s'agit d'un montage pour obtenir des droits sur San Cotone. Il suffit de juxtaposer deux photos, dans un laboratoire, et…

— Mais comment aurais-je pu me procurer une photo de Giovanni ? demanda calmement Gina.

— Il est tout à fait possible que votre mère et Giovanni se soient trouvés dans la même université, qu'ils aient eu une liaison dont vous êtes le résultat.

Tandis qu'elle crachait son venin, son visage était déformé par la haine. Elle reprit avec une grimace de dégoût :

— Giovanni n'a pas pu épouser votre mère. Dans la famille Carandente, on ne se commet pas avec la classe inférieure.

— Tiens, tiens ! murmura Gina. Dans ce cas, comment avez-vous pu épouser Marcello ?

Durant ces quelques jours passés à San Cotone, Gina avait appris que le mari d'Ottavia venait d'une famille modeste et que ce mariage n'avait pas été bien accepté en son temps.

Ottavia encaissa d'abord le coup sans réagir, puis elle déclara d'un ton dédaigneux :

— La lignée de Marcello est tout à fait digne, et…

Malgré les efforts qu'elle faisait pour rester calme, Gina éclata soudain :

— Comment osez-vous venir dans cette chambre me jeter à la figure vos récriminations imbéciles ? Si vous contestez l'acte de mariage que je vous ai montré, allez vérifier à la mairie : vous serez fixée tout de suite ! Quant à la photo… n'importe quel expert vous dira qu'elle est authentique ! En voilà assez de vos jérémiades ! Votre frère me fait confiance, lui !

— Mon frère est un idiot.

Gina leva les sourcils d'un air stupéfait.

— Vous pourriez le lui dire en face ?

Une affreuse grimace tordait les traits d'Ottavia. Elle ouvrit la bouche, la referma, la rouvrit une nouvelle fois et lança un mot qui claqua comme un coup de fouet :

— *Vacca !*

Gina comprit immédiatement l'insulte, et éclata d'un rire soudain, ce qui lui permit de libérer toutes les tensions qui la minaient depuis plusieurs heures.

Après avoir laissé libre cours à son inextinguible rire, la jeune femme s'essuya les yeux, et ce fut presque sur un ton de bonne humeur qu'elle dit à Ottavia :

— Vous ne supportez pas ma présence, c'est évident. Figurez-vous que j'en ai assez, moi aussi.

— Pourquoi êtes-vous venue ?

Gina s'assit sur son lit et croisa nonchalamment les jambes.

— Je vous l'ai déjà dit : je suis venue dans ce pays pour retrouver les traces de mon père. Je ne m'attendais pas à une telle histoire.

Ottavia s'était-elle lassée de combattre ? En tout cas, elle parut soudain moins hargneuse, et ce fut sur un ton un peu moins agressif qu'elle demanda :

— Comment se fait-il que vous ayez attendu tant de temps pour entamer cette démarche ?

— J'ai découvert la vérité sur mon père à l'âge de quinze ans. A ce moment-là, je ne pouvais pas me permettre de quitter l'école, de sauter dans un train ou dans un avion... Ensuite, il y a eu l'université, puis le travail, avec toutes les contraintes qu'il comporte... En décidant de faire ce voyage, j'étais loin d'imaginer que j'allais devoir affronter une situation cornélienne.

— Cornélienne, c'est le terme ! Vous n'aviez sans doute pas prévu de tomber dans les bras d'un homme au bout de trois jours !

Gina blêmit soudain. Si Ottavia disait cela, c'était que Lucius l'avait mise au courant. Elle ressentait cette situation comme une trahison, comme une humiliation. Quel besoin avait-il eu de confier leur aventure à Ottavia, la personne la moins sympathique, la moins tolérante de la maison Carandente ? Dans un murmure, elle demanda :

— Lucius vous a donc raconté, pour nous deux ?

— Tout. Y compris certains détails qui ont leur importance. Comme vous étiez vierge avant de coucher avec lui, il est obligé de vous épouser. C'est une question d'honneur pour la famille.

— Peut-être, mais j'ai refusé. Il n'est pas question que je me marie avec votre frère. Je vais rentrer en Angleterre au plus vite, et cette histoire sera enfin terminée.

Aussitôt après qu'elle eut prononcé ces mots, le comportement d'Ottavia changea du tout au tout. On aurait dit que tous les muscles de son corps, que tous ses nerfs, que toutes les tensions qui la rendaient si rigide jusqu'alors se relâchaient d'un coup. Ottavia se laissa mollement tomber sur une chaise, comme vidée. Et Gina put lire dans ses yeux une expression presque amicale.

— Alors, vous allez partir ?

— Oui. D'ailleurs, vous pourriez peut-être m'aider à quitter cette maison, à l'insu de Lucius.

— Mais vous n'avez toujours pas récupéré votre voiture…

— Conduisez-moi jusqu'à Sienne. J'irai la chercher au garage : elle doit être prête.

Un sourire furtif éclaira le visage d'Ottavia. Il était évident que le départ de Gina la comblait d'aise.

— Il faut partir pendant la nuit, déclara-t-elle. Sinon, on vous retiendra. Je vous conduirai jusqu'à Sienne et je reviendrai à l'aube. De cette manière, personne ne remarquera mon absence. Et, le matin, je m'étonnerai avec les autres de ne pas vous voir à la maison.

— Et Marcello ? demanda Gina.

Ottavia chassa cette question d'un geste éloquent de la main.

— Marcello fait ce que je lui dis.

Pendant un moment, les deux femmes demeurèrent silencieuses. Ce fut Ottavia qui reprit la parole, sur un ton très différent.

— J'ai été dure avec vous, Gina, murmura-t-elle doucement. J'ai été injuste…

« Quel changement d'attitude ! Quelle transformation chez Ottavia ! » pensa Gina, étonnée sans être dupe. Elle savait qu'à présent elle ne représentait plus de danger pour la sœur aînée de Lucius. Cette dernière n'avait donc plus aucune raison de la haïr.

— Nous nous retrouverons à 2 heures du matin devant les boxes réservés aux voitures, conclut Ottavia sur un ton de conspirateur. Soyez à l'heure.

— J'y serai à 2 heures pile, assura Gina.

— Et, pendant la journée, faisons comme d'habitude, ajouta Ottavia. Ne mettons pas la puce à l'oreille des autres.

— Oui, faisons comme d'habitude, dit Gina en réprimant un sourire. Ayons l'air de nous détester.

Trois femmes et un seul homme avaient pris place autour de la table pour le déjeuner : Ottavia, Donata, Gina et Lucius. Marcello était retenu à l'extérieur. Quant à Cornelia, elle se trouvait toujours chez ses amis, en Ombrie.

— Alors, vous êtes une cousine lointaine ? Ça alors, pour une surprise, c'est une surprise ! s'exclama Donata, toute joyeuse. Mais le top du top, c'est que je vais bientôt être votre belle-sœur.

De part et d'autre de la longue table, le regard bleu de Gina et le regard noir de Lucius se croisèrent. Trois secondes passèrent. On entendait à peine le tintement des couverts.

— Ça m'étonnerait, répondit Gina d'un ton imperturbable.

Donata jeta sur l'assemblée un regard interrogateur.

— Mais Lucius m'a dit que…

— Il faut être deux pour se marier, coupa Gina.

La formule n'aurait pas pu être plus concise. Elle avait fusé des lèvres de la jeune femme avec une sèche autorité.

Un éclair terrible passa dans les yeux de Lucius, une flamme joyeuse dans ceux d'Ottavia. Quant à Donata, elle paraissait toujours aussi perdue.

— J'ai expliqué à Lucius que sa proposition ne m'intéressait pas, ajouta Gina.

Elle porta son verre à ses lèvres. Ce chianti de l'année 1983 était une merveille.

Elle posa lentement le verre, et se tamponna les lèvres d'un geste délicat.

— Je ne comprends pas, reprit Donata, de plus en plus perplexe. N'êtes-vous pas venue chez nous pour réclamer l'héritage qui vous revient de droit ?

— Non.

Donata la dévisageait sans comprendre.

— Alors, pourquoi avez-vous fait ce voyage ?

Gina commençait à se lasser d'avoir à répéter toujours les mêmes choses.

— Je voulais savoir d'où venait mon père. Je comprends, à présent, que j'aurais mieux fait de rester chez moi.

Lucius eut un geste d'impatience : il posa brusquement sa serviette et grommela :

— Il est un peu tard pour avoir des regrets. Ce qui est fait est fait.

Gina croisa le regard d'Ottavia. Elles savaient bien, toutes les deux, que Gina serait partie le lendemain, et que tous les projets de Lucius resteraient en suspens.

Puis le regard de Gina s'attarda quelques instants sur les mains de Lucius : il les avait croisées, dans une position d'attente et de réflexion. Ces mains qui lui avaient procuré tant de plaisir, la nuit dernière, qui avaient même failli la rendre folle…

Elle tressaillit, et se reprit lorsque Donata déclara d'un ton ingénu et touchant :

— Moi, ça me fait plaisir d'avoir une nouvelle grande sœur comme vous. J'avoue que j'étais un peu jalouse, à cause de Cesare, mais comme je sais que vous allez épouser Lucius, je n'ai plus de raisons de m'inquiéter.

« Quelle obstination ! Quelle naïveté ! se dit Gina. J'ai pourtant été claire. Mais on dirait que Lucius et sa petite sœur ne veulent rien entendre ! »

— Cesare n'est-il pas un peu trop vieux pour vous ? demanda-t-elle tranquillement à la jeune fille. Il a presque deux fois votre âge.

— Je préfère les hommes mûrs. Non seulement Cesare est le plus bel homme que je connaisse, mais il est très riche. Et si je l'épouse, je serai marquise !

Gina s'essuya les lèvres avec sa serviette pour masquer son sourire.

— On dirait qu'il y a beaucoup de titres de noblesse dans les environs, fit-elle remarquer d'un ton qu'elle avait voulu neutre mais qui gardait pourtant une trace d'ironie.

Donata, pour sa part, ne semblait pas avoir envie de plaisanter sur ce sujet. Elle poursuivit de sa petite voix naïve :

— Dans notre monde, il y a plein de ducs et de duchesses, de comtes et de comtesses, et même de princes et de prin…

— Ça va, ça va, coupa Lucius, agacé.

— Mais Lucius fait exception à la règle, poursuivit Donata avec obstination. Il renonce au titre. Si bien que vous ne serez pas comtesse, Gina. Quel dommage, n'est-ce pas ?

Cette fois, Gina ne put s'empêcher de rire à gorge déployée.

— A supposer que je veuille épouser votre frère, ce qui n'est pas le cas, je ne souhaiterais pas m'affubler d'un titre faussement honorifique.

Ce même soir, lorsque Gina se prépara pour le dîner, elle prit conscience que Lucius avait été absent tout l'après-midi. Sans doute avait-il été retenu par les tâches administratives liées à la gestion du domaine. Elle se trouvait dans la salle de bains, en train de se coiffer, lorsqu'elle entendit un léger bruit dans sa chambre. Elle ouvrit la porte et vit que Lucius s'était installé dans un fauteuil.

— Vous ne manquez pas de toupet ! Que faites-vous dans ma chambre ?

Avant de répondre, Lucius étudia la jeune femme avec une attention étrange.

— Les papiers sont prêts, déclara-t-il avec flegme.

— Quels papiers ?

— Ceux du mariage.

— Mais je vous ai déjà dit que ce mariage était hors de question ! N'ai-je pas été assez claire ?

Il hocha la tête d'un mouvement lent, avec un air de reproche.

— Ce serait une trahison à l'égard de votre père et à l'égard de votre nom si vous renonciez à cet héritage dont vous auriez dû prendre possession il y a déjà longtemps !

— Laissez-moi agir comme il me plaît, je vous prie, marmonna-t-elle d'un ton contrarié. C'est à moi de décider de ma vie, pas à vous.

Mais Lucius ne semblait pas avoir entendu. Il poursuivit d'une voix égale :

— Votre mère et votre beau-père pourront venir vous voir quand ils le souhaiteront, naturellement !

Elle se sentit gagnée par une irrésistible envie de rire.

— Mais allez-vous donc comprendre, enfin ? Je ne veux pas me marier ! J'en ai par-dessus la tête de vous et de vos histoires d'honneur ! Laissez-moi vivre ma vie comme je l'entends !

Il ne répondit pas. Il regardait par terre d'un air absorbé, comme s'il était en train d'étudier les lattes du parquet.

Il se passa un long moment. Puis Gina, avertie par un instinct secret, devina qu'il allait se passer quelque chose.

En effet, Lucius se leva d'un mouvement souple, et la jeune femme pensa une nouvelle fois à un guépard qui s'apprête à bondir sur sa proie. Elle eut, en une fraction de seconde, un flash-back : l'image de Claudia Cardinale et d'Alain Delon dans Le Guépard de Visconti, tournoyant dans la fameuse scène du bal, l'une des plus belles de l'histoire du cinéma. Et, autour d'eux, ce merveilleux paysage de Sicile, avec ses oliviers et ses vignes, comme ici, à San Cotone.

— Il n'y a qu'un moyen, murmura Lucius.

Il marcha vers elle, et elle se rendit compte qu'il n'y avait pas d'issue.

— Ne faites pas cela ! dit-elle d'une voix étouffée. Je… Je vous interdis !

Mais il l'avait déjà saisie dans ses bras, et il posait ses lèvres sur les siennes.

Il la tenait contre lui, mais elle comprit qu'elle n'était pas prisonnière et qu'elle pouvait s'échapper quand elle le voulait.

Mais le souhaitait-elle ? Elle était partagée. D'un côté,

elle refusait cette intrusion soudaine et, de l'autre, elle se sentait ravie, au sens le plus fort du terme. Elle retrouvait avec un plaisir infini les délices de ses baisers. Son sang bouillait de nouveau dans ses veines, et elle fondait de bonheur.

Il la porta sans effort jusqu'au lit, et le désir qui la consumait était si ardent qu'elle ouvrit immédiatement les jambes pour obtenir le plus vite possible la folle caresse tant attendue.

Il se déshabilla en quelques secondes, et ils se dévorèrent dans cette lutte amoureuse qui précède l'union totale. Il la prit très vite, presque sans préliminaires, et ils atteignirent ensemble le plaisir suprême, en poussant l'un et l'autre des cris étouffés.

Puis ils retombèrent sur le côté, haletants.

— Tu as fait ça dans un but bien précis, n'est-ce pas ? demanda Gina, le souffle court.

— C'était le seul moyen, avoua-t-il en regardant la jeune femme au fond des yeux.

Elle se leva et ramassa les vêtements qui traînaient par terre.

— Il n'est pas du tout certain que je tombe enceinte…

— Il y a quand même une chance.

Il la contemplait sans l'ombre d'un remords.

— Je croise les doigts, murmura-t-il.

Puis il se rhabilla, aussi vite qu'il s'était déshabillé, et quitta la pièce sans autre commentaire.

Elle s'assit sur le bord du lit, étourdie, pensive. Une chose était certaine : quoi qu'il pût arriver, il n'y aurait pas de mariage. Elle avait décidé de partir cette nuit.

Et si elle était enceinte ?

Si elle était enceinte, alors on verrait bien. Chaque chose en son temps.

A 1 h 30 du matin, Gina s'habilla pour sortir, rassembla ses affaires, boucla sa valise et tendit l'oreille. La maison était silencieuse.

Elle attendit encore une vingtaine de minutes, puis ouvrit la porte de sa chambre et s'engagea dans le couloir avec sa lourde valise. Elle avait choisi des escarpins légers, de manière à se déplacer silencieusement.

— Je commençais à m'impatienter, chuchota Ottavia en la voyant arriver. Passez-moi cette valise, je vais la mettre dans le coffre.

Gina prit place à côté de la conductrice. Les dés étaient jetés. Il était trop tard pour faire marche arrière. D'ailleurs, ce n'était pas ce qu'elle souhaitait.

Elle quittait San Cotone, et c'était bien ainsi.

Lorsqu'elle se réveilla, le lendemain matin, elle ne reconnut pas le beau décor de sa luxueuse chambre de San Cotone. Elle se trouvait dans une autre chambre, très simple, aux murs nus.

Les brumes de la nuit se dissipèrent peu à peu, et elle se souvint du modeste hôtel où elle était descendue, en pleine nuit.

Elle se leva, sortit prendre un café dans une ruelle voisine, puis se promena un peu dans la ville, l'esprit vide, le cœur étrangement troublé.

Comme elle rentrait dans son petit hôtel, elle aperçut dans le hall une silhouette bien connue.

C'était Lucius.

— Comment as-tu fait pour me retrouver ? lui demanda-t-elle, médusée.

— J'ai torturé Ottavia jusqu'à ce qu'elle finisse par parler.

Comme elle le dévisageait, affolée, il sourit et lui adressa un clin d'œil.

— Allons, tu ne vas pas croire n'importe quoi ! J'ai

simplement persuadé Ottavia de me dire où tu te cachais. Elle a tellement peur de moi qu'elle a avoué assez vite… Excuse-moi un instant.

Il alla droit à la réception, murmura quelques mots à l'employé, et sortit quelques billets de sa poche. Puis il revint vers Gina.

— J'ai réglé ta note. Prends tes affaires. Tu ne vas pas rester dans cet hôtel sordide.

— Mais…

— Allons chercher ta valise dans ta chambre.

Malgré les protestations de Gina, Lucius restait inflexible. Il jeta en vrac dans la valise tout ce qui lui tombait sous la main.

Quelques minutes plus tard, il installait les bagages à l'arrière de sa Lancia décapotable et ouvrait la portière à sa compagne.

Dès qu'elle fut assise, elle se tourna vers lui, décidée à mettre les choses au point. Il démarra.

— Je ne veux pas venir avec toi, protesta-t-elle.

La voiture avait démarré sur les chapeaux de roues, à l'italienne.

— Trop tard, dit-il.

Il s'engagea sur la route qui menait à Vernici.

— Arrête-toi un instant ! supplia Gina sur un ton insistant. Il faut que nous parlions.

Il gara la Lancia sur le côté de la route, coupa le moteur et déclara sèchement :

— Je t'écoute.

— De deux choses l'une, dit-elle. Ou je suis enceinte ou je ne le suis pas. C'est bien le sujet qui nous préoccupe, n'est-ce pas ?

— Oui. Supposons que tu attendes un bébé. Que ferastu, alors ?

Elle sentit une boule se former dans sa gorge, et avala péniblement sa salive.

— Je me débrouillerai, murmura-t-elle, ébranlée par cette perspective à laquelle elle n'était pas préparée.

— De quelle manière ? insista-t-il d'une voix dure.

Elle comprit immédiatement la crainte de Lucius, et répondit avec vivacité :

— Rassure-toi : il n'y aura pas d'avortement.

— Tu envisagerais donc de t'occuper seule de cet enfant ?

— Oui. Mais il y a peu de chances que je sois enceinte.

— On ne sait jamais.

Elle eut un brusque accès de révolte, et lança :

— Après tout, c'est toi le responsable. Si tu avais fait ce qu'il fallait, nous ne courrions pas de risque…

— Je te rappelle que, la première fois, tu n'as pas pris de précautions, gronda-t-il.

Un silence lourd et pénible s'installa. On entendait les voitures qui passaient sur la route. Gina attendait, la tête baissée. Elle savait qu'ils allaient bientôt se séparer, et elle aurait souhaité que ce fût dans des conditions différentes, sans conflit.

— Je ne peux pas te retenir de force à San Cotone, déclara-t-il finalement sur un ton découragé. Mais il faut que tu me promettes une chose.

Gina avait de plus en plus de mal à déglutir.

— Quelle chose ?

— Si tu as un enfant, je veux, même de loin, participer à son éducation. Je veux qu'il sache que je suis son père.

Elle le dévisageait avec une immense émotion.

— J'insiste sur ce point, murmura-t-il, le visage tendu.

Elle hocha la tête en signe d'assentiment.

— C'est d'accord, dit-elle d'une voix nette.

— Bien. Allons chercher ta voiture. J'ai téléphoné au garage, hier : elle est prête.

— Parfait, fit-elle.

— Une dernière chose, Gina. Je considère que San

Cotone t'appartient depuis la mort de Giovanni. Même si j'y vis avec ma famille, le domaine est à toi.

Elle eut un petit geste de la main, comme pour dire qu'elle ne souhaitait faire aucun commentaire à ce sujet.

Lorsqu'ils arrivèrent au garage, Gina fut très surprise : sa voiture semblait neuve.

— Tu connais l'itinéraire pour rentrer ? lui demanda Lucius d'une voix un peu nouée.

— Je vais prendre tout simplement la même route qu'à l'allée. Mais en sens inverse.

L'explication de Gina leur arracha à tous deux un petit rire triste et bref. La jeune femme se sentait tout à coup désemparée.

— Eh bien, je vais y aller, dit-elle à mi-voix.

— Souviens-toi de la promesse que tu m'as faite, Gina.

— Oui. Je n'oublierai pas.

La dernière image qu'elle garda, et qui l'accompagna durant tout le voyage jusqu'en Angleterre, ce fut Lucius qui avait ouvert les cinq doigts de sa main, discrètement, à la hauteur de sa hanche, dans un petit signe de salut.

Elle essuya une larme et appuya sur l'accélérateur.

6

Trois jours plus tard, Gina alla chercher le test de grossesse qu'elle avait fait faire dès son retour. Il était négatif. Elle se demanda pendant un moment si elle allait téléphoner à Lucius pour le rassurer sur ce point, mais, finalement, elle y renonça. Il lui était encore trop difficile de reprendre contact avec lui.

A la fin du mois, elle alla rendre visite à ses parents.

— Il faut que tu saches, lui dit sa mère sur un ton dramatique. Ton père se trouve face à des difficultés financières terribles. Son entreprise est sur le point de faire faillite. Il a contracté des emprunts qu'il ne parvient plus à honorer.

— Mon Dieu ! s'écria Gina, épouvantée. Que peut-on faire ?

— Rien, malheureusement. La seule chose qui, peut-être, pourrait le sauver, ce serait un apport d'argent.

— Combien ? demanda Gina, le cœur serré.

— Oh, beaucoup, ma pauvre chérie ! Beaucoup.

Gina se prit la tête entre les mains, puis, après quelques minutes, elle dit à sa mère d'une voix tendue :

— Tu permets que je passe un coup de fil à l'étranger ? C'est un appel personnel. J'aimerais être seule, si tu n'y vois pas d'inconvénient.

— Monte dans la chambre à coucher, ma chérie. Tu seras tranquille pour téléphoner.

Ce fut le domestique au visage sombre qui répondit, celui-là même qui avait accueilli Gina, le premier jour.

— Passez-moi Lucius Carandente, dit-elle d'une voix nerveuse. C'est urgent. *Urgente, capisce ?*

Quelques secondes plus tard, elle reconnaissait la belle voix mélodieuse de Lucius.

— Gina ! Où êtes-vous ?

— Chez mes parents. En Angleterre. J'ai besoin d'aide.

Il y eut un silence, et Lucius demanda d'un ton bref, un peu inquiet :

— De quelle nature ?

— J'ai besoin d'argent.

Il y eut une nouvelle pause.

— Pourquoi avez-vous besoin d'argent ?

— L'affaire de mon beau-père est en train de péricliter. S'il ne trouve pas d'argent frais, il est perdu. J'ai pensé à notre relation… Je me suis dit que, peut-être…

Elle laissa sa phrase en suspens. Le sang battait contre ses tempes. Elle se demandait si Lucius n'allait pas lui raccrocher au nez.

— Combien ? demanda Lucius d'une voix calme.

— Beaucoup, je crois. Je ne connais pas la somme exacte.

— Est-ce que quelqu'un est au courant de votre appel ?

— Non, Lucius. Personne. Je n'ai même pas parlé de vous à mes parents. Ils ne connaissent pas votre existence. Je viens juste de prendre connaissance de la situation.

Comme il ne répondait rien, elle ajouta en tremblant :

— Si c'est non, dites-le tout de suite, Lucius !

— Ma réponse dépend de… d'une certaine contrepartie. Nous devons en parler tous les deux. Je peux sauter dans un avion dès demain et être là dans l'après-midi. Cela vous laissera le temps d'expliquer à vos parents qui je suis.

Elle poussa un soupir plein d'amertume. Qu'avait-elle espéré ? Qu'il lui envoie un chèque sans discuter ? Elle n'avait aucune envie de le revoir, mais elle savait qu'elle ne pouvait pas y échapper.

— Je serai là dans l'après-midi, précisa-t-il. J'ai l'adresse de vos parents.

Il y eut un nouveau silence.

— Je ne suis pas enceinte, Lucius, murmura-t-elle d'une voix troublée.

— A demain.

Elle raccrocha lentement, et se mit à réfléchir. Elle allait maintenant devoir conter à ses parents son aventure italienne. S'il lui était relativement aisé d'en parler à sa mère, il n'en était pas de même en ce qui concernait son beau-père car il n'était toujours pas au courant de l'existence de Giovanni Carandente.

La jeune femme se leva et alla droit dans la cuisine.

— Maman, j'ai à te parler. C'est très important.

Beth Redman s'essuya les mains à un torchon, et regarda sa fille droit dans les yeux.

— Je t'écoute, ma chérie.

Elle écouta, en effet, le récit de sa fille sans l'interrompre une seule fois. De temps à autre, tandis que Gina parlait, elle essuyait furtivement une larme.

Lorsque Gina eut raconté son voyage de A à Z, Beth poussa un profond soupir.

— Ma pauvre chérie, j'étais loin de me douter à quel point l'image de ton père te tourmentait. Giovanni m'avait très peu parlé de son pays, de sa famille. J'ignorais qu'il appartenait à la noblesse. Ce n'était pas son genre de se vanter. Ce que je ne comprends pas, c'est la raison pour laquelle Lucius se sent concerné par les affaires de John.

— Il pense qu'il a une dette à mon égard, à cause du domaine de San Cotone qui, selon lui, me revient de droit.

— Si j'avais eu le courage de me rendre en Italie, autrefois, ce domaine t'appartiendrait, en effet. Tu aurais eu une vie différente, beaucoup plus facile…

— Je n'échangerais pour rien au monde la vie que j'ai vécue auprès de toi et de papa.

— Que Dieu te bénisse pour ces belles paroles, ma chérie. Il me semble que ce Lucius Carandente est un homme d'honneur. Est-ce que je me trompe ?

Gina essaya de sourire à sa mère, mais elle n'y parvint pas. La situation n'était pas simple : pour accepter l'argent de Lucius, il allait falloir expliquer à John l'histoire de Giovanni. Si longtemps après. Comment allait-il réagir ?

— Si tu n'y vois pas d'inconvénient, je parlerai moi-même à John, murmura Beth, le front plissé.

Bien sûr, c'était mieux ainsi. Beth trouverait sans doute les mots qu'il fallait. Et, de toute façon, on n'avait pas le choix : Lucius était le seul à pouvoir sauver John de la faillite.

Le bel Italien arriva, comme promis, le lendemain après-midi. Il avait loué une voiture à l'aéroport. Ce fut Gina qui lui ouvrit la porte.

Il était vêtu d'un superbe costume bleu marine assorti d'une chemise d'un bleu soutenu et d'une cravate de la même teinte.

— Vous avez fait bon voyage ? lui demanda la jeune femme en le faisant entrer.

— Oui, merci. Pas de problème de ce côté-là. Vous avez les traits tirés, Gina. Vous allez bien ? Vraiment bien ?

— Mais oui. Je suis simplement inquiète pour mon père qui se fait un sang d'encre. Mes parents vous attendent dans le salon, mais peut-être préférez-vous d'abord vous rendre dans votre chambre…

— Non. Ne perdons pas de temps.

— Vous réalisez, je pense, que papa ne pourra probablement pas vous rembourser. Au mieux, il vous offrira un partenariat dans la société.

— Je ne veux rien du tout. Quelle que soit la somme

dont il a besoin, elle ne constituera qu'une faible partie de ce qui vous revient.

Lorsque Gina ouvrit la porte du salon, Beth et John Redman se levèrent pour accueillir Lucius. Ils souriaient d'une manière courtoise mais quelque peu crispée.

Beth fut la première à tendre la main.

— C'est tellement gentil à vous d'avoir fait ce voyage, monsieur Carandente.

— C'est la moindre des choses, assura-t-il en s'inclinant pour un baisemain princier. Appelez-moi Lucius, je vous en prie.

En voyant l'expression de sa mère, Gina comprit qu'elle était très impressionnée par l'allure, le charme et la noblesse naturelle du personnage — comme elle l'avait été elle-même, lors de leur première rencontre. Peut-être Beth était-elle également touchée par une certaine ressemblance entre Giovanni et Lucius…

John Redman tendit à son tour une main hésitante.

— Pardonnez-moi si je suis un peu nerveux. Depuis quelques jours je passe par des moments très difficiles…

— Je comprends, murmura Lucius, l'air préoccupé. Gina m'a dit que vous aviez des problèmes. Le mieux serait sans doute que nous en discutions sans tarder.

Gina comprit alors qu'elle devait les laisser seuls.

— Voulez-vous manger quelque chose ? proposa-t-elle à Lucius.

— Non, merci, j'ai déjeuné dans l'avion. Mais je prendrai avec plaisir un café en discutant avec votre père.

— Je vous l'apporterai dans le bureau. Du café pour toi aussi, papa ?

— Oui, merci, ma chérie.

Puis il se tourna vers son hôte.

— Allons dans le bureau, lui dit-il. Je vous montrerai les livres et les bilans.

— Parfait. Ce sera une bonne façon d'aborder le problème, dit Lucius avec un sourire poli.

Une heure plus tard, les deux hommes sortirent du bureau. Gina remarqua la transformation qui s'était opérée chez son père : son visage était plus détendu, plus confiant.

— Tout va bien ? demanda-t-elle au passage.

Elle avait choisi une formule vague afin de montrer à son père, et surtout à Lucius, qu'elle ne voulait surtout pas empiéter sur leurs initiatives ni se mêler de leurs affaires.

— Naturellement, répondit Lucius. Maintenant, voulez-vous avoir la gentillesse de me montrer ma chambre ? Je vais me changer et adopter une tenue moins guindée.

Il avait dit cela en passant un doigt entre sa chemise et son cou, là où la cravate cause, en fin de journée, une certaine irritation.

— Je vous montre le chemin, dit-elle simplement.

Lorsqu'elle monta l'escalier, suivie de Lucius, elle ressentit sa présence de façon si intense qu'elle en tressaillit. Malgré toute sa volonté, elle éprouvait le désir fou qu'il la prît dans ses bras ici, maintenant, et qu'il la serrât contre lui.

La chambre d'amis se trouvait juste à côté de la sienne.

— Je suis désolée : vous n'aurez pas de salle de bains privée, dit-elle en ouvrant la porte. Mais il vous suffira de traverser le couloir…

— C'est parfait.

Ils entrèrent dans la chambre. Lucius posa sa valise dans un coin. Gina, profondément troublée de se retrouver seule avec lui, commença sur un ton un peu embarrassé :

— Je voulais vous dire, Lucius…

— Oui ? demanda-t-il en se retournant.

— J'apprécie beaucoup ce que vous faites… Vous êtes venu si vite…

— Il y a une condition, précisa-t-il en fixant sur elle un regard brillant.

Gina sentit son cœur s'emballer. Elle prononça la phrase avant lui :

— Le mariage à la clé, n'est-ce pas ?

— Exactement. C'est le seul moyen dont je dispose pour faire pression sur toi.

Il avait repris le tutoiement, et Gina y vit un désir de rapprochement, d'intimité, voire davantage.

Elle l'observa un quart de seconde, puis poussa un soupir et déclara :

— Tu me places dans une situation impossible, Lucius.

Un peu plus tard dans la soirée, Gina poussa la porte de la salle de bains après s'être assurée qu'elle était vide. Lucius devait être en bas, avec ses parents, ou bien dans sa chambre.

Elle se déshabilla et prit une douche qui lui fit le plus grand bien. Comme elle offrait son visage au jet d'eau tiède, elle entendit la porte s'ouvrir.

— Je… Je suis là ! lança-t-elle en se figeant.

Mais Lucius était entré, malgré son avertissement. Il vint vers elle avec un air de conquérant et ferma les robinets.

— J'allais prendre moi-même une douche, expliqua-t-il, le sourire aux lèvres.

— Mais j'avais tourné la clé !

— Non, la porte n'était pas fermée.

— Peu importe : tu aurais pu faire demi-tour lorsque tu as vu que j'étais là !

— La chair est faible, n'est-ce pas, ma chérie ?

C'était la première fois qu'il l'appelait ainsi. Comme

elle allait encore protester, il l'en empêcha en posant ses lèvres sur les siennes.

Ils furent bientôt nus tous les deux dans la cabine de douche, emportés dans une étreinte sauvage. Gina retrouvait le goût du plaisir qu'elle avait oublié, après tout un mois sans toucher Lucius.

Beth avait préparé un repas de rois. Lucius était assis à la place d'honneur. Il avait choisi des vêtements simples mais élégants. Il donnait l'impression d'être très à l'aise.

Le reste de la tablée se sentit beaucoup moins décontractée lorsqu'il annonça que Gina et lui allaient se marier. Il y eut un moment de flottement durant lequel personne ne dit mot.

Ce fut John Redman qui rompit le silence le premier.

— N'est-ce pas un peu soudain ? demanda-t-il avec un art consommé de la formule. Vous venez à peine de faire connaissance !

— L'histoire se répète, dit Lucius avec philosophie.

Gina frémit. Elle remarqua l'inquiétude de sa mère. Lucius avait, évidemment, fait allusion à la rencontre de Beth et de Giovanni, autrefois, qui avait immédiatement débouché sur le mariage. John était-il blessé par la remarque de Lucius ? En tout cas, il n'en montrait rien. Il demanda d'une voix toujours aimable, avec un sourire un peu tendu :

— Pourquoi ne pas avoir annoncé la nouvelle dès votre arrivée ? N'est-ce pas une forme de cachotterie ?

— Bah, répondit Lucius, très sûr de lui, vous aviez suffisamment de soucis comme ça.

John Redman resta silencieux un long moment. Il avait l'air inquiet. Beth tendit un plat à Lucius pour qu'il se servît. On entendit le bruit des couverts contre la porcelaine, celui du vin qui coulait dans les verres.

Puis le beau-père de Gina reprit d'une voix légèrement voilée :

— Franchement, je ne peux pas dire que cette nouvelle m'emballe. Malgré toute la reconnaissance que j'ai pour vous.

— Tout ce qui m'importe, c'est le bonheur de votre fille. Elle appartient à San Cotone, et San Cotone lui appartient.

— Avez-vous déjà fixé une date pour le mariage ? demanda Beth avec une inquiétude manifeste. C'est un événement qui ne s'improvise pas !

— Nous préférons une cérémonie toute simple, répondit Lucius, sans laisser à Gina le temps d'exprimer ses propres désirs. Le plus rapidement possible.

Gina croisa le regard de sa mère et y lut une véritable consternation.

— Et votre famille ? reprit Beth. Je pense qu'ils vont tous vouloir venir au mariage !

Cette fois, Gina prit les devants.

— Pas tous, non. Nous ne les avons pas consultés, précisa-t-elle, la gorge serrée. Et j'en connais au moins une qui ne viendra pas…

— Il s'agit de ma sœur Ottavia, coupa Lucius. Mais ma mère non plus ne pourra pas assister à la cérémonie, car elle s'est cassé le pied en revenant d'un voyage en Ombrie. Quant à la petite Donata, elle n'aura pas envie de venir seule.

« Ça, ce n'est pas sûr, se dit Gina, sceptique et déçue. Je suis certaine qu'elle serait enchantée de faire le voyage. »

Après le déjeuner, Gina proposa à Lucius de faire un tour dans le jardin. L'air était doux, et ils marchaient sur une pelouse tondue à l'anglaise, de manière parfaite.

— C'est ton beau-père qui s'occupe aussi bien du jardin ? demanda Lucius qui, d'une manière presque naturelle, avait pris la main de Gina.

— Oui, lui et ma mère. Sais-tu que, lorsque tu parles de « beau-père », tu me heurtes un peu. Pour moi, John est un vrai père. Et il m'a donné son nom.

— Un nom dont tu vas bientôt changer, lança Lucius avec un petit rire mélodieux.

Elle pencha la tête pour le regarder de biais. Son beau profil se détachait sur la frondaison des arbres. Elle s'étonna de la rapidité des événements. Un mois plus tôt, en arrivant en Italie, elle ne se serait jamais doutée que sa vie basculerait aussi brutalement.

— Faut-il vraiment que le mariage se fasse si vite ? demanda-t-elle avec une inquiétude qu'elle ne cherchait pas à dissimuler.

— Dans l'état actuel des choses, oui. De toute façon, quelle différence cela fait-il ?

— J'ai un travail. Il ne va pas être facile d'y renoncer...

— Nous y mettrons les formes.

L'arrogance et le détachement affichés par Lucius commençaient à l'agacer. Elle se révolta soudain et lança violemment :

— Il y a une limite dans ce que l'argent peut acheter ! Sans doute existe-t-il des femmes qui s'accommoderaient d'un mariage sans amour, mais je n'en fais pas partie !

Il la fusilla du regard.

— Il m'avait semblé que nous n'étions pas indifférents l'un à l'autre, lança-t-il d'un ton sarcastique.

— Je ne parle pas de l'amour physique, rectifia-t-elle, piquée au vif. Le sexe, nous pouvons le trouver n'importe où.

Le visage de Lucius se figea d'un coup.

— Il n'y aura pas d'autre homme dans ta vie. J'y veillerai.

Elle releva fièrement le menton et demanda d'un air espiègle :

— Et dans ta vie à toi, il y aura d'autres femmes ?

— Mais non ! s'écria-t-il, l'air furibond. Mais non, voyons !

Elle eut un instant de doute. Pour le moment, il la désirait. Mais demain, après-demain, plus tard, son désir serait-il toujours aussi vivace ?

En plein milieu du dîner, Lucius annonça tranquillement qu'il se rendrait dès lundi à la mairie pour établir les papiers de mariage.

— Je dois être à Rome le 7 pour mes affaires, expliqua-t-il. D'ici là, nous pouvons aller n'importe où.

Gina l'interrogea du regard.

— Tu veux dire : pour notre voyage de noces ?

— Bien sûr ! Tous les jeunes mariés ont besoin de cette période enchanteresse que constitue le voyage de noces.

Elle se demanda s'il avait voulu plaisanter ou s'il était sérieux.

— Le 7 est dans un peu plus d'une semaine, lui fit remarquer Beth. Est-il nécessaire de bousculer les choses ?

Lucius se tourna vers sa future belle-mère en souriant.

— Sans la détermination de votre fille qui voulait absolument rentrer en Angleterre, le mariage aurait déjà eu lieu. Maintenant que je suis ici, je pense qu'il est inutile d'attendre encore.

John Redman avait l'air un peu soucieux, comme sa femme. Il se pencha vers Gina, et lui demanda doucement :

— Mais ton travail, ma chérie ? Tu vas donc donner ta démission ?

— J'offrirai un dédommagement à l'entreprise qui l'emploie, déclara Lucius, toujours grand seigneur, sans même demander son avis à Gina.

— Tu ne te fais pas de souci pour ta carrière ? reprit John avec insistance.

— La réussite professionnelle, ce n'est pas tout, dans la vie, répondit Gina en posant affectueusement la main sur celle de son père.

John eut un geste fataliste.

— Dans ce cas, ma chérie, il n'y a plus rien à dire.

— Du moment que tu es heureuse…, dit Beth en soupirant.

— Je le suis, affirma Gina.

Consciente que son ton manquait fortement d'enthousiasme, la jeune femme voulut se rattraper, et reprit d'une voix plus ferme :

— Nous sommes très heureux, Lucius et moi.

— Absolument, confirma le bel Italien avec un regard reconnaissant. J'espère que vous viendrez souvent nous rendre visite, dit-il en adressant un sourire charmeur à Beth et à John.

Comme le dîner touchait à sa fin, Beth se tourna vers Gina.

— Tu viens m'aider à faire le café, ma chérie ?

Quand les deux femmes se retrouvèrent seules dans la cuisine, Beth interrogea sa fille sur un ton fortement chargé de déception :

— Il y a quelque chose qui m'échappe, Gina. Pourquoi ne nous as-tu pas annoncé ton mariage dès ton retour en Angleterre ?

La jeune femme se sentait tourmentée à l'idée d'avoir blessé sa mère.

— Ce n'était pas facile, maman, lui dit-elle. D'autant plus que je ne t'avais pas prévenue que je partais à la recherche des Carandente. Mais j'avais projeté de tout te raconter ce week-end.

— Tout cela est arrivé tellement vite ! En tout et pour tout, tu n'as vu ton futur mari que quelques jours !

— Dis-moi, maman : au bout de combien de jours t'es-tu forgé une opinion sur Giovanni ?

Beth eut un petit rire.

— Bien, tu marques un point !

Beth retrouva subitement son air sérieux.

— Quand j'ai fait sa connaissance, j'ai été emballée tout de suite. Il avait quelque chose que je retrouve chez Lucius. Pas physiquement, mais, comment dirais-je, une certaine manière de se comporter, de bouger, de parler…

Elle s'interrompit soudain, prise d'un doute.

— J'espère que tu n'es pas déjà…

Elle laissa sa phrase en suspens. Gina hocha lentement la tête en souriant.

— Non, maman. Je ne suis pas enceinte.

Certes, il y avait eu leur étreinte dans la salle de bains… mais il était trop tôt pour en connaître les conséquences. Elle ferait un nouveau test de grossesse plus tard.

Beth, l'air toujours un peu soucieux, insista d'une voix douce :

— Mais tu l'aimes, n'est-ce pas ? Je veux dire : tu ne l'épouses pas pour… d'autres raisons ?

— Tu veux dire : pour l'argent ?

Gina secoua négativement la tête. Cela, au moins, elle pouvait le nier avec certitude et sans mentir.

— Oh non, maman ! Je n'en suis pas encore là !

— Bon. Je suis sûre que vous allez être merveilleusement heureux ensemble, murmura Beth, les yeux humides d'émotion.

Gina marmonna une réponse appropriée, tout en espérant que sa mère disait vrai. « Après tout, l'amour peut naître progressivement entre deux personnes », se disait-elle. Tout était possible.

Le mariage allait donc avoir lieu dans six jours. « Il faut avoir confiance », se dit Gina en poussant un léger soupir.

7

Ce fut un mariage sobre et rapide. Il y avait du soleil et il faisait chaud. Gina avait choisi une robe couleur crème, et Lucius un costume de la même teinte, mais un peu plus foncé.

Lorsque la grosse voiture qui les avait amenés à l'église s'éloigna, Gina pensa avec une vive émotion : « Voilà : je suis une Carandente, à présent. »

Ce changement de nom, ce changement d'existence la perturbaient au point qu'elle avait l'impression de ne plus savoir où elle était ni qui elle était. Elle se sentait dépassée par les événements.

Ils prirent, le jour même, un vol pour Rome où ils arrivèrent à 21 heures, comme prévu.

L'hôtel que Lucius avait réservé se trouvait sur la Via Claudia, dans un merveilleux jardin. Gina se sentit littéralement éblouie par la suite que son mari avait réservée pour eux. « Mon mari, se dit-elle, songeuse. Cela me semble si étrange de prononcer ce mot. Je n'y suis pas encore habituée. »

Les vastes fenêtres du salon s'ouvraient sur la ville antique qui brillait de milliers de lumières, à cette heure.

— Fatiguée ? lui demanda Lucius qui contemplait le magnifique spectacle avec elle.

Si elle s'était sentie fatiguée, la simple flamme qui brillait dans le regard de Lucius eût suffi à lui faire oublier sa lassitude.

Il la prit dans ses bras et la serra un long moment contre lui, avant même de baiser ses lèvres. Leur étreinte avait quelque chose de solennel, et semblait signifier : « Voilà, nous y sommes, tous les deux. Une vie nouvelle commence pour nous. » Elle resta un long moment sans rien dire, contre son épaule, dans la semi-obscurité du salon, avec, au loin, la ville impériale qui scintillait dans la nuit.

Ce fut lorsqu'il l'embrassa que le brasier du désir se ralluma brusquement en elle.

Lucius entreprit de la déshabiller d'une manière lente, sensuelle, tout en se débarrassant de ses propres vêtements.

Elle admira une fois encore la force et la finesse de ce corps magnifique, et savoura cette peau mate et chaude.

A la manière d'un toréador, Lucius arracha d'un coup les couvertures et porta sa jeune épouse sur le grand lit. Il promena ses lèvres un long moment sur tout le corps de Gina, la faisant trembler de désir.

A l'instant où il la pénétra, sans violence, elle pensa qu'il lui était peut-être possible de vivre sans amour, mais qu'elle ne pourrait jamais se passer de « ça ».

Lorsqu'elle se réveilla, le lendemain matin, Lucius était déjà debout et habillé.

Il vint vers elle et posa un bref baiser sur ses lèvres.

— Il faut que j'y aille, annonça-t-il. Je suis désolé, mais je n'ai même pas le temps de prendre le petit déjeuner avec toi. Tu pourras appeler le service d'étage pour qu'on te le monte dans la chambre. Le personnel de l'hôtel parle très bien anglais. Je ne peux pas te dire à quelle heure je rentrerai. Passe une bonne journée.

Elle se demandait où il devait aller, de si bon matin, vêtu

de manière aussi formelle. Mais elle n'osait le questionner, de peur de paraître indiscrète.

— Par où vais-je commencer la visite de Rome ? demanda-t-elle, curieuse de découvrir cette ville qu'elle ne connaissait pas.

— Tu pourrais choisir le Colisée. C'est tout près d'ici, mais je te conseille quand même de prendre un taxi. Dans cette ville, une femme qui se promène seule peut s'exposer à des petits problèmes.

Gina se mit à rire.

— Tu veux dire qu'on risque de me pincer les fesses ?

Il ne sourit pas à cette remarque. Il ne semblait pas avoir envie de plaisanter.

— Promets-moi de ne pas prendre de risques inutiles. Ne laisse pas les hommes t'aborder.

— C'est compris, dit-elle en s'étirant. Il est bien possible, d'ailleurs, que je reste à l'hôtel pendant ton absence.

— Ce serait mieux, en effet. Ce soir, je t'emmènerai dîner dans l'un des meilleurs restaurants de Rome.

Ce fut un jeune et joli garçon d'étage qui vint lui apporter le petit déjeuner. Avec son accent italien assez charmant, il lui fit vite comprendre que si la *signora* désirait quelque chose, n'importe quoi, qu'elle le lui demande. Il était là pour lui fournir tout ce dont elle avait besoin.

Surprise et amusée par ces avances indirectes, Gina se demandait de quelle manière Lucius réagirait si, par hasard, il venait à apprendre le comportement du jeune employé de l'hôtel. Mais, bien sûr, il n'était pas question de le mettre au courant.

Dès qu'elle eut pris sa douche et son petit déjeuner, elle sortit et s'engagea dans la Via Claudia.

Elle fut particulièrement impressionnée par l'amphithéâtre

du Colisée où elle imagina les jeux du cirque, les esclaves, les gladiateurs et les lions…

Ensuite, elle prit un taxi pour la place St Pierre. La chapelle Sixtine lui parut éblouissante, et notamment l'immense fresque du Jugement dernier, de Michel-Ange. Elle se sentait écrasée par tant de génie.

Puis elle fit un tour du côté de la fontaine de Trévise où les touristes jettent des pièces de monnaie.

Lorsqu'elle rentra à l'hôtel, Lucius était déjà là, et semblait furieux.

— Pourquoi rentres-tu si tard ? cria-t-il en guise d'accueil. Voilà deux heures que je t'attends ! C'est inadmissible !

Gina était pétrifiée. C'était la première fois qu'elle le voyait en colère. Après un moment de stupéfaction, elle s'énerva, elle aussi, et lança d'une voix irritée :

— C'est tout de même un peu fort ! A peine sorti du lit, tu t'en vas sans même me dire à quelle heure tu comptes rentrer, et tu t'étonnes de ne pas me trouver ici, en train de t'attendre… Je ne suis pas une poupée qu'on prend, qu'on pose et qu'on récupère à l'endroit où on l'avait laissée. Je suis une adulte, libre, et je fais ce que je veux.

Il la regardait d'un œil noir, étincelant, plein de menaces. Il ressemblait, en cet instant, à un félin tapi dans l'ombre, qui guette sa proie.

— Ne me parle pas de cette manière ! lança-t-il d'une voix basse et menaçante. Même si je ne représente rien pour toi, je veux au moins que tu me respectes.

Gina fit un effort pour ne pas répliquer. Il n'y avait pas vingt-quatre heures qu'ils étaient mariés, et ils se disputaient déjà ! Ce n'était guère encourageant pour l'avenir !

Elle soupira et se dit qu'il fallait absolument sortir de ce cercle infernal. Elle fit un premier pas qui lui coûta :

— Excuse-moi, murmura-t-elle d'un ton désolé. Je sais que je te dois beaucoup.

— Tu crois donc que j'ai besoin de gratitude ? Non, non : c'est moi qui suis ton débiteur.

— Tu t'imagines que je ne m'intéresse qu'à ton argent, c'est ça ? Eh bien, tu te trompes.

Il hocha la tête d'un air austère.

— A présent, tout ce que je possède t'appartient, lui rappela-t-il.

Il la considéra un instant sans rien dire, et ajouta calmement :

— Tout est réglé.

— C'est à cela qu'était consacré ton rendez-vous de ce matin ?

— Oui. A présent, nous sommes partenaires dans tous les sens du terme.

Cette perspective donnait un peu le vertige à Gina.

— Mais moi, je ne voulais rien, dit-elle, bouleversée. Ce n'était pas la peine de…

— S'il m'arrivait quelque chose, le domaine de San Cotone t'appartiendrait en totalité. Comme il t'aurait appartenu si Giovanni avait vécu.

Alarmée par cette remarque, elle demanda d'une voix inquiète :

— Que veux-tu dire par : « s'il m'arrivait quelque chose » ? Es-tu malade, ou bien existe-t-il un problème quelconque ?

Le sourire qui apparut sur le beau visage de Lucius détendit brusquement l'atmosphère.

— Tu serais donc triste de me perdre ?

— Evidemment ! s'écria-t-elle avec effroi. J'espère que…

— Rassure-toi : je me porte comme un charme. Je n'ai aucun problème de santé. Mais il vaut mieux tout prévoir. Et s'il m'arrivait quelque chose, ce serait toi la *padrona* de San Cotone, avec les responsabilités que cela suppose. J'espère que tu saurais t'occuper de ma famille.

— Cela va de soi, murmura la jeune femme.

Il lui prit la main dans un geste tendre et protecteur.

— *Bene, bene*, dit-il d'une voix à peine audible, le regard perdu au loin, comme s'il se parlait à lui-même.

— Je suis désolée d'être partie sans laisser un mot, dit-elle, poussée par une soudaine impulsion. C'était stupide…

— Je ne peux en blâmer que la part anglaise qui est en toi : cet esprit d'indépendance qui caractérise les enfants de la perfide Albion.

— Et tu as réagi avec la barbarie d'un enfant de la perfide Toscane ! répliqua-t-elle avec un grand rire.

— Es-tu allée voir la fontaine de Trévise ?

— Oui. Il y avait même beaucoup de monde autour.

— Tu as lancé une pièce ?

— Non. La foule était trop dense.

— Alors, nous allons devoir y retourner. Il faut observer le rituel de la fontaine, sinon le malheur nous menacera sans cesse.

Puis ce fut Capri, cette merveilleuse île située au large de Naples. En cette saison, de nombreux touristes s'agglutinaient sur les plages. Ils partirent donc vers l'intérieur de l'île et s'installèrent dans un tout petit hôtel, loin de la foule.

Ils vécurent là des jours heureux, sans histoires, jusqu'à ce que sonnât l'heure du retour.

Gina redoutait quelque peu de retrouver l'agressivité d'Ottavia et la méfiance de Cornelia. Ils prirent le train à Naples et remontèrent vers le nord.

Comme ils regardaient le paysage de l'Ombrie défiler devant leurs yeux, Gina demanda :

— Tu les as prévenus, à San Cotone, pour qu'on vienne nous chercher ?

— Bien sûr ! Pietro nous attendra à la gare avec la voiture.

— Pietro ?

— Le chauffeur de *madre*. Ce soir, mon ange, nous dormirons dans les appartements que ton grand-père et ta grand-mère ont occupés en leur temps. C'est là que ta mère et Giovanni auraient vécu si cet accident de voiture n'avait pas mis un terme brutal à leur union.

Gina soupira tristement. Elle se sentait songeuse et mélancolique.

— Nous avons bien fait de prendre le train, dit-elle.

Lucius paraissait songeur, lui aussi. Il laissait son regard errer dans le lointain, à travers les vitres du wagon.

— Nous devons perpétuer le nom des Carandente, murmura-t-il d'un air sérieux et concentré.

Gina se dit qu'ils avaient fait tout ce qu'il fallait pour atteindre cet objectif, durant ces quelques jours de vacances. Il y avait même de fortes chances pour que, dans neuf mois, un héritier ou une héritière vît le jour.

La voiture attendait devant la gare. Pietro enleva prestement sa casquette et les salua avec une déférence d'un autre temps. Gina comprit qu'elle était maintenant, au même titre que Lucius, la maîtresse de maison. Il n'avait fallu que six semaines pour en arriver là. Six semaines ! Elle avait du mal à y croire.

Ils arrivèrent à San Cotone au moment où le soleil se couchait.

En descendant de voiture, Gina eut une certaine peine à croire que cette magnifique et antique demeure fût à elle.

— Bienvenue à la maison, lui dit son époux d'un ton un peu solennel.

La mère de Lucius apparut bientôt sur le seuil, appuyée sur une canne.

— Venez, ma chère *nuora*, que je vous embrasse ! s'écria Cornelia.

Donata accourut bientôt, et se jeta dans les bras de Gina.

— Heureusement que tu reviens ! Je n'avais personne avec qui bavarder… Je m'ennuyais de toi !

Cornelia et Lucius se mirent alors à parler en italien, et Gina crut entendre plusieurs fois le nom de Livia dans la conversation. Sans doute s'agissait-il de Livia Marucchi, dont Cornelia lui avait parlé comme étant la future femme de Lucius.

Elle était là, d'ailleurs. Elle les attendait dans le salon. Gina fut éblouie par la beauté de cette jeune femme qui avait à peu près le même âge qu'elle. C'était l'une des plus jolies femmes qu'elle eût jamais rencontrées. Un ovale de visage parfait, des yeux immenses, de longs cheveux noirs et fins.

— Toutes mes félicitations, dit Livia avec un fort accent et un regard de glace.

— Merci, répondit Gina. Je suis heureuse de vous rencontrer.

C'était pur mensonge, bien sûr, mais il fallait respecter les convenances, surtout à San Cotone.

Ottavia entra alors dans la pièce. Elle entoura les épaules de Gina et murmura d'un ton de complicité :

— Nous voilà donc sœurs, à présent !

Lucius fit un signe discret à sa jeune épouse :

— Montons nous changer, Gina.

Comme ils grimpaient l'escalier menant à leurs nouveaux appartements, Gina se demanda si ses affaires avaient bien été expédiées d'Angleterre à San Cotone, ainsi qu'elle l'avait demandé.

— A présent, tu es chez toi, ici, lui rappela Lucius. J'espère que tu vas t'habituer à cette nouvelle situation.

Les appartements où ils entrèrent étaient situés à l'une des extrémités de la grande demeure. Gina admira les belles et grandes pièces, les deux salles de bains, les meubles anciens, les tableaux… Tout cela était splendide. Elle vit que ses malles étaient bien arrivées. On les avait posées dans un coin de leur salon particulier.

Elle eut pleinement conscience qu'une nouvelle vie commençait pour elle, pleine de promesses.

8

Les premiers jours qui suivirent leur retour à San Cotone se déroulèrent merveilleusement bien. Gina ne voyait pas le temps passer. Elle se rendit encore plus heureuse quand elle s'aperçut qu'elle était enceinte. La lune de miel avait produit ses fruits.

« J'aurai trois enfants », se promit-elle secrètement, un matin, tandis qu'elle posait une main sur son ventre nu.

Durant sa jeunesse, elle avait tellement regretté de n'avoir ni frère ni sœur qu'elle refusait d'avoir elle-même un enfant unique.

Elle apprit par Donata que l'anniversaire de Lucius était imminent. Ni Ottavia ni Cornelia ne l'avaient prévenue. Sans la gentillesse de Donata, elle ne l'aurait pas su.

Qu'allait-elle pouvoir offrir à son mari ? Le plus grand cadeau, certes, eût été de lui annoncer qu'il allait être père, mais elle préférait attendre encore un peu afin d'en être absolument certaine.

Finalement, elle opta pour un tableau qui représentait un paysage de Toscane. Elle savait que Lucius était un fervent admirateur de l'artiste qui avait peint ce tableau, et elle n'hésita pas à faire un gros chèque pour l'acquérir.

Lorsque vint le jour de l'anniversaire, on découvrit que Cornelia avait préparé un déjeuner de fête. Gina alla chercher son cadeau et l'offrit à Lucius. Il fut enthousiasmé, et décida de l'accrocher dans la bibliothèque, juste au-dessus de la grande cheminée.

On sabra le champagne et l'on but à la santé du chef de famille.

— Santé ! s'exclama Gina en levant son verre.

— Tu oublies la prospérité ! lui dit Lucius. « Santé et prospérité ! »

— La prospérité — autrement dit : l'argent — ne m'intéresse pas, répliqua Gina. Ce n'est pas tout dans la vie.

Lucius eut un petit rire indulgent.

— Peut-être, mais ça aide ! Tu oublies que, sans argent, ce magnifique domaine de San Cotone n'existerait pas.

Tout en parlant, il avait entraîné Gina vers la bibliothèque. Il tenait son beau tableau d'une main et s'apprêtait à l'accrocher.

Elle l'observa, tandis qu'il avait grimpé sur un escabeau, près de la cheminée, et se sentit frissonner de bien-être, de bonheur.

Le temps semblait s'être arrêté. La belle silhouette de Lucius se détachait sur les boiseries anciennes. « Comment ne pas être amoureuse d'un homme pareil ? » se dit-elle. Elle se rappelait la première fois où elle l'avait vu, et elle garderait cette image jusqu'à son dernier souffle. Elle mesurait, à présent, à quel point Lucius lui était cher.

— J'ai quelque chose à te dire, lui annonça-t-elle d'une voix un peu tremblante.

— Ah oui ? fit-il sans se retourner, toujours occupé à accrocher son tableau.

— C'est... important, Lucius, précisa-t-elle doucement.

Cette fois, il se retourna et l'interrogea du regard.

Elle lui fit signe de descendre de son escabeau et d'approcher.

L'air intrigué, il obéit.

— Tu vas être papa, lui confia-t-elle dans un souffle.

Le beau visage de Lucius s'éclaira d'une joie évidente.

— Tu es sûre ?

— Cela me paraît très probable, mais je n'ai pas encore fait de test.

Il la prit dans ses bras et la serra contre lui avec ivresse.

— Quelle nouvelle ! Quelle nouvelle ! répétait-il, complètement chaviré.

Gina s'était demandé comment il réagirait, et elle ne fut pas déçue : il était aux anges. Ses yeux étaient humides de bonheur.

— *Madre* va être enchantée, assura-t-il avec un rire joyeux.

— Seulement si c'est un garçon, corrigea-t-elle d'un ton moqueur.

Il leva les sourcils d'un air interrogateur.

— Tu crois qu'elle considérerait une fille avec dédain ?

— Je crois qu'elle me considérerait avec dédain si j'avais une fille. Il y a une nuance.

— Mais non, mais non !

Il agitait les mains à la manière d'un marionnettiste, l'air très excité. Puis il se calma, et prit une attitude de professeur d'université.

— C'est le premier spermatozoïde à pénétrer dans l'ovule qui détermine le sexe de l'enfant. C'est lui le responsable.

Il haussa le ton, comme un orateur en chaire, et cria presque :

— Par conséquent…

Puis il reprit d'une voix plus atténuée :

— Par conséquent si quelqu'un doit être mis en cause dans cette affaire, c'est moi !

Il s'était tapé la poitrine du plat de la main, tout fier de sa prestation.

Gina, amusée et émue, souriait en pensant que, décidément, les Italiens n'avaient pas leurs pareils pour les démonstrations éloquentes ou pour le cinéma.

— Mais, si c'est un garçon, je suppose que tu seras

soulagé, dit-elle d'un ton complice. Ainsi, le nom des Carandente sera perpétué.

— Bien sûr ! Un héritier mâle sera le bienvenu. Mais, si c'est une fille... eh bien, je l'aimerai tout autant.

— De toute façon, nous ne sommes pas obligés de nous arrêter au premier enfant, dit Gina, poussée par une impulsion joyeuse. Tu sais, les enfants aiment vivre ensemble, et...

— Tu penses à des frères et sœurs ?

Il avait tendu la main vers son visage, et la caressait du bout des doigts, d'une manière très câline.

— C'est une bonne idée, ça, dit-il d'un ton rêveur. Une idée magnifique. Tu as dû souffrir toi-même de ne pas avoir de frère ni de sœur ?

— Oui.

— Et tes parents n'ont pas cru bon d'agrandir la famille ?

Elle soupira avec nostalgie.

— Ils n'ont peut-être pas pu avoir d'autres enfants... Je ne sais pas exactement. Les enfants sont un don du ciel, mais le ciel, parfois, ne veut rien savoir.

Lucius prit l'escabeau, le plia et le posa contre le mur, remettant à plus tard son bricolage.

— Je pense que nous devrions attendre d'avoir une certitude pour annoncer la grande nouvelle à la famille. Je vais prendre rendez-vous pour toi chez un gynécologue.

Gina se dit qu'en effet c'était plus raisonnable.

— J'aime beaucoup ton accent italien, surtout quand tu prononces certains mots, dit-elle avec un petit rire. Tu me rappelles un acteur italien dont j'étais folle quand j'étais adolescente. Il devait avoir trente-quatre ou trente-cinq ans...

— Un vieux ! Comme moi ! lança Lucius en riant.

On entendit quelques légers coups frappés à la porte de la bibliothèque qui était pourtant restée ouverte. C'était la mère de Lucius, qui, manifestement, avait peur de les déranger dans leur conversation. Depuis combien de temps était-elle là, à les écouter ? se demanda Gina. Avait-elle entendu la grande nouvelle ?

— Lucius, ne penses-tu pas que vous devriez vous préparer pour la réception ?

Quelques instants plus tard, ils rejoignaient le grand hall d'entrée où les invités commençaient à arriver. Et, pendant une bonne demi-heure, Gina dut embrasser de nombreuses personnes qu'elle ne connaissait pas et qui la félicitaient avec volubilité.

Elle retrouva Cesare avec un plaisir non dissimulé.

— Cesare, quelle surprise ! Il y a longtemps que nous ne nous sommes pas vus !

— J'étais en voyage. Je ne suis rentré qu'hier, et c'est à ce moment-là que j'ai appris la nouvelle.

Gina se demandait quel effet avait pu lui faire l'annonce de leur mariage. Elle dit en souriant :

— Est-ce que cela vous a beaucoup surpris ?

Il secoua la tête avec un sourire un peu triste.

— Lucius voulait que vous récupériez vos droits sur San Cotone. C'est chose faite…

Il s'interrompit et la dévisagea d'une façon assez appuyée.

— Etes-vous heureuse ?

— Bien sûr ! Comment ne le serais-je pas ?

Mais Cesare n'avait pas l'air convaincu. Il insista d'une voix discrète, comme s'il n'avait pas entendu ce qu'elle venait de lui dire.

— Mais vous êtes tout de même attachée à Lucius, non ?

— Bien sûr ! répéta-t-elle d'un ton convaincu. Sinon, jamais je ne l'aurais épousé !

Elle le dévisagea à son tour avec une curiosité pleine de sympathie, et lança d'un ton enjoué :

— Et vous, Cesare, avez-vous enfin trouvé la femme de vos rêves ?

Un éclair malicieux brilla un bref instant dans le regard de l'Italien.

— La femme de mes rêves vient de m'être enlevée par un autre. Je n'ai donc pas d'autre choix que de chercher ailleurs…

Gina eut un rire amusé, amical.

— Vous n'allez pas vous consoler dans les bras de Donata, je présume ?

— Certainement pas ! Elle est bien trop jeune pour moi ! D'ailleurs, j'ai l'impression qu'elle me regarde différemment, ces derniers temps. Je préfère ça.

Tandis qu'ils devisaient ainsi dans un coin du grand salon, comme de vieux amis qui se retrouvent avec plaisir, Gina aperçut non loin d'eux la ravissante Livia Marucchi en grande conversation avec un petit groupe de gens qu'elle ne connaissait pas.

Ce fut à ce moment-là qu'elle remarqua le regard que Lucius posait sur la jeune femme. Gina ne parvenait pas à déchiffrer ce regard, mais elle se sentit parcourue par un frisson glacé. Elle avait l'impression de découvrir, depuis les coulisses, un spectacle auquel elle n'était pas invitée. Elle ne broncha pas, et poursuivit sa conversation avec Cesare, comme si de rien n'était, bien que, de toute évidence, il ne fût pas dupe, lui non plus.

De son côté, Livia guettait Lucius d'une façon qui parut étrange à Gina. Il y avait, semblait-il, une sorte de complicité dans la manière dont leurs regards se croisaient.

Il était normal que Livia eût été invitée, se dit Gina, qui faisait des efforts sur elle-même pour dédramatiser la situation. Ce qui la préoccupait, c'était la nature des relations que Lucius et Livia avaient entretenues, dans le passé. Sans doute Cesare connaissait-il la réponse.

Elle se rapprocha un peu de lui, et lui demanda à voix basse, sur un ton confidentiel :

— Je peux vous poser une question, Cesare ? J'aimerais savoir ce qui s'est passé exactement entre Lucius et Livia, avant que…

Elle hésita sur le terme.

— … Avant que je n'entre en scène.

— Je ne peux pas vous le dire, avoua Cesare d'un air désolé. J'avoue que je ne suis pas dans la confidence. Seul Lucius pourra vous éclairer sur ce point.

Gina regrettait de s'être aventurée sur ce terrain. Elle n'aurait pas dû dévoiler son inquiétude en parlant ainsi de Livia.

— Excusez-moi, Cesare, dit-elle. Je vous ennuie avec toutes mes questions…

— Mais non ! Tout ce que je peux vous dire, c'est que Livia est le genre de femme qui me donne envie de fuir.

— De fuir ? répéta-t-elle, intriguée.

— Oui. Elle est très belle, mais il y a quelque chose en elle que je… que je ne sens pas.

— Je vois ce que vous voulez dire, murmura Gina d'un air soucieux.

Comme elle tournait de nouveau la tête dans la direction de Livia, elle s'aperçut que l'Italienne n'était plus là. Et, chose curieuse, Lucius avait disparu, lui aussi.

Elle sentait l'inquiétude monter en elle lorsque Donata vint les rejoindre, Cesare et elle. La jeune sœur de Lucius avait revêtu une très jolie robe rouge qui moulait parfaitement son corps juvénile. Elle était ravissante et fort bien coiffée, à présent.

Elle se mit à parler en italien avec Cesare, et Gina essayait de les comprendre, mais c'était fort difficile à cause de leur débit très rapide.

Au fur et à mesure que les jours passaient, Gina faisait des progrès dans la langue de Dante, mais elle avait toujours du mal à suivre les conversations lorsqu'elles allaient *prestissimo.*

Donata s'interrompit brusquement, et tourna les yeux vers Gina.

— Excuse-moi : ce n'est pas très gentil de ma part de parler italien devant toi.

— Au contraire, cela me permet de progresser, assura Gina avec un large sourire. Si tout le monde parle anglais quand je suis là, je n'apprendrai jamais l'italien. Et j'espère bien être bilingue l'année prochaine.

Elle pensa qu'à la même époque son enfant serait né. La seule question qui se posait était de savoir comment aurait évolué sa relation avec Lucius. Serait-ce la paix ? La guerre ? L'indifférence ? Ou bien le grand amour ? L'avenir le dirait.

Depuis quelque temps, Gina sentait sur elle le regard d'un invité qui ne la quittait pas des yeux. Elle ne se rappelait pas l'avoir déjà rencontré.

Elle abandonna un instant Donata et Cesare, et se dirigea vers l'homme qui s'inclina profondément en la saluant.

— Mario Lanciani, annonça-t-il d'une voix un peu sirupeuse, une de ces voix qui, dès le départ, cherche à plaire, à séduire, à embobiner.

— Enchantée, murmura-t-elle, sur ses gardes.

— J'attendais le moment où je pourrais vous parler seul à seule, confia-t-il à la jeune femme avec un sourire exagéré.

— Eh bien, nous y voilà ! dit-elle en lui rendant son sourire.

— Votre beauté surpasse tout le monde, aujourd'hui, assura l'Italien d'un ton douceâtre. Il n'y a pas une femme qui puisse vous faire concurrence.

« Même pas Livia Marucchi ? » se demanda-t-elle, flattée mais sceptique. Cet homme avait, manifestement, une idée derrière la tête. Où voulait-il en venir ? Qu'attendait-il d'elle ?

— Vous me flattez, *signore* Lanciani.

— Appelez-moi Mario, je vous en prie. Surtout si nous sommes destinés à devenir amis.

— Nous sommes destinés à devenir amis ? Tiens donc ! Et comment cela ?

— Tout naturellement. Je ne me trompe jamais. Vous ressentez la même chose que moi, c'est évident.

Gina était loin de partager l'avis de Mario, et elle se sentait plutôt mal à l'aise avec lui.

— Vous et moi sommes des êtres faits pour l'amour, reprit le séducteur avec un regard de fauve.

Décidément, il n'y allait pas par quatre chemins ! Allons, il était inutile de poursuivre cette conversation qui commençait à être sérieusement agaçante. La plaisanterie avait assez duré.

— J'ai un mari, monsieur, au cas où vous ne l'auriez pas remarqué.

Et, comme elle s'apprêtait à tourner les talons, il rétorqua d'un ton vif :

— Puisque ce mari a des liaisons en dehors de son mariage, pourquoi vous en priveriez-vous vous-même ?

Stupéfaite par un tel aplomb, Gina le dévisagea un moment sans rien dire. Puis elle lui demanda d'une voix étranglée :

— Des liaisons ? Avec qui, par exemple ?

— Avec Livia Marucchi, évidemment !

« Evidemment ! » Comme il avait dit cela ! Gina eut l'impression qu'une flèche lui traversait le cœur. Avait-il prononcé ces paroles pour la provoquer ? Etait-ce du bluff ? Elle devait absolument en savoir davantage.

— Vous êtes bien sûr de ce que vous avancez ? demanda-t-elle sèchement.

— Mais oui ! Ce n'est un secret pour personne ! D'ailleurs, votre mari a d'autres liaisons que celle-ci. C'est le genre d'homme qui ne se contente pas d'une seule femme… ni même de deux, si vous voyez ce que je veux dire.

Elle voyait, elle voyait.

Elle dut faire un gigantesque effort sur elle-même pour ne pas hurler sa colère et conseiller à cet individu de déguerpir. Au lieu de cela, elle déclara très vite, d'une voix basse et maîtrisée :

— Je vous remercie pour ces informations. Maintenant partez, je vous prie.

Mario Lanciani s'inclina prestement, et tourna les talons en murmurant entre ses dents :

— Moi qui vous prenais pour une femme libérée ! Vous me décevez.

9

— Est-ce que tu aurais pu épouser Lucia Marucchi ? demanda Gina à son mari, tandis qu'ils se trouvaient tous les deux dans leur chambre.

Ils revenaient du jardin où ils avaient été surpris par une averse. Pour poser sa question, la jeune femme avait dû éteindre le séchoir électrique avec lequel elle tentait de redonner forme à sa coiffure.

Lucius ne broncha pas. Après quelques secondes, il répondit d'une voix tranquille :

— Jamais de la vie.

— Et pourquoi ?

— Ce n'était pas l'épouse que je désirais.

— Tu veux dire qu'elle avait perdu sa virginité, et qu'elle n'était donc plus « épousable », selon tes critères, c'est ça ?

Comme Lucius ne répondait pas, elle insista.

— Connaissait-elle tes sentiments, tes convictions à propos du mariage ? Savait-elle que tu attachais autant d'importance à la virginité ?

— Je n'en sais rien. Nous n'en avons jamais parlé.

— Mais tu as couché avec elle ?

La réponse ne vint pas immédiatement. Lucius fronça les sourcils. Manifestement, ce genre de question le dérangeait. Il finit pourtant par expliquer d'un ton monocorde :

— Ce que j'ai vécu avant de te rencontrer n'a plus aucune

importance, maintenant que nous sommes mariés. C'est l'avenir qui importe, pas le passé.

Gina demeura silencieuse quelques instants, et reprit d'une voix douce :

— Est-ce que tu envisages de vieillir près de moi ?

— Le mariage, c'est pour la vie, répondit-il sentencieusement.

Elle eut envie d'insister encore et de demander : « Et la fidélité, qu'en fais-tu ? » Mais elle se retint et acquiesça à ce qu'il venait de déclarer :

— C'est ce que je pense aussi : le mariage, c'est pour la vie.

Gina ignorait qui avait invité Livia à dîner, ce soir-là. Etait-ce Ottavia ou Lucius ? En tout cas, c'était une drôle d'idée.

A table, la conversation tourna principalement autour du lunch et des invités.

— Je vous ai vue parler avec Mario Lanciani, dit soudain Ottavia en posant sur Gina un regard froid et interrogateur.

— J'ai discuté avec lui, c'est vrai, répondit la jeune femme.

— C'est une personne peu recommandable, déclara Ottavia avec une lueur ironique dans le regard.

— Je m'en suis aperçue, dit sèchement Gina. Lucius avait l'air courroucé.

— Est-ce qu'il était invité ? Dis-moi, maman, tu l'as convié à notre réception ?

— Il s'est invité lui-même, répondit Cornelia. Ce n'est pas la première fois.

— C'est un coureur de jupons qui ne manque pas une fête, bougonna Ottavia. Mais que vous a-t-il donc raconté, Gina ?

Elle devina qu'il n'était pas nécessaire de raconter ce

qui s'était réellement passé et de décrire le comportement odieux de Mario.

— Nous avons parlé de la pluie et du beau temps, dit-elle.

Le dîner se poursuivit avec des commentaires variés sur les différents invités. Comme il était tard, on proposa à Livia de rester dormir à San Cotone.

Elle accepta immédiatement, ce qui mit Gina très mal à l'aise.

Au moment de se coucher, Lucius déposa un simple baiser sur le front de sa femme.

Depuis qu'ils étaient mariés, c'était la première fois qu'il se montrait aussi peu entreprenant. Gina s'en inquiéta immédiatement. Etait-ce la présence de Livia qui le rendait aussi distant ?

Elle finit par s'endormir, puis, dans un demi-sommeil, elle tendit le bras comme elle le faisait parfois dans la nuit, instinctivement, pour toucher le corps de Lucius. Mais elle était seule dans le lit.

Bouleversée, le cœur battant la chamade, elle resta un long moment à attendre. Peut-être Lucius se trouvait-il dans la salle de bains ou dans la cuisine ?

Il ne revenait pas. Le temps passait. Elle attendait, allongée sur le dos, en pressentant le pire.

Deux heures plus tard, peut-être trois, la porte de la chambre s'ouvrit doucement, et Lucius vint reprendre sa place dans le lit. Gina faisait semblant de dormir. Mais elle ne se faisait plus aucune illusion, à présent. Son mari venait de passer ces quelques heures avec Livia, dans sa chambre.

Le silence était lourd et pénible. Gina comprenait que quelque chose s'était brisé entre Lucius et elle. A ce moment précis, s'il avait posé la main sur elle, s'il avait simplement tenté de la toucher, elle l'aurait repoussé en hurlant.

Elle resta éveillée presque toute la nuit, et ne s'endormit qu'aux petites heures du matin.

Lorsqu'elle se réveilla, vers 8 heures, Lucius était déjà levé.

Elle sortit du lit à son tour, avec une sensation de vertige et de nausée, probablement due à l'affreuse nuit qu'elle venait de passer.

Elle se sentait ravagée par une terrible amertume. Etait-ce une coutume, dans ce pays, d'avoir une épouse et une maîtresse en même temps ? Et si c'était le cas, allait-on jusqu'à ramener la maîtresse dans sa propre maison ? Non, ce n'était pas possible !

Le reste de la famille avait déjà pris son petit déjeuner sur la terrasse. Gina s'assit à la table qui n'était pas complètement débarrassée, et demanda à Crispina de lui apporter du café.

Elle aperçut Lucius en compagnie de Livia. Ils débouchaient d'une allée du jardin et venaient vers elle.

— *Buon giorno !* lança Livia en l'apercevant.

Elle grommela un « bonjour » de convenance.

— Ça va, ma chérie ? lui demanda Lucius d'un ton neutre.

Toute banale que fût cette petite phrase, Gina la ressentit comme une gifle. Il avait passé la moitié de la nuit avec sa maîtresse, et s'adressait à son épouse comme on parle à son chien. Elle ne fit pas l'effort de répondre. Elle avait la nausée.

— Vous n'êtes pas matinale, dit Livia en s'installant à sa table. Vous êtes sans doute une grosse dormeuse ?

Elle regardait Gina de façon perfide. Manifestement, elle se moquait d'elle.

Crispina apporta le café.

— Je ne dors souvent que d'un œil, répliqua Gina avec dédain.

— Alors, la nuit n'a pas été bonne ? demanda la jeune femme, tout en se versant une nouvelle tasse de café.

— Et pour vous ? lança Gina en la dévisageant.

Livia fit un geste de la main qui pouvait tout signifier. Gina n'avait pas besoin d'un dessin pour comprendre.

Elle se sentait envahie par un mélange de colère et d'écœurement.

Fallait-il continuer comme si elle ne s'était aperçue de rien ? Fallait-il jouer le rôle de l'épouse naïve qui ne s'est pas aperçue de la duperie dont elle était victime ?

Passer pour une dinde aux yeux de cette femme fourbe et malhonnête lui semblait aberrant et inutile.

Elle décida de réagir à sa manière.

Sur un ton dégagé, comme s'il se fût agi d'une remarque sans importance, elle déclara :

— Vous savez, Livia, dans mon pays aussi, il y a des femmes comme vous.

— Ah ! fit Livia. Mais de quoi parlez-vous ?

— Il y a des femmes qui s'amusent à courir après les maris des autres.

Il y eut un silence. L'Italienne n'avait pas bronché. Elle afficha un sourire amusé, puis expliqua d'une voix détachée :

— Lucius et moi, nous nous connaissons depuis un bon bout de temps…

— Est-ce une raison pour continuer à le poursuivre de vos assiduités ? Il est mon mari, à présent.

Livia eut un petit rire.

— Je pense qu'il n'est pas facile, pour une Anglaise, de comprendre les codes italiens.

— Quels codes ? De quoi parlez-vous ?

— Les codes, ma chère. Dans notre pays, ce ne sont pas les mêmes qu'en Angleterre. Vous devrez vous y faire. Il vous faudra apprendre à décoder.

Gina sentit brusquement monter en elle une nausée plus forte que les autres. Ce fut le moment que choisit Crispina pour apporter un plateau avec des croissants, du pain grillé et différentes petites choses délicieuses, mais qui, en cet instant, donnaient à Gina envie de vomir.

Elle attendit que la nausée fût passée et que Crispina eût fini de servir. Puis elle fit un effort pour respirer profondément, et annonça d'une voix froide et ferme :

— Vous ne reviendrez plus à San Cotone.

Cette fois, la réaction de Livia fut très vive. La tasse de café qu'elle portait délicatement à la main se renversa.

— Je... Je n'ai pas très bien entendu, balbutia-t-elle.

— Je disais que je ne voulais plus vous voir ici, précisa Gina, imperturbable. Vous allez terminer votre petit déjeuner et fiche le camp.

— Mais...

— Je vous ai assez vue.

Livia eut un rire bizarre qui sonnait faux et ressemblait à un gloussement. Puis elle demanda sur un ton pincé :

— Qui êtes-vous donc pour me donner des ordres ?

Gina la regarda d'un air impassible, et répondit d'une voix posée :

— Pour commencer, je suis la propriétaire de ce domaine.

Elle avait fait un geste pour désigner la maison, les champs d'oliviers, les vignes, les collines avoisinantes.

Elle poursuivit sans forcer le ton :

— C'est agréable, parfois, d'être propriétaire. Cela permet de faire le tri parmi les invités. Vous allez donc me faire le plaisir de ramasser vos petites affaires et de déguerpir.

Livia la dévisageait, l'air incrédule.

— Si vous croyez que Lucius va vous laisser faire, vous vous trompez lourdement.

L'Italienne éclata d'un rire grinçant.

— Quand je lui aurai raconté la façon dont vous me traitez, il...

— Vous pouvez lui raconter ce que vous voulez, je m'en moque. C'est mon mari, et non pas un donneur d'ordres.

Elle dut de nouveau se retenir pour ne pas vomir. Elle sentait que son front se couvrait de sueur, mais elle ne voulait pas montrer à sa rivale cette faiblesse passagère. Elle gardait la tête droite, et elle ne cillait pas.

— On verra ça ! gronda Livia d'un ton menaçant.

Cette fois-ci, Gina sentit qu'elle ne pourrait pas résister aux spasmes qui l'avaient saisie. Elle se leva d'un coup et se précipita à l'intérieur de la maison. Puis elle ouvrit la porte des toilettes du rez-de-chaussée et se pencha sur le lavabo.

Elle resta un moment pliée en deux.

Puis, peu à peu, elle retrouva son calme. Lorsqu'elle sortit des toilettes, elle croisa Cornelia qui la dévisagea.

— Une nausée ?

La jeune femme fit « oui » de la tête.

— J'ai vécu ça, moi aussi, confia Cornelia. Mais pourquoi ne m'avez-vous pas dit que vous attendiez un enfant ?

— Je voulais d'abord en être sûre.

— Vous allez avoir quelques nausées, de temps à autre, pendant les premières semaines, puis ça passera, assura Cornelia. Tout ira bien.

« Tout ira bien pour le bébé, sans doute, pensa Gina. Mais, pour moi, ce sera une autre histoire. »

— Ne vous surmenez pas ! Restez bien tranquille, et prenez rendez-vous avec un gynécologue, lui dit sa belle-mère d'un ton autoritaire.

Gina faillit répliquer qu'elle était une grande fille et qu'elle n'avait pas besoin de conseils, puis elle se dit qu'un conflit suffisait pour la journée : il était inutile de se mettre tout le monde à dos.

— Lucius a déjà pris rendez-vous pour moi, expliqua-t-elle avec un sourire forcé.

— Tant mieux. Ah, comme je suis heureuse ! Un petit-fils, enfin ! La lignée des Carandente est assurée… Gloire au ciel !

— Et si c'est une fille ?

— Dans ce cas, il y en aura d'autres, n'est-ce pas ?

Gina ne répondit pas. Elle pensait que, si son mariage

continuait à tourner de cette manière, il n'y aurait pas d'autres enfants.

Une vingtaine de minutes plus tard, elle était allongée sur son lit, et Lucius entrait brusquement dans la chambre, l'air mauvais.

Puis il regarda sa femme et comprit qu'elle n'était pas bien.

— Tu es toute pâle… Ça ne va pas ?

— Il n'y a rien d'anormal, si j'en crois ta mère.

— Tu lui as donc dit que…

Elle secoua négativement la tête.

— Elle a compris par elle-même. Et elle est enchantée.

— Le contraire m'aurait étonné. Son vœu le plus cher, c'est que je perpétue la lignée Carandente !

Gina eut un petit rire.

— « La lignée… », murmura-t-elle, songeuse.

— J'ai appelé le gynécologue : nous avons rendez-vous demain à 11 heures.

— Nous ?

— Je ne vais pas te laisser y aller seule.

L'expression de Lucius s'assombrit soudain, et Gina devina qu'il allait parler de Livia. En effet, il lui dit d'un ton bourru :

— Je viens d'avoir une petite conversation avec Livia. Elle prétend que tu lui as interdit de remettre les pieds à San Cotone.

Gina ne voyait aucune raison de dissimuler la vérité.

— C'est vrai. Vois-tu, Lucius, en tant que maîtresse de maison, j'use de mes droits pour choisir les gens que j'invite et ceux que je n'invite plus.

Le visage de Lucius s'était contracté. Il protesta un peu mollement.

— Livia est l'une des meilleures amies d'Ottavia, et elle a toujours été bien accueillie dans cette maison…

— Ce que je reproche à Livia, ce n'est pas son amitié avec Ottavia. C'est autre chose.

Une étincelle apparut dans les yeux de Lucius. Mais pas un muscle de son visage ne bougea.

— Autre chose ? demanda-t-il.

— Il se peut que ce soit une coutume dans ta région, mais moi, je ne veux pas vivre avec ce genre de code.

— Pourrais-tu être plus explicite ? bougonna-t-il.

— Parfait, je vais être claire. Tu t'es levé, cette nuit. Tu es resté absent plusieurs heures. Ce n'était pas pour faire un tour dans le jardin, je le sais. Tu as rejoint Livia dans sa chambre.

Gina eut l'impression que Lucius avait légèrement pâli, mais son visage restait de marbre.

— Tu peux penser ce que tu veux, cela ne changera rien à la réalité. Je connais Livia depuis longtemps, c'est vrai, mais je ne suis pas allé la retrouver dans sa chambre.

Comme son épouse affichait une moue sceptique, il reprit d'un ton rageur :

— Et rien ne m'empêchera de la voir quand j'en aurai envie. En dehors de cette maison, s'il le faut !

Les mots de Lucius étaient comme autant de coups de poing dans l'estomac de Gina. Elle en avait le souffle coupé.

Au moment où il s'apprêtait à quitter la pièce, la jeune femme laissa éclater sa colère :

— A partir de maintenant, je t'interdis de me toucher ! Est-ce compris ? Ne pose jamais plus la main sur moi. C'est clair ?

Tandis qu'elle parlait, des larmes de rage brouillaient son regard.

Lorsque Lucius fut parti, elle se laissa tomber sur ses oreillers, épuisée, défaite, anéantie.

Qu'allait-elle faire, à présent ? Rester à San Cotone ? Non, cette maison n'était plus vivable.

Il fallait rentrer en Angleterre, c'était la seule solution.

Ses parents l'accueilleraient à bras ouverts. Ils seraient tellement heureux de son retour !

Mais les choses n'étaient pas si simples que cela. Elle devait tenir compte du petit être qui vivait en elle et qui, tout minuscule qu'il fût, avait des droits, lui aussi.

10

Ce jour-là, après le déjeuner, Gina décida de se promener seule dans le jardin.

Elle marcha un moment dans les allées, en ressassant encore et encore son amertume, sa déception, sa tristesse.

Comme elle s'était assise sur un banc de pierre près d'un lilas, Lucius apparut soudain. Son visage était tendu.

— Il y a certaines choses dont nous devons parler, annonça-t-il sèchement, sans préambule.

Elle fit comme si elle ne l'avait pas entendu, comme si elle n'avait pas remarqué sa présence. Elle gardait les yeux fixés sur une libellule qui voletait de fleur en fleur avec une grâce et une légèreté merveilleuses.

Une minute passa.

— Je viens de te dire quelque chose, reprit Lucius.

Elle tourna enfin la tête vers lui, et fut étonnée par son visage ravagé. Elle ne l'avait jamais vu ainsi. Elle répondit d'une voix dure qui claqua comme un coup de fouet :

— J'ai été claire, tout à l'heure, non ? Je ne veux plus que tu m'approches. Jamais !

Lucius se redressa de toute sa taille et toisa sa femme avec un air terrible.

— Tu crois peut-être que je vais accepter ça ?

Il s'était rapproché, menaçant. Gina sentait son cœur battre furieusement dans sa poitrine.

— Tu n'as pas le choix, rétorqua-t-elle.

— En tant que mari, j'ai certains droits, tout de même !

Ce fut d'un ton déchaîné que Gina cria :

— Ah, c'est ça ? Tu veux disposer de moi comme on dispose d'un objet, ou d'une esclave ! Mais moi, figure-toi, je refuse ce rôle-là !

Il serra les mâchoires, sans un mot, et tourna brusquement les talons. Gina s'affaissa un peu sur le banc, et enfouit son visage dans ses mains.

« Cette situation est insupportable, se dit-elle. Ça ne peut pas continuer : il faut trouver une solution au plus vite. »

Le soir, elle monta à pas lents jusqu'à la chambre conjugale. Elle fit un peu de toilette et se coucha dans le grand lit froid. Elle avait la tête vide et douloureuse. Elle se sentait matraquée par le chagrin. Sa vie n'avait plus de sens.

Une vingtaine de minutes plus tard, elle entendit la porte s'ouvrir. Lucius était remonté pour se coucher. Elle l'entendit se préparer. Chaque bruit résonnait terriblement dans le silence de la grande maison.

Quelques instants après, il se glissa entre les draps. La jeune femme s'écarta instinctivement de lui pour se réfugier du côté opposé.

— Il faut qu'on parle, Gina, murmura-t-il après un long moment de silence.

Elle gardait les yeux fermés, comme pour se détacher, s'abstraire de la situation présente. Elle aurait voulu se trouver à mille kilomètres de San Cotone.

— Nous n'avons plus rien à nous dire, marmonna-t-elle, désespérée. Si je ne portais pas ton enfant, je serais déjà partie.

Il poussa un soupir exaspéré.

— En voilà assez ! Quelle preuve as-tu pour m'accuser comme tu le fais ?

— Une preuve ? Mais n'as-tu pas reconnu les faits toi-même ?

— Je n'ai rien reconnu ! C'est toi qui t'es enfermée dans tes certitudes, sans rien vouloir entendre...

— Si tu n'étais pas avec Livia la nuit dernière, où étais-tu donc ?

Le visage de Lucius changea totalement d'expression.

— Je marchais dans le jardin, dit-il d'un ton las.

— Dans le jardin ? En pleine nuit ? Pendant trois heures ?

— Oui.

Il avait parlé avec douceur, sans même chercher à être convaincant. Il semblait certain que, de toute manière, c'était sans espoir : sa femme était tellement butée que tous les plaidoyers du monde lui paraîtraient certainement dérisoires, dorénavant.

— Tu penses vraiment que je vais croire ça ? lança-t-elle d'un ton ironique.

Ils restèrent silencieux un long moment. Puis Lucius dit d'une voix brisée, sans espoir :

— Si tu t'obstines dans le doute, il est inutile de poursuivre cette discussion, en effet. Il n'y a plus rien à dire.

Le gynécologue confirma la grossesse dès le lendemain.

Comme ils revenaient de Sienne, après la consultation, Gina regardait sans mot dire le paysage défiler derrière la vitre de la voiture. Elle n'avait pas échangé un mot avec Lucius depuis la sortie de la ville.

Ils roulèrent ainsi pendant de longues minutes, puis Lucius déclara d'un ton bref :

— J'ai un rendez-vous d'affaires à Rome, demain. Je partirai dès cet après-midi.

Gina ne répondit pas. Il reprit d'une voix crispée :

— J'espère que tu seras de meilleure humeur à mon retour !

— De meilleure humeur, répéta-t-elle sans chercher à dissimuler son amertume. Comment pourrais-je faire avec tous tes mensonges ?

Il ne répondit pas. Elle vit que ses longues mains serraient le volant avec une nervosité telle que leurs articulations étaient devenues blanches.

Elle réfléchissait intensément et, malgré toute la détermination qu'elle affichait, elle se demandait si elle pouvait être sûre, à cent pour cent, de la trahison de Lucius. Détenait-elle des preuves tangibles ? Non. Avait-il avoué ? Non.

Alors, pourquoi s'enferrer dans un raisonnement qui pouvait être faux ? A présent, elle doutait d'elle-même.

— Il est possible que je me sois laissé dépasser par une jalousie injustifiée, murmura-t-elle, hésitante.

Lucius ne broncha pas. Il garda les yeux fixés sur la route. Ce n'est qu'au bout d'une minute qu'il demanda d'une voix un peu rauque :

— Tu es donc prête à me croire ?

— Oui.

Le silence retomba. Des doutes subsistaient dans l'esprit et le cœur de Gina. Fallait-il croire Lucius ? Fallait-il accepter cet alibi de la promenade dans le jardin, en pleine nuit ? Elle craignait d'être bernée. Et pourtant, rien ne prouvait qu'il lui avait menti.

Lucius partit pour Rome tout de suite après le déjeuner. Cornelia conseilla à Gina de monter prendre un peu de repos dans sa chambre. Mais, dès que la jeune femme s'allongea sur son lit, elle fut de nouveau assaillie par un flot de pensées, de supputations, de questions sans réponses…

Et si Lucius était allé à Rome pour retrouver Livia ? Affolée par cette idée, Gina se leva brusquement. Elle voulait en avoir le cœur net. Si Livia n'était pas chez elle, cela pouvait signifier qu'elle était partie rejoindre son amant.

Gina feuilleta fébrilement l'annuaire. Heureusement, il n'y avait qu'un abonné à Marucchi.

Elle composa fébrilement le numéro et tomba sur quelqu'un qui lui expliqua, dans un anglais approximatif, que Livia était absente et que l'on ignorait la date de son retour.

La coïncidence était pour le moins troublante, il fallait l'admettre : Livia était partie au même moment que Lucius. Sans doute les deux amants allaient-ils se retrouver à Rome. Tout cela était cousu de fil blanc.

Gina serra les dents et prit à la volée un petit sac de voyage où elle enfouit en toute hâte quelques affaires dont elle aurait besoin pour se changer à l'aéroport. Il ne lui fallait rien d'autre.

Elle rentrait en Angleterre, c'était décidé. Là-bas, une famille aimante l'attendait.

Elle se rendrait d'abord à Florence en voiture. Puis, de là, elle prendrait le premier avion pour Londres.

Il y avait plusieurs voitures sur le domaine de San Cotone. Chacune était garée dans un box individuel, et toutes les clés se trouvaient sur un tableau, dans le hall. La jeune femme décrocha, au hasard, un trousseau qui portait le n° 3. Puis elle se rendit au box correspondant, et ouvrit la porte coulissante.

Elle découvrit alors la belle Ferrari dans laquelle elle était déjà montée une ou deux fois, avec Lucius, et qu'elle avait même conduite, par jeu.

Aujourd'hui, il ne s'agissait plus d'une partie de plaisir : cette puissante voiture allait la mener le plus vite possible à Florence.

Après avoir traversé Vernici, elle s'engagea sur la route nationale qui rejoignait l'autoroute de Florence. Elle abandonnerait la voiture sur le parking de l'aéroport, et Lucius viendrait la récupérer plus tard.

La pluie se mit à tomber. Une pluie orageuse, violente, dense, qui battait le pare-brise avec une force terrible. Les essuie-glaces avaient beau s'agiter dans un mouvement de métronome fou, ils ne parvenaient pas à évacuer les seaux d'eau déversés par le ciel.

Gina, tendue, les mains crispées sur le volant, clignait des yeux pour essayer de distinguer la route.

Lorsque le camion apparut brusquement en face d'elle, elle comprit qu'elle ne pourrait pas l'éviter. Dans les quelques centièmes de secondes qui précédèrent la collision, elle eut un sentiment de déjà-vu. L'histoire se répétait.

Elle donna un coup de volant désespéré, mais c'était trop tard. La Ferrari s'encastra dans l'avant du camion, et la jeune femme perdit connaissance.

Lorsqu'elle émergea du trou noir, elle entendit parler italien autour d'elle. Beaucoup trop rapidement pour qu'elle pût comprendre le sens des mots. Elle murmura de façon presque automatique : *non capisco*, et replongea dans les ténèbres.

Plus tard, lorsqu'elle reprit conscience, elle était allongée et sa tête lui faisait mal. Elle ouvrit les yeux et vit un plafond blanc. Elle pouvait bouger les bras, et elle sentit que son cou était enfermé dans une minerve. A part le crâne, elle n'avait mal nulle part, mais elle avait l'impression d'avoir reçu un terrible choc qui l'avait ébranlée de la tête aux pieds.

— Reste allongée, ma chérie, murmura la voix de Lucius, quelque part près d'elle. On va poursuivre les examens pour s'assurer que tu n'as rien de cassé. Le médecin va revenir dans quelques instants.

Elle se sentit saisie par une angoisse soudaine.

— Le bébé ! Est-ce que j'ai perdu le bébé ?

Lucius apparut dans son champ de vision. Il lui souriait avec tendresse.

— Non. Ne t'inquiète pas. Il n'y a pas de problème de ce côté-là. La ceinture de sécurité t'a bien protégée, Dieu merci !

Gina sentait que, peu à peu, ses idées se remettaient en

place. Elle ne se rappelait pas l'accident, mais seulement les instants qui l'avaient précédé.

— Et la voiture ? Je suppose qu'elle est en bouillie…

— Ah, la voiture ! Quelle importance ? dit Lucius avec un petit rire bref. Mais que faisais-tu sur cette route par un temps pareil ?

Gina, qui n'osait pas tourner la tête, regardait toujours le plafond.

— Quand je suis partie, il ne pleuvait pas.

C'est à ce moment que le médecin fit son apparition. Il lui prit le pouls et la tension, puis lui posa quelques questions : avait-elle mal ici ou là ? Est-ce qu'elle ressentait bien la douleur lorsqu'on lui pinçait le pied ?

Il semblait qu'elle eût bien résisté au choc. Le port de la minerve n'était que provisoire. C'était par crainte de fractures vertébrales, mais les radios ne décelèrent aucune lésion. Seuls demeuraient un mal de tête et une sorte de vertige assez supportables.

Lucius et le médecin eurent une conversation en italien, puis le médecin quitta la chambre.

— Ils vont te garder en observation cette nuit, par précaution, annonça Lucius. Le mieux que tu puisses faire, c'est dormir tranquillement. Une infirmière va s'occuper de toi…

— Mais où suis-je ? demanda la jeune femme qui se sentait perdue.

— A la clinique Emanuele. L'accident a eu lieu à moins d'un kilomètre d'ici.

— Mais n'étais-tu pas en route pour Rome ?

— Je suis revenu dès que j'ai appris ton accident. *Madre* était catastrophée. Elle ne savait même pas que tu avais quitté la maison. Elle te croyait toujours dans ta chambre. Mais où allais-tu donc ?

Gina soupira d'un air soucieux. Ce n'était ni le lieu ni le moment pour avoir une explication, se disait-elle tristement.

— J'ai eu envie de faire un petit tour en voiture,

répondit-elle d'une voix détachée, comme si l'événement n'avait aucune importance. Je suis désolée d'avoir inquiété ta mère.

— Et moi ? Tu crois peut-être que je ne me suis pas inquiété ? Quand j'ai appris ce qui t'était arrivé, je…

Il ne termina pas sa phrase et hocha la tête avec un regard plein d'épouvante.

Gina fut bouleversée par sa réaction. Il tenait donc vraiment à elle ! Il avait accouru immédiatement, et elle voyait bien à quel point il était marqué par l'événement.

Les larmes aux yeux, elle lui tendit la main.

— Ne me laisse pas seule, *mi amore*. J'ai besoin de toi.

Il avait porté la main de la jeune femme à ses lèvres avec douceur.

— Est-ce que tu penses réellement ce que tu viens de dire ? lui demanda-t-il d'une voix étouffée. Parce que… ton attitude de ces derniers jours était tellement hostile !

— Si je me suis montrée hostile à ton égard, c'est parce que j'étais jalouse. Moi, je t'aime, tu comprends ?

Lucius resta silencieux quelques instants. Il tenait toujours sa main dans la sienne, et il avait l'air pensif. Il semblait, en fait, rassembler les morceaux d'un puzzle qui se mettait en place. Ce fut sur un ton très grave et d'une voix vibrante qu'il demanda :

— Comment peux-tu douter de mon amour pour toi, Gina ?

La jeune femme haussa les épaules, et la douleur provoquée par ce léger mouvement lui rappela qu'elle venait d'avoir un accident de voiture.

— Tu n'avais jamais employé le mot « amour », murmura-t-elle, profondément remuée, tandis qu'elle essayait de capter son regard.

Lucius eut un sourire un peu triste.

— Est-ce que des mots d'amour t'auraient incitée à m'épouser ?

— Ils m'auraient fait réfléchir, en tout cas. Ils m'auraient aidée. Les mots d'amour ne sont jamais en trop, dans la vie…

Lucius imprima une douce pression sur sa main.

— J'ai eu l'impression que tu étais attirée par moi physiquement. Et seulement physiquement…

Gina essayait de comprendre la façon dont Lucius avait vécu ces dernières semaines. Elle le dévisageait avec stupéfaction. Ce fut d'un ton brouillé et incertain qu'elle demanda :

— Si je te comprends bien, tu n'as pas voulu m'épouser uniquement par loyauté ?

Il approuva de la tête, gravement, puis répondit de sa belle voix si douce, si musicale :

— Je suis tombé amoureux de toi dès notre première nuit. Et, depuis, je n'ai eu en tête qu'un objectif : t'épouser. Malheureusement, je me rendais compte de tes réticences. J'avais le sentiment que tu ne voulais pas de moi. Grâce à cette histoire financière avec ton beau-père, j'ai pu obtenir ce que je voulais. J'avais l'impression que c'était ma seule chance de faire de toi ma femme.

Il porta la main de Gina à ses lèvres dans un mouvement passionné.

— L'amour que je ressens pour toi est sans limites, *mi tesoro.* Il faut que tu me croies quand je te dis que Livia Marucchi n'a jamais eu et n'aura jamais d'importance dans ma vie. Quand tu as décidé de la chasser de San Cotone, j'ai ressenti de la colère, c'est vrai, mais c'était seulement parce que tu te faisais tout un roman de ma relation avec elle. J'étais à la fois furieux et désespéré : comment pouvais-tu douter de l'amour que je te portais ? Comment ne devinais-tu pas ma passion pour toi ? Pendant deux nuits, j'ai arpenté les allées du jardin en réfléchissant à tout cela. Et toi, tu t'imaginais que j'étais allé retrouver Livia dans sa chambre !

— Comme j'ai été bête ! murmura Gina, confuse. La jalousie m'aveuglait. Livia est une femme si belle !

— Elle est moins belle que toi, *mi amore*.

Gina se sentait touchée, flattée, comblée par ces déclarations si tendres, mais elle demeurait encore perplexe. Elle demanda d'un ton anxieux :

— Crois-tu vraiment que tu pourras te limiter à une vie conjugale ?

— Avec toi, ce ne sera pas une limitation. Car mon désir et mon amour pour toi sont infinis.

— Embrasse-moi, murmura-t-elle faiblement.

Il se pencha sur ses lèvres et l'embrassa d'une manière si tendre, si passionnée, si totale, qu'elle en fut bouleversée. Lorsqu'il releva la tête et vit les larmes qui brillaient dans ses yeux, il protesta en riant :

— Tu ne vas pas pleurer, tout de même !

— C'est le bonheur, dit-elle entre deux sanglots. Je ne pensais jamais pouvoir être aussi heureuse. De toute ma vie, je n'avais jamais imaginé cela : une telle rencontre, un mari si extraordinaire…

— Et bientôt un enfant, ajouta-t-il avec un sourire rêveur. Puis d'autres, j'espère…

Il la considéra soudain avec un voile d'inquiétude dans les yeux.

— Allons, il faut que tu te reposes, maintenant, décréta-t-il. Tu vas dormir gentiment et, demain matin, je viendrai te chercher.

— Pas question !

— Enfin, Gina, tu as eu un sérieux accident de voiture, et…

— Je rentre avec toi. Tout de suite.

— Mais le médecin a dit que tu devais…

— Je me fiche de ce qu'a dit le médecin. Je veux partir avec toi et retrouver au plus tôt San Cotone.

— Ce n'est pas raisonnable, mon amour.

— Si tu me laisses ici, je rentrerai en stop !

Comme il posait sur elle un regard grondeur, elle insista fermement :

— Je suis sérieuse, Lucius. Je le ferai !

Il poussa un soupir accablé.

— Dès l'instant où je t'ai vue, j'ai compris que j'aurais des problèmes avec toi. Sois raisonnable, Gina, sinon j'emporte tes vêtements qui sont dans le placard. Comme ça, tu seras bien forcée de rester.

— Je m'en irai avec un drap autour de la taille, si c'est nécessaire.

Un éclat de rire illumina brusquement le beau visage de Lucius, si fin, si racé.

— Ah ! Quel caractère ! Personne ne pourra dire que j'ai épousé une femme qui manque de personnalité ! Très bien. Je vais aller voir le médecin. Je signerai la décharge. Mais, à la moindre alerte, je te ramène à la clinique !

— Mes petits malaises ont déjà disparu. Je n'ai même plus mal à la tête.

Il la prit alors dans ses bras pour un baiser ardent. Gina, les yeux fermés, savourait son bonheur.

Non seulement elle avait retrouvé ses racines, non seulement elle avait retrouvé le domaine de son père, qui était devenu le sien, mais le ciel lui avait également fait don du plus merveilleux des maris.

Épilogue

Sur la terrasse, la grande table familiale bruissait de conversations, d'exclamations, de rires, de cris joyeux, mêlés à la musique des cristaux et des porcelaines qui tintaient dans l'air pur de Toscane.

Gina sentit les larmes lui monter aux yeux. Un si bel endroit ! Tant de bonheur ! Une telle famille ! Depuis vingt-cinq ans, sa vie ressemblait à un conte de fées.

Elle glissa sa main dans celle de Lucius, et il la serra doucement, tendrement. Autour d'eux, leurs enfants et leurs petits-enfants s'interpellaient gaiement, avec la spontanéité, l'innocence de la jeunesse. Un peu plus loin, se tenaient sa mère et John, toujours fidèles, toujours prêts à les épauler.

A l'autre bout de la table, Donata, qui avait épousé un charmant Italien, couvait des yeux ses cinq enfants. Ottavia était là, elle aussi, ainsi que la vieille *contessa*, Cornelia, qui avait gardé toute sa tête. Elle avait complètement adopté Gina dès la naissance de son premier garçon. Il y avait eu ensuite une petite sœur, puis encore un garçon. Exactement ce que souhaitait Gina.

Tous les enfants avaient grandi et s'étaient mariés à leur tour. Aujourd'hui, Gina et Lucius étaient les grands-parents les plus comblés au monde.

« Comme le temps a passé vite, se dit Gina, les larmes aux yeux. Et comme la vie est belle auprès de mon homme. »

Lucius, malgré l'approche de la soixantaine, avait gardé

son beau visage noble et fin. Ses cheveux étaient maintenant parsemés de fils d'argent, ce qui lui donnait un charme supplémentaire, s'il en eût été besoin. Il était resté mince, souple comme un félin, et il était toujours aussi amoureux.

Comme si, en cet instant magique, il avait pu lire dans les pensées de sa femme, il se tourna vers elle d'un mouvement vif, lui sourit, se leva et fit tinter une petite cuiller contre son verre de cristal.

Puis il s'éclaircit la voix et commença d'un ton clair et vibrant :

— Ma chère mère, mes chères sœurs, mes chers enfants et petits-enfants, cousins, neveux et nièces, mes chers amis, aujourd'hui encore, nous sommes rassemblés à San Cotone, et vous n'imaginez pas à quel point cela me remplit de joie. Permettez que je porte un toast à celle qui a été — et continue d'être — la lumière et l'amour de ma vie : Gina, ma femme bien-aimée.

Il leva son verre, et tout le monde se leva, jeunes et moins jeunes. Lorsque les verres furent reposés, un tonnerre d'applaudissements retentit. Gina enfouit son visage dans ses deux mains. Elle ne pouvait retenir des sanglots de joie.